HEYNE <

Das Buch

Am Labor Day Weekend 1935 kommen die Touristen nach Key West, um ihre Sorgen für ein paar Tage zu vergessen. Nur die hochschwangere Helen Berner, die hier lebt, wünscht sich nichts mehr, als zu fliehen. Nach der Revolution in Kuba ist der Familie von Mirta Perez nicht mehr viel geblieben. Also hat sie in die Ehe mit einem wohlhabenden Amerikaner eingewilligt. Während ihrer Flitterwochen in Florida kommen sich die beiden näher, doch die krummen Geschäfte ihres Mannes könnten ihr junges Glück bald bedrohen. Elizabeth Prestons Familie hat beim Börsencrash alles verloren. Jetzt kann ihr nur noch ihr Halbbruder helfen, den sie in einem der Camps vermutet, in denen sich die Veteranen des Großen Krieges aufhalten. Die Drei Frauen ahnen nicht, dass sich ihre Leben bald für immer verändern werden. Denn ein mächtiger Sturm zieht auf …

Die Autorin

Chanel Cleetons Familie stammt ursprünglich aus Kuba. Sie selbst wuchs in Florida auf, bevor sie für das Studium der Internationalen Beziehungen nach England ging. An der Londoner School of Economics & Political Science machte sie schließlich ihren Masterabschluss in Internationaler Politik.

Lieferbare Titel

978-3-453-42278-0 – Nächstes Jahr in Havanna
978-3-453-42380-0 – Wir träumten von Kuba

Chanel Cleeton

Schwestern des Sturms

Roman

Aus dem Amerikanischen
von Stefanie Fahrner

WILHELM HEYNE VERLAG
MÜNCHEN

Die Originalausgabe *The Last Train To Key West*
erschien erstmals 2020 bei Berkley.

MIX
Papier | Fördert
gute Waldnutzung
FSC® C014496

Penguin Random House Verlagsgruppe FSC® N001967

Deutsche Erstausgabe 04/2023

Redaktion: Claudia Krader
Umschlaggestaltung: Nele Schütz Design, München,
unter Verwendung von Getty Images (H. Armstrong Roberts)
und Shutterstock.com (Halay Alex, Nadezda Murmakova)
Satz: Uhl + Massopust, Aalen
Druck und Bindung: GGP Media GmbH, Pößneck
Printed in Germany
ISBN 978-3-453-42568-2

www.heyne.de

Für meine Familie – ihr seid mein Herz.

Mo. L.

1

Samstag, 31. August 1935
Helen

Ich habe mir den Tod meines Mannes tausendmal vorgestellt. Die Szene beginnt immer auf dem Boot. Die Wellen wogen, und der Wind weht. Er stürzt über Bord und ins Meer, das Wasser reißt ihn fort. Sein Kopf tanzt in einem Mahlstrom aus Türkis und Blau. Das Boot schwankt hin und her, mitten im Ozean, ohne eine Menschenseele in der Nähe, die ihm zu Hilfe eilen könnte.

Manchmal überfällt mich das Bild bei der täglichen Hausarbeit, beim Wäscheaufhängen. Die weißen Laken flattern in der Brise, der Geruch von Lauge liegt in der Luft. Mitunter lasse ich mich darauf ein, und meine Gedanken tragen mich fort. Ich träume vor mich hin, während ich den Fisch brate, den Tom fängt, wenn er mit der *Helen* hinausfährt. Mit dem Schiff, mit dem ich zwei Dinge gemeinsam habe: den Namen und die Tatsache, dass unsere besten Tage längst hinter uns liegen.

Hin und wieder kommen die Bilder im Schlaf über mich. Ich werde wach. Meine scharfen und unregelmäßigen Atemzüge vermischen sich mit dem Schnarchen meines Mannes, der neben mir schläft. Sein behaarter Arm liegt über meiner Taille, sein Atem fühlt sich heiß an auf meinem Nacken, der Geruch von Gin sickert aus seinen Poren.

Heute habe ich wieder davon geträumt, und als ich aufwache, hält mich kein Arm fest. Der Platz neben mir ist leer. Die Matratze weist eine Vertiefung auf, dort, wo der Körper meines Mannes lag.

Wie konnte ich nur verschlafen?

Ich ziehe mich schnell an, erledige meine Morgenrituale im Badezimmer. Sehe ich hübsch aus? Bin ich nicht zu sehr herausgeputzt? Der Verlauf unseres Tages hängt von diesem frühen Morgen ab, lange vor Sonnenaufgang, bevor Tom aufs Meer hinausfährt.

Wenn Tom glücklich ist und das Wetter gut, wenn er reichlich Fisch fängt und ich tue, was ich soll, wird es ein passabler Tag. Wenn Tom nicht glücklich ist …

Eine Welle von Übelkeit überfällt mich. Schmerz pulsiert in meinem Bauch, setzt sich im unteren Rücken fest. Ich muss mich an der Wand des Schlafzimmers abstützen. Das Baby tritt, und ich schiebe meine Hand nach unten, um die Bewegung abzufangen.

In den letzten Wochen ist das Baby aktiver geworden. Es rollt herum und schlägt um sich, strebt mit Macht in die Welt hinaus. Der Geburtstermin rückt näher.

Die Übelkeit lässt nach. Ich richte mich wieder auf. Der Schmerz vergeht so schnell, wie er gekommen ist.

Rasch gehe ich vom Schlafzimmer in den Wohnbereich unseres Häuschens. Tom sitzt am Tisch in einer Ecke des offenen Raums, der als Küche, Wohn- und Esszimmer dient.

Als Tom mich nach unserer Hochzeit vor neun Jahren zum ersten Mal hierherbrachte, erschien mir das Haus als der perfekte Ort, um unser gemeinsames Leben zu beginnen. Als das Zuhause, in dem unsere Familie wachsen würde.

Ich schrubbte jeden Zentimeter, bis alles glänzte, und durchkämmte die Strände, während Tom auf See war. Dort fand ich alle möglichen interessanten Dinge, die von Bootsfahrern und Schmugglern über Bord geworfen worden waren. Daraus machte ich Möbel, denn kaufen konnten wir uns keine. Der Esstisch, hinter dem Toms Gestalt aufragt, war einst eine Kiste, die wahrscheinlich geschmuggelte Flaschen enthalten hatte, und stammte aus Zeiten, in denen Alkohol illegal war.

Früher putzte ich voller Stolz, rackerte für unsere Zukunft. Heute sehe ich bloß noch den Verlust von allem, was hätte sein können. Das Haus, in das ich so viele Träume gesteckt habe, ist nur ein weiteres Versprechen, das unerfüllt blieb.

Dielenbretter fehlen, außen blättert Farbe ab. Schädlinge und Ungeziefer drängen in unseren Lebensraum, nisten sich in sämtlichen Ecken und Spalten ein. Die Nähe zum Wasser ist das Einzige, was man schön nennen könnte. Nicht einmal fünfzehn Meter sind es dorthin.

Toms Boot ist in der Bucht nebenan festgemacht. Wenn er auf See ist, wirkt das Haus gemütlich. Die Mangroven um uns herum schützen uns vor der Außenwelt. Wenn Tom zu Hause ist, fühlt es sich an, als packten mich ein Paar Hände am Hals.

»Ein Sturm zieht auf«, brummt er mit dem Rücken zu mir.

Durch das zusätzliche Gewicht des Babys sind meine

Schritte schwerer als gewöhnlich. Sie kündigen meine Anwesenheit an, bevor ich bereit bin, ihm gegenüberzutreten. Sein Stuhl steht so, dass er aus dem Fenster auf das Meer blicken kann. Für einen Fischer ist das Wetter das Wichtigste.

»Ein Unwetter auf den Bahamas«, fügt er hinzu. In seiner Stimme schwingt Schläfrigkeit mit und ein unmöglich zu beschreibender Unterton, der sich im Laufe unserer Ehejahre entwickelt hat. »Ist bald da.«

Es war Toms Liebe zum Meer, die mich zuerst an ihm faszinierte. Die Art und Weise, wie das Wasser an seiner Haut klebte. Der schwache Geschmack von Salz auf seinen Lippen, wenn er sich einen Kuss stibitzte. Der Wind in seinem Haar. Das Gefühl des Abenteuers, wenn er mit seinem Boot hinausfuhr. Ich war jung. Erst fünfzehn, als wir uns kennenlernten, und sechzehn, als wir heirateten. Ich fühlte mich von Dingen angezogen, die mir damals harmlos erschienen. Von seinen großen Händen, den Muskeln und Sehnen seiner gebräunten Unterarme, den breiten Schultern aus Zeiten, in denen er Kisten fragwürdiger Herkunft geschleppt hatte. Ich hielt ihn für einen Mann, der mich beschützen würde. Ein weiteres gebrochenes Versprechen.

»Wird das Wetter schlimm?«, frage ich.

Hier unten, in dieser Ecke der Welt, erleben wir ständig schwere Stürme. Zum Glück gab es in letzter Zeit keine extremen Unwetter, doch ich erinnere mich an einen bösen Hurrikan auf Key West. Damals war ich noch ein Kind gewesen. Zwar ist niemand gestorben, aber der Wind blies das Haus meiner Eltern um. Das Wasser drohte es zu verschlingen. Ich hatte schreckliche Angst.

»Niemand glaubt, dass es richtig schlimm wird«, antwortet Tom. »Im Radio sagte einer vom Wetterdienst, dass das Unwetter uns verschonen wird.«

»Fährst du raus?« Ich bemühe mich sehr, halbwegs fröhlich zu klingen. Ihn nicht mit der Frage zu bedrängen, wohin er gehen oder was er tun wird, habe ich inzwischen gelernt. In Zeiten wie diesen tut ein Mann alles Mögliche, um Essen auf den Tisch zu bringen.

Tom grunzt. Das heißt Ja.

Ich gehe zur Arbeitsplatte und achte darauf, dass mein Körper nicht in seiner Reichweite ist. Meine Hüfte berührt einen der Knöpfe am Herd. Mein Fuß streift den Kühlschrank.

In einem beengten Häuschen, in einer beengten Ehe, lernt man, den Raum um sich herum als eine Art Puffer zu nutzen, sich geschmeidig und flexibel zu verhalten und sich dem Willen eines anderen zu beugen.

Doch mein Körper hat sich verändert. Mein Bauch ist aufgebläht, meine Gliedmaßen bewegen sich schwerfällig. Ich musste die Kunst neu erlernen, so wenig Raum wie möglich einzunehmen – für mich und das Baby. Man kann nicht flink sein, wenn man das Gewicht eines anderen mit sich trägt.

Ich stelle Tom sein Frühstück hin.

Er umklammert mein Handgelenk und übt genau das richtige Maß an Druck aus, dass ich zusammenzucke, aber nicht genug, dass ich zu Boden stürze. Der Zustand unserer Beziehung zeigt sich nicht nur im äußerlichen Zustand des Hauses. Auch ich trage Spuren.

»Warum willst du wissen, ob ich rausfahre?«, herrscht er mich an.

»Ich … ich mache mir Sorgen. Wenn das Wetter schlecht wird, ist das gefährlich.«

Er festigt seinen Griff, seine Fingernägel graben sich in meine Haut. »Glaubst du etwa, ich kenne mich mit dem Meer nicht aus? Ich habe schon als Kind in diesen Gewässern gefischt.«

Mein Handgelenk pocht. Als der Schmerz über mich hereinbricht, rollt eine Hitzewelle über mich hinweg. Meine Knie knicken unter dem Gewicht meines Bauches und dem Druck seiner Finger ein.

Ich greife mit meiner freien Hand nach der Tischkante. »Ich weiß. Es ist das Baby. Es kommt bald. Ich bin nur nervös. Tut mir leid …«

Sobald der Schmerz in mir aufsteigt, finde ich nicht die richtigen Worte und plappere unsinnige Dinge daher. Hauptsache, er lässt mich … uns … los. Ich will verhindern, dass es eskaliert, dass Schlimmeres dabei herauskommt als Blutergüsse an meinem Handgelenk.

Tom murmelt: »Frauen.« Dann entlässt er mich aus seinem Griff.

Mein Handgelenk schmerzt.

Er lenkt seine Aufmerksamkeit auf das Essen, das ich für ihn zubereitet habe. Energisch schaufelt er die Pfannkuchen aus Maisgrütze in sich hinein, der Zorn ist für einen Moment vergessen.

Während er isst, gehe ich meiner morgendlichen Routine nach und räume die Küche auf. Ich schlüpfe in einen Tagtraum hinein wie in ein abgetragenes Kleid.

Auf einmal reißen mich Geräusche heraus. Seine Gabel

kratzt über den Teller, der Stuhl rutscht über den Boden, seine schweren Schritte stapfen in Richtung Tür, und dann bin ich wieder allein in dem Häuschen auf Stelzen.

* * *

Ich gehe von unserem Haus zu dem Restaurant, in dem ich als Kellnerin arbeite, meine Füße beschreiten den vertrauten sandigen Weg. Unterwegs komme ich an langen Reihen von Männern vorbei, die versuchen, Arbeit für den Tag zu ergattern. Ich habe das Glück, dass ich meinen Job bei Ruby behalten konnte, obwohl die Depression andauert und die Menschen kaum Arbeit finden, gerade die Frauen. Aber Ruby ist ein loyaler Mensch, und sie hat in guten wie in schlechten Zeiten zu mir gehalten.

Als »südlichste Stadt« der Vereinigten Staaten liegt Key West auf der gleichnamigen Insel, dem allerletzten Zipfel Land. Weiter kann man nicht gehen, sonst steht man im Wasser. Die besondere geographische Situation lockt alle Arten von Menschen an: Herumtreiber und Kriminelle. Menschen, die sich verlaufen wollen. Menschen, die gefunden werden wollen. Es scheint ganz so, als wäre hier unten am Rande der Welt alles möglich – für die meisten jedenfalls.

Früher musste man ein Boot haben, um hierherzukommen. Jetzt gibt es die Eisenbahn, die über das Meer und die kleinen Inseln führt, die die Florida Keys bilden. Die Bahn verbindet sie mit dem Festland und Miami. Die gesamte Strecke beträgt über 150 Meilen, die man in ein paar Stunden zurücklegt.

Henry Flagler, zu Lebzeiten einer der reichsten Männer des Landes, war verspottet worden, als er das Projekt vor Jahrzehnten ankündigte. Aber Mr. Flagler machte unverdrossen weiter, und die Eisenbahn wurde gebaut.

Leute wie mein Vater, ein einheimischer Conche, und die Männer, die auf der Suche nach Arbeit auf die Keys kamen, legten mit bloßen Händen die Gleise für die Key West Extension. *Die Eisenbahn ist eines der tollsten Dinge, die der Mensch jemals gebaut hat*, sagte Daddy immer. *Kannst du dir das vorstellen? In einer dieser großen Maschinen über das Meer zu fliegen?*

Nein, das konnte ich nicht.

Was für Menschen träumten davon, Dinge wie Eisenbahnen über das Meer zu bauen? Was für Menschen setzten sich dort hinein?

Daddy sagte, es gäbe zwei Arten von Menschen auf dieser Welt: Die Menschen, die Dinge bauten, und jene Menschen, die sich daran erfreuten, was die anderen bauten. Dann kam die Depression und wurde zum großen Gleichmacher.

Vor langer Zeit, lange bevor ich geboren wurde, war Key West die größte und reichste Stadt in Florida. Doch noch bevor der Rest des Landes die Auswirkungen des großen Zusammenbruchs, des Börsencrashs im Jahr 1929, spürte, wurde es für Florida schwierig. Geld und Kredite wurden knapp. Die Zitrusfrüchte gediehen nicht mehr.

Inzwischen sind die Menschen arbeitslos, hungrig und verzweifelt. Die Stadt ist pleite, unser Schicksal alles andere als sicher. Tausende ziehen in der Hoffnung auf ein besseres Leben nach Norden.

Es gibt ein Hilfsprogramm von der Regierung, das meiner Meinung nach besser ist als gar keine Hilfe, aber es reicht einfach nicht aus. Sie versuchen, die Stadt zu unterstützen, und schicken Veteranen aus dem Weltkrieg auf die Keys, um an einem neuen Stück Autobahn zwischen Grassy Key und Lower Matecumbe zu arbeiten.

An der Ecke Trumbo Road und Caroline Street komme ich am Bahnhof vorbei, so wie fast täglich in den letzten neun Jahren. Dahinter liegen die neuen Fähranleger. Die Florida East Coast Car Ferry Company bietet tägliche Verbindungen von und nach Havanna, Kuba. Sie laden Dutzende von Waggons auf die Boote und bringen sie samt Autos und Passagieren über das Meer. Flaglers Vision, New York City mit Havanna zu verbinden, kann heute in die Tat umgesetzt werden – durch ein paar Tage Fahrt mit seiner Eisenbahn und einer mehrstündigen Überfahrt mit der Fähre von Key West aus.

Das vertraute, abgenutzte Schild rückt in mein Blickfeld, als ich auf dem Parkplatz von Rubys Restaurant ankomme.

Unsere Nähe zum Bahnhof und zum Fährterminal zieht nicht nur auswärtige Gäste an. Auch Einheimische bestaunen die Neuankömmlinge und essen für wenig Geld bei Ruby. Ruby hält nichts von Extravaganzen, und das sieht man. Das Mobiliar ist einfach, das Essen herzhaft. Hier wird jedem Gast schnell klar, dass die Speisen wichtiger sind als die Einrichtung.

Von meinem Schichtbeginn bis zum Mittag bediene ich viele Gäste, eile von Tisch zu Tisch. Der Schmerz in meinem Rücken ist immer da, das Baby drückt mich im Unterleib.

In den kurzen Momenten, in denen ich eine Pause einlegen kann, begebe ich mich in den hinteren Teil des Restaurants und lehne mich an die Wand, um den Druck zu verringern. Von den Gerüchen aus der Küche wird mir beinahe schlecht, aber zu diesem Zeitpunkt der Schwangerschaft bin ich so sehr darauf bedacht, etwas Gewicht zu verlieren, dass mir das nichts ausmacht.

Die Tür öffnet sich mit einem lauten Klingeln der Glocke und einem unangenehmen Krachen. Der Lärm übertönt die Geräusche der Küche, die Gespräche der Gäste. Das dünne Holz der Tür ist zu schwach für den großen Mann, dessen Hand auf der Klinke ruht. Die Köpfe der Leute drehen sich, und die Wangen des Neuankömmlings röten sich leicht, als er durch die Tür schlendert und sie sanft hinter sich schließt.

Ich muss nicht hinsehen, um zu wissen, welchen Tisch er genommen hat. In den letzten Monaten ist er zum Stammgast geworden, auch wenn er für sich und in seiner Ecke bleibt. Das Einzige, was ich über ihn weiß, ist sein Vorname. John. Selbst den hat er mir vor Monaten nur ungern verraten.

»Dein Lieblingsgast ist wieder da«, bemerkt Ruby augenzwinkernd von ihrem Beobachtungsposten in der Küche und wischt sich die Hände an der Schürze ab.

Ruby und ihren Mann als Chefs zu haben ist ziemlich angenehm. Sie zahlen sogar in diesen Zeiten einen fairen Lohn und kümmern sich gut um ihre Mitarbeiter. Wenn ein Gast allzu aufdringlich oder unfreundlich wird, stehen Ruby und Max immer bereit. Ruby ist nicht gerade ein geselliger Mensch, hält sich lieber in der Küche auf und überlässt es mir und Sandy, der anderen Kellnerin, die Gäste zu begrüßen und zu bedienen. Im Laufe der Jahre ist sie für mich aber mehr als nur meine Arbeitgeberin geworden, eher eine Art Freundin.

»Muss Zahltag sein, wenn man bedenkt, wie viele an diesem Wochenende zu uns gekommen sind. Er scheint heute hungrig zu sein«, sagt sie.

»Er sieht immer hungrig aus«, erwidere ich und ignoriere die Belustigung in ihrer Stimme und das Funkeln in ihren Augen.

»Seltsam, dass er ständig hier isst, oder?«, leiert Ruby in ihrem schwerfälligen Südstaaten-Tonfall. »Wirklich komisch.«

»Wahrscheinlich schwärmt er für den Key Lime Pie«, entgegne ich bemüht gelassen. »Jeder weiß doch, dass du den besten Limettenkuchen von Key West backst.«

Der Key Lime Pie ist nicht nur beliebt, weil er so gut schmeckt. Die Leute müssen ja etwas essen, und Kuchen ist so ungefähr das Günstigste auf der Speisekarte.

Ruby lächelt. »Ich bin sicher, das ist es – der Key Lime Pie.«

John ist immer höflich, immer ruhig, aber man merkt ihm an, dass er schlimme Dinge erlebt hat und nicht darüber hinweg ist. Für ihn ist der Krieg noch nicht vorbei. Eigentlich ist er ein angenehmer Kerl. Er gibt mehr Trinkgeld als die meisten anderen Gäste und hat mir noch nie Probleme bereitet. Doch irgendetwas an ihm erinnert mich so sehr an Tom, dass es mir fast den Atem verschlägt, wenn ich in seiner Nähe bin.

Sobald ich sein Essen vor ihm auf den Tisch stelle, ist mir, als säße ein anderer an seiner Stelle. Ein Mann mit derselben immensen Größe und mit der Kraft, diesen physischen

Vorteil dafür einzusetzen, um mich zu verletzen. Instinktiv warte ich darauf, dass seine fleischige Hand mein Handgelenk ergreift. Dass er den Teller mit dem Essen umkippt, weil es ihm nicht heiß genug war. Dass er mir sein Essen entgegenschleudert, weil er es satthat, jeden Tag das Gleiche zu essen. Ob ich denn nicht weiß, wie hart er arbeitet, wie es dort draußen auf dem Wasser ist. Ob ich das Essen, das er auf den Tisch bringt, denn nicht schätze. Wo so viele so wenig haben, wo Leute sogar hungern, wie kann ich bloß so undankbar sein, so …

Plötzlich befinde ich mich nicht mehr in dem kleinen Häuschen, in dem die menschlichen Abgründe von den Mangroven verborgen werden, sondern bei Ruby. Vor lauter Aufregung atme ich heftig und stoßweise.

»Alles in Ordnung mit dir?«, fragt Ruby.

Mir läuft ein Schauer über den Rücken. »Ja.«

»Wenn die Arbeit in deinem Zustand zu viel für dich wird, verstehe ich das. Ich könnte für dich übernehmen. Oder vielleicht könnte Max es versuchen.«

Ich habe Glück, dass sie mich nicht gefeuert haben, als meine Schwangerschaft sichtbar wurde. Ich kann es mir nicht leisten, diesen Job zu verlieren. Kein anderer würde eine Frau in meinem Zustand einstellen.

»Nein danke, mir geht es gut. Außerdem brauchen wir das Geld.«

Einerseits ist es schwierig genug, zwei hungrige Mäuler zu stopfen, und ich weiß nicht, wie wir es mit einem dritten schaffen sollen. Andererseits scheint es sinnlos, sich deswegen zu quälen. Das Leben geht seinen Gang, ob man sich darüber Sorgen macht oder nicht. Wir überschätzen gern unseren Einfluss darauf.

Ich stapfe auf den Neuankömmling zu, fülle unterwegs ein oder zwei Kaffeetassen nach und zögere die Begegnung so lange wie möglich hinaus.

Erneut überkommt mich eine Welle der Übelkeit, beinahe beginne ich zu schwanken.

»Möchten Sie sich setzen?«

Ich bin völlig perplex.

Alles, was John, abgesehen von seinem Namen, bisher zu mir gesagt hat, bezog sich auf seine Bestellung. Ganz so, als hätte Gott ihm nur eine bestimmte Anzahl von Wörtern für jeden Tag geschenkt, die er bereits verbraucht hatte.

John ist ein massiger Mann mit einem kräftigen Hals und breiten Schultern. Er ist groß, wirklich riesig. Sein abgenutztes weißes Hemd und sein zerlumpter Overall spannen über seinem Körper. Seine großen Hände umklammern das Besteck und lassen es direkt zierlich erscheinen. Seine Tischmanieren stehen jedoch im Widerspruch zu seinem derben Aussehen.

Seine Stimme klingt für einen so großen Mann überraschend sanft. Die Sprache mutet kühl und klar an, sein Dialekt fremd.

»Mir geht es gut«, erwidere ich und lasse den Tisch sofort los. »Trotzdem danke.«

Er errötet wieder und lehnt sich zurück. Während seiner Wochenendausflüge zu Ruby habe ich ihn nie in Begleitung eines der anderen Veteranen gesehen, die an der Autobahn arbeiten. Sie grüßen ihn zwar mit einem Kopfnicken oder dem Lüpfen des Hutes, gehen aber an ihm vorbei, als gäbe es eine Barriere um ihn herum. Er ist einer von ihnen und dann doch wieder nicht.

Viele Einwohner der Stadt machen einen weiten Bogen um die Veteranen, klagen über die üblichen Besäufnisse und das zügellose Benehmen, wenn die Männer an den Wochenenden nach Key West kommen. In den verschworenen Gemeinschaften der Bewohner von Matecumbe und Windley Key, wo die Orte kleiner, die Tage und Nächte ruhiger sind, heißt man sie wahrscheinlich noch weniger willkommen.

Es sind schwierige Zeiten. Wenn es den Menschen schlecht geht, stehen sie eng zusammen und betrachten Außenstehende mit Argwohn, selbst wenn sie sich damit ins eigene Fleisch schneiden. Wir brauchen die Eisenbahn und die Autobahn, damit Touristen zu uns kommen. Da sollten die Einheimischen vielleicht ein bisschen netter zu den Leuten sein, die dort arbeiten.

Ich habe es mittlerweile aufgegeben, die Menschen verstehen zu wollen. Sie sind ein großes Rätsel, und wenn man glaubt, sie zu durchschauen, überraschen sie einen.

»Wann ist es denn so weit?«, fragt John und richtet sich auf. Sein Blick ist auf meinen dicken Bauch unter der fadenscheinigen Schürze gerichtet. Seine Augen sind tiefbraun, dunkler als sein Haar, eingerahmt von langen Wimpern, um die ihn die meisten Frauen beneiden würden.

Ich erröte, obwohl er die Frage sehr beiläufig stellt. Wenn man schwanger ist, zeigt man der Welt seine intimsten Seiten, ganz egal, ob man das möchte oder nicht.

»In ein paar Wochen«, antworte ich.

Das Baby tritt mich wieder.

Johns Augen verengen sich leicht, als würde er im Kopf etwas nachrechnen. »Sie sollten nicht so viel auf den Beinen sein.«

Ich kann es mir nicht leisten, viel darüber nachzudenken. Ruby hat mich gern, aber sie führt ein Geschäft. Mein Job hat uns oft gerettet, wenn Tom zu betrunken war, um hinauszufahren, oder seinen Lohn versoffen hatte.

»Darf ich Ihre Bestellung aufnehmen?«, frage ich und überspiele die Intimität des Augenblicks.

»Ich hätte gerne Eier mit Speck«, antwortet er nach einer Weile. »Und einen schwarzen Kaffee, bitte.«

Er bestellt jedes Mal dasselbe.

»Kommt in ein paar Minuten«, antworte ich. Ich beuge mich vor, um einen Krümel vom Tisch zu fegen. Dabei rutscht mein Ärmel hoch und entblößt die dunkelvioletten Blutergüsse, die meine Haut zieren. Fünf blaue Flecken in Fingerabdruckgröße, um genau zu sein. Ich ziehe den Ärmel herunter. Meine Wangen werden heiß.

»Was ist passiert?«, fragt er leise.

»Nichts«, lüge ich.

Daran erkennt man, dass er kein Einheimischer ist. Ob es irgendjemanden in Key West gibt, der nicht weiß, dass Tom Berner seine Frau hart anfasst, wenn er getrunken hat? Und auch wenn er völlig nüchtern ist?

»Darf es sonst noch etwas sein?« Ich bemühe mich, ohne Zittern in der Stimme zu sprechen und ein höfliches Lächeln auf mein Gesicht zu zaubern.

Ich will weder seine Missbilligung noch sein Mitgefühl.

Ich habe keine Verwendung für gut gemeinte Worte, die mehr schaden als nutzen. Was zwischen einem Mann und seiner Frau ist, geht nur den Mann an, so heißt es. Ich bin Toms Frau, Toms Besitz. Er kann damit machen, was er will. Das Baby wird ihm gehören, ob es mir gefällt oder nicht.

John schüttelt den Kopf. Er möchte nichts weiter. Sofort ist er wieder der stillschweigende Fremde, an den ich mich gewöhnt habe.

Die Glocke über der Tür läutet, und im Raum wird es deutlich stiller als sonst, wenn Neuankömmlinge hereinspazieren.

Die Frau ist weitaus eleganter, als wir es gewohnt sind, trägt ein Kleid, das sicher aus Paris oder einer ähnlich schicken Stadt kommt. Sie ist auf fast unwirkliche Weise wunderschön und wirkt, als wäre sie direkt von den Seiten des *Photoplay* oder eines dieser anderen Hollywood-Magazine heruntergestiegen. Ihr Haar ist schwarz, ihr Lippenstift knallrot, ihre Haut makellos. Der dunkelhaarige Mann neben ihr benimmt sich, als gehöre ihm der Laden, während sie so aussieht, als würde sie mühelos durchs Leben gleiten.

Das sind sicher Eisenbahnleute. In meinem ganzen Leben habe ich noch nie ein Kleid wie das der Frau gesehen.

Sie setzen sich an einen der leeren Tische in meinem Bereich, und ich gehe zu meinen nächsten Gästen.

Schon ist der Tagtraum wieder da. Ich stelle mir Tom da draußen in seinem Boot auf dem Meer vor. Der Wind peitscht um ihn herum, die Wellen werden höher. In der Ferne braut sich ein Sturm zusammen. Ein Blitz fährt krachend nieder, der Donner grollt, und der Himmel entfesselt seine ganze

Wut. Ich schließe für einen Moment die Augen und denke an das Gebet, das mir während meiner neunjährigen Ehe so oft durch den Kopf gegangen ist.

Ich bete, dass das Meer meinen Mann bei sich behält und er nicht zurückkehrt.

2

Mirta

»Milch?«

Ich schaue zu der blonden Kellnerin hoch und bemühe mich, eine Antwort auf ihre Frage zu finden.

Was für eine Frau weiß nicht, wie ihr Mann gerne seinen Kaffee trinkt?

Von dem Moment an, als Anthony mich in *Ruby's Café* führte, waren alle Augen auf uns gerichtet. Mein Kleid ist zu aufwendig für einen so einfachen Ort, mein Schmuck zu kostspielig, meine Hautfarbe dunkler als die der anderen Gäste. Ich habe mich in meinem ganzen Leben noch nie so fehl am Platze gefühlt.

»Ich bin mir nicht sicher«, erwidere ich und kämpfe mit dem ungewohnten Englisch.

Mein Magen rebelliert. Das Frühstück, das ich Stunden zuvor auf der Fähre von Havanna nach Key West gegessen habe, hat einen metallischen Geschmack in meinem Mund hinterlassen. Die gesamte Reise über befürchtete ich, meinen Kampf gegen die Übelkeit zu verlieren, Eier und Obst auf Anthonys schicke schwarze Lederschuhe zu spucken.

Schlafen konnte ich auf der Fähre auch nicht richtig. Die ganze Zeit quälte ich mich nämlich mit der Frage, ob mein Mann diese Gelegenheit wählen würde, um unsere Ehe zu vollziehen. Am Ende hatte ich mich jedoch umsonst verrückt gemacht. Wo auch immer Anthony die Reise verbringen wollte, es war nicht in meinem Bett.

Die Brauen der Kellnerin heben sich bei meiner Antwort, der Milchkrug bleibt in der Luft stehen. Ihre Augen weiten sich, als ihr Blick auf meinen Ringfinger fällt. Ihre Reaktion auf den Diamanten ist nicht weit weg von meiner eigenen, als Anthony ihn mir vor ein paar Wochen überreichte.

»Milch, bitte«, beschließe ich mutig, während Anthony draußen telefoniert.

Die Kellnerin beugt sich vor, um die Milch in Anthonys Kaffeetasse zu gießen. Eine Strähne ihres fast weißblonden Haares hat sich aus dem Dutt auf ihrem Kopf davongestohlen. Sie ist schwanger, ihr Bauch ragt so aus ihrem zierlichen Körper heraus, dass man jeden Moment mit der Niederkunft rechnen kann. Die Kaffeekanne scheint zu schwer für ihre schlanken Handgelenke und zarten Hände zu sein. Ihre Haut sieht rissig und rot, stellenweise fast wund aus.

Sie ist ungefähr in meinem Alter, schätze ich. Anfang zwanzig oder wenige Jahre älter. Viel zu jung für so müde Augen, so gebeugte Schultern.

Trotzdem sieht sie sehr hübsch aus.

Sie erinnert mich an die Aquarelle, die früher in meinem Elternhaus in Havanna an der Wand hingen. Gedämpfte, verblasste Farben, die ihrer Schönheit etwas Vergängliches verliehen. Da ist jedoch ein Zucken in ihren Gliedmaßen, eine Nervosität in ihren Bewegungen, die im Widerspruch zu ihrer ruhigen Mimik stehen.

Mit Verspätung drehe ich den Diamanten an meinem Ringfinger herum, damit er nicht mehr sichtbar ist. Ein Anflug von Scham überkommt mich wegen des protzigen Steins, wegen des Kleides, das *er* bezahlt hat. Wäre mein Schicksal anders verlaufen, wäre ich dann so geworden wie diese Frau: die Kleidung abgenutzt, die Augen müde und voller Verzweiflung?

»Wir sind frisch verheiratet«, versuche ich meinen Milch-Fauxpas zu erklären, obwohl das ja auch nichts erklärt. Sogar neu Vermählte teilen eine Beziehungsgeschichte, lassen gegenseitige Zuneigung und Verständnis erkennen.

Der Mund der Kellnerin öffnet sich, als wollte sie etwas sagen, schließt sich aber gleich wieder. Ihre Aufmerksamkeit ist nicht mehr auf mich gerichtet, sondern auf Anthony, der gerade durch die Tür schreitet, der Inbegriff von Selbstvertrauen und Kraft.

Er ist ein attraktiver Mann, mein frisch angetrauter Ehemann, so schillernd wie der Diamant an meinem Finger. Ein Mensch, den die Frauen bewundern und die Männer in zwielichtigen, verrauchten Clubs bei einem Glas Rum um Aktientipps bitten. Falls man so etwas heutzutage überhaupt noch tut. Sein Wiederauftauchen im Restaurant beschert ihm viele neugierige Blicke, denn sein schicker Anzug ist genauso fehl am Platze wie mein Kleid.

Er ist ein gut aussehender Gatte und, was zumindest für meine Eltern am wichtigsten ist, ein wohlhabender und gut vernetzter Mann noch dazu. Selbst wenn es Gerüchte darüber gibt, woher sein Vermögen stammt. Mal wird ihm Dekadenz unterstellt, mal kriminelle Machenschaften.

Doch in diesen Tagen spielt das kaum eine Rolle. Mit seinem Geld hat er sich eine Frau gekauft, deren Familie von den schweren Zeiten hart getroffen wurde. Ich habe nie erfahren, ob mein Vater Gold, Land oder eine andere Art der Bezahlung für seine einzige Tochter bekommen hat. Was ich darüber denke, ist sowieso nicht von Belang.

»Hast du das Mittagessen bestellt?«, fragt Anthony. Die Sprache ist eine weitere Barriere zwischen uns.

Ich fühle mich im Spanischen zu Hause, er bevorzugt das Italienische. Deshalb müssen wir uns mit Englisch behelfen, der einzigen Sprache, die wir beide beherrschen.

Wie sollen wir uns ein Leben aufbauen, wenn so viele Unterschiede zwischen uns stehen?

»Nein, ich habe noch nicht bestellt. Ich war mir nicht sicher, was du möchtest. Dein Kaffee ist da.« Ich zeige auf die Tasse und warte darauf, wie er auf das Getränk reagiert. Ich weiß so wenig über ihn, seine Vorlieben, seine Persönlichkeit, sein Temperament.

Die Kellnerin verlässt unseren Tisch. Ihre Hüften wackeln, während sie das Tablett in den Händen balanciert.

»Ich habe mit meinem Freund telefoniert«, sagt Anthony. »Wir fahren ein Stück die Autobahn hoch und nehmen eine Fähre, die uns nach Islamorada bringt. Das Personal hat alles für uns vorbereitet.«

Ich drehe den Ring wieder um den Finger. Sein Gewicht ist ungewohnt. Die scharfen Zinken der Fassung, die den Diamanten an Ort und Stelle halten, bohren sich manchmal in meine Haut. Welcher Mann kauft seiner Frau in Zeiten wie diesen einen solchen Ring?

Anthonys dunkle Brauen ziehen sich zusammen, er blickt auf meine Hände. »Ist er zu groß?«

»Wie bitte?«

»Der Ring.«

Ich höre auf, mit meinen Fingern zu spielen.

»Ist er zu groß für deinen Finger?«, präzisiert er. »Wenn wir in New York sind, können wir ihn zu meinem Juwelier bringen, falls du die Größe geändert haben möchtest.«

New York wird unser endgültiges Reiseziel sein, das wir mittels der Florida East Coast Railway in ungefähr einer Woche erreichen werden. Vorher verbringen wir unsere Flitterwochen bei Anthonys Freund in Islamorada.

Ich war noch nie in New York, kenne dort keine Menschenseele, aber irgendwie soll es jetzt mein Zuhause sein. Dort soll ich seine Kinder gebären und den Rest meiner Tage verbringen. Wie oft ich mir auch sage, dass dies meine Zukunft sein wird: Ich komme nicht mit der Tatsache zurecht, dass sich mein Leben so plötzlich und so endgültig verändert hat. Ich kann mir nicht vorstellen, wie unser Leben aussehen wird oder wie ich lernen soll, die Ehefrau dieses Mannes zu sein.

Wird meine Familie mich besuchen? Meine Eltern? Mein Bruder? Wird mein neuer Mann mich jemals nach Kuba zurückbringen? Seine Geschäftsinteressen brachten ihn nach der Revolution im Jahr 1933 auf die Insel, aber er hat nichts darüber gesagt, ob er langfristig dorthin zurückkehren will.

Werde ich mein Zuhause jemals wiedersehen?

»Der Ring ist völlig in Ordnung. Wirklich schön. Ich glaube nicht, dass ich dir richtig dafür gedankt habe«, füge ich hinzu und denke an den Rat meiner Mutter, dass die Ehe angenehmer werden würde, wenn wir Gemeinsamkeiten zwischen uns suchten. Wenn er mich mögen würde.

Mächtige Männer sind sehr beschäftigt, Mirta. Sie möchten nicht mit häuslichen Problemen, den Banalitäten deines Tages, deinen Launen oder Stimmungen belästigt werden. Dein Ziel sollte es sein, deinen neuen Ehemann glücklich und stolz zu machen, seinen Stress zu lindern.

Diese Worte richtete sie an mich, während sie die Knöpfe meines weißen Spitzenkleides schloss. Die Nadeln, die das Kleid in Form hielten, stachen in meine Haut.

Meine Mutter drückte mir einen Strauß elfenbeinweißer Blumen in die Hand und erteilte mir weitere Last-Minute-Anweisungen für die überstürzte Hochzeit. Für die Hochzeitsnacht dagegen erhielt ich keinen Rat.

»Als ich ihn sah, wusste ich sofort, dass er perfekt für dich ist«, sagt Anthony.

Ich unterdrücke den Drang, das Gesicht zu verziehen.

Es ist kaum die Art von Schmuck, die ich mir selbst ausgesucht hätte. Der Ring ist zu wuchtig, zu auffällig, von allem zu viel. Bei dem aktuellen politischen Klima in Kuba haben wir gelernt, nicht unnötig auf uns aufmerksam zu machen. Ich kann ihm kaum einen Vorwurf deswegen machen, aber insgeheim setze ich seinen Fauxpas auf die Liste der kleinen Widrigkeiten, die ich in dieser Ehe schon aushalten musste.

»Ich mag das Restaurant«, sage ich plötzlich. Ich will nicht mehr über den Ring sprechen.

»Ja, wirklich?« Er sieht sich im überfüllten Sitzbereich um. »Ich hatte befürchtet, dass es dir zu gewöhnlich sein könnte. In Havanna warst du sicher elegantere Etablissements gewohnt. Aber ich fand es einfach praktisch, weil es so nahe am Fähranleger liegt. Du hast während der Reise ja kaum etwas gegessen.«

»Nein, es ist nicht die Art von Restaurant, die ich früher besucht habe«, gebe ich zu. Genau das macht dieses Lokal so faszinierend.

Als mein Vater Präsident Machado unterstützte, waren wir fest in der gesellschaftlichen Welt von Havanna verwurzelt.

Vor zwei Jahren veränderte sich alles.

Die Kubaner wurden der Diktatur von Machado überdrüssig. Die wirtschaftlichen Sorgen, die durch die Krise in den Vereinigten Staaten und eine Studentenrevolte ausgelöst wurden, führten zu Spannungen und Gewalt im Land. Als die Probleme zunahmen, griffen die Amerikaner auf diplomatischem Wege ein. Schließlich wurde Machado von einer Gruppe seiner Offiziere vertrieben und ins Exil gezwungen. Seine Anhänger, die Machadisten, wurden nach dem Militärputsch verfolgt. Ihre Leichen fand man in ganz Kuba. Sie hingen an Laternenpfählen, wurden an Straßenrändern abgeladen und auf Marktplätzen verbrannt.

Durch die Gnade Gottes oder eine andere glückliche Fügung überlebte mein Vater. Doch er machte den Fehler, den falschen Kandidaten zu unterstützen. Nun zieht Fulgencio Batista, zum Oberst befördert, die Fäden in Kuba und ist derjenige, bei dem wir uns einschmeicheln müssen.

Mein älterer Bruder Emilio wurde mit der Aufgabe betraut, unser Zuckerunternehmen zu führen, eine bessere Beziehung zum neuen Regime aufzubauen und sich mit Batista gut zu stellen. Die enge Beziehung unseres Vaters zu Machado hatte dafür gesorgt, dass er selbst in Ungnade fiel. Dabei hat er mehr Glück gehabt als viele seiner Freunde, die ihr Leben lassen mussten. Jetzt muss Emilio die Weichen für unsere Familie neu stellen.

»Früher hatten wir vielleicht in der besseren Gesellschaft verkehrt«, formuliere ich vorsichtig. »Zuletzt haben wir ziemlich viel Zeit zu Hause verbracht. Es gab einen Kreis von Familien, die wie wir ihre Position verloren. Nach der Revolution von 1933, die Batista an die Macht brachte.«

Anthony und ich haben die letzten paar Jahre auf derselben Insel, aber eigentlich nicht im selben Land gelebt. Dank Batistas neuer Beziehungen zu den Amerikanern blühte das Casino- und Hotelgeschäft auf. Das hatte ihn nach Kuba gelockt. Er war jedoch kaum mehr als ein Besucher, geschützt vor den Schrecken, denen sich alle anderen ausgesetzt sahen.

»Ich habe mich schon gefragt, wie du deine Tage und Nächte verbracht hast«, sagt er. »Ich habe dich oft in Havanna gesehen, aber nur beim Kommen oder Gehen. Ich habe nie mitbekommen, wo du letztlich hingegangen bist.«

Ich werde rot. »Zweifellos waren meine Aufenthaltsorte weit weniger interessant als deine.«

»Vielleicht.« Er lächelt. »Ich hätte nicht gedacht, dass Damen gerne Nachtclubs und Casinos besuchen möchten.«

»Es ist schwierig herauszufinden, was man möchte, wenn einem so viele Türen verschlossen sind.«

Ein Hauch von Verständnis spiegelt sich in seinem Blick.

Es ist zwar weitaus einfacher, ein Mann zu sein als eine Frau. Aber eine Kleinigkeit haben wir gemeinsam: Es ist etwas anderes, sein Geld verdient zu haben, als damit geboren worden zu sein. Zweifellos weiß mein Ehemann mit seinem aus dubiosen Quellen stammenden Vermögen sehr gut, wie es sich anfühlt, wenn einem bestimmte Türen verschlossen bleiben.

Und trotzdem – irgendwie kreuzte sich sein Weg mit dem meines Vaters. Sie spielten zusammen Karten, und Anthony schlug ihm die Ehe zwischen uns vor. Ich hege so viele brennende Fragen in meinem Inneren, aber die mahnende Stimme meiner Mutter siegt. Anstatt die Antworten zu verlangen, nach denen ich mich sehne, entscheide ich mich für höfliche Plauderei.

»Machst du viele Geschäfte auf den Keys?«, frage ich ihn.

»Einige, wenn auch nicht mehr so viele wie früher. Die Fähre und die Eisenbahn waren sicherlich nützlich für die Region. Es werden bald wichtige Handelsrouten über Key West führen. Aus der Nähe zum Rest der USA, zu Lateinamerika und zu Kuba ergibt sich ein unermessliches wirtschaftliches Potenzial.«

Glaubt man den Gerüchten über die Geschäfte meines Mannes, scheint er tatsächlich ein Händchen für Chancen zum Geldverdienen zu haben. Man munkelt, dass Anthony Alkohol aus Kuba geschmuggelt hatte, bevor die Regierung der Vereinigten Staaten vor zwei Jahren die Prohibition beendete.

Mein neuer Ehemann soll ein Freund von Batista sein, wie so viele dieser Amerikaner, die gerade in Havanna ihren

Claim abstecken. Eine Tatsache, die sicher ein starkes Argument für unsere Hochzeit gewesen sein muss. In diesen Zeiten ist es ein großer Vorteil, einen Schwiegersohn mit gutem Draht zum mächtigsten Mann in Kuba in der Familie zu haben.

»Unternimmst du viele Geschäftsreisen?«, frage ich in einem weiteren Versuch, etwas über unsere Zukunft herauszubekommen. Nach meiner Erfahrung sprechen die meisten Männer enorm gerne über sich selbst, aber mein Mann ist erstaunlich verschlossen, was sein Leben betrifft. So viel wie im Augenblick haben wir wahrscheinlich noch nie miteinander gesprochen.

»Durchaus.«

Ich warte. Als mir klar wird, dass er nicht näher darauf eingehen wird, versuche ich es erneut. »Reist du gerne?«

Einen Moment lang wirkt er fast verwirrt. »Mein Geschäftsfeld hat sich im Laufe der Jahre erweitert, und es ist wichtig, dass ich alles im Auge behalte. Man kann gute Leute einstellen, aber es ist hilfreich, sich persönlich um die Dinge zu kümmern und seine Mitarbeiter daran zu erinnern, worum es geht.«

»Und deine Interessen in Kuba? Hast du vor, dorthin zurückzugehen?«

»Ich habe dort natürlich geschäftliche Interessen – durch das Hotel und das Casino. Du möchtest deine Familie besuchen. Du vermisst sie sicher.«

Es ist nicht nötig, das als Frage zu formulieren. Er hat ein sehr gutes Gespür dafür, wie viel mir meine Familie bedeutet und wie weit ich gehen würde, um sie zu beschützen. Mein

Vater wollte, dass ich Anthony heirate. Also tat ich es, weil ich dazu erzogen wurde, den Wünschen meiner Familie ohne Widerrede zu folgen.

Ich beneide die Männer um die Freiheit, ihren Ehepartner zu wählen. Sie nehmen sich uns, als würden sie ein Stück Obst auf dem Markt kaufen. Wir haben in dieser Angelegenheit kein Mitspracherecht.

Anthony erzählt von dem Haus, in dem wir unsere Flitterwochen verbringen werden. Ich sitze da und beobachte, wie sich seine vollen Lippen bewegen, höre aber nichts. Ich kann bloß nicken, als verstünde ich. Als wäre ich hier bei ihm, während ich in Wirklichkeit auf offener See treibe, ertrinkend die Arme hochrecke und um Hilfe flehe, während die Leute an mir vorbeigehen.

»Wie klingt das?«, fragt Anthony, und ich zucke mit dem Kopf wie eine Marionette.

Wie soll ich diese seltsame Ehe überleben?

3

Elizabeth

»Nenn mich Eliza«, säusele ich. »Alle meine guten Freunde nennen mich so.«

Das ist nicht ganz wahr. Jeder sagt Elizabeth zu mir, oder sogar *Elizabeth Anne Preston*. Das sagt meine Mutter, wenn sie wütend auf mich ist, was oft vorkommt. Im Augenblick spielt das jedoch kaum eine Rolle. In diesem Zug kann ich Eliza sein, wenn ich das will. Außerdem hat der Spruch seinen Zweck erfüllt.

Der Collegejunge, der mir in einem Abteil der Florida East Coast Railway gegenübersitzt, errötet, als ich mich in meinem Sitz zurücklehne. Die blassen Kurven meiner Schenkel blitzen für einen Augenblick auf, bevor ich meine Beine wieder kreuze. Seine Aufmerksamkeit wird für einen Moment von meinem Gesicht abgelenkt.

Wer hat behauptet, dass die Reise nach Key West langweilig werden muss?

In der Penn Station habe ich die über fünfzehnhundert Meilen lange Reise begonnen, und seitdem ist eine deprimierende Kleinstadt nach der anderen am Zugfenster vorbeigezogen. Irgendwann änderte sich jedoch die Landschaft. Braun und Grau wurden zu Aquamarin und Saphir. Mr. Flaglers Eisenbahn hielt am Ende, was ihr Ruf versprach. Flagler und mein Großvater waren zu Lebzeiten Freunde – na ja, eher Bekannte, wenn ich ehrlich bin.

Egal, wie sehr sich meine Mutter etwas anderes wünscht, selbst in unseren besten Zeiten gehörten wir nicht zu den Öl-Milliardären. Der Nachname Preston mag in diesem Land etwas bedeuten, aber er ist erheblich weniger wert, wenn man bloß eine entfernte Verwandte ist und nur alle paar Jahre zu Hochzeiten und Beerdigungen eingeladen wird.

Der Collegejunge und ich spielen dieses Spielchen seit mindestens fünf Staaten. Er fährt nach Hause. Seine schicke Universität in Connecticut macht in den Semesterferien zu, und ich kann es kaum erwarten, dass die Reise endlich vorbei ist.

Wir begannen unseren Flirt, als der Zug die Penn Station in New York City verließ. Mein Unmut über die Dauer der Zugfahrt wurde durch den Anblick seiner breiten Schultern und seines eleganten Anzugs sofort gelindert. Zuerst tauschten wir Höflichkeiten aus, unterhielten uns darüber, mit welchen Familien wir beide bekannt waren. Ich zählte die Jungs aus seiner Studentenverbindung auf, die ich im Laufe der Jahre kennengelernt habe.

In unserem Wagen ist mehr los als erwartet, wahrscheinlich aufgrund des Feiertagswochenendes rund um den Labor Day und der Werbeaktion, mit der die Eisenbahn versucht, mehr Fahrgäste anzulocken. Trotzdem haben wir uns sofort gefunden, fast wie zwei Magnete. Nun teilen wir uns Zigaretten und Whisky, während der Zug weiter voranrollt.

Kurz vor Key Largo erlaube ich ihm einen winzigen Blick in mein Dekolleté. Mein Kleid ist seit mehreren Saisons aus der Mode und weiß Gott nicht das einzige veraltete Stück in meinem Schrank.

Es gibt Menschen, die sagen würden, ich solle mich unauffälliger verhalten, aber ich habe nie viel darauf gegeben, was andere Leute sagen. Das ist vermutlich Teil des Problems. Darum trage ich also ein rotes Kleid, passend zu meinem Haar und meinen Lippen. Die Farbe zieht die Aufmerksamkeit jedes Mannes in unserem Waggon auf sich, abgesehen von einem.

Dem Mann im grauen Anzug.

Er fiel mir auf, als er in Miami in den Zug stieg und ohne großes Aufsehen den Sitz schräg gegenüber einnahm. Er fiel mir umso deutlicher auf, weil ich ihm während der nächsten Stunden überhaupt nicht auffiel. Wer war er?

Wir näherten uns Key West. Die anderen Passagiere sahen aufgeregt aus dem Fenster. Welch herrliche Aussicht! Der majestätische Atlantik auf der einen Seite der Bahnlinie und der ebenso atemberaubende Golf von Mexiko auf der anderen … Im Gegensatz zum Rest der Mitreisenden blieb der Mann in seine Lektüre vertieft – kein Interesse an der Landschaft.

»Hast du das gesehen?«, fragt mich der Collegejunge begeistert. »Schau dir die Fische da unten an.«

Ein Mundwinkel des Mannes im grauen Anzug zuckt. Das ist beinahe ein Lächeln.

»Erstaunlich«, säusele ich und schaue nicht auf den Schwarm Fische, der ein paar Meter weiter unten im Wasser schwimmt, sondern auf den Mann, der schräg gegenübersitzt. Dieses halbe Lächeln ist das, was einer menschlichen Regung am nächsten kommt, seit er in den Zug gestiegen ist.

Er macht sich jedoch nicht die Mühe, von seinen Akten aufzublicken.

Was kann an ein paar staubigen alten Seiten so interessant sein?

»Ich schaue mal, ob ich im Panoramawagen eine bessere Sicht habe«, kündigt der Collegejunge an.

Ich entlasse ihn mit einer Handbewegung. Ihn hatte ich mühelos für mich eingenommen, jetzt richte ich meine Aufmerksamkeit fest auf den Mann im grauen Anzug. Die Herausforderung ist zu reizvoll, um sie zu ignorieren. Die Reise geht dem Ende zu, sicher wird er bald aufschauen.

Schon beuge ich mich in meinem Sitz vor, schiebe mein Buch vom Schoß und bemühe mich in keiner Weise, meine Absicht zu verbergen. Das Buch trifft mit einem dumpfen Knall auf dem Abteilboden auf.

Etwas, das sehr nach einem Seufzer klingt, entweicht dem Mann im grauen Anzug.

Ich warte.

Er bewegt sich endlich. Sein großer Körper faltet sich auseinander, als er sich vorbeugt, um das Buch aufzunehmen. Ich rutsche auf meinem Sitz herum und lehne mich im selben Moment vor wie er. Mir ist vollkommen bewusst, dass ich mein beeindruckendes Dekolleté in sein Blickfeld rücke.

Jetzt macht er ein Geräusch– irgendetwas zwischen einem

scharfen Einatmen und einem Prusten. Ich schürze die Lippen.

Grauer Anzug gibt mir wortlos meinen Roman von Patricia Wentworth zurück. Seine Augen sind von einem schönen, vertrauenerweckenden Braun. Sein Haar ist ordentlich kurz geschnitten, blond mit braunen Strähnen und vielleicht einem Hauch von Stahlblau. Bestimmt ist er schon dreißig.

Er sieht nicht auf herkömmliche Weise gut aus, eher wie ein Soldat, ein aufrechter Typ mit kantigem Kinn.

»Ich habe darauf gewartet, dass Sie mich bemerken«, hauche ich, klimpere mit den Wimpern und versuche, möglichst sichtbar zu erröten. Aber meine Fähigkeiten sind eingerostet. Mein soziales Leben ist dieser Krise zum Opfer gefallen, meine Technik nicht mehr so ausgefeilt wie früher, als die Männer in Scharen um mich herumscharwenzelten und mir zu Füßen lagen.

Grauer Anzug antwortet nicht, richtet sich aber etwas in seinem Sitz auf und durchbohrt mich mit seinem Blick.

»Haben Sie mich denn bemerkt?«, frage ich.

Seine Lippen zucken. »Durchaus.«

Ich zwinkere wieder. »Und was genau haben Sie bemerkt?«

Er schnaubt. »Dass es Scherereien bringt, sich mit Ihnen einzulassen.«

Ich warte auf den Rest. Trotz ihrer Proteste habe ich gelernt, dass die meisten Männer nichts gegen ein paar Scherereien haben. Wenn man so will, könnte man sagen, ich habe eine Studie dazu durchgeführt.

Als er nicht antwortet, beuge ich mich vor und erlaube

ihm, einen Hauch von meinem französischen Parfum zu erhaschen. Die letzten Tropfen habe ich sorgfältig mit Wasser verdünnt, um alle verfügbaren Duftpartikel herauszukitzeln. »Und wie stehen Sie zu Scherereien?«

»Ich habe keine Zeit für Scherereien.« Er schmunzelt. »Schon gar nicht für solche am Rande der Legalität.«

»Ich bin dreiundzwanzig.«

»Das meine ich ja.«

»Wie alt sind Sie denn?«, gebe ich zurück.

»Viel älter als dreiundzwanzig. Ich habe keine Zeit für verwöhnte Mädchen mit mehr Zeit als Verstand.« Er deutet auf seine Lektüre. »Es gibt genügend Probleme auf dieser Welt. Zwecklos, sich noch mehr aufzuladen.«

Wenn ich mich leicht abschrecken ließe, würde ich nicht in diesem Zug sitzen. Außerdem habe ich noch keinen Mann kennengelernt, der schönen Beinen und einem vielversprechenden Dekolleté widerstehen konnte.

Jeder weiß, dass wir in schlimmen Zeiten leben, und in schlimmen Zeiten geht man gerne ein Risiko ein – in meinen Kreisen zumindest. Wenn man alles verloren hat, weiß man ganz gut, dass es nur wenig zu gewinnen gibt, befolgt man strikt die Regeln und geht stets auf Nummer sicher.

Mein Herzschlag beschleunigt sich, als ich mich wieder nach vorne beuge, auf der Sitzkante balanciere, die Lippen nur Zentimeter von seinem Ohr entfernt. Als mir eine maskuline Duftnote von Seife und Haut in die Nase steigt, verbreitet sich Gänsehaut über meinen ganzen Körper.

»Es könnte Ihnen gefallen«, necke ich.

Grauer Anzug schreckt nicht zurück. Stattdessen bleibt er

ruhig, die einzige erkennbare Bewegung seines Körpers ist ein Zucken des Kinns.

Am Anfang war es nur ein Spiel, das ich spiele, seit Gott mir Brüste und Hüften geschenkt hat. Grauer Anzug hat nicht unrecht. Im Moment habe ich wirklich mehr als genug Zeit. Aber in den Minuten, die seit meiner Annäherung an ihn vergangen sind, hat sich das Spiel verändert. Bis zu diesem Moment, da meine Lippen nur Zentimeter von seiner warmen, gebräunten Haut entfernt sind.

Ich will ihn küssen. Mit einem Ruck lehne ich mich zurück.

Er sieht mich nicht an, eher durch mich hindurch. »Ich glaube nicht, dass es mir gefallen würde«, antwortet er ohne erkennbaren Akzent. Er könnte wirklich von überall stammen.

Ich öffne den Mund, um etwas zu erwidern, finde aber keine Worte. Meine Kühnheit scheint mich mit einem Mal verlassen zu haben.

Mit einem Kloß im Hals und glühenden Wangen erhebe ich mich von meinem Sitz und stakse unsicher zu einem anderen Platz hinüber, weg vom Collegejungen, weg von allen. Mein Blick ist fest auf das Wasser gerichtet, das unter den Gleisen dahinrauscht.

Mein Vater besaß Anteile an dieser Eisenbahn, als ich ein kleines Mädchen war, das in einer Welt des Luxus lebte. Vor dem Börsencrash, vor dem Schwarzen Freitag. Bevor wir alles verloren. Bevor er sich umgebracht hat.

Ich ziehe den Brief aus meinem Portemonnaie. Der Umschlag ist abgenutzt, das Papier zerknittert. Wieder lese ich die Worte, klammere mich an den schwachen Schimmer der Hoffnung, der mich nach Key West gelockt hat.

Die Schaukelbewegung des Zuges wiegt mich sanft in den Schlaf.

* * *

Vier Stunden später erreichen wir den Hauptbahnhof in Key West. Ich erwache von den Geräuschen der Passagiere, die sich um mich herumbewegen. Jemand hat mir eine Decke über die Schultern gelegt.

Grauer Anzug ist nirgends zu sehen. Jetzt, da die Reise vorbei ist und ich angekommen bin, kann ich keine Energie mehr für Flirts aufbringen.

Mit dem Koffer in der Hand steige ich aus dem Zug. Die hohe Luftfeuchtigkeit überfällt mich wie ein Schock. Das Wasser ist nur ein paar Schritte entfernt, viele Palmen prägen die Umgebung. Das ist etwas ganz anderes als mein vertrautes New York.

Es liegt ein gewisser Trost in der Hektik jener Stadt, in der Anonymität der Körper, die mich im Gedrängel streifen, und in den Gebäuden, die eine geschlossene Front bilden. Es verlaufen Grenzen durch die Stadt. Straßen, die ein Muster bilden, dem ich folgen kann, indem ich einen Fuß vor den anderen setze. Ich meide die Straßenabschnitte in der Nähe der Wall Street, die ich genommen habe, wenn ich mit meiner Mutter zusammen meinen Vater in seinem Büro besucht habe. In einem anderen Leben.

Noch einmal nehme ich den Brief aus meinem Portemonnaie und fahre mit den Fingern über den Poststempel von Key West.

Mein Magen knurrt und macht ein Geräusch, das meiner Mutter unangenehm wäre. In der Ferne entdecke ich ein Esslokal. Auf einem verwitterten weißen Schild mit verblasstem Schriftzug steht: *Ruby's Café*. Und in kleineren Buchstaben darunter der vielversprechende Zusatz: *Der beste Key Lime Pie in der Stadt*.

Ich stecke den Brief zurück in meine Handtasche, öffne meine Börse und zähle schnell das Geld. Mir wird bang ums Herz.

Als ich den mageren Vorrat wieder zurückstopfe, stoßen meine Finger gegen etwas Metallisches. Die Platinzinken meines Verlobungsrings graben sich in meine Haut ein. Sie sind so spitz, dass ein Tropfen Blut aus meinem Finger quillt.

Ich atme tief ein und gehe in Richtung von *Ruby's Café*.

4

Helen

Am Labor-Day-Wochenende ist mehr los als sonst. Ein stetiger Strom von Einheimischen, Touristen und Veteranen genießt seine Freizeit und lenkt mich von meinen Schwangerschaftsbeschwerden ab.

Zwischen Mittag- und Abendessen kommen weniger Gäste ins Restaurant. Ich stehle mich nach draußen und setze mich auf eine Holzbank vor *Ruby's Café*.

In der Nähe des Restaurants parkt ein schwarz glänzendes Auto. Die junge Frau, die ich vorhin bedient habe, steht daneben. Ihr Ehemann ist nirgends zu sehen.

»Alles in Ordnung?«, frage ich.

»Reifenpanne«, antwortet sie. Ihr Akzent erinnert mich an die Kubaner, die dank der guten Fährverbindung häufig nach Key West kommen. »Mein Mann sucht jemanden, der uns helfen kann.«

Ich war nie in Kuba. Tom sagte immer, wir würden gleich nach unserer Hochzeit hinfahren. Schließlich führten ihn seine Fischzüge oft auf die Insel. Dann blieb er wochenlang verschwunden, und wenn er zu mir zurückkehrte, roch er nach Rum, Zigarrenrauch und dem Hauch eines Frauenparfums. Schließlich wurden seine Versprechen immer seltener, und ich gab die Idee auf. Vor allem, als mir klar wurde, dass es wahrscheinlich besser für mich war, nicht zu wissen, was er dort drüben trieb.

Der vordere rechte Reifen des eleganten Autos sieht tatsächlich platt aus. Ein zackenförmiger Schnitt im Gummi ist die offensichtliche Ursache des Problems.

»Haben Sie einen Unfall gehabt? Das ist ja ein böser Schnitt.«

»Nein.«

»Ist es passiert, während Sie beim Essen im Lokal waren?«

»Das könnte sein. Wir sind nicht sicher. Jedenfalls haben wir nichts bemerkt, bis wir wegfahren wollten. Es war alles in Ordnung, als das Auto von der Fähre kam.«

»Tut mir leid, dass Sie so unfreundlich empfangen wurden. Ehrlich gesagt, ist das hier nicht die beste Gegend. Die Bars in der Duval Street ziehen üble Burschen an, und so ein Auto fällt auf.« Ich zeige auf das Lokal hinter mir. »Sie können drinnen warten, wenn Sie möchten. Da haben Sie Ihre Ruhe vor den Mücken.«

»Vielen Dank, hier draußen ist es gut. Ich brauche die frische Luft. Es war ein langer Tag mit der Überfahrt.«

»Wollen Sie in Key West bleiben?«

Bei uns kommen viele Menschen vorbei, die zu anderen Orten weiterreisen. Eine meiner Lieblingsbeschäftigungen ist es, die Touristen zu fragen, wohin sie wollen. Manchmal schaue ich mir ihre Reiseziele in der Gemeindebücherei auf der Karte an und stelle mir vor, wie es wäre, dorthin zu fahren. Hunderte solcher Abenteuer haben mich um die ganze Welt geführt.

Wenn mir ein Ort auf der Karte gefällt, bitte ich eine der Bibliothekarinnen um ein Buch darüber. Wenn Tom unterwegs ist, gehören die Stunden, die ich zu Hause beim Schmökern verbringe, zu meinen glücklichsten überhaupt. Kehrt er nach Hause zurück, verstecke ich die Bücher. Tom sagt nämlich, dass zu viel Lesen bei einer Frau, eigentlich überhaupt das Lesen, eine gefährliche Sache sei.

»Wir sind auf dem Weg nach Islamorada«, antwortet sie. »In unsere Flitterwochen. Danach geht es nach New York.«

Islamorada ist nicht unbedingt ein Ziel, das ich mit so glamourösen Menschen verbunden hätte. Doch ich nehme an, wenn man auf seiner Hochzeitsreise nach Privatsphäre sucht, wird man sie dort mit Sicherheit finden.

Ihr Blick wandert zu meinem Bauch. »Wann ist es denn so weit?«

»In ein paar Wochen. Es ist mein Erstes«, füge ich hinzu und komme damit der Frage nach weiteren Kindern zuvor. Diese scheinbar harmlose Frage, die viel Schmerz mit sich bringen kann.

Ihr Blick verweilt auf dem einfachen Blechring an meinem Ringfinger. »Sie und Ihr Mann müssen sehr glücklich sein.«

Ich lege meine Handfläche über meinen Bauch. »Ich wollte schon immer Mutter werden«, erwidere ich bloß.

So beängstigend diese Veränderung in meinem Leben ist, so ungewiss ist die Zukunft, die vor uns liegt. Meine Liebe zu diesem Kind ist das Einzige, an dem ich nicht zweifele. Ich erzähle ihr nichts über die Verluste, die ich zuvor erlitten habe. Über die Zeiten, in denen ich nicht wusste, ob Toms Fäuste oder mein eigener Körper Schuld daran trugen. Darüber, wie verzweifelt ich um dieses Baby gebetet habe. Was sich in Anbetracht des Lebens, das ich meinem Kind bieten kann, wie ein ganz egoistischer Wunsch anfühlte.

Sie runzelt die Stirn, während ich rede, und da zeigt sich etwas in ihrem Gesichtsausdruck …

»Alles in Ordnung?«, frage ich noch einmal.

Ihre Augen sind voller Tränen. »Es sind nur die Nerven, stimmt's? Jede frischgebackene Ehefrau muss da durch.«

»Keine Ahnung«, antworte ich ehrlich, überrascht von ihrer Offenheit. Ihr Benehmen steht im Widerspruch zu ihrem äußeren Erscheinungsbild.

Als ich mit sechzehn Tom heiratete, rannte ich vor Aufregung praktisch zum Altar – und wohin hat mich das letztlich gebracht?

»Glauben Sie, er ist ein guter Mann? Ihr Ehemann?«, frage ich. »Ein freundlicher Mann?« Im Restaurant schien er mir recht höflich zu sein. Menschen neigen dazu, Bediensteten gegenüber ihr wahres Gesicht zu zeigen. Ich habe auf jeden Fall schon unhöflichere Gäste bedient. Doch ich verurteile die Leute nicht für ihr Verhalten, denn es sind die Umstände, die sie formen.

»Wir haben schnell geheiratet. Davor hatten wir kaum Gelegenheit, uns kennenzulernen.«

Ich kann nicht anders. Mein Blick fällt nun auf *ihre* Bauchregion.

Ihre Wangen röten sich. »Meine Familie wollte, dass wir heiraten.«

»Dann wünsche ich Ihnen alles Gute.« Ich mache eine Pause. Normalerweise bin ich Fremden oder überhaupt anderen gegenüber nicht so offen, aber trotz der augenscheinlichen Unterschiede ist mir etwas an ihr sehr vertraut. Ich weiß, wie es ist, sich alleine zu fühlen. »Eine Ehe ist etwas Kompliziertes. Es ist nicht leicht, sich an einen anderen zu binden, sich seinen Launen auszuliefern, die eigenen Bedürfnisse zurückzustellen und sich seinem Willen zu beugen. Das ist anstrengend«, gestehe ich.

»Ja, das glaube ich. Mein Name ist Mirta«, sagt sie nach einer Weile.

»Ich heiße Helen.« Ich versuche zu lächeln. »Ich hoffe, Ihnen wird es anders ergehen.«

»Es tut mir leid, dass Sie nicht glücklich sind.« Sie schluckt. »Ist das schon immer so gewesen?«

Ich denke zurück. Neun Jahre Ehe überlagern die Erinnerungen an jene Zeit, als wir jung waren, als Tom mich bei Ruby besuchte, wenn er vom Meer zurückkam und nach Salz, Fisch, Sonne und Freiheit roch. Ich liebte es so sehr, mein Gesicht an seinem Hals zu vergraben und die Arme fest um seinen Körper zu schlingen. Seine Kraft war ein Schutzwall, der uns vor den Problemen der Welt schützen würde.

Es gab auch glückliche Zeiten, oder? Es musste sie gegeben haben. Sie sind inzwischen weit weg und verblasst. Es fühlt sich an, als gehörten sie einem anderen Menschen. Als wäre ich ein anderer Mensch geworden. Doch es hat sie gegeben. Irgendwann verschwanden diese Zeiten jedoch, ohne dass ich es merkte. Die anderen Phasen unserer Ehe, die ich mit Angst und Schrecken verband, wurden zum Alltag.

»Nein«, erwidere ich. »Es gab andere Zeiten, als wir geheiratet haben. Wir waren natürlich arm, aber es war eine andere Art von Armut. Wir arbeiteten uns nach oben, bevor alles zusammenbrach. Wir hatten ein kleines Haus und wollten bald ein Baby bekommen, schmiedeten Pläne.«

Damals waren wir voller Hoffnung. Selbst als die Dinge schlimmer wurden, hatte Tom noch sein Boot. Er sagte immer, ein Mann, der bereit sei, hart anzupacken, könne alles schaffen. Doch es stellte sich heraus, dass das Boot nicht genug war. Tom konnte zwar Essen auf den Tisch bringen, aber der Fisch half uns nicht weiter, weil die Leute nicht das Geld hatten, um ihn zu kaufen.

»Er hat sich verändert«, antworte ich schließlich. »Oder das Leben hat uns verändert.«

Es gibt viele rechtschaffene Männer auf der Welt, die wie wir alles verloren und trotzdem nicht angefangen haben, ihre Frauen zu schlagen oder ihren Lohn zu versaufen. Vielleicht waren diese Eigenschaften ja seit jeher in Tom verborgen gewesen, und ich habe sie einfach nicht gesehen.

»Woher wissen Sie das?«, fragt Mirta, blass im Gesicht, die Augen weit vor Erstaunen.

Sie ist so jung.

Ich ergänze die Frage für sie. »Woher man weiß, ob man einen Mann geheiratet hat, der sich ändern wird?«

Sie nickt.

»Ich bin mir nicht sicher, ob man das vorher wissen kann. Wollten Sie ihn heiraten?«

War sie wie ich? Hin und weg von zwei breiten Schultern? Schwärmte sie von der Meeresluft, von der Brise in ihrem Haar? Suchte sie das Abenteuer? War sie so hingebungsvoll verliebt, dass sie zwar ihr eigenes Herz erforscht hatte, aber nicht seins?

»Ich weiß nicht. Ich wollte gern heiraten. Eine Familie haben. Ich dachte, ich bekäme ein Mitspracherecht.«

Ich möchte mehr tun, mehr sagen. Trotz der Unterschiede zwischen uns erinnere ich mich gut daran, wie es sich anfühlte, eine frischgebackene Ehefrau zu sein, die versuchte, eine Familie und ein Zuhause zu gründen. Ohne große Hilfen und Hinweise von außen. Zumindest hatte ich den Vorteil, von meinem Elternhaus nur ein paar Hundert Meter weiter ziehen zu müssen, als ich Tom heiratete. Ich kann mir nicht vorstellen, wie es sein muss, mit einem Ehepartner, der mehr oder weniger ein Fremder ist, in ein anderes Land zu ziehen.

Hinter mir bricht Hektik aus, Ruby ruft mich. »Meine Pause ist vorbei. Ich muss wieder an die Arbeit.«

»Ich danke Ihnen, dass Sie mit mir gesprochen haben.« Mirta beugt sich vor und umarmt mich. Als sie mich loslässt, überprüfe ich diskret, ob ich auch keine Schmutz- und Fettflecken auf ihr stilvolles Kleid gebracht habe. »Danke«, flüstert sie erneut. »Und viel Glück. Ich hoffe, dass alles gut läuft für Sie und Ihr Kind.«

»Das wünsche ich Ihnen auch.« Ich bleibe einen Moment stehen und suche nach den richtigen Worten, finde aber keine.

Die Hilflosigkeit ist am schwersten zu ertragen. Dieses Gefühl, vom Leben gelähmt zu werden, von den Umständen und all den Dingen, die außerhalb der eigenen Kontrolle liegen und einen Tag für Tag, Monat für Monat, Jahr für Jahr zermürben. Man möchte nur weglaufen oder gegen die ganze Welt aufbegehren. Ich sehe es in ihren Augen. Ein Funke, ein wütendes Aufblitzen, heiß und scharf, der sie verwandelt. In jemanden, den ich erkenne.

Ich erwidere ihr Lächeln.

* * *

»Du hast einen Gast«, sagt Ruby, als ich zurück ins Restaurant komme.

Die neue Kundin ist jung und hübsch. Auf den ersten Blick scheint ihre Kleidung in Ordnung zu sein, aber mit der Passform stimmt etwas nicht. Es kommt mir vor, als wären die Sachen für ein jüngeres Mädchen gemacht worden, für einen Körper, der sich noch an der Schwelle zur Frau befindet. Der Saum ist kürzer, als es der Mode entspricht, der Gürtel sitzt trotz ihrer schlanken Figur eng. Ihre Halskette jedoch ist wunderschön und verleiht ihrer gesamten Erscheinung einen Hauch von Eleganz.

Sie ist auf keinen Fall von hier.

Ein Reisekoffer, der schon bessere Zeiten gesehen hat, steht neben ihr auf dem Boden.

»Eine Ausreißerin«, vermutet Ruby.

»Die Kleidung ist zu schick für eine Ausreißerin.«

Ruby schnaubt. »Reiche Mädchen haben auch Probleme.«

Das stimmt. Doch wenn man selbst ständig in Geldnot steckt, ist es schwierig, sich anderer Leute Sorgen vorzustellen. »Sie sieht aus, als wäre sie in Schwierigkeiten«, murmele ich.

»Vielleicht ist sie für einen Kurzurlaub hierhergekommen wie alle anderen.« Rubys Blick schweift über den Gastraum. »Es wäre wirklich eine Schande, wenn ein Sturm aufzöge und sämtliche Urlaubspläne durchkreuzte.«

Den Rest sagt sie nicht, aber ich höre die unausgesprochene Sorge in ihrer Stimme. Wenn uns ein Hurrikan heimsucht, verliert das Restaurant Einnahmen, die wir alle dringend brauchen.

Ich gehe zum Tisch des Neuankömmlings. »Guten Tag. Willkommen in *Ruby's Café*. Was darf ich Ihnen bringen?«

»Kaffee, bitte. Schwarz.«

»Noch etwas dazu?«

Das Mädchen zögert und beißt sich auf die Unterlippe. »Nein danke.«

Ich revidiere meine frühere Einschätzung. Vielleicht war sie einmal reich. Ihre Kleidung und ihr schicker kleiner Koffer sprechen dafür. Aber in diesem Augenblick wirkt sie nur hungrig und verängstigt.

»Ich bringe Ihnen gleich den Kaffee.«

In der Küche gieße ich ihr eine Tasse Kaffee ein und lege ein Stück Key Lime Pie dazu.

Ruby schüttelt den Kopf, als ich mit dem Teller in der Hand an ihr vorbeigehe. »Du bist zu gutmütig, Helen.«

»Sie ist doch noch ein Kind.«

»Und du kriegst bald eins. Eher früher als später, wenn man danach geht, dass sich das Baby letzte Woche schon gedreht hat.«

»Wenn mein Kind jemals hungrig, allein oder verängstigt ist, wird es hoffentlich auch von jemandem versorgt.«

Sie seufzt. »Ich schreibe es auf deine Rechnung.«

Tom wird sich fragen, warum ich ihm diese Woche weniger Geld nach Hause bringe, aber darum werde ich mich später kümmern.

Ich gehe Richtung Tisch und nehme unterwegs eine weitere Bestellung auf. Dann stelle ich den Limettenkuchen und den Kaffee vor das Mädchen hin.

Ihre Augen weiten sich. »Da stimmt etwas nicht. Ich habe keinen Kuchen bestellt. Den Kaffee schon.«

»Der geht aufs Haus«, erwidere ich. Weil ich das entschlossene Glitzern und den Stolz in ihren Augen erkenne, füge ich eine Lüge hinzu: »Niemand bestellt den Kuchen, und abends müssen wir ihn wegwerfen. Sie tun mir praktisch einen Gefallen. Mir wird schlecht von dem Geruch, ich kann das Zeug nicht mehr sehen.«

Ich kann nicht sagen, ob sie mir glaubt oder ob sie bloß zu hungrig ist, um sich darum zu kümmern. Sie nimmt die Gabel, isst einen Bissen von dem Kuchen und schließt ihre Augen für einen Moment, während sie ihn herunterschluckt.

Die Bewegungen des Mädchens haben eine Grazie, die nahelegt, dass jemand sie gelehrt hat, wie man bei einem formellen Abendessen speist. Ihre Haltung ist aufrecht und anmutig. Man kann viel über einen Menschen erfahren, indem man ihn beim Essen beobachtet.

»Gut, nicht wahr?«

Sie schenkt mir ein strahlendes Lächeln. »Ja. Danke.«

»Kann ich Ihnen sonst mit etwas behilflich sein?«

»Nun, ich suche jemanden.«

»Fast jeder in Key West kommt irgendwann zu Ruby.«

»Der beste Key Lime Pie der Stadt«, murmelt sie leise.

Ich grinse. »Das kann ich nicht bestreiten. Wen suchen Sie denn?«

»Er kam hierher, um Arbeit zu suchen, glaube ich. Das ist das Problem. Ich weiß es nicht genau.«

Sie zieht einen Brief aus ihrer Handtasche, der Umschlag ist zerknittert und abgenutzt. Eine männliche Handschrift neigt sich über die Seite. Ihr Freund, höchstwahrscheinlich.

Ich muss mich sehr beherrschen, um ihr nicht zu sagen, dass ich noch keinen Mann getroffen habe, der es wert ist, ihm nachzulaufen. Ich hoffe, sie hat die eine Ausnahme gefunden.

Sie reicht mir den Umschlag, und ich studiere die Aufschrift. Der Poststempel stammt aus Key West, der Brief ist gerichtet an Miss Elizabeth Preston, keine Absenderadresse.

»In welcher Branche arbeitet er?«, frage ich.

»Ich weiß nicht, was er macht. Er hat im Krieg gekämpft. Zuletzt habe ich gehört, dass er mit einigen anderen Veteranen zusammenarbeitet.«

Ich gebe ihr den Brief zurück und lasse meinen Blick durch das Restaurant schweifen, um nachzusehen, ob einer der Veteranen da ist. »Die Veteranen arbeiten in den Lagern im Norden. Sie kommen an ihren freien Tagen gerne nach Key West, um etwas Dampf abzulassen. Ihr Schatz hat diesen Brief vielleicht hier abgeschickt, lebt aber wahrscheinlich auf Lower Matecumbe oder Windley Keys.«

Auf ihrer Stirn bildet sich eine Denkfalte. »Matecumbe. Ich glaube, ich habe diesen Halt vom Zug aus gesehen.«

»Es gibt zwei Möglichkeiten, dorthin zu gelangen – mit der Eisenbahn oder mit der Fähre. Für die Fähre müssen Sie den Highway nach No Name Key nehmen. Von dort fährt die Fähre in ein paar Stunden nach Lower Matecumbe Key. Sie ist leider unzuverlässig. Manchmal geht sie pünktlich, manchmal verspätet sie sich. Mit Geduld kommen Sie aber bestimmt ans Ziel.«

Ein Fluch, den man einer Lady nicht zutrauen würde, entschlüpft ihrem Mund. »So weit weg?«

Die Touristen verstehen oft die hiesigen Gegebenheiten nicht, bis sie damit konfrontiert werden. Die Inseln folgen aufeinander wie eine lang gezogene Perlenkette und sind durch Straßen und Brücken verbunden. Das Vorhaben, von einem Ort zum nächsten zu gelangen, wird durch das Wasser, schlechte Straßenabschnitte und tief liegende Gebiete erschwert. Die Eisenbahn hat alles einfacher gemacht, und wenn die Autobahn einmal fertig ist, wird es noch besser werden. Im Moment aber ist man von den Launen von Mutter Natur und der menschlichen Leistungsfähigkeit abhängig.

»Leider ist es tatsächlich recht weit. Als Kind habe ich im Sommer immer meine Tante dort besucht. Es gibt ein paar Arbeiterlager auf Lower Matecumbe Key, sie sind letztes Jahr gebaut worden. Außerdem eins auf Windley. Die Bewohner, die bei uns vorbeikommen, sind den Einheimischen gegenüber nicht gerade offen. Sie bleiben hauptsächlich unter sich.«

Sie steckt den Brief zurück in ihre Handtasche. Die Seiten wirken eselsohrig und abgegriffen, als wären sie wieder und wieder gelesen worden. Diese Art von Hingabe ist ziemlich schwer zu erschüttern. »Danke«, antwortet sie. »Sie haben mir sehr geholfen.«

Ich weiß, wann ich entlassen bin, aber ich zögere, weil ich sehe, dass ihre Unterlippe zittert und ihre Schultern kraftlos nach vorne hängen. »Wenn ich Sie warnen dürfte? In den Lagern herrscht ein rauer Umgangston. Das ist kein Ort für ein Mädchen wie Sie. Die Reise nach Norden ist auch nicht gerade einfach.«

»Ich kann auf mich aufpassen.«

»Ich bin mir sicher, dass Sie das können. Aber kein Mann ist es wert, dass man ihm hinterherläuft. Wenn er hergekommen ist, um sich zu verstecken, will er nicht gefunden werden.«

Darauf antwortet sie nicht, muss es aber auch nicht. Das hartnäckige Glitzern in ihren Augen sagt alles.

Ich seufze. »Wenn Sie eine Unterkunft benötigen, sehen Sie sich auf Upper Matecumbe oder Windley Key um. Lower Matecumbe Key ist ziemlich dünn besiedelt, soweit ich mich erinnere. Meine Tante führt eine Pension auf Upper Matecumbe. In Islamorada. In der Nähe vom Bahnhof. Es ist nichts Besonderes, aber sauber und billig. Ich kann Ihnen den Namen der Pension geben, wenn Sie möchten.«

Die Erleichterung ist ihren grünen Augen anzusehen.

Das Mädchen gibt mir einen Stift und den Umschlag des zerknitterten alten Briefes. Ich schreibe Namen und Adresse auf die Rückseite des Umschlags.

Sunrise Inn.

»Danke. Ich heiße Elizabeth«, fügt sie mit einem verspäteten Lächeln hinzu.

»Helen. Woher kommen Sie, Elizabeth?«

»New York City.«

Der Ort überrascht mich nicht so sehr wie die Entfernung. »Sie sind aber weit weg von zu Hause. Sind Sie ganz alleine unterwegs?«

»Ja.«

»Seien Sie vorsichtig. Ich weiß nicht, wie es in der Stadt ist, aber lassen Sie sich von den schönen Stränden und dem blauen Himmel nicht täuschen. Sie können in große Schwierigkeiten geraten, wenn Sie sich nicht auskennen und der falschen Person vertrauen. Die Menschen bei uns sind genauso verzweifelt wie im übrigen Land. Und verzweifelte Menschen tun gefährliche Dinge.«

Trotz meiner Vorbehalte kann ich nicht anders, als ihren Mut und ihre Hartnäckigkeit zu bewundern. Wie oft habe ich darüber nachgedacht wegzugehen, nur um tausend Argumente dagegen zu finden? Aus den Augenwinkeln sehe ich, dass ich an einen meiner anderen Tische gerufen werde.

»Ich bin in ein paar Minuten zurück, um nach Ihnen zu sehen«, sage ich, unwillig, sie zu verlassen.

Als ich zehn Minuten später zurückkomme, ist sie weg. Auf dem Tisch liegt Geld für ihre Mahlzeit, einschließlich des Kuchens, und ein kleines Trinkgeld, das sie wohl eigentlich nicht entbehren kann.

5

Elizabeth

Ich schirme meine Augen vor der Sonne ab und fürchte, dass ich gleich weinen muss. Die Wolken kommen und gehen und bieten etwas Schatten, aber bei Weitem nicht genug. Es war heiß im Restaurant, die Ventilatoren haben kaum für Kühlung gesorgt. Wieder draußen, finde ich die klebrige Luft fast unerträglich. Auch die Brise bietet keine Erfrischung.

Wie komme ich nach Matecumbe Key?

Es ist natürlich lächerlich, sich von den Worten der Kellnerin so entmutigen zu lassen. Ich habe es ganz alleine von New York City bis hierher geschafft. Diese letzten Stunden der Reise sollten daher kein unüberwindbares Hindernis darstellen, aber genau so fühlt es sich gerade an.

Ich war mir so sicher, ihn in Key West zu treffen.

Plötzlich kann ich den schweren Koffer nicht mehr tragen und stelle ihn auf den staubigen Boden. Da huscht eine Maus an mir vorbei, ihr kleiner Schwanz wedelt im Dreck. Ich schreie auf.

Meine Eltern schenkten mir die eleganten, mit meinen Initialen versehenen Gepäckstücke an meinem sechzehnten Geburtstag. Ich stellte mir vor, die Koffer würden mich auf imposante Schiffe begleiten, auf meinen Reisen nach Europa, Newport, Palm Beach und dergleichen. Ein derart schmähliches Ende hatte ich mir nicht ausgemalt.

Die Maus ist lange weg. Ich ziehe meine Geldbörse heraus und zähle das Geld nach. Mir bleibt kaum genug für Essen und Unterkunft. Wenn ich eine Zugfahrkarte kaufen muss, ist mein verbleibendes Budget für diese Reise gleich null. Und was dann? Nur ein Mensch, den ich kenne, hat Geld übrig. Jedoch bezweifle ich, dass er mir helfen wird, wenn er erfährt, wo ich bin.

Ich krame in meiner Tasche, meine Finger auf der Suche nach meinem Taschentuch streifen den Diamantring.

»Kann ich Ihnen helfen?«, fragt jemand.

»Alles in Ordnung, ich …« Ich blicke auf. Der Mann im grauen Anzug aus dem Zug steht vor mir und schaut von einer ziemlich hohen Warte auf mich herab.

Oh nein!

Meine Finger schließen sich um mein altes Taschentuch. Ich tupfe mir damit die Augen ab und bete, dass mein Make-up nicht verschmiert. Meine Wangen brennen wegen der erniedrigenden Situation.

Warum muss ausgerechnet er mich an meinem Tiefpunkt erwischen?

»Mir geht es gut«, sage ich energisch. »Danke«, füge ich noch hinzu. Mutter hat mir beigebracht, dass gute Mädchen höfliche Mädchen sind. Mein Interesse daran, »höflich« zu sein, ist aber nur unwesentlich größer als mein Interesse daran, »gut« zu sein. Im besten Fall werde ich ihn dank meiner artigen Replik gleich los sein.

»Sie sehen aber nicht gut aus«, bemerkt er ziemlich uncharmant.

»Danke für den Hinweis. Mir geht es aber gut.« Ich warte darauf, dass er sich entschuldigt.

Er tut es nicht.

»Sie können gehen«, sage ich. »Höflich« und »gut« sind keine brauchbaren Kategorien für mich mehr.

»Vorhin waren Sie nicht so scharf darauf, mich loszuwerden.«

Ist das etwa ein Grinsen in seinem Gesicht?

»Mir war langweilig«, erkläre ich. »Eine lange Zugfahrt ist anstrengend. Da macht man eben seltsame Sachen.«

»Ihnen war langweilig? Das glaube ich nicht. Sie hatten ganz schön viele Verehrer.«

»Man kann sie kaum als passende Eroberungen bezeichnen.«

»Also mussten Sie weitere sammeln?«

»Wenn Männer Frauen erobern, werden sie bewundert, aber wenn Frauen auf die Jagd gehen, nennt man sie aggressiv, unersättlich und habgierig. Warum eigentlich? Ihr Geschlecht hat kein Monopol auf Ehrgeiz. Oder auf die Freude an der Jagd.«

Er lacht und überrascht uns damit beide. »Da haben Sie recht. Apropos Eroberungen, wo ist Ihr Freund aus dem Zug? Immer noch fasziniert von den Meeresfischen?«

Also hat er vorhin doch aufgepasst. »Nirgendwo. Jetzt gehen Sie bitte. Wir haben den erforderlichen Small Talk hinter uns gebracht, ohne uns gegenseitig zu beleidigen. Ich habe keine Zeit für solchen Blödsinn. Sosehr es mich auch schmerzt, Ihre Illusionen zu zerstören – ich habe mich nicht wirklich für Sie interessiert. Außer als Zeitvertreib.«

Doch er geht nicht. Stattdessen lehnt er sich an das Geländer der Veranda neben mir und verschränkt die Arme vor der Brust. »Nun, da wir festgestellt haben, dass Sie nicht hoffnungslos in mich verliebt sind, könnten Sie meine Neugier in der Frage befriedigen, warum Sie zur heißesten Tageszeit mit Ihrem Koffer draußen herumstehen und dasselbe Kleid wie im Zug tragen. Sie sehen aus wie bestellt und nicht abgeholt. Warten Sie auf jemanden?«

»Nein, ich warte auf niemanden. Ich bin alleine unterwegs.«

Warum geht er nicht?

»Sie scherzen. Ich habe angenommen, Sie besuchen ihre Familie … oder Freunde …«

»Ich bin hergekommen, um jemanden zu suchen«, sage ich nach einer Weile. »Ich dachte, er wäre hier. Ist er aber nicht. Also verschwinde ich wieder. Das sollten Sie auch tun.«

»Wenn er nicht hier ist, wo ist er dann?«, fragt er.

Kurz bin ich versucht, ihm eine Lüge aufzutischen oder gar nicht zu antworten. Aber ich bin zu müde, um mir etwas auszudenken, also kommt stattdessen die Wahrheit aus meinem Mund. »Auf Lower Matecumbe Key, glaube ich. Oder Windley Key. Keine Ahnung. Wir haben uns aus den Augen verloren. Ich habe inzwischen herausgefunden, dass dort die Veteranenlager sind.«

»Er hat im Krieg gekämpft?«

»Ja.«

»Diese Lager … das sind keine Orte für jemanden wie Sie.«

»Ich kann auf mich aufpassen«, erkläre ich heute zum zweiten Mal. Wenn die nur wüssten, wie mein Leben zu Hause ausgesehen hat! Key West ist nichts gegen New York City. Ein Mädchen überlebt ohne einen klaren Kopf heutzutage nicht.

»Ich bin sicher, dass Sie auf sich aufpassen können, aber Matecumbe liegt einige Stunden entfernt. Sie haben eine lange Reise vor sich.«

»Das ist mir bewusst. Ich habe es von New York bis hierher geschafft. Was bedeuten da ein paar Stunden mehr?«

»Hier unten eine ganze Menge. Wie wollen Sie dorthin kommen? Die Eisenbahn fährt heute Abend nicht mehr.«

Ein scharfer Stich der Enttäuschung durchfährt mich. »Sind Sie sicher?«

»Der letzte Zug ging vor einer Stunde.«

»Nun, morgen ist auch noch ein Tag«, sage ich mit gezwungener Fröhlichkeit. Es gibt sicherlich eine Notunterkunft, in der ich übernachten kann. Nicht ideal, aber es gibt Schlimmeres. Es ist nicht das erste Mal, dass ich mich in einer solchen Lage wiederfinde.

Sein Blick schweift über mein abgetragenes Kleid, und seine Augen verengen sich leicht. Wahrscheinlich wird ihm gerade klar, dass die Enge meines Mieders wenig mit dem Versuch zu tun hat, die Kokette zu spielen, sondern eher damit, dass das gute Stück schon vor Jahren für mich geschneidert wurde.

»Haben Sie eine Unterkunft für heute Nacht?«, fragt er ganz direkt.

»Ich komme klar.«

Mit gerunzelter Stirn wippt er auf den Füßen hin und her. »Da steht mein Auto.« Er deutet auf einen Studebaker, der ein Stück weiter weg parkt. »Ich fahre Sie nach Matecumbe Key.«

»Sie machen wohl Witze?«

»Nein. Wir müssen uns jedenfalls beeilen, wenn wir die Fähre erreichen wollen. Sind Sie interessiert?«

»Im Zug haben Sie mich schrecklich behandelt, und jetzt wollen Sie mir helfen?«

»Ich habe es nicht gern, wenn man mit mir spielt. Dafür habe ich nicht die Geduld. Im Zug wollten Sie eine Maus zum Spielen. Inzwischen haben wir festgestellt, dass wir absolut kein romantisches Interesse aneinander haben. Also kann ich eine oder zwei gute Taten vollbringen, und Sie können die Hilfe ganz bestimmt gebrauchen.«

Er greift in seine Brusttasche und zeigt mir ein Abzeichen. *Agent Sam Watson. Federal Bureau of Investigation.*

»Sie arbeiten für die Regierung?«

»Jawohl.«

Ich bin mir nicht sicher, ob das für ihn spricht oder nicht. Wahrscheinlich nicht. Wie hoch mag das Risiko sein, mit einem fremden Mann in ein Auto zu steigen? Die Mahnung der Kellnerin zur Vorsicht klingt mir in den Ohren. Trotz allem, was andere über mich sagen mögen, bin ich nicht total leichtsinnig. Doch es ist eine unabänderliche Tatsache, dass ich so gut wie kein Geld mehr habe und so schnell wie möglich nach Norden muss.

Nun, wenn man es recht bedenkt, gäbe es schlechtere Gesellschaft als einen Bundesagenten. Sogar Frank würde hoffentlich zögern, bevor er auf einen Regierungsmann losgeht.

»Ich heiße Elizabeth«, sage ich, als die Entscheidung gefallen ist. Ja, es mag nicht ohne Risiko sein, sich ihm anzuschließen, aber gefährlicher wäre, in Key West zu stranden.

Er schiebt die Lippen vor.

»Nicht Eliza?«

»Eliza nennen mich nur meine Freunde«, lüge ich. »Die Kellnerin vom Café empfahl mir eine Pension in Islamorada. Sie meinte, dort könne man gut übernachten.«

»Wie heißt die?«

»*Sunrise Inn*.«

»Normalerweise wohne ich im *Matecumbe Hotel*, aber ich kenne die Pension. Sie liegt zwischen den Lagern. Ich bringe Sie sicher nach Matecumbe. Sie haben mein Wort.«

»Ihr Wort als Regierungsmann?«

»Mein Wort als Gentleman.«

»Warum helfen Sie mir?«

Er zuckt mit den Schultern. »Ich fahre sowieso dorthin. Außerdem wette ich, dass Sie sich in Schwierigkeiten bringen, wenn ich Sie alleine lasse. Diese Schuld will ich nicht auf mich laden.«

»Ich bin vollkommen dazu fähig …«

Er gibt einen ungeduldigen Laut von sich. »Ja, sicher. Es ist aber nicht gerade schlau, sich als Frau an einem Ort wie diesem aufzuhalten, abends und ohne Dach über dem Kopf. Vor allem, wenn Sie so wenig Geld haben, wie ich glaube. Ich helfe Ihnen gerne. Wollen Sie in dieser Pension absteigen?«

»Ja.«

Er blickt zum Himmel hinauf, die Wolken ziehen sich erneut drohend zusammen. »Wenn wir fahren wollen, sollten wir uns beeilen. Ich habe Geschäfte in Upper Matecumbe Key zu erledigen und bereits zu viel Zeit vertrödelt. Außerdem sagen sie für heute Abend Regen voraus, und ich möchte lieber nicht in den Sturm geraten.«

»Was für Geschäfte?«

»Ich werde es Ihnen auf der Fahrt erzählen. Kommen Sie?«

Plötzlich macht sich Misstrauen in mir breit. »Wenn Sie nach Matecumbe Key wollen, warum sind Sie nicht schon in Islamorada ausgestiegen? Warum haben Sie den ganzen Weg nach Key West zurückgelegt, nur um wieder umzukehren und nach Norden zu fahren?«

»Erstens stand mein Auto hier. Zweitens wurde mir gesagt, dass ein Mann, den ich treffen muss, in Key West sein würde. Ich habe ihn verpasst, und er ist auf dem Weg nach Matecumbe Key. Ich möchte ihn nicht noch einmal verpassen, also kann ich nicht länger tatenlos herumsitzen. Es ist mir egal, ob Sie gehen oder bleiben. Aber wenn Sie mitkommen wollen, sagen Sie es mir besser sofort.«

»Na schön. Danke.«

Er lächelt. »Clevere Entscheidung.«

Dieser Mann macht mich wütend.

Wortlos nimmt Sam meinen Koffer und trägt ihn zum Studebaker. Mit einer Hand öffnet er mir die Tür. Nachdem ich mich auf dem cremebeigen Ledersitz niedergelassen habe, legt er meinen Koffer in den Kofferraum. Dann klettert er auf den Fahrersitz.

Er lässt den Motor an, und wir machen uns auf den Weg.

Hat Frank gemerkt, dass ich New York verlassen habe? Hat er mir seine Männer hinterhergeschickt? Er verliert wahrscheinlich nicht gerne. Mir wird unbehaglich bei dem Gedanken daran, was er macht, wenn er merkt, dass ihm seine Verlobte abhandengekommen ist. Wenn Franks Leute herausfinden, dass ich ein Bahnticket gekauft habe, werden sie mich in Key West suchen und nicht dort, wohin ich in Wahrheit unterwegs bin. Es sei denn, er ahnt, wen ich suche. Hoffentlich sind wir bis dahin weit weg. Es ist gut, etwas Abstand zwischen Key West und mich zu bringen.

»Wo kommen Sie her?«, frage ich, als Sam auf die Straße einbiegt.

»Wollen wir etwa plaudern? Ich dachte, wir wären nur Reisegefährten der Umstände wegen, Ihrer Umstände, nicht aus freien Stücken.«

»Stimmt, aber Sie wissen ja bereits, dass ich mich schnell langweile. Außerdem finde ich, ich sollte das eine oder andere über den Mann wissen, mit dem ich mehrere Stunden lang ein Auto und eine Fähre teilen soll.«

Er seufzt. »Ich komme aus Jacksonville, Florida. Bin dort geboren und aufgewachsen.«

Ich rümpfe die Nase, als ich mich an die winzige Stadt erinnere, durch die Mr. Flaglers Eisenbahn fuhr. Durch das Zugfenster betrachtet, wirkte sie wenig aufregend.

Ich beuge mich zu ihm hinüber. »Was macht ein Mann wie Sie in Jacksonville?«

»Sie können mit dieser Femme-Fatale-Nummer aufhören.

Sie sind nicht sehr gut darin, und außerdem ist jetzt kaum der passende Moment dafür.«

»Nicht sehr gut darin …« Meine Wangen glühen.

»Entspannen Sie sich, Süße. Ich behaupte nicht, dass Sie keine Klassefrau sind. Aber ich bin kein Grünschnabel mehr. Außerdem habe ich mir schon lange nicht mehr von einer Frau den Kopf verdrehen lassen. Ich habe auch nicht vor, das in absehbarer Zeit zu ändern. Sie merken gar nicht, dass Sie das machen, oder? Oder ist es Ihre Art, Ihre Nervosität unter Kontrolle zu bekommen?«

Was für ein schrecklicher Mensch.

»Na schön. Was machen Sie beim FBI?«, frage ich. Das Säuseln habe ich aus meiner Stimme getilgt, meine Körpersprache ist unendlich weniger aufreizend.

Ein Lächeln umspielt seinen Mund. »Ich untersuche Dinge.«

»Was für Dinge?«

Er macht eine Pause. »Kriminelle Dinge.«

»Bankräuber und so was?«

»Nein, keine Bankräuber.«

»Gangster also«, rate ich. Bandenkriminalität. Mafia.

Weder bestätigt noch dementiert er es, was ich als Bestätigung auffasse.

»Gibt es viele Gangster in Key West?« In New York gibt es jede Menge davon. Ich muss jedoch zugeben, dass ich mir die Keys als eine verschlafene entlegene Gegend vorgestellt habe, kaum als Brutstätte für kriminelle Aktivitäten.

»Es gibt mehrere Schmuggelrouten, die uns Sorgen bereiten.«

»Sie sind also beruflich unterwegs? Nicht zum Vergnügen?«

»Ja.«

»Klingt gefährlich … Gangster jagen.«

»Manchmal. Meistens ist es aber ziemlich harmlos. Viel Schreibtischarbeit.«

»Gefällt es Ihnen?«

Die Männer, die ich kenne, widmen ihr Leben den Geschäften, dem Geldverdienen. Ich kann mir nicht vorstellen, dass einer von ihnen einen solchen Berufsweg einschlagen würde. Sie neigen eher dazu, das Gesetz zu umgehen, als es zu verteidigen.

»Es ist ein Job.« Er macht eine Pause. »Ja, es gefällt mir.«

»Wahrscheinlich ist es sogar ein sicherer Job. Verbrechen werden schließlich immer begangen.«

»Ja, das stimmt.«

Es ist vielleicht nicht der glanzvollste Job, aber in diesen Zeiten kann sogar ich die Vorteile der Sicherheit erkennen. »Es macht Ihnen Spaß, Leute zu fangen?«

»Ich mag es, sie vor Gericht zu bringen. Und ich fühle mich gut mit dem Wissen, dass ein Verbrecher weniger frei herumläuft. Es ist eine Art Erleichterung, dass sie für ihre Verbrechen geradestehen müssen.«

Er wirkt tatsächlich ein wenig wie ein sittenstrenger Weltverbesserer. Doch darunter spürt man einen Bruch – ich nehme an, man kann nicht ununterbrochen Kriminelle verfolgen, ohne selbst in Dreck und Untiefen zu geraten.

»Und was machen Sie den ganzen Tag?«, fragt er und dreht damit elegant den Spieß um.

Ich zucke mit den Schultern. »Das Gleiche wie alle anderen, nehme ich an.«

»Wie ist das Leben in New York City so?«

Welche Antwort soll ich darauf geben? Die »Vorher«-Antwort? Aus den Tagen, als das Leben aus Partys und Lachen und Spaß bestand? Oder die »Nachher«-Antwort aus der Gegenwart, in der wir so verzweifelt sind wie alle anderen?

»Heutzutage wahrscheinlich ähnlich wie im Rest des Landes. Es gibt nicht genügend Jobs und Geld für alle.«

»Was arbeiten Sie?«

Wäre mir die Frage vor ein paar Jahren gestellt worden, hätte ich laut gelacht. Heute macht sie mich etwas verlegen.

»Ich habe mich ein paarmal zum Arbeitsamt gequält und versucht, einen Job zu bekommen.«

»Und was haben Sie gefunden?«

»Viel zu viele Frauen in derselben verzweifelten Lage. Frauen mit Erfahrung, Frauen mit hungrigen Kindern.« Ich zucke mit den Schultern. »Sie haben mir eine Stelle im Kaufhaus angeboten, weil ich hübsch bin.«

Selbst in einer wirtschaftlichen Depression scheint es für schöne Frauen immer Arbeit zu geben.

»Ich habe es versucht, aber ehrlich gesagt, war ich eine Katastrophe.«

»Was Sie nicht sagen!«

»Ich hatte einfach nicht die Geduld dafür. Den ganzen Tag herumstehen und darauf warten, dass sich eine Kundin nähert. Die Bezahlung war bei Weitem nicht genug, um unsere Situation zu verbessern. Es gibt andere Dinge, die ein hübsches Mädchen tun kann.«

»Das kann ich mir vorstellen«, antwortet er ohne die kleinste Spur Humor in der Stimme.

»Nein, ich glaube nicht, dass Sie sich das vorstellen können. Männer haben es leichter, nicht wahr? Gott sei Dank bin ich kein hässliches Mädchen und noch dazu unverheiratet. Zum Glück bin ich nicht hungrig und verzweifelt, muss anderer Leute Wäsche waschen und von einer Zukunft träumen, die niemals kommen wird.«

Diese Depression ist für alle schlimm, am schlimmsten aber für die Frauen. So viele Frauen träumen von Heirat und Familie, aber heutzutage heiraten immer weniger Menschen. Andere träumen von einer Karriere, nur um beschimpft zu werden, weil sie Männern Jobs weggenommen haben.

»Es heißt, das Schlimmste sei vorbei«, bemerkt Sam.

Es überrascht mich nicht, dass ein Regierungsmann die Lügen schluckt, die sein Dienstherr verbreitet.

»Was sollen sie denn sonst sagen?«, erwidere ich. »Es kann nicht schlimmer werden, wenn man alles verloren hat.«

Ich starre aus dem Fenster und betrachte die Landschaft, die an uns vorbeizieht. Sie ist wunderschön, ungezähmt und wild.

Trotz der hohen Bevölkerungsdichte in Manhattan ist die New Yorker Gesellschaft eigentlich recht klein. Sobald wir alles verloren hatten, besaßen wir keinerlei Schutz mehr. Unser Scheitern war für alle sichtbar.

Ich kann nachvollziehen, dass diese Gegend reizvoll ist, wenn man verschwinden will, eine Pause von Klatsch und Tratsch braucht. Das Meer im Rücken, die Sonne im Gesicht, der Sand unter den Füßen. Es gibt schlimmere Orte, an die es einen verschlagen könnte.

Bestimmt werde ich ihn an diesem Wochenende finden.

Ich muss.

6

Mirta

Nach dem Mittagessen brechen wir wieder auf. Zuvor hat jemand Anthony beim Flicken des Reifens geholfen. Wir setzen unsere Reise nach Norden fort, bringen den größten Teil der Fahrt schweigend hinter uns und kommen schließlich auf No Name Key an, wo wir eine Fähre nach Lower Matecumbe Key besteigen.

Die Sonne wird bald untergehen. Anthony ist schweigsam, ein grimmiger Ausdruck liegt auf seinem Gesicht. Offensichtlich ist er unzufrieden, weil der platte Reifen uns aufgehalten hat. Ich bemühe mich, ihn aufzuheitern. Doch irgendwann gebe ich es auf und verbringe den Rest der Reise schlafend. Als ich aufwache, blicke ich in die braunen Augen meines Mannes, die auf mich herabstarren und mich beobachten.

Wir verlassen die Fähre und fahren wieder ein Stück mit dem Auto, bevor wir an dem Ort ankommen, an dem wir unsere Flitterwochen verbringen sollen.

Unser Domizil ist eine Überraschung: ein großes weißes Strandhaus mit einer umlaufenden Veranda und Fensterläden aus dunklem Holz. Hoch aufragende Palmen umrahmen die Auffahrt und beschützen die Abgeschiedenheit.

Wie romantisch.

»Der alte Geldadel logiert in *Flaglers Angelhotel* auf Long Key«, kommentiert Anthony. »Die Vanderbilts und solche Leute.«

Mehr braucht er nicht zu sagen. Es gibt Dinge, die man für kein Geld der Welt kaufen kann. Offensichtlich ist gesellschaftliches Ansehen in den USA genauso wenig käuflich wie in Kuba.

Er parkt unser Auto. Danach begrüßt uns das verbliebene Personal, das sich während unseres Aufenthalts um unsere Bedürfnisse kümmert. Wir begeben uns ins Haus. Einer der Hausmeister, Gus, führt uns zum Hauptschlafzimmer und stellt meine Koffer vor dem Schrank gegenüber dem Bett ab. Hellgrüne Wände und große Fenster mit Blick auf das Meer und den Sandstrand heißen mich willkommen.

»In dieser Gegend gibt es keinen Strom, aber Sie können abends die Petroleumlampen anmachen. Sie haben Glück. Das Haus hat fließendes Wasser, was hier selten vorkommt«, sagt Gus.

Mein Blick wandert zu meinem Mann hinüber.

Anthony lehnt sich gegen den Türrahmen, die Arme vor der Brust verschränkt. Er hatte seine Jacke bereits ausgezogen, als wir mit heruntergeklapptem Verdeck Key West verließen. Die Luft war schwer von einem drohenden Sturm, die Palmen schwankten im Wind. Seine weißen Hemdsärmel sind hochgekrempelt und geben den Blick auf gebräunte, dunkel behaarte Unterarme frei. Er mustert mich.

Der Hausmeister verlässt den Raum so leise, wie er ihn betreten hat. Wir sind allein, zwischen uns das große Bett.

Er glaubt doch wohl nicht, dass wir …? Ich spüre die Hitze im Nacken aufsteigen.

»Möchtest du schwimmen gehen?«, fragt Anthony mit einem Lächeln auf den Lippen. Es wirkt, als könnte er meine Gedanken lesen oder meinen Wunsch erraten, unsere Hochzeitsnacht um jeden Preis hinauszuzögern.

Wir haben nach unserer geschäftsmäßig geschlossenen Ehe nicht zusammen in Havanna übernachtet. Anthony sagte, ein Casino-Hotel sei kein Ort für seine Frau. Und ich glaube, keiner von uns hätte es besonders passend gefunden, in einem Zimmer unter dem Dach meiner Eltern zu nächtigen. Es ist unangenehm genug, mit einem Fremden intim werden zu müssen. Noch schlimmer wäre alles in dem Haus gewesen, in dem ich aufgewachsen bin.

Heute Abend ist es also so weit. »Es ist fast dunkel«, bemerke ich.

»Nicht ganz, es ist bestimmt noch eine Stunde hell. Wir haben den Strand für uns alleine. Das habe ich jedenfalls gehört«, fügt Anthony hinzu. In seinem Blick liegt eine Begeisterung, die man fast als jungenhaft bezeichnen könnte.

Ich nehme an, wenn man in New York City lebt, ist der Strand etwas Exotisches. Außerdem verschafft er mir eine Atempause vor den ehelichen Verpflichtungen.

Anthony lässt mich allein, und ich ziehe schnell einen der Badeanzüge an, die ich für meine Aussteuer gekauft habe. Er wartet unten an der Treppe auf mich, in Badehose, ein Handtuch um den Hals gewickelt.

Haben sie sein Gepäck in einem anderen Schlafzimmer verstaut? Werden wir uns ein Zimmer teilen, während wir hier sind? Oder werden wir separate Schlafzimmer bewohnen, wie es meine Eltern mein ganzes Leben über getan haben? Ist das eine Frage, die man mit seinem Ehepartner bespricht? Oder ergibt sich die Antwort organisch, mittels einer gegenseitigen, unausgesprochenen Vereinbarung?

»Bereit?«, fragt er.

Wohl kaum.

Ich folge ihm zum Wasser hinunter.

* * *

Wir gehen am Strand entlang, die Wellen brechen sich neben uns. Eine Brise weht vom Wasser herüber und lindert die Hitze ein wenig. Die Luft ist schwüler, als ich es gewohnt bin, schwer von Feuchtigkeit.

Anthony läuft direkt am Wellensaum entlang. Ich finde diese Geste beruhigend. Die Tatsache, dass er sich genug um mich sorgt, um mir diese kleine Unbequemlichkeit zu ersparen, ist ein Akt der Freundlichkeit, der Ritterlichkeit.

Er ist ungehobelter als die Männer, oder besser Jungs, die ich kenne. Obwohl seine Manieren nicht zu beanstanden sind, kann man nicht übersehen, dass er aus einer anderen Welt stammt als der, die in Kuba die meine gewesen ist.

Was für einen Mann habe ich geheiratet?

»Es ist wunderschön hier«, murmelt er und lässt den Blick über das Wasser schweifen.

Auf eine wilde, raue Art ist es tatsächlich wunderschön. Insgeheim frage ich mich jedoch, ob es überhaupt einen Ort gibt, der Kuba das Wasser reichen kann.

Unser blassrosa Haus im Viertel Miramar in Havanna nimmt fast einen ganzen Block ein und wird von Bäumen umrahmt. Es befindet sich seit Generationen im Familienbesitz. Eines Tages wird mein Bruder Emilio darin seine Kinder großziehen.

Ich habe viele Stunden damit zugebracht, so lange im Pool zu schwimmen, bis meine Haut ganz aufgeweicht war. Immer, wenn ich an zu Hause denke, sehe ich die dicken Wände und den hellen kubanischen Himmel vor meinem inneren Auge.

»Du hast wahrscheinlich schon viele wunderschöne Strände gesehen«, bemerkt Anthony.

»Das stimmt.«

Kuba ist trotz all seiner Fehler und Schwächen zweifellos atemberaubend. Vielleicht ist das ja das Problem. Schönheit ist nämlich ein zweischneidiges Schwert. Sie zieht sowohl Gutes als auch Schlechtes an.

»Glaubst du, du wirst es vermissen?«

»Ja, ganz sicher. Es gibt nicht viele Strände in New York, oder?«, frage ich, um das Thema zu wechseln.

»Nicht in der Stadt, nein. Aber es gibt andere Gegenden im Bundesstaat, die sehr reizvoll sind.«

»Wo bist du aufgewachsen?« Ich möchte unbedingt mehr über ihn erfahren.

»In Brooklyn.«

»War das schön?«

»Dort aufzuwachsen? Nein, ich glaube nicht, dass ich es *schön* nennen würde. Aber es hat mich zu dem gemacht, der ich heute bin.«

»Und nun? Wie ist dein Leben heute? Es hat sich sicher vieles verändert.«

«Mit Geld kann man nicht alles kaufen.« Er sagt das wie einer, der reichlich davon hat. »Wirklich nicht?«, frage ich.

»Man kann sich keinen guten Namen kaufen.«

»Dein Geld hat dir immerhin eine Frau aus der gehobenen Gesellschaft gekauft.«

Das Glitzern in seinen Augen ist eher ein Zeichen der Zuneigung als eines für Geiz. »Ja, hat es.«

»Allerdings eine Frau mit beflecktem Ruf«, scherze ich.

»Nicht in meinen Augen.«

Die Intensität, die in seiner Stimme liegt, überrascht mich. »Das ist eine Art Tradition in meiner Familie, weißt du«, sage ich in dem Versuch, ihn aufzuheitern.

»Ach ja?«

»Der erste bekannte Perez erwarb einen Adelstitel und eine Frau in seinem Bestreben nach Seriosität.«

»War er ein verrufener Mensch?«

»Angeblich.«

»Welche Sünden hat er denn begangen?«

»Frauen. Piraterie.«

Anthony lächelt. »Dann hätte ich ihn bestimmt gemocht.«

Ich lache. Sehr wenige Menschen akzeptieren ihre eigenen Fehler so uneingeschränkt. Es ist die Macht, die einem solche Privilegien schenkt.

»Und seine Braut?«, fragt Anthony.

»Sie war eine Frau, deren Familie verzweifelte Zeiten durchmachte. Sie bestieg ein Schiff und segelte um die halbe Welt, um ihre Pflicht zu erfüllen.«

»Also stand die Pflicht zwischen ihnen?«

»Der Legende nach haben sie sich geliebt, aber wer weiß das schon so genau? Wer weiß wirklich, was in einer Ehe vor sich geht, außer den beiden Menschen, die miteinander verheiratet sind?«

»Sie muss Angst gehabt haben«, sinniert er.

Ich habe das Gefühl, dass wir gerade nicht nur über den Korsaren und seine Frau sprechen. »Ja, wahrscheinlich. Aber sie hat ihre Pflicht trotzdem erfüllt. Wir Frauen sind aus hartem Holz geschnitzt.« Ich deute auf die Kette um meinen Hals, auf das Familienerbstück, das mein Vater mir an meinem Hochzeitstag geschenkt hat. »Der Korsar hat ihr das gegeben.«

Sie soll dir Glück bringen, sagte mein Vater zu mir.

»Darf ich?«, fragt Anthony.

Ich nicke.

Er nimmt die Kette in die Hand und fährt mit den Fingern über das goldene Herz, den roten Stein. Ohne ein Wort lässt er den Anhänger wieder los, sodass er gegen meine nackte Haut schlägt. Anthony weicht keinen Schritt zurück.

Ich bin so nervös, dass ich fast vergesse zu atmen.

Unser erster Kuss fand bei unserer Hochzeit statt, vorsichtig und keusch angesichts des Publikums. Erst jetzt folgt der zweite.

Anthony beugt sich zu mir herunter und kommt mir ganz nahe. Seine Lippen streichen sanft gegen meine, eine federleichte Liebkosung.

Ein Zittern steigt in mir auf.

Ich atme tief ein, das Herz pocht in meiner Brust.

Er vertieft den Kuss.

Das Meer schwillt um uns herum an, der Wind peitscht mir mein Haar ums Gesicht. Sein Kuss ist dreist, selbstbewusst, verführerisch.

Genau wie er selbst.

Aus Gesprächen mit meinen Cousinen und Freundinnen weiß ich genug, um zu erkennen, dass er mich will. Ich kann das Verlangen in der Anspannung seines Körpers spüren, in der Bewegung seiner Hände über meine Kleidung. Sie packen den Stoff meines Badeanzugs, ziehen mich zu ihm hinüber, als wäre er verrückt nach mir.

Keiner hat mich bisher auf diese Art geküsst.

Mit einem Glitzern in den Augen lässt Anthony mich los.

Ich berühre meinen Mund, meine Lippen sind beinahe geschwollen.

Er lächelt. »Wir beide werden das ganz wunderbar machen.«

Ich wünschte, ich wäre mir da so sicher.

* * *

Das Abendessen ist ein Festmahl aus heimischem Meeresgetier. Die Seeschnecken und der Snapper gehören zum Besten, was ich je gegessen habe.

Ich bin zu nervös und zu müde, um viel zu mir zu nehmen. Anthony, der sich eine Kiste Champagner aus New York schicken ließ, bringt einen Toast auf unsere Ehe aus.

Nach dem Abendessen trennen wir uns. Anthony zieht sich mit einer Zigarre in die Bibliothek zurück, während ich nach oben gehe, um mich aufs Bett vorzubereiten.

Nachdem ich ein Bad in der runden Wanne genommen habe, trage ich einen Tropfen Parfum auf Handgelenke und Hals auf und ziehe das eleganteste Nachthemd aus meiner Aussteuer an.

Das Schlafzimmer ist von einer unsichtbaren Hausangestellten verwandelt worden, während ich in der Wanne lag. Kerzen brennen, weiße Blütenblätter bedecken Bett und Boden, farblich passend zu der schneeweißen Tagesdecke.

Ich gehe zum Bett hinüber und greife nach dem Pfosten. Mir dreht sich fast der Magen um, so nervös bin ich.

Ein Roman liegt auf jenem Nachttisch, den Anthony anscheinend für sich beansprucht, Steinbecks *Tortilla Flat*.

So viel zu getrennten Zimmern.

Ich blättere durch die Seiten, ein Lesezeichen zeigt mir an, wo er stehen geblieben ist. Ungefähr bei der Mitte des Buches.

Ich kann dem Drang zum Schnüffeln nicht widerstehen. In seiner Nachttischschublade liegt ein Taschenetui mit den Zigarren, die Anthony raucht. Der Tabak riecht vertraut. Auch hier hat er also einen Hang zum Kubanischen. Neben den Zigarren entdecke ich mehrere Stapel Bargeld. Es muss ein irrsinniger Betrag sein. Zu Hause in Kuba bewahrte mein Vater Geld für Notfälle in einem Safe auf. Die Tatsache, dass Anthony keine Notwendigkeit sieht, das Geld zu verbergen, spricht sowohl für seine Arroganz als auch für seinen Reichtum. Vielleicht auch dafür, wie sicher er sich fühlt. Wenn er tatsächlich so eng mit dem Mob, der Mafia, verbunden ist, wie es in Kuba den Anschein hatte, fürchten ihn die meisten zu sehr, um ihn zu bestehlen.

Da liegt ein Taschentuch. Ich schnuppere daran, und sofort steigt mir der Duft von Anthonys Rasierwasser in die Nase. Ich blicke nach unten. Im hinteren Teil der Schublade …

Kaltes schwarzes Metall starrt mich an.

Ich knalle die Schublade zu.

Kaum verwunderlich, dass ein Mann wie Anthony eine Waffe besitzt. Doch es ist etwas anderes, sich nachts deswegen Sorgen zu machen, als es mit eigenen Augen vor sich zu sehen.

Da öffnet sich die Schlafzimmertür. Anthony hat neben seiner Jacke auch seine Weste ausgezogen und die obersten beiden Knöpfe des weißen Hemdes aufgeknöpft.

Ich schlucke. Das ist nicht mehr der Mann, den ich vor ein paar Stunden am Strand geküsst habe. Der Anblick der Waffe hat alte Ängste in mir geweckt. Wie kann er ein guter Mann sein, ein freundlicher Mann, wenn doch Gewalt ein so großer Teil seines täglichen Lebens ist?

»Du bist wunderschön.« Anthonys Stimme ist ein leises Flüstern. »Verdammt, einfach nur *schön* wird dir nicht gerecht.«

Mein Nachthemd ist aus hauchzarter weißer Spitze, die nur wenig der Fantasie überlässt. Meine Mutter hat mir erklärt, meine Ehe werde erträglicher, wenn ich meinen Mann zufriedenstellen würde. Das Leuchten in seinen Augen und die Art, wie sein Blick mich taxiert, beweist mir, dass ich Erfolg hatte.

»Komm her«, befiehlt Anthony.

Auf wackeligen Beinen gehe ich auf ihn zu, Hitze steigt

in meinem Körper auf. Abgesehen von den unschicklich schmalen Stoffstreifen des Negligés, der duftigen, hauchdünnen Gaze, die meine Haut bedeckt, stehe ich praktisch nackt vor ihm. Außerhalb seiner Reichweite bleibe ich stehen. Ich kann mich nicht dazu überwinden, diesen letzten Schritt zu tun.

»Du hast Angst.«

»Ich habe das noch nie zuvor gemacht.«

»Ich werde dir nicht wehtun.« Er seufzt. »Ich weiß, was man sich über mich erzählt.«

»Das ist es nicht allein.«

»Aber das macht es auch nicht besser, oder?«

»Nein.«

»Da, wo ich herkomme, glauben die Menschen, die dich fürchten, dass du zu allem fähig bist. Das ist ein Vorteil«, erklärt Anthony. »Mit der Angst kommt der Respekt, ansonsten macht dich die Welt kaputt. Als ich ein Kind war, musste ich mitansehen, wie mein Vater auf offener Straße erschossen wurde, weil er den falschen Leuten etwas Geld schuldete. Es war nicht einmal viel Geld, aber genug für sie, um ein Exempel an ihm zu statuieren.«

»Das tut mir leid.«

»Es hat mich gelehrt, dass ich stark sein muss, um sicher zu leben, um die Menschen, die ich liebe, zu beschützen, und um die Sachen zu behalten, die ich mir erarbeitet habe. So stark, dass mir niemand jemals wieder etwas wegnehmen kann.«

Die Welt, die er beschreibt, unterscheidet sich nicht so sehr von der, in der ich aufgewachsen bin. Politik ist in Kuba ein besonders blutrünstiger Sport. Dennoch bezweifle ich, dass mein Vater zu den Dingen fähig ist, die dieser Mann getan hat. Ich öffne den Mund und schließe ihn wieder. Unsicher, ob ich bereit bin, die Antworten zu den Fragen zu hören, die mir gerade durch den Kopf gehen.

»Du kannst mich alles fragen. Du bist meine Frau.«

Die Aufrichtigkeit in seiner Stimme überrascht mich. Ebenso wie die Ehrfurcht, die er in das Wort *Frau* legt. »Meine Eltern liebten sich, bevor mein Vater getötet wurde. Sogar sehr. Ich bin nicht an einer blutleeren High-Society-Ehe interessiert.«

»Wie soll das eine echte Ehe werden?«, platze ich hervor. »Wir wissen nichts übereinander.«

Anthony tritt auf mich zu, streckt die Hand aus und fährt mit den Fingern über meinen Arm, fast so, als versuchte er, ein scheues Fohlen zu beruhigen.

Gänsehaut überzieht meinen Arm.

»Ich will mehr von dir«, sagt er. »Ich will alles.«

»Du hast nicht …« Ich hole tief Luft und nehme meinen Mut zusammen. »Wir haben nicht …«

»Warum ich noch nicht mit dir geschlafen habe?«, beendet er die Frage für mich.

Meine Wangen brennen.

»Nicht, weil ich dich nicht begehre, das versichere ich dir«, antwortet er ironisch.

»Was ist dann der Grund?«

»Weil unsere Ehe einen schwierigen Start hatte und ich nicht unsere Zukunft riskieren will, indem ich dich zu etwas dränge, für das du nicht bereit bist. Wenn du in meinem

Bett landest, möchte ich, dass es so kommt, weil du dort sein willst. Weil du mich willst.« Anthony beugt sich zu mir herüber und drückt mir einen Kuss auf die Stirn. »Gute Nacht.«

In meinem Körper tobt ein Sturm aus Gefühlen und ungewohnten Empfindungen. Das Verlangen, das seine beiläufigen Berührungen in mir entzündet haben, sprüht Funken in meinem Inneren. »Das war es also?«

Er grinst. »Ich glaube, es ist am besten, wenn wir es für den Moment dabei belassen. Ich möchte dich glücklich machen, Mirta. Gib mir einfach eine Chance.«

Ich starre auf seinen Rücken, während er das Zimmer verlässt. Ich bin hin- und hergerissen zwischen Erleichterung und Enttäuschung.

Die Nacht verbringe ich damit, Anthonys Ausgabe von *Tortilla Flat* zu lesen, und frage mich, ob er ins Schlafzimmer zurückkehren wird. Ich mache mir Sorgen. Wohin ist er gegangen? Was macht er?

Irgendwann schlafe ich ein, und als ich aufwache, liegt das Buch wieder auf dem Nachttisch. Das Lesezeichen ist von Anthonys eingemerkter Seite zu der Stelle gewandert, an der ich aufgehört habe. Seine Seite des Betts ist leer.

Wo ist mein Ehemann?

7

Elizabeth

Es ist dunkel, als wir in Upper Matecumbe Key ankommen. Die Umgebung ist lange nicht so einladend wie in Key West. Die Gegend wirkt ziemlich karg, da und dort fällt der Blick auf ein klappriges Häuschen auf Stelzen.

Bisher habe ich mehr wilde Tiere als Menschen gezählt. Das undurchdringliche Gestrüpp bietet allen möglichen Geschöpfen Unterschlupf.

Nach den ersten Gesprächsversuchen verstummten Sam und ich für den Rest der Reise. Trotz meiner Bemühungen, ihn zu ignorieren, fällt es mir immer schwerer, still zu sein, je näher wir unserem Ziel kommen. Die unwirtliche Umgebung scheint viele Fragen in mir aufzuwerfen.

Vielleicht sieht die Landschaft bei Tageslicht besser aus, aber im Moment kann ich nichts Reizvolles entdecken. Was veranlasst jemanden nur dazu, hierherzukommen?

»Haben Sie im Weltkrieg gekämpft?«, frage ich Sam.

»Ja.«

»Sie müssen damals noch ein Junge gewesen sein.«

»Ich war achtzehn. Bin einfach zum nächsten Rekrutierungsbüro gegangen.«

»Als Sie zurückkamen … waren Sie da …«

»Bedrückt von dem, was ich gesehen hatte?«

»Ja.«

»Glauben Sie, das ist spurlos an mir vorübergegangen?«

»Wie haben Sie es überwunden?«

»Keine Ahnung. Ich denke nicht viel darüber nach. Irgendwie eben.« Sam biegt in eine noch schlechtere Straße ein als die, auf der wir bislang entlanggeholpert sind.

Je weiter wir fahren, desto mehr bezweifle ich, dass es klug war, sich ohne einen vernünftigen Plan auf den Weg zu machen.

»Erzählen Sie mir, was Sie aus New York City hergeführt hat?«, sagt Sam.

»Das ist mir zu persönlich.«

Er lacht laut heraus. »Dafür haben Sie in den letzten Stunden aber sehr eifrig versucht, meine Vergangenheit zu durchleuchten.«

»Es ist ja nicht so, als hätten Sie mir viel erzählt«, gebe ich zurück.

»Sie haben mehr erfahren als die meisten anderen Menschen.« Er grinst, was sein Gesicht weicher und einige Jahre jünger erscheinen lässt. »Hat Ihnen schon mal jemand gesagt, dass Sie eine gute Beobachtungsgabe haben?«

»Nein.«

»Nun, das stimmt aber. Das ist eine positive Eigenschaft, die Ihnen zugutekommen wird.«

»Leider hat sie mir bislang nicht viel genutzt.«

»Warum sind Sie alleine hergekommen?«, fragt Sam. »Gab es kein Familienmitglied, das mit Ihnen hätte fahren können?«

»Ich habe sonst niemanden.«

»Ich begleite Sie gerne in die Lager. Dort leben und arbeiten Hunderte von Männern. Ein paar davon sind vielleicht ein bisschen ungehobelt. Jedenfalls sind das keine Orte, die Sie alleine aufsuchen sollten.«

»Ich habe einige Zeit in Gesellschaft von Männern verbracht. Angst vor unflätigen Ausdrücken und grobem Verhalten habe ich keine.«

»Wenn ›unflätige Ausdrücke‹ das Schlimmste sind, das Sie dort erwarten, haben Sie nicht viel Zeit in der Gesellschaft von Männern dieser Sorte verbracht.«

Ich runzele die Stirn. »Männer dieser Sorte?«

»Sie sollten darauf vorbereitet sein. Die Geschichten, die man aus diesen Lagern hört, sind nicht schön. Haben Sie überhaupt einen Plan, wie Sie diesen Mann finden wollen?«

»Nein, habe ich nicht. Noch nicht.«

»Dann schlage ich vor, dass wir gleich morgen früh anfangen.«

Ich ziehe die Stirn kraus. »Wir?«

»Ja, wir. Ich habe angeboten, Ihnen zu helfen, und das war ernst gemeint. Sie brauchen jemanden, der die Gegend kennt und ein Auto hat. Soweit ich weiß, gibt es zwei Hauptlager, eins auf Lower Matecumbe Key und ein weiteres auf Windley Key. Wir können mit dem auf Windley beginnen und uns dann nach Süden vorarbeiten. Die meisten Veteranen leben in Lower Matecumbe, aber in Windley befindet sich das Krankenhaus. Wenn die Bedingungen so schlecht sind, wie die Leute erzählen, ist die Wahrscheinlichkeit hoch, dass er irgendwann medizinisch versorgt werden musste.«

Eins muss ich ihm lassen: Dieser Plan ist besser als alles, was ich mir ausgedacht habe. »Woher wissen Sie so viel über die Veteranenlager?«, frage ich.

»Ich verbringe ziemlich viel Zeit in dieser Gegend. Da schnappt man manches auf.«

»Während Ihrer Suche nach Alkoholschmugglern und Gangstern?«

»Sie wären erstaunt, wie oft sich diese Dinge überschneiden.«

»Die Prohibition ist vorbei.«

»Das stimmt, aber das bedeutet nicht, dass die kriminellen Elemente verschwunden wären. Das neue Gesetz ist keine zwei Jahre alt. Viele Menschen sind nicht bereit, ihr Verhalten zu ändern. Nur weil sie keinen Rum mehr aus Kuba herüberschmuggeln, heißt das nicht, sie wären an keinen anderen kriminellen Machenschaften beteiligt. Schauen Sie sich an, was der Mob da drüben so treibt, welchen Einfluss er sich verschaffen will. Glauben Sie, auf den Keys passiert nicht dasselbe? Es gibt eine Menge Geld zu verdienen. Viele Kriminelle sind zu gierig oder zu verzweifelt, um ihre dreckigen Geschäfte aufzugeben.«

»Wie sind Sie zu dieser Art von Arbeit gekommen?«

»Man könnte sagen, sie liegt mir im Blut. Mein Vater war Kriminalbeamter.«

»Das muss faszinierend sein.« Ich denke an die Romane, die ich gerne lese, an die Geheimnisse, die von furchtlosen Ermittlern aufgedeckt werden.

»Es hat durchaus seinen Reiz«, erwidert er.

»Der Fall, dem Sie nachgehen … wie kamen Sie dazu?«

»Wir waren Teil einer Einsatzgruppe, zusammen mit anderen Dienststellen wie der Küstenwache und dem Bureau of Prohibition. Wir gingen gegen die Alkoholschmuggler vor. Als die Prohibition im Jahr 1933 endete, gab es eine Liste von Personen, von denen wir wussten, dass sie an kriminellen Operationen beteiligt und Teil des organisierten Verbrechens waren. Wir haben sie überwacht. Wegen der verschiedenen Handelswege, die sich hier kreuzen, gibt es viele Möglichkeiten zum Schmuggel. Insbesondere auf den Routen zwischen den USA und Kuba.«

»Das ist eine ganz andere Welt«, sinniere ich.

»Jedenfalls nicht die feine Gesellschaft von Manhattan, die Sie gewohnt sind, nein.«

Ich bin überrascht, dass er meine Herkunft so treffsicher ausgemacht hat. Im Moment wirke ich wohl kaum wie eine vermögende junge Dame der Oberklasse. »Ist das so offensichtlich?«

»Ja, wenn man genau hinschaut.«

»Also haben Sie mich im Zug doch bemerkt.«

»Natürlich habe ich Sie bemerkt. Ansonsten wäre ich nicht gut in meinem Job. Ein hübsches Mädchen anzusehen ist keine Zumutung.«

»Sie schienen nicht an mir interessiert zu sein.«

»Ich trenne Vergnügen und Pflicht.«

Bei dem Wort »Vergnügen« zieht sich mein Magen zusammen. »Immer?«

»Immer.«

»Wie langweilig«, necke ich. Er lacht. »Was auch immer Sie über meinen Job sagen, ›langweilig‹ ist er nicht.«

Kein Ring ziert seine Finger, aber das muss nichts heißen. Trotzdem kann ich mir nicht vorstellen, dass er Frau und Familie zu Hause hat. Weder in seinem Auftreten noch in seinem Gesicht ist etwas Weiches zu entdecken.

»Wartet zu Hause eine Frau auf Sie?«, frage ich, als meine Neugier zu groß wird.

»Nein.«

»Es muss einsam sein, alleine durch das Land zu reisen und Kriminelle zu jagen.«

»Manchmal schon.«

»Dieser Mann, den Sie gerade jagen, ist er gefährlich?«

»Ja, ohne Zweifel.«

»Haben Sie jemals Angst?«

»Es ist schwierig, diesen Job zu erledigen, wenn man ständig Angst hat. Klar, es ist gefährlich, aber die meisten dieser Männer sind eigentlich bloß kleine Tyrannen. Sie wollen, dass du sie fürchtest, weil deine Angst ihnen Macht verleiht. Der Trick besteht darin, sie so zu behandeln, als wären sie ganz normal, sie herabzusetzen, damit ihre Drohungen und Prahlereien ins Leere laufen.«

»Sie mögen das, diese Jagd.«

»Jawohl.«

»Männer!«

»Als ob Sie nicht genauso denken würden …«

»Ich? Ich jage wohl kaum Kriminelle durch das ganze Land.« Ich kann allerdings nicht leugnen, dass es aufregend klingt.

»Ich habe gesehen, wie Sie mit diesem armen Jungen im Zug gespielt, ihn traktiert haben wie eine Katze eine Spielzeugmaus.«

Ich rümpfe die Nase. »Wie eine Katze?«

»Sie hatten Spaß daran. Ihnen gefiel der Nervenkitzel der Jagd. Das ist der gleiche Trieb. Auch wenn Sie mit anderen Techniken arbeiten, wie dem Hervorblitzenlassen Ihrer …«

»Sie haben tatsächlich keine Ahnung, wie man mit Damen spricht, oder?«

»Mir war nicht bewusst, dass ich es mit einer Dame zu tun habe.«

Zuerst war ich eine Katze, und jetzt bin ich …

»Ich dachte, Sie verstünden sich als eine Art Abenteurerin«, fügt er hinzu. »Das finde ich viel interessanter.«

»Wie viele Damen haben Sie schon kennengelernt?«

»Wenn Sie würdige Damen der Gesellschaft meinen, keine.«

»Ich kann inzwischen nicht mehr viel anfangen mit würdigen Damen der Gesellschaft«, gebe ich zu. »Man hat mich sozusagen aus dieser Welt vertrieben.«

»Haben Sie zu viel Unruhe gestiftet?«

»So was in der Art. Anscheinend gibt es einige Regeln, die man weder biegen noch brechen darf.«

»Damit bestrafen die sich nur selbst. Ich wette, Sie machen eine sehr langweilige Gesellschaft ein bisschen lustiger.« Er biegt in eine andere Straße ein und betrachtet die Landschaft. Das Tosen des Meeres wird lauter.

»Wann sind wir da?«, frage ich. Draußen ist es dunkel. Viele der baufälligen Häuser scheinen keinen Strom zu haben.

»Ich bin mir nicht sicher«, antwortet Sam. »Der Mann an der Tankstelle sagte, es sollte da vorne liegen.«

Wäre mein Ruf nicht schon ruiniert, hätte ich das spätestens jetzt geschafft. Zu dieser späten Abendstunde allein mit einem fremden Mann …

Doch das ist mir egal. Hier draußen gibt es keine abwertenden Blicke, keinen Tratsch darüber, wie tief meine Familie gefallen ist, wie schmählich wir unsere Ehre verloren haben. Hier gibt es nur Freiheit.

Wenn Frank mir auf der Spur ist, wird es nun viel schwieriger für ihn werden, mich zu finden.

Ich atme die Meeresluft tief ein.

* * *

»Hier ist es«, sagt Sam, als wir auf den Parkplatz einbiegen.

Es ist zu dunkel, um beurteilen zu können, ob das *Sunrise Inn* seinem Namen gerecht wird und eine malerische Aussicht bietet. Von außen wirkt es jedenfalls relativ sauber und gleichzeitig nicht zu teuer für meine schwindenden finanziellen Reserven. Das Geld, das ich gespart habe, indem ich mit Sam anstatt mit dem Zug gefahren bin, wird mir gute Dienste leisten.

Sechs Jahre sind seit dem großen Crash vergangen, der für alles verantwortlich ist. Ich bin inzwischen schon so lange mittellos, dass ich vergessen habe, wie es ist, sich über Geld keine Sorgen machen zu müssen. Früher habe ich in den besten Hotels übernachtet, ohne mit der Wimper zu zucken. Es ist seltsam, wie schnell sich alles ändern kann. Man ist auf einem sicheren Weg, und plötzlich schlägt man eine andere Route ein. Ohne Vorwarnung, schlecht vorbereitet auf das, was einen erwartet.

Sam parkt das Auto und geht auf die Pension zu. Ich folge ihm, ziehe meinen eleganten Koffer hinter mir her.

»Ich helfe Ihnen«, bietet er an.

»Das schaffe ich schon.« Meinen eigenen Koffer zu tragen ist das Mindeste, was ich tun kann.

Sams Mund verzieht sich bei meiner Antwort, aber er sagt nichts mehr dazu.

Wir werden von einem Mann begrüßt, der sich als Matthew vorstellt und uns zwei Zimmer nebeneinander zuweist. Er bietet an, ein leichtes Abendessen aus der Küche hinaufzuschicken.

Der Kuchen und der Kaffee von Ruby haben meinen Magen kaum gefüllt, aber ich tue so, als sei ich zu müde zum Essen. Mittlerweile habe ich mich an die quälende Leere in meinem Bauch gewöhnt.

Steif steige ich die Treppe zu meinem Zimmer hinauf. Die Stunden im Zug, auf der Fähre und im Auto fordern ihren Tribut. Wir trennen uns vor den Türen unserer Zimmer. Ich gehe hinein und schließe hinter mir zu.

Das Zimmer ist klein und eher spartanisch möbliert, aber sauber. Die Wände sind hauchdünn, wenn man danach geht, welche Geräusche aus Sams Zimmer zu mir herüberdringen. Ich stelle mir vor, dass er das Gleiche tut wie ich. Den Koffer aufklappen, die Nachtwäsche herausziehen, die zerknitterte Kleidung ausziehen.

Danach gleite ich zwischen die kühlen, steifen Laken. Das Geräusch des Deckenventilators, der über mir surrt, vermischt sich mit dem Rauschen der Brandung.

Wir haben vereinbart, morgen früh gemeinsam in die Veteranenlager zu fahren. Jedes Mal, wenn ich erklärte, ich könne mich gut alleine auf den Weg machen, versicherte Sam, er begleite mich gerne.

Normalerweise würde eine Frau in solch einem Fall wohl annehmen, ein Mann sei verliebt in sie. Aber bei Sam handelt es sich wahrscheinlich eher um Pflichterfüllung als um irgendetwas anderes. Ich würde mir meine Unabhängigkeit eigentlich gerne bewahren, kann mir aber im Moment nicht den Luxus leisten, auf meinen Prinzipien zu beharren.

Auf der anderen Seite der Wand raschelt es. Ich höre das Knarren von Holz, einen leisen Knall.

Dann schlafe ich ein.

8

Helen

Es ist spät am Abend, als meine Schicht endet. Die Menschen auf den Straßen bestehen nicht mehr aus Einheimischen, die ihrem Alltag nachgehen, sondern aus Touristen und Raufbolden, die sich amüsieren wollen.

Mein ganzer Körper schmerzt, als ich aus dem Nebeneingang des Restaurants trete. Meine Füße protestieren bereits gegen den Heimweg. In meiner Schürzentasche steckt ordentlich Trinkgeld. Fast den ganzen Tag über war viel los. Das Ferienwochenende hat mehr Gäste angezogen als üblich.

Der Himmel ist bewölkt, der Mond nirgends zu sehen. Regen liegt in der Luft. Eine weggeworfene Ausgabe des *Key West Citizen* flattert auf dem Boden. Auf der Titelseite prangt eine Hurrikanwarnung.

Das war heute Abend ein beliebtes Gesprächsthema im Restaurant. Die Vorhersage der Ankunft der Tropenstürme ist so etwas wie ein Sport in dieser Gegend. Es sind die Fischer, die normalerweise in solchen Dingen am besten Bescheid wissen. Wenn man am Wasser lebt und stirbt, lernt man, seine Zeichen deuten. Wenn Tom glaubt, der Sturm wird an uns vorüberziehen, gehe ich davon aus, dass das stimmt.

Aus dem Gebüsch kommt ein Rascheln, und ich stelle mich auf eine Begegnung mit einem Tier ein. Wir teilen uns diese Insel mit allen möglichen Geschöpfen – Alligatoren, Rehen, Schlangen und Ratten. Obwohl ich ihnen ihren Lebensraum nicht missgönne, ist die finstere Nacht nicht die beste Zeit, ihnen in die Quere zu kommen.

Aber es ist kein Tier, das mir nun gegenübersteht. Es ist ein Mann.

Noch ein Rascheln.

Zwei Männer.

Die beiden habe ich heute schon gesehen. Sie verweilten länger als die meisten anderen Gäste bei Kaffee und Kuchen und hinterließen einen Aschenbecher voller Zigarettenstummel.

»Guten Abend«, ruft derjenige, der mir am nächsten steht. Er hat den Hut tief ins Gesicht gezogen und bewegt sich mit der trägen Lässigkeit eines Mannes, der Alkohol getrunken hat.

»Guten Abend«, antworte ich automatisch. Mein Blick wandert vom ersten zum zweiten Mann und wieder zurück.

»Wir wollen kein Aufhebens machen«, sagt der erste Mann. »Wir wollen nur das Geld in Ihrer Tasche, dann verschwinden wir.« Sein Blick schweift von meinem Bauch zurück zu meinem Gesicht. »Ganz ruhig. Ihnen oder Ihrem Baby wird nichts geschehen, wenn Sie tun, was wir verlangen.«

Ich öffne den Mund, um zu schreien, aber es kommt kein Ton heraus. Panik und Angst verschließen mir die Kehle. Meine Füße scheinen auf dem Boden festzukleben, mein ganzer Körper ist angespannt.

Bei dem starken Geruch von Gin, den der Mann verströmt, dreht sich mir der Magen um. Er dünstet den Alkohol aus allen Poren aus, als hätte er darin gebadet. Es ist dieser klebrige, süßliche, verschwitzte Geruch, der mich an Tom erinnert, wenn er einen über den Durst getrunken hat. Ich will wegrennen und schreien, aber es fühlt sich an, als wäre ich festgefroren.

»Hast du mich gehört? Gib uns das Geld. Sofort.«

Er legt eine Schärfe in dieses Wörtchen »sofort«, die ich genau kenne. Die Bedrohung, die davon ausgeht, ist mir nur allzu vertraut.

Wir brauchen das Geld, und ich möchte lieber nicht darüber nachdenken, wie wütend Tom sein wird, wenn ich mit leeren Händen nach Hause komme. Aber habe ich eine Wahl?

Ich greife in meine Tasche, packe die Münzen. Meine Hand zittert, als ich sie dem Mann hinhalte. Mit einem schnellen Schritt ist er bei mir, seine Haut berührt meine, als er mir das Wechselgeld aus der Hand reißt. Ich zucke zusammen bei dem Kontakt. Mir wird eng in der Brust.

»Ist das alles?«, fragt er.

Viel mehr habe ich nicht. Mein Ehering ist nichts wert, aber ich ziehe daran und versuche, ihn von meinem geschwollenen Finger abzustreifen.

Der Mann tritt einen Schritt zurück.

Eine Männerstimme schallt durch die Nacht. »Haut ab.«

Ich drehe mich um, und mein Stammgast John betritt die Bildfläche.

»Komm schon«, antwortet der Angreifer, während sein

Komplize hinter ihm wartet. »Wir werden sie nicht verletzen. Ich will keinen Ärger.«

»Dann haut ab«, sagt John. »Gib ihr das Geld zurück. Verschwindet.«

Der Angreifer wippt auf den Füßen hin und her und spielt mit den Händen an seiner abgenutzten Hose herum.

»Das ist eure letzte Chance«, droht John.

»Komm, wir gehen, Henry«, ruft der Komplize und weicht zurück. »Das ist es nicht wert.«

»Halt die Klappe«, knurrt Henry und steckt seine Hand in die Tasche. John macht einen weiteren Schritt nach vorne. Henry zieht seine Hand aus der Tasche.

O Gott, ein Messer.

John bewegt den Kopf in meine Richtung, und mir wird klar, dass ich die Worte laut ausgesprochen habe.

»Bitte«, flüstere ich, gehe auf John zu, packe mit zitternden Händen seinen Unterarm und versuche, ihn zurückziehen.

Obwohl die beiden Männer es von der Statur her nicht mit John aufnehmen können, sind sie in der Überzahl und haben das Messer. »Es ist bloß Geld«, flehe ich. »Das ist es nicht wert.«

John setzt sich in Bewegung, bevor ich meinen Satz beenden kann, und geht mit schnellen, sicheren Schritten seiner langen Beine auf den einen der beiden Männer zu, auf Henry. Der sticht mit dem Messer zu und zielt dabei auf Johns Bauch.

Henrys Arm bewegt sich ruckartig nach oben, und John stöhnt auf. Mit einem lauten Knacken stößt seine Faust gegen Henrys Kiefer.

Henrys Kopf schnappt zurück, aber anstatt rückwärts umzufallen, stürzt er nach vorne, und das Messer trifft wieder auf Fleisch.

Ein Schrei erfüllt die Nacht.

Blut tropft aus einem Riss in Johns Kleidung und läuft ihm über die Brust.

Der Anblick von so viel Rot reißt mich aus meiner Schockstarre. Ich schreie lauthals.

»Hilfe! Hilfe! Hilfe!«

Für einen Moment scheint Henrys Komplize unentschlossen. Wird er sich in den Kampf stürzen? Nein, er rennt auf das Gebüsch zu, weg vom Schauplatz.

Es müssen noch Leute vor dem Restaurant sein. Wenn ich loslaufe und Hilfe hole …

Die Männer umkreisen sich erneut. Da sehe ich etwas in der Ecke stehen – ein längliches Stück Holz, das Ruby nie weggeräumt hat. Schnell greife ich danach und schwinge es herum.

Das Holz knallt gegen Henrys Kopf.

* * *

Das Stück Holz gleitet mir aus den Händen, und ich starre auf den Mann, der vor mir im Gras zusammengesackt ist.

Ich sinke zu Boden.

»Alles in Ordnung?«, fragt John.

»Ich … ich glaube schon.«

»Haben Sie Schmerzen im Bauch? Irgendein Druckgefühl?«

»Nein.«

»Bluten Sie?«

»Nein, ich glaube nicht.« Ich stehe langsam auf und nehme die Hand, die John mir hinhält. Er lässt mich los, als ich wieder auf den Beinen stehe. »Ist er …«

Ich atme tief durch, mein Herz rast. Das Geld, das Henry mir stehlen wollte, liegt um seinen ganzen Körper herum verteilt. Blut sickert aus seinem Haaransatz und läuft ihm über das Gesicht. »Ist er …? Habe ich ihn getötet?«

John beugt sich über den Mann und überprüft seinen Puls. »Nein. Sie haben ihn nur k.o. geschlagen.«

Er bückt sich, sammelt das über den Boden verstreute Geld ein und übergibt es mir.

Ich betrachte die Münzen. Auf einer prangt ein roter Fleck. Meine Finger zittern, als ich das Trinkgeld von seiner ausgestreckten Hand nehme und es in die Tasche meiner Schürze stecke.

»Sie hätten dieses Stück Holz nicht holen sollen. So spät in Ihrer Schwangerschaft dürfen Sie nichts Schweres heben«, sagt John.

Ich schaue ihn an. »Er hat mit dem Messer zugestochen.« Ich hole tief Luft und versuche, mich zu beruhigen. »Außerdem trage ich den ganzen Tag Tabletts durch die Gegend. Ein Stück Holz macht mir nichts weiter aus.«

»Sie sollten auch keine schweren Tabletts tragen«, erwidert er.

»Und Sie hätten es nicht mit ihm aufnehmen sollen. Sie haben es doch gehört, die wollten nur das Geld.«

»Sie wissen nicht, was sie wirklich wollten«, kontert er.

»Es hätte schlimmer kommen können. Erlauben Sie mir wenigstens, Sie nach Hause zu bringen. Wohnen Sie in der Nähe?«

»Mein Haus ist nur zwei Meilen entfernt.«

Er wirft mir einen ungläubigen Blick zu. »Sie gehen jeden Abend nach der Arbeit zwei Meilen alleine zu Fuß?«

Er setzt nicht hinzu »in Ihrem Zustand«, aber es schwingt unausgesprochen mit. »Sind Sie in der Lage zu gehen?«, fragt er.

»Natürlich. Und Sie? Sie bluten.«

»Es geht mir gut. Bereit?«

Sosehr John mich verunsichert hatte, wenn er im Restaurant erschien, so froh bin ich jetzt über seine Gesellschaft. Dennoch lasse ich mehr Abstand zwischen uns als notwendig. »Ja. Ich habe Ihnen noch gar nicht dafür gedankt, dass Sie mir zu Hilfe gekommen sind. Danke.«

Meine Beine zittern, ich gehe langsamer als normal. Schützend lege ich eine Hand über meinen Bauch und spreche ein stummes Gebet, dass sich das Baby bewegen möge.

John passt sein Tempo meinem an. Ich bemerke zum ersten Mal, dass er leicht humpelt. Er beißt die Zähne zusammen, als hätte er Schmerzen, sein Blick ist auf einen Punkt am Horizont gerichtet.

Ich bleibe stehen, er ebenfalls.

In meinem Bauch zuckt es, gefolgt von einem heftigen und gleichmäßigen Treten. Ich lege eine Hand auf meinen Bauch, an die Stelle, an der das Baby mich erneut tritt. Eine riesige Erleichterung überkommt mich.

»Das Baby?«, fragt John.

Ich nicke. Tränen steigen in mir auf.

Das Baby bewegt sich in meinem Bauch, ein Stoß hier, ein Tritt dort. Nie zuvor haben diese Bewegungen mich so getröstet.

Ich gehe wieder los, und John folgt mir. Er steuert nichts mehr zu dem Gespräch bei. Stumm setzen wir unseren Weg fort, untermalt nur von den Geräuschen der Nacht.

Das Wetter ist recht angenehm, aber es liegt etwas in der Luft, ein Geschmack auf meiner Zunge, ein Geruch, der darauf hindeutet, dass sich ein Sturm zusammenbraut. Obwohl Tom das Gegenteil behauptet hat.

»Sie sind nicht von hier, oder?«, frage ich John. Die meisten Straßenarbeiter kommen aus anderen Landesteilen.

»Nein.«

»Gefällt es Ihnen auf den Keys?«

»Ich habe schon schlechtere Gegenden gesehen«, erwidert er. »Zumindest ist es warm. Die Landschaft finde ich ganz schön, wenn einem das Wilde, Ungezähmte gefällt. Zum Erholen ist es jedenfalls ein guter Ort.«

»Haben Sie eine Kriegsverletzung?«

Er zeigt auf das Bein, das er schont. »Ich habe eine Kugel abbekommen. Es ist gut verheilt, aber es versteift sich bei Kälte oder am Ende eines langen Tages. Hier unten wird es nicht sehr kalt, das tut mir gut.«

»Das tut mir leid.«

Er macht ein unverbindliches Geräusch.

»Ich danke Ihnen sehr, dass Sie mir geholfen haben. Sie haben recht, es hätte wirklich schlimmer kommen können.«

»Ich habe nichts Besonderes gemacht. Nur das, was jeder getan hätte.«

»Ich weiß nicht. Es ging Sie ja eigentlich nichts an.«

»An dem Tag, an dem wir aufhören, für andere einzutreten, können wir einpacken.«

»Ich bin mir nicht sicher, ob die meisten Leute das so sehen würden wie Sie«, erwidere ich.

»Ihnen müssen im Restaurant alle möglichen Menschen begegnen. Haben Sie die Männer wiedererkannt, die versucht haben, Sie auszurauben?«

»Sie waren heute Abend dort, aber ich glaube nicht, dass ich sie zuvor schon mal gesehen habe. Solche Männer kommen in großer Zahl vorbei, hungrig und oft ein bisschen gewalttätig.«

»Sind Sie in Key West aufgewachsen?«, will er von mir wissen.

»Ich habe mein ganzes Leben hier verbracht. Mein Vater hat an der Eisenbahn gearbeitet.«

»Das ist Knochenarbeit, seinen Lebensunterhalt auf diese Weise zu verdienen«, bemerkt er.

»Daddy war ein harter, aber guter Mann.«

»Wenn die Arbeit an der Eisenbahn so ähnlich war wie die an der Autobahn, dann gab es dort nicht viel Raum für Menschlichkeit. Dieser gefährliche Job kann einen zu einem harten Menschen machen.«

»Kommen Sie deshalb so oft nach Key West? Weil Sie dem Druck entfliehen wollen?«

»Vielleicht.«

»Warum haben sie euch auf die Keys geschickt?«, frage

ich. »Sicherlich gibt es im ganzen Land Projekte, an denen Sie arbeiten könnten. Das Wetter mag gut sein, aber die Naturgewalten sind unberechenbar.«

»Sie wollten uns in Washington nicht haben. Wir haben zu viel Ärger gemacht und die amerikanischen Wähler daran erinnert, dass die Regierung nichts für unsere Versorgung getan und ihre Versprechen nicht eingehalten hatte. Sie dachten wahrscheinlich, die Keys wären weit genug weg, um unsere Sache in Vergessenheit geraten zu lassen.«

Vor einigen Jahren zogen viele der Männer, die im Weltkrieg gekämpft hatten, zusammen mit ihren Familien nach Washington, D.C. Sie verlangten von der Regierung ihren Kriegsbonus in Form einer Einmalzahlung, anstatt sich in diesen schlimmen Zeiten jahrelang vertrösten zu lassen. Die Zeitungen bezeichneten sie als *Bonusarmee*.

»Waren Sie bei der Bonusarmee dabei?«, frage ich. »Bei den Protesten in Washington, D.C.?«

»Ja. Ich habe dort demonstriert. Viele Veteranen sind arbeitslos, hungrig, ohne Hoffnung. Die Regierung machte ihnen Versprechungen. Sie hätte die finanziellen Mittel, ihnen zu helfen. Stattdessen schob man sie einfach beiseite.«

»Die Bilder in den Zeitungen …« Sie zeigten Ketten an den Toren des Weißen Hauses. Männer, die in Zelten lebten. Wachen, die auf der Straße patrouillierten. Tränengas, das auf die Veteranen abgefeuert wurde. Ihre Zelte, die verbrannten.

»Die Bewegung hat sich natürlich verändert«, erklärt er. »Viele Leute gaben die Hoffnung auf und kehrten nach Hause zurück. Andere schlossen sich an, die keine echte Verbindung zum Krieg hatten. Gegen Ende kamen die, die nur Ärger machen wollten. Es ist eine Schande, was mit diesem Land passiert. Dieses Chaos, das uns auszehrt. Wir haben Krieg geführt, um alle Kriege zu beenden. Haben die Hölle durchgemacht. Und wir haben gewonnen. Nur um zu Hause in einer anderen Art von Hölle zu landen. Und die Leute, die in der Lage wären, etwas zu verändern? Unsere Kongressabgeordneten verdienen fast neuntausend Dollar pro Jahr, während die Leute, denen sie dienen sollen, nur einen Bruchteil davon bekommen.«

Neuntausend sind ein Vermögen im Vergleich zu den wenigen Hundert Dollar, die ich mir jedes Jahr bei Ruby erarbeite. »Warum sind Sie nicht nach Hause zurückgekehrt?«

»Ich habe es ja versucht. Nach dem Krieg. Ich bin nicht …« Er holt tief Luft, ganz so, als müsste er etwas Unangenehmes sagen. »Ich bin nicht mehr der Mann, der ich war, als ich fortging. Alle freuten sich, dass wir nach Hause kamen. Aber als wir da waren, wussten sie nicht, was sie mit uns anfangen sollten. Man tat so, als wären wir dieselben Menschen wie vor dem Krieg. Als hätten wir die Dinge nie gesehen, die wir gesehen hatten.«

»Wollen Sie in dieser Gegend bleiben?«

»Ich weiß es noch nicht. Es gehen Gerüchte um, dass sie die Lager schließen wollen. Offiziell wissen wir aber von nichts. Sie haben uns hergeschickt, um uns wieder aufzurichten. Jetzt wollen sie uns loswerden.«

»Das ist nicht in Ordnung.«

»Nein, das ist es nicht, aber auf dieser Welt ist vieles nicht in Ordnung.«

Da kann ich ihm nicht widersprechen. »Wie vertreiben Sie sich die Zeit, wenn Sie in Key West sind?«, frage ich.

Kaum ist mir die Frage über die Lippen gekommen, bereue ich sie schon wieder. Ich bin eine verheiratete Frau. Es ist ziemlich leicht zu erraten, was er tut.

»Während der Woche arbeiten wir an einem Autobahnabschnitt zwischen Grassy Key und Lower Matecumbe. Und an den Wochenenden? Die anderen gehen gerne aus. Zu *Sloppy Joe's* und dergleichen«, antwortet er gleichmütig.

»Sie gehen nicht gerne aus?«

Er zuckt mit den Schultern. »Vor dem Krieg bin ich viel ausgegangen. Hab mich abends in den Schlaf gesoffen. Aber Ärger ist das Letzte, was ich gebrauchen kann.«

»Was suchen Sie dann?«

»Frieden«, antwortet er und gibt mir die Frage gleich zurück. »Und Sie? Was suchen Sie?«

»Ich war noch nie irgendwo anders.«

»Wohin würden Sie gehen?«, fragt John. »Wenn Sie gehen könnten, wohin Sie wollten?«

Weg. Weit weg.

»Ist es so, wie man es sich erzählt?«, frage ich, um seiner Frage auszuweichen. »In den Lagern?«

»Was erzählt man sich denn?«

»Es heißt, dort gebe es Prügeleien. Disziplinloses Verhalten. Zu viel Alkohol.«

»Nun, sicherlich haben wir Männer in den Lagern, die hergekommen sind, um Ärger zu machen. Aber es sind auch gute Männer darunter, die hart arbeiten, um Geld an ihre Familien zu schicken. Männer, die ein bisschen Ruhe brauchen. Wir alle haben etwas durchgemacht, das uns verändert hat. Die meisten von uns versuchen bloß, sich irgendwie durchzuschlagen.«

»Mir ist aufgefallen, dass Sie sich oft absondern. Es muss einsam um Sie herum sein. Ihre Familie vermisst Sie bestimmt.«

»Das weiß ich nicht. Ich komme klar.«

»Sind Sie verheiratet?« Es ist fast unmöglich, den ganzen Tag lang Menschen zu bedienen und sich keine Gedanken über ihr Leben zu machen. Manchmal denke ich über sie nach, um mich von anderen Dingen abzulenken, und manchmal bin ich wirklich neugierig.

Er schweigt für einen Moment, der mir im Dunkel der Nacht recht lange vorkommt. »Nein. Ich habe nie geheiratet. Wie lange sind Sie schon verheiratet?«, fragt er mich.

»Neun Jahre.«

»Das ist eine lange Zeit.«

Manchmal kommt es mir vor wie eine Ewigkeit. Es ist, als ob mein ganzes Leben durch die Ehe mit Tom geprägt würde. Ich nehme an, dass dies in gewisser Weise auch stimmt. Das Mädchen, das ich vor ihm war, scheint in ein anderes Zeitalter zu gehören.

Zitternd atme ich durch und starre in den dunklen Nachthimmel. »Manchmal frage ich mich …«

Wie mein Leben aussehen würde, wenn ich »Nein« gesagt hätte, als Tom mich bat, ihn zu heiraten. Wenn ich an jenem Tag nicht zu den Docks gegangen wäre, als sein Boot einlief, voller Fisch und mit dem Geruch nach Meer. Wenn ich nach dem ersten Mal, als er mich schlug, zu meiner Tante Alice nach Norden gegangen wäre, anstatt seinen Beteuerungen zu glauben, dass es nie wieder passieren würde. Wenn wir nicht all diese Babys verloren hätten. Wenn die Depression nicht gekommen wäre. Wäre unsere Ehe heute besser, wenn das Schicksal uns nicht so getroffen hätte? Oder waren wir von Anfang an zum Scheitern bestimmt, und ich habe es bloß nicht erkannt?

»Was fragen Sie sich?«, will er wissen.

Mir wird klar, dass ich den Satz nicht vollendet habe. Normalerweise teile ich solche Intimitäten nicht mit einem Fremden, schon gar nicht mit einem Mann. Doch seine Art hat etwas Beruhigendes. Indem er so wenig über sich selbst erzählt, bringt er sein Gegenüber zum Sprechen. Oberflächliches Geplänkel bleibt außen vor.

Ich dagegen verbringe meine Tage damit, andere Menschen zu fragen, was sie möchten, was sie brauchen. Ich kann dem Drang zu sprechen nicht widerstehen. »Wahrscheinlich ist es verkehrt, unter diesen Umständen ein Kind in die Welt zu setzen.«

»Gibt es niemanden sonst? Haben Sie Familie?«, erkundigt er sich.

»Meine Eltern sind tot.«

»Das tut mir leid.«

»Glauben Sie, da draußen ist es besser?«, frage ich. »Besser als hier?«

Noch eine Pause. »Das hoffe ich«, antwortet er. »Was bedeutet ›besser‹ für Sie?«

Ich kann ihm wohl kaum die Wahrheit über meine Tagträume und den ganzen Rest sagen. Brave Ehefrauen träumen nicht vom Tod ihres Mannes. »Ein anderer Ort, weit weg von hier. Da, wo es sicher ist.«

»Sie könnten weggehen«, sagt er.

Bei diesen Worten, bei der Möglichkeit, die sie mir eröffnen, spüre ich die vertraute Sehnsucht. Wie oft habe ich schon darüber nachgedacht? Mir einen Plan zurechtgelegt?

»Wie denn? Wohin sollte ich gehen? Mit welchem Geld? Der Platz einer Frau ist bei ihrem Ehemann.« Zumindest ist das die hübsche Ausrede, mit der alle möglichen Sünden beschönigt werden.

»Vielleicht verliert ein Mann das Recht, als Ehemann bezeichnet zu werden, wenn er seine Fäuste gegen jemanden erhebt, den er eigentlich beschützen sollte.«

Verbitterung macht sich in mir breit. »Das haben Sie schön gesagt.«

»Ich habe Sie verärgert.«

Ja, vielleicht ein wenig. Er hat Dinge angesprochen, von denen er nichts versteht. Als Außenstehender lässt sich leicht urteilen. »Ich hätte vorhin nicht so reden sollen«, sage ich stattdessen. Dieser seltsame Abend hat meine Zunge gelöst. »Was zwischen einem Mann und seiner Frau ist, geht niemanden etwas an.«

»Würden Ihre Freunde Ihnen nicht helfen? Ich habe gesehen, wie nett die anderen Mitarbeiter Sie behandeln, wie gern die Chefin Sie hat.«

»Ruby hat genug eigene Sorgen. Sie muss ihren Laden schmeißen, hat Mäuler zu stopfen. Sie trägt Verantwortung. Ich möchte sie nicht mit meinen Problemen belasten.«

»Vielleicht würde sie Ihnen ja gerne helfen.«

»Und Sie? Sie sagten, Sie hätten Ihre Familie verlassen. Wer hilft Ihnen? Jedes Mal, wenn Sie im Restaurant essen, sind Sie allein. Wo sind die Freunde, auf die Sie sich stützen können? Seitdem Sie ins Restaurant kommen, haben Sie nie etwas zu mir gesagt und sich nie die Mühe gemacht, höflich mit mir zu plaudern.« Ich erkenne mich kaum wieder. Auf einmal bin ich in der Lage dazu, meine Meinung zu sagen. Das ist irgendwie berauschend.

Er sieht beschämt aus. Dieser Gesichtsausdruck lässt ihn unerwartet jünger und weicher wirken. »Sie haben recht. Ich bin nicht sehr gut darin, meine eigenen Ratschläge zu befolgen.«

»Nein, ich hätte nichts sagen sollen. Das war unhöflich von mir. Entschuldigung.«

»Sie brauchen sich nicht zu entschuldigen. Sie haben ja recht. Ich könnte freundlicher sein. Es tut mir leid, wenn ich Ihnen im Restaurant unhöflich erschien. Ich hatte nicht die Absicht, Anstoß zu erregen.«

»Nicht unhöflich. Nur nicht besonders gesprächig.«

»Ich fühle mich nicht mehr so wohl unter Menschen, seit ich wieder zu Hause bin.«

Ich lächle, trotz meines Grolls von vorhin. »Gerade merkt man das Ihnen aber nicht an.«

»Es ist angenehm, sich mit Ihnen zu unterhalten.«

»Ich nehme an, das gehört bei meinem Job einfach dazu.«

»Es ist mehr als das. Sie haben etwas Beruhigendes an sich.«

»Etwas Beruhigendes?«

Er nickt und wendet den Blick ab.

Ich glaube, ich habe ihn in Verlegenheit gebracht. Es bleibt jedoch das Gefühl, in ihm einen Freund gefunden zu haben.

* * *

Wir sprechen umso weniger, je näher wir meinem Haus kommen. John hält sich einen Schritt hinter mir. Als wir die letzte Abzweigung erreichen, verlangsame ich mein Tempo. Wir gehen nahe am Wasser. Es ist zu dunkel, und wir sind zu weit weg, um festzustellen, ob Toms Boot festgemacht und er von seinem Fischzug zurück ist. Ich weiß nie, wann er zurückkommen wird, und habe mein Bestes gegeben, ihn nicht auf mich warten zu lassen. Zweifellos weiß er genau, wie lange mein Nachhauseweg vom Restaurant dauert. Auch wenn er an den meisten Abenden aus seinem Boot steigt und direkt die nächste Bar ansteuert, anstatt unser Haus mit seiner Anwesenheit zu belasten. »Den Rest des Weges gehe ich alleine«, sage ich, bleibe stehen und sehe John an.

»Sind Sie sicher?«

»Ja. Das Haus liegt direkt vor uns. Hier draußen ist niemand. Ich danke Ihnen, dass Sie mir geholfen haben.«

»Danke, dass Sie mir geholfen haben«, gibt er zurück. »Ich werde das ganze Wochenende in Key West sein, falls Sie mich brauchen.«

»Ich komme klar.«

Er sieht mich traurig an, als wüssten wir beide, dass das nicht unbedingt stimmt.

»Sind Sie sicher, dass Sie nicht verarztet werden müssen?« Ich deute auf seine Brust.

»Ich komme klar«, wiederholt John. Er zieht eine Zigarette und ein Feuerzeug aus der Tasche. »Ich werde eine Weile warten, um sicherzugehen, dass alles in Ordnung ist.«

»Guten Abend.«

»Guten Abend«, antwortet John und nickt leicht mit dem Kopf.

Die letzten paar Meter zu unserem Häuschen gehe ich alleine. Als ich davorstehe, sehe ich ein sanftes Leuchten in einem der Fenster. Ich greife nach dem Türknauf und drehe den Griff. Ein Schauer läuft mir über den Rücken.

Beim Trinken gibt es eine Grenze, einen Kipppunkt. Er liegt zwischen »betrunken und gefährlich« und »zu betrunken, um irgendjemandem großen Schaden zuzufügen«. Ich bete, dass Tom ohnmächtig ist und ausgestreckt auf dem Boden der Hütte liegt.

Das große Zimmer ist dunkel, abgesehen von dem Schein einer Petroleumlampe in der Ecke.

Die Haustür fällt hinter mir ins Schloss.

Zuerst ist da der Geruch von Bourbon. Mir dreht sich der Magen um. Die Luft ist so schwer, als würde alles in Flammen aufgehen, wenn man ein Streichholz anzündet. Ich schlucke, gehe Richtung Schlafzimmer und verfluche die Lautstärke meiner schweren Schritte.

Ich unterdrücke einen Schrei. Tom sitzt direkt vor der Tür. Sein Körper liegt halb im Schatten, von seinen Fingerspitzen lässt er eine ziemlich leere Flasche baumeln.

»Wer hat dich nach Hause gebracht?«, herrscht er mich an.

Ich zucke vor Schreck zusammen, weil seine Stimme so

dröhnt. Der Schall hallt von den Wänden des kleinen Häuschens wider und durchdringt mich. Ich zittere.

»Wovon redest du?«

Woher weiß er das bloß?

»Ich habe Stimmen gehört.« Er erhebt sich von seinem klapprigen Stuhl, die Flasche kracht auf den Boden, die bernsteinfarbene Flüssigkeit ergießt sich über die Bodenbretter.

Das werde ich nur schlecht wieder wegbekommen, aber Tom mag keinen Dreck.

Er kommt näher und bedrängt mich. Sein Körper blockiert das Licht, das die Petroleumlampe ausstrahlt. »Lüg mich nicht an.«

Wegen der späten Stunde, des langen Arbeitstages und des Babys kommt meine Antwort nicht so schnell wie üblich, mein Geist und mein Körper sind träge.

»Ein paar Männer lungerten vor dem Restaurant herum, als meine Schicht zu Ende war. Sie waren betrunken. Haben mich belästigt.« Ich atme tief durch. Tom misstraut den Veteranen, genau wie der Rest der Stadt. »Es waren Männer, die an der Autobahn arbeiten. Einer von Rubys Stammgästen hat alles mitbekommen und ist mir zu Hilfe geeilt. Er hat angeboten, mich nach Hause zu bringen, damit sie mir nicht folgen.«

Tom macht einen Schritt auf mich zu, und ich weiche zurück, ohne es zu merken. Meine Hüfte stößt gegen die spitze Ecke des Küchentischs.

Mein Herz pocht.

»Wie heißt er?«

»Ich weiß nicht«, lüge ich.

»Du hast gesagt, er ist von hier.«

»Er ist Stammgast«, erwidere ich. Das kann schließlich alles bedeuten.

»Wer kennt ihn?«, will Tom wissen. »Vielleicht muss ich ein Wörtchen mit ihm reden.«

»Ich weiß es nicht. Er bleibt meistens für sich.«

»Na, das stimmt wohl nicht ganz. Scheint, als will er was von meiner Frau.«

»Ich bin im neunten Monat schwanger«, flüstere ich beschwörend.

Als wir frisch verheiratet waren, fand ich es charmant, dass er sich so viele Gedanken um mich machte und dass er ständig wissen wollte, wo ich gerade war. Aber je mehr die Welt um uns herum außer Kontrolle geriet, desto fester übernahm Tom die Kontrolle über unser Zuhause. Bis er eher Gefängniswärter als Ehemann war und ich das überhaupt nicht mehr charmant fand.

»Da war nichts«, plappere ich. »Er hat mir bloß einen Gefallen getan.«

Tom erhebt die Hand.

»Bitte.« Ich suche den Raum nach etwas ab, mit dem ich mich verteidigen kann.

Tom lässt die Hand wieder sinken. »Er interessiert sich für dich?«

Mein Kopf wackelt, meine Zähne klappern.

Er bewegt sich so flink und sicher, dass ich mich frage, ob er mir die ganze Zeit etwas vorgespielt hat. Ob er nicht annähernd so betrunken ist, wie er vorgibt zu sein. Seine große Hand legt sich um meinen Hals und hebt mein Kinn an, damit ich ihm in die Augen sehen muss.

»Lüg mich nicht an.«

»Ich lüge dich nicht an. Ehrlich. Lass mich bitte los.«

»Wem gehörst du?«

Tränen stehen in meinen Augen. Gefühle von Angst und Scham steigen in mir auf. »Dir.«

»Jawohl. Das solltest du lieber nicht vergessen. Wenn ich merke, dass du dich im Restaurant mit fremden Männern einlässt, wirst du das Baby nie wieder sehen. Hast du mich verstanden?« Seine Hand bewegt meinen Kopf ruckartig auf und ab, bis er mich mit einem ungeduldigen Geräusch loslässt.

Ich mache einen Schritt zurück, bin froh, seinen Händen entkommen zu sein. Plötzlich packt er mich wieder, umklammert mein Handgelenk und gräbt seine Finger in die alten blauen Flecken.

Das macht er gerne. Er lässt mich los, damit ich einen Hauch von Freiheit spüre, um dann wieder die Leine anzuziehen und mich unter Kontrolle zu bringen.

»Das war falsch von mir«, flüstere ich. »Ich hätte mich nicht von ihm nach Hause bringen lassen dürfen. Es tut mir leid.«

Toms Nägel graben sich in meine Haut. Mein Magen rebelliert, als mir sein Geruch in die Nase steigt, eine Mischung aus Fisch, Salz, Schweiß und Bourbon.

Bitte tu dem Baby nicht weh.

Toms Griff wird fester. Meine Beine knicken ein, mein Sichtfeld verengt sich. Als der Schmerz unerträglich wird, betrete ich einen Tunnel aus Dunkelheit.

»Du wirst ihn nicht wiedersehen. Wenn er versucht, noch

mal mit dir zu reden, sagst du es mir, und ich werde mich darum kümmern.«

Ich mache mir nicht die Mühe, Tom zu erklären, dass ich dieses Versprechen kaum halten kann, da John wieder ins Restaurant kommen wird. An diesem Punkt würde ich alles sagen oder tun, um den Schmerz zu beenden, der durch mich hindurch schießt.

Sein Griff um mein Handgelenk zieht sich noch fester zu. Ich falle zu Boden, schütze meinen Bauch mit meiner freien Hand, und Tom lässt mich los.

Das Baby tritt mich.

Eine Träne rinnt über meine Wange.

Wie konnte es passieren, dass wir uns so verändert haben? Wir waren einmal ein Paar, das sich auf den Docks umarmte. Ich war voller Liebe für ihn.

»Morgen fahre ich wieder raus. In ein paar Tagen bin ich zurück.«

Die Ankündigung seiner Abwesenheit erleichtert mich unmittelbar, lässt mich leichter atmen. »Der Sturm?«

Ich versuche vorsichtig zu sein, in halben Sätzen und Gedanken zu existieren, meine Gegenwart so klein wie möglich zu halten, um ihn nicht wütend zu machen.

»Der Sturm ist weit weg«, erwidert er. »Ich habe den neuesten Bericht gehört. Es besteht keine Gefahr.«

Sosehr ich ihn mir fortwünsche, so groß ist meine Angst. Was, wenn das Baby zu früh kommt, was, wenn …

Er muss die Angst in meinen Augen gesehen haben, denn sein Gesichtsausdruck verfinstert sich. »Wer bringt das Essen auf den Tisch?«

»Du«, flüstere ich.

»Verdammt richtig.«

Der harte Boden drückt mich gegen den Rücken. Ich versuche mich in eine sitzende Position aufzurichten, meine Beine zu bewegen, aber das Gewicht in meinem Bauch stört meine Balance und zwingt mich wieder zurück.

Tom macht ein angewidertes Geräusch und streckt mir seine Hand hin. Trotz des Wunsches, mich abzuwenden, ergreife ich sie und lasse mich von ihm nach oben ziehen. Als ich wieder auf den Beinen stehe, hole ich das Geld heraus, das mit Johns Blut befleckt ist. Ich lege die Münzen in Toms ausgestreckte Handfläche und bekämpfe den aufsteigenden Zorn. Bekämpfe den Wunsch, meinen Tagesverdienst an mich zu nehmen und ihn an einem geheimen Ort zu verstecken.

Rasch zählt er das Geld und steckt es in die Tasche.

»Ich gehe ins Bett«, verkündet er, und nach neun Jahren Ehe weiß ich, dass ich ihm folgen soll.

Schweigend beginnen wir unsere Abendroutine, unser Streit tritt in den Hintergrund. Ich zucke zusammen vor Schmerz, als ich mich erst ausziehe und mir dann das abgenutzte Baumwollnachthemd über den Kopf ziehe. Mein Handgelenk pocht von der Anstrengung.

Als ich den Kopf auf das Kissen sinken lasse, fürchte ich kurz, dass Tom sich umdrehen, mich ansehen wird, sich auf mich legen und mich niederdrücken wird. Zu diesem Zeitpunkt in meiner Schwangerschaft hat sich die Häufigkeit unseres ehelichen Beischlafs zwar erheblich verringert, aber ich habe Angst davor, sodass ich so ruhig wie möglich daliege und meine Atmung reguliere. Hoffentlich glaubt er, ich sei eingeschlafen. Mein Mann lässt ein Nein nicht als Antwort gelten.

Minuten vergehen, das Bett knarrt, die Laken rascheln, und dann höre ich ein leises Schnarchen.

Ich starre an die Decke. Das Baby bewegt sich in meinem Bauch, der Schmerz in meinem Handgelenk lässt kein bisschen nach. Die Nacht ist ruhig, die Brandung rauscht in der Ferne. Die Geschöpfe der Mangroven, die unser Haus umgeben, huschen in der Dunkelheit herum.

Mühsam erhebe ich mich aus dem Bett und gehe zum vorderen Fenster des Häuschens. Mit der unverletzten Hand stütze ich meinen Rücken, um den Druck von der Bauchgegend zu nehmen. Ich starre in den Himmel, betrachte den Mond und die Sterne, stelle mir ein Leben vor, so weit von hier entfernt wie nur möglich.

Das Paradies.

Zwischen den Bäumen entdecke ich etwas Glimmendes. Das Ende einer Zigarette. Es ist zu dunkel, um den Mann zu erkennen, der sie in der Hand hält. Aber ich weiß, dass er es ist, und frage mich, ob John mich im Mondlicht sehen kann. Ob er weiß, dass ich hier stehe und ihn beobachte.

Ich bleibe viel länger am Fenster, als ich sollte, viel länger, als es klug ist. Dann kehre ich zu meinem Platz neben Tom im Bett zurück.

Bevor ich die Augen schließe, erinnere ich mich an das Gefühl, dieses Stück Holz in der Hand zu halten, es mit aller Kraft herumzuschwingen. Ich erinnere mich an das befriedigende Knacken, als es Henrys Schädel traf und er zu Boden sank.

Im Traum bin ich wieder in dem Wäldchen vor *Ruby's Café*, und diesmal liegt Tom auf dem Boden. Blut sickert ihm aus dem Kopf, seine Augen sind leer. Ich stehe über ihm, die Latte in der Hand.

Ein Gefühl der Rache durchflutet mich.

9

Sonntag, 1. September 1935
Mirta

Als ich am nächsten Morgen zum Frühstück herunterkomme, sitzt Anthony am ausladenden Esstisch, eine Tasse Kaffee vor sich, eine Zeitung neben seinem Teller. Jemand hat einen Blumenstrauß in einer Vase auf dem Tisch arrangiert. Das Porzellan und die Tischwäsche haben denselben cremeweißen Farbton.

Anthony blickt mit einem Lächeln von der Zeitung auf.

»Guten Morgen.«

»Guten Morgen«, antworte ich.

Wo hat er heute Nacht geschlafen, nachdem er mich im Schlafzimmer alleine gelassen hat?

Er erhebt sich, als ich zum Tisch gehe und mir einen Stuhl gegenüber von seinem herausziehe. Bevor ich mich hinsetze, beugt sich Anthony zu mir hinüber. Der Duft seines Aftershaves steigt mir in die Nase, als er mich auf die Wange küsst.

»Du siehst wunderschön aus«, flüstert er, und seine Lippen streifen mein Ohr.

Meine Wangen glühen. »Danke.«

Ich setze mich und warte dabei, bis er den Stuhl nach vorne schiebt. Die Häuslichkeit dieser Szene bringt mich erneut durcheinander. Er muss ungefähr ein Dutzend Jahre älter sein als ich, aber wir haben viele gemeinsame Jahre vor uns, vielleicht vierzig. Eines Tages werden wahrscheinlich Kinder mit uns am Tisch sitzen. Ich bin tatsächlich nicht mehr Mirta Perez, sondern eine andere.

»Hast du gut geschlafen?«, fragt Anthony, als einer der Angestellten aus der Küche kommt und uns das Frühstück aus Pfannkuchen, Eiern und Speck serviert.

»Ganz gut«, lüge ich, nicht mutig genug, um zuzugeben, dass ich viel Zeit damit verbracht habe, über unsere Beziehung nachzudenken. »Und du?«

Er verzieht leicht den Mund. »So wie zu erwarten war, nehme ich an. Möchtest du die Zeitung?« Anthony deutet auf das zusammengefaltete Blatt neben seinem Teller.

In Kuba schöpfte ich mein Wissen über aktuelle Angelegenheiten und Politik aus den Tischdiskussionen meines Vaters, aus der Angst und Unsicherheit, die unsere Tage ausfüllten. Es erscheint mir klug, mehr über das Land zu erfahren, in dem ich von nun an lebe.

Ich überfliege die Schlagzeilen, während der Blick meines Mannes auf mich gerichtet ist. Die Zeitung berichtet von Gewalt und Tod. Anscheinend hat ein Mann namens Frank Morgan in New York eine Verbrechenswelle ausgelöst. Ich frage mich, wie oft der Name meines Mannes in ähnlichen Berichten über seine Verwicklung in derartige Angelegenheiten in der Presse erschienen ist.

Ich lege die Zeitung hin.

»Ich könnte mich daran gewöhnen, weißt du«, sagt Anthony. »Den Tag mit dir zu beginnen. Dass du mir gegenüber am Tisch sitzt.«

Gus, der Hausmeister, betritt den Speisesaal und erspart mir die Formulierung einer passenden Antwort.

»Entschuldigen Sie bitte, dass ich beim Frühstück störe«, sagt er. »Aber ich dachte, Sie sollten es wissen. Der Sturm wird schlimmer.«

»Glauben Sie, es wird gefährlich?«, fragt Anthony.

»Kann ich im Augenblick nicht sicher sagen. Die Leute vernageln ihre Fenster. Natürlich könnte der Hurrikan auch an uns vorbeiziehen. Im Moment scheint es, als würde er eher Kurs auf Kuba nehmen.«

»Dann sind wir gerade rechtzeitig aus Havanna herausgekommen.« Anthony dreht sich zu mir um. »Willst du deine Familie anrufen?«

Ich habe einen Kloß im Hals. »Ja, das würde ich gerne.«

Stürme sind in Kuba kein seltenes Ereignis, und meine Familie wird darauf vorbereitet sein. Trotzdem habe ich genügend Hurrikane erlebt, um sie zu fürchten.

»Sind wir sicher?«, will Anthony von Gus wissen. »Die Zeitung aus Key West schrieb, der Sturm sei ein paar Hundert Meilen entfernt.«

»Es könnte windig und regnerisch werden. Das Wasser wird unruhig sein. Sie sollten nicht mit dem Boot hinausfahren. Hoffentlich ist das Schlimmste, das auf uns zukommt, ein Tag mit schlechtem Wetter. Ich beobachte das Barometer, um zu sehen, ob der Druck fällt, und verfolge die Meldungen im Radio. Ich werde auch mit einigen Leuten reden. Die Fischer verbringen ihr Leben auf dem Wasser. Ich würde ihnen jederzeit mehr Glauben schenken als dem Wetterdienst. Im schlimmsten Fall können wir die Fenster vernageln.«

In Kuba kümmerten sich unsere Dienstboten um die Sturmvorbereitungen, aber ich erinnere mich an die Sorgen meines Vaters über die möglichen Schäden, die das Wetter auf der Zuckerplantage anrichten könnte. Unser Geschäft war häufig von Wetter und Politik bedroht.

Gus entschuldigt sich, und wir sind wieder allein.

»Was hast du für Pläne für den Rest des Tages?«, fragt Anthony.

»Keine.«

»Du könntest wieder am Strand spazieren gehen. Noch so viel gutes Wetter tanken wie möglich.«

Er formuliert die Idee so, als würden wir den Tag getrennt verbringen. Sein Vorschlag ist sicher nicht ungewöhnlich. Mein Vater verbrachte seine Tage ohne meine Mutter, entweder mit der Arbeit oder in seinem sozialen Umfeld. Die Vorstellung, mit einem Fremden verheiratet zu sein, einen Fremden in meinem Bett zu haben, ist wenig reizvoll.

»Vielleicht könnten wir etwas Zeit miteinander verbringen«, schlage ich vor. »Damit wir uns besser kennenlernen.«

»Ich bin überrascht, dass du mich jetzt schon besser kennenlernen möchtest.«

»Wir sind verheiratet. Wir werden unser Leben zusammen verbringen. Da erscheint mir das ganz natürlich.« Auch wenn eigentlich alles an dieser Situation völlig unnatürlich ist.

»Was willst du denn wissen?«, fragt Anthony.

»Wie stellst du dir unser gemeinsames Leben vor? Wie werden wir unsere Tage verbringen, wenn wir in New York sind?«

»Darüber habe ich mir noch keine Gedanken gemacht, um ehrlich zu sein. Beschäftigt dich das?«

»Nein, ich glaube, es fällt mir einfach schwer, mir vorzustellen, wie mein Leben aussehen wird. Ich habe mich immer als Ehefrau gesehen, aber in Kuba. Mit meiner Familie und meinen Freunden um mich herum. Ich dachte, ich würde einen der Jungen heiraten, mit denen ich aufgewachsen bin, und wir würden in ein Haus in der Straße meiner Eltern ziehen.«

»Du wolltest nicht weggehen.«

»Ich habe zugestimmt, dich zu heiraten«, sage ich tonlos. Etwas in mir sperrt sich dagegen, das dicke Knäuel der Gefühle in meinem Inneren zu entwirren. Es geht nicht bloß um die Frage, ob ich mein Zuhause verlassen wollte oder nicht. Die Zukunft, die mir angesichts des Niedergangs meiner Familie bevorstand, war nicht rosig, und ich habe meine Chance ergriffen. Auch wenn es kaum die Zukunft ist, die ich mir ausgemalt hatte.

»Ich habe die Zeit in Havanna sehr genossen«, erwidert Anthony. »Aber meine Hauptgeschäfte sind in New York. Wenn ich zu lange abwesend bin, neigen meine Feinde dazu, unruhig zu werden. Ich bin schon länger geblieben, als es klug ist.«

Bei dem Wort »Feinde« läuft mir ein Schauer über den Rücken. »Hast du viele?«

»Feinde?«

»Ja.«

»Schätze schon. Du wirst nicht reich, ohne dass einige Leichen deinen Weg pflastern.« Er lacht leise, und mir wird klar, dass ich blass geworden sein muss. »Ich habe dich nervös gemacht, meine kleine Frau aus den gehobenen Kreisen.« Dann wirft er mir einen fragenden Blick zu. »Ich nehme an, du hast die Artikel in der Zeitung gelesen. Die Welt, in der ich lebe, unterscheidet sich nicht allzu sehr von der Politik. Die Menschen wollen Macht, weil sie denken, dass sie dadurch unantastbar werden. Sie tun alles, um sicherzustellen, dass ihnen diese Macht niemals genommen wird.«

»Macht dich deine Macht unantastbar?«

»Niemand ist unantastbar. Es wäre dumm, das zu glauben. Mit der Macht ist es so: Man hat nie genug davon. Sie macht stets Lust auf mehr.«

»Wenn man es so ausdrückt, verhält es vielleicht ganz ähnlich wie beim gesellschaftlichen Ballett«, sinniere ich in meinem Versuch, die Stimmung aufzulockern.

Ich denke an die unausgesprochene Hierarchie in Havanna, an die Macht, die wir mit einem Flattern unserer Röcke und einem Klappern unserer Fächer ausübten. Lieber das als die Erinnerungen an die Leichen am Straßenrand, an die Insekten, die um sie herumschwirren, an den Geruch von Tod und Verfall, der auch zur Macht gehört.

»Nein, so ist es wohl nicht«, antwortet Anthony. »Ich habe dich in Havanna beobachtet. Ich habe gesehen, wie sich die Köpfe nach dir umdrehten, wenn du vorbeigegangen bist. Selbst nach dem Skandal um deine Familie warst du in der

Stadt jemand, den man ernst nehmen musste. In New York wirst du wunderbar zurechtkommen.«

»Da bin ich mir nicht sicher.«

»Doch. Am Ende spielt es keine Rolle, ob sie dich mögen. Sie werden dich respektieren.«

»Weil ich deine Frau bin?«

»Ja.«

»Es muss schön sein, über so viel Selbstbewusstsein zu verfügen«, bemerke ich trocken.

»Ich habe es mir hart erkämpft, das versichere ich dir.« Er beugt sich vor, als vertraute er mir ein Geheimnis an. »Als junger Mann war ich ziemlich klein und dünn. Ich weiß, wie es sich anfühlt, machtlos und arm zu sein. Jedenfalls erinnere ich mich gut genug daran, um nie wieder in so einer Lage sein zu wollen.«

»Und heute fürchten sie dich alle.«

»Nicht alle.«

»Aber die meisten.«

Er macht sich nicht die Mühe, mir zu widersprechen.

»Trotzdem«, sage ich. »Das klingt anstrengend.«

»Wie meinst du das?«

»All diese Feinde müssen ihren Preis haben. Hast du es nicht satt, ihn zu bezahlen? Machst du dir keine Sorgen, dass einer deiner Feinde dich vielleicht angreifen wird?«

Mein Vater glaubte einmal, dass er unantastbar sei und dass die Freundschaft zu Machado sein Vermögen sichern würde. Er hat die Änderung in der politischen Strömung nicht kommen sehen, die Batista an die Macht gespült hat, hätte nie geglaubt, dass es so zu Ende gehen würde. Wenn ich in den letzten zwei Jahren eins gelernt habe, dann, dass das Leben sich von einem Moment auf den anderen verändern kann. Egal, ob man es geahnt hat oder nicht.

»Das ist wohl kaum ein Gesprächsthema für die Flitterwochen. Möchtest du einen kurzen Spaziergang machen?«, fragt Anthony und wechselt damit das Thema. »Ich muss einige Geschäfte erledigen, aber davor habe ich ein paar Minuten Zeit.«

»Ich wusste gar nicht, dass du vor Ort wichtige Geschäftsinteressen hast.«

»Hier befindet sich ein bedeutender Schifffahrtsweg.«

Was verschifft er?

»Möchtest du die Art von Ehe führen, in der wir uns einander anvertrauen? Uns unsere Geheimnisse erzählen?«, frage ich.

»Hast du denn Geheimnisse, über die ich Bescheid wissen sollte?«

Ich zucke die Achseln und registriere, wie sein Blick bei der Bewegung zu meiner Schulter wandert. Dürfen Ehemänner und Ehefrauen eigentlich miteinander flirten?

Er lächelt. »Weißt du, ich hatte Angst, ich hätte sie verloren. Als du an unserem Hochzeitstag zum Altar geschritten bist, sahst du ganz verängstigt aus. Fast so, als würdest du in den Tod gehen.«

»Wen verloren?«

»Die junge Frau, die ich in Havanna gesehen habe.«

»Wir sind nicht in Havanna.«

»Nein, aber du bist trotzdem umwerfend.«

Nun bin ich an der Reihe zu lachen. »Das klingt ein bisschen dick aufgetragen.«

Er erhebt sich vom Tisch und streckt mir seine Hand entgegen. »Vielleicht meine ich es ja ernst.«

Ich lege meine Hand in seine und wünsche mir, ich könnte die Zweifel und Fragen in meinem Kopf zum Schweigen bringen. Warum musste er bis nach Kuba reisen, um eine Frau zu finden? Sicherlich gab es auch amerikanische Mädchen, die einen Ehemann brauchten und bereit gewesen wären, ein zweifelhaftes Vorleben und Gerüchte über ein unrechtmäßig erworbenes Vermögen zu ignorieren.

Warum ich? Warum wollte er ein Mädchen heiraten, das er kaum kannte? Was hat meine Familie von ihm überzeugt? Waren es seine mächtigen Verbündeten in Kuba oder seine Freundschaft zu Batista? Oder hat er meinem Vater Geld für mich geboten?

Hand in Hand gehen wir durch die offene Tür auf die Terrasse und weiter zum dreißig Meter entfernten Strand.

»Meine Besprechung dauert sicher nicht lange«, sagt Anthony. »Danach könnten wir mit dem Boot hinausfahren, wenn du möchtest.«

»Das klingt wundervoll. Ich hätte dich nicht für einen Seemann gehalten.«

»Das bin ich auch nicht«, sagt Anthony kleinlaut. »Aber sicherlich kann uns einer der Dienstboten zeigen, wie es geht.«

»Mein Bruder Emilio hat mich früher mit auf sein Boot genommen. Das war herrlich.«

Er grinst. »Dann könntest du mir vielleicht alles erklären. Steht ihr euch nah? Du und dein Bruder? In Havanna hatte ich leider nicht die Gelegenheit, viel Zeit mit ihm zu verbringen.«

»Früher schon. Wir haben ständig zusammen gespielt. Manchmal schloss sich uns unsere Cousine Magdalena an. Wir verbrachten den ganzen Tag im Garten und taten so, als wären wir Piraten und erlebten Abenteuer. Das sind wunderbare Erinnerungen. Aber Magdalena wurde erwachsen und zog nach Spanien. Und Emilio … er arbeitet zu viel, ist zu pflichtbewusst, um Zeit mit seiner kleinen Schwester zu verbringen. Aufgrund seines Alters hat unser Vater ihm einen Großteil der Verantwortung für das Geschäft übertragen. Emilio wollte eigentlich Arzt werden. Vor diesem Durcheinander mit Machado. Unser Vater war überzeugt gewesen, dass er dem Wunsch entwachsen würde, aber das passierte nie. Und dann wurde ihm die Wahl genommen.«

»Nun, er hat seine Pflicht getan. So wie du die deine.«

In seinem Tonfall liegt eine Frage, die ich lieber nicht beantworten möchte. Wie reagiert man auf eine solche Frage, ohne jemandem wehzutun?

»Ich hatte mich nach dir erkundigt, bevor ich mich deinem Vater vorgestellt habe«, fährt Anthony fort. »Niemand hat mir gegenüber angedeutet, dass deine Liebe einem anderen gehört, aber … Hast du einen Geliebten in Kuba zurückgelassen?«

In diesem Moment wünsche ich mir, es hätte einen süßen Jungen gegeben, der mir sanfte Küsse auf die Lippen drückte und mir an verträumten Nachmittagen in Havanna Gedichte vorlas. Ich wünschte, da wäre jemand gewesen, der mich an diesen Mann gewöhnt hätte, der zu viel sieht und zu viel will. »Nein, da war niemand Besonderes.«

»Und wenn es jemanden gegeben hätte?«, fragt er.

»Du willst wissen, ob ich mich für die Pflicht oder die Liebe entschieden hätte?«

Anthony nickt.

»Ich weiß es nicht.«

»Ich sollte mich wohl glücklich schätzen, dass ich keinen Rivalen hatte.«

»Der Begriff Rivale passt nicht ganz. Du bist auf der Bildfläche erschienen und hast mich geschnappt, bevor wir einander überhaupt richtig vorgestellt wurden.«

Er lacht. »Ich ziehe deine Unverblümtheit der errötenden, affektiert lächelnden Debütantin vor, die ich nach der Hochzeit vor mir hatte.«

»In Kuba bin ich nicht oft rot geworden«, gebe ich zu. »Und habe schon gar nicht affektiert gelächelt.«

»Dann tu das bitte auch jetzt nicht. Ich will dein wahres Ich. Keine Frau, die du für mein Idealbild hältst.«

Als er sich dieses Mal zu mir herüberbeugt, bin ich bereit und treffe ihn auf halbem Weg. Sein Arm legt sich um meine Taille und zieht mich an sich, während seine Lippen meine berühren. Der Griff um meine Taille festigt sich, sein Mund legt sich über meinen. Er vertieft den Kuss, mir wird schwindlig, ich schnappe nach Luft.

»Das kannst du gut«, sage ich, als er mich loslässt. Mein Herz pocht heftig, meine Lippen sind ein wenig geschwollen.

Ich sehe die Zufriedenheit in seinen Augen. »Du hast wahrscheinlich viel Übung«, füge ich hinzu, schamlos nach der Wahrheit bohrend.

Er macht sich nicht die Mühe, meine Behauptung zu widerlegen. Seine Ehrlichkeit kann ich jedenfalls nicht bemängeln. »Du lügst nie, oder?«, sage ich. »Auf jeden Fall nicht aus Höflichkeit, Rücksichtnahme oder um jemanden nicht zu verletzen.«

»Nein.«

»Also, wenn du kein Lügner bist, was ist dann dein größter Fehler?«

Seine Lippen verziehen sich. »Manche Leute würden wohl sagen, die Gier.«

Er steht wieder direkt vor mir und streicht mit den Fingern über mein Kinn. Dieses Mal bin ich diejenige, die den Kuss beginnt, deren Lippen die fremden zuerst berühren. Ein leises Keuchen entweicht seinem Mund. Ein Hauch der Erregung überkommt mich, als mir klar wird, dass ich ihn überrascht habe. Darin liegt eine gewisse Macht. Mein Leben als Ehefrau wird wahrscheinlich viel einfacher sein, wenn ich ihm den Kopf verdrehen, wenn ich seine Aufmerksamkeit fesseln kann.

Ganz zu schweigen davon, dass mir das gefällt.

Als der Kuss dieses Mal beendet ist, lässt er mich nicht los, sondern verschränkt seine Finger mit meinen.

»Ich muss zu meiner Besprechung.« Das Bedauern in seiner Stimme dringt in mein Herz ein. »Kann ich dich alleine lassen?«

»Natürlich«, antworte ich. »Triffst du deine Geschäftspartner hier?«

»Nein. Ein Stück die Straße hinunter ist ein Haus, das wir für das Treffen benutzen. Ich werde bald zurück sein.«

Mit einem flüchtigen Kuss auf meine Wange verabschiedet er sich und geht zurück zum Haus. Die Hände hat er tief in die Taschen gesteckt, sein Hemd liegt eng an seinem Oberkörper an.

Nachdem er gegangen ist, brauche ich lange, um mich zu sammeln und meine Aufmerksamkeit wieder auf das Meer zu lenken, das nur wenige Schritte von mir entfernt ist. Es ist seltsam, wie unterschiedlich Strände sein können, wie unverwechselbar ihr individueller Charakter sie macht.

Kuba ist wunderschön.

Islamorada ist ganz anders.

Die Landschaft ist gesprenkelt mit Inseln aus dichtem Buschwerk. Meine zierlichen Sandalen erweisen sich als nicht sehr praktisch. Der raue Untergrund drückt durch die dünnen Sohlen. Dürre Zweige bleiben an meinem Rock hängen. Die Gegend strahlt etwas Unheimliches aus. Es fühlt sich an, als wären Flora und Fauna entschlossen, Eindringlinge zu bekämpfen und bei lebendigem Leib zu verschlingen.

Ein Rascheln in den Mangroven! Ich zucke zusammen vor Schreck. Eine dunkle Schlange gleitet an mir vorbei, nur Zentimeter von meinen bloßen Füßen entfernt. Ihr Körper windet sich durch den Staub.

Ich schreie laut.

Da taucht am Rande des Grundstücks ein Mann aus den Mangroven auf. Er trägt einen abgewetzten Overall mit einem schmutzigen Hemd darunter. Sein Haar ist von Schweiß und Meersalz verklebt, in seinem Mundwinkel baumelt eine Zigarette. Das ist sicher einer der Gärtner. Seine gebräunte Haut ist rau von den endlosen Tagen der Arbeit in der Sonne.

Ich lache verlegen. »Es tut mir leid, dass ich geschrien

habe. Ich habe Sie bestimmt erschreckt. Da war eine Schlange, und …« Ich zeige reumütig auf mein lächerliches Schuhwerk. »Leider habe ich die falschen Sachen für dieses Terrain eingepackt.«

Er spricht nicht, starrt mich bloß an.

Ich laufe schnell an der Stelle vorbei, an der die Schlange mir über den Weg lief. Sein Blick folgt mir spürbar, während ich auf die Mangroven zugehe und die Öffnung zum Strand ansteuere.

In Kuba hatte ich ein gutes Verhältnis zum Personal. Die meisten Angestellten waren seit meiner Kindheit bei der Familie. Unser Gärtner Carlos brachte mir alles über Blumen bei, und ich half ihm zu Beginn jeder Saison beim Pflanzen. Wäre ich zu Hause, würde ich zu dem Mann hingehen und mich vorstellen. Aber in Florida gelten andere Regeln. Ich bin eine Außenseiterin, das merke ich deutlich. Die Mitarbeiter halten Abstand, und zwar nicht nur, weil ich nicht ganz hierherpasse, sondern auch, weil ich Anthony Corderos Frau bin. Die Menschen verhalten sich untertänig, und das liegt nicht nur an seinem Reichtum. Sie fürchten meinen Ehemann.

Als ich mich umblicke, ist der Mann verschwunden.

10

Elizabeth

Ich wache früh auf und ziehe mich schnell an, kann es kaum erwarten, den Tag zu beginnen.

Dann gehe ich zu Sams Zimmer und klopfe an. Vom Flur aus höre ich das Knarren von Möbeln, das Rascheln von Bettwäsche und schließlich schwere Schritte auf dem Boden. Mit einem Quietschen öffnet sich die Tür, und Sam späht durch den Spalt, das Haar zerzaust, bekleidet nur mit Unterhemd und Hose.

»Wie spät ist es?«, fragt er schlaftrunken.

»Kurz nach acht.«

Er stöhnt.

»Ich war schon immer eine Frühaufsteherin«, zwitschere ich und betrachte ihn eingehend von oben bis unten. Ein zerknitterter Mann hat zweifellos etwas Attraktives an sich. Sam, der schläfrige Griesgram, macht da keine Ausnahme.

»Ich hätte geglaubt, dass Sie als Debütantin lange im Bett bleiben.«

»Ex-Debütantin, darf ich Sie daran erinnern? Außerdem konnte ich noch nie lange still sitzen.« Ich grinse. »Ich hätte Sie nicht für einen Langschläfer gehalten.«

Sam fährt sich mit der Hand durch die Haare. »Ich bin seit ein paar Wochen an diesem Auftrag dran. An Schlaf war kaum zu denken.«

»Das Verbrechen schläft nie?«

»So ähnlich.«

»Dieser Mann, den Sie jagen, muss ja ziemlich gefährlich sein, wenn er Sie nachts wachhält.«

»Das ist er.«

»Nun, wenn er so böse ist, wie Sie sagen – finden Sie es dann eine gute Idee, sich den Vormittag freizunehmen? Wollen Sie mich tatsächlich in die Lager begleiten?«

»Ja. Ich kann ein paar Stunden entbehren. Geben Sie mir einfach ein wenig Zeit, um mich anzuziehen.«

»Ich gehe ein bisschen am Meer spazieren. Wir treffen uns dann vor der Pension in …« Ich studiere sein Aussehen und den verärgerten Ausdruck auf seinem Gesicht und beziehe die späte Stunde, zu der wir letzte Nacht angekommen sind, in die Rechnung ein. »In einer halben Stunde?«

»Na schön.« Ohne ein weiteres Wort schließt Sam die Tür.

Ich gehe schnell die Treppe hinunter und schenke dem Mann an der Rezeption, der uns letzte Nacht unsere Zimmer zugewiesen hat, ein Lächeln.

»Der Sturm kommt«, ruft er mir zu, als ich an ihm vorbeigehe.

Sam erwähnte gestern tatsächlich einen Hurrikan. Hoffentlich regnet es nicht zu heftig, bevor wir es in die Lager schaffen.

Als ich aus der Tür der Pension trete, höre ich das Rauschen des Ozeans. Die ungewohnte Landschaft vermittelt mir das Gefühl, in ein fernes Land gereist zu sein. Weiter weg von Manhattan könnte ich mich kaum befinden. Der Strand ist schmal, der dünne Sandstreifen wird von Mangroven und Sumpf begrenzt. Auf dem Sand liegt Strandgut. Holzstücke, eine leere Glasflasche, Teile von Kisten, die zerbrochen am Ufer treiben. Überreste der Zivilisation an einem besonders unzivilisierten Ort.

Trotz der schmalen Insel und des seltsamen kleinen Strandes finde ich die Umgebung nicht völlig unerfreulich. Die Sonne ist hell, die Luft still, der Himmel klar. Auf eine wilde, schamlose Art und Weise ist es wunderschön und spricht jenen Teil in mir an, der sich danach sehnt, frei zu sein.

Eine junge Frau läuft den Pfad zum Strand entlang. Sie bleibt ein paar Meter von mir entfernt stehen.

»Ich dachte schon, ich sei die Einzige hier draußen am Ende der Welt«, grüße ich.

»Es ist nicht das Ende der Welt«, ruft sie zurück und kommt näher. »Aber sicherlich eine der weniger bewohnten Ecken.«

Sie spricht mit einem Akzent, der zusammen mit ihrer glamourösen Kleidung nahelegt, dass sie keine Einheimische ist.

Rasch taxiere ich das Mädchen. Das Kleid wäre besser für einen Spaziergang auf der Fifth Avenue geeignet. Der Diamant an ihrem Ringfinger wirkt prunkvoll und die rosa Sandalen raffiniert. Sie sieht nach Geld aus und riecht auch danach. Einen Augenblick lang lasse ich mich von dem Duft einhüllen, erinnere mich daran, wie gut das Aroma auf meiner Zunge schmeckte. Austern und exotische Früchte, süß und würzig, Champagner – Parfum aus Paris. Ich möchte am liebsten den Stoff ihres Kleides streicheln, nur um einmal etwas anderes als das billige, abgenutzte Material auf meiner Haut zu spüren.

»Sie sind nicht von hier, oder?«, frage ich.

»Nein, ich bin auf Hochzeitsreise.«

»Herzlichen Glückwunsch.« Sie antwortet nicht mit dem liebeskranken Lächeln einer Jungvermählten oder dem selbstgefälligen Ausdruck einer Frau, die einen erstklassigen Fang gemacht hat. Tatsächlich sagt sie überhaupt nichts, also breche ich das Schweigen. »Ich heiße Elizabeth.«

Nach dem Niedergang meiner Familie haben sich meine alten Freundinnen von mir abgewendet, damit ihr guter Ruf keinen Schaden nahm. Ich kann es ihnen kaum übel nehmen – der gute Name eines Mädchens ist alles. Sagt man jedenfalls.

Sie lächelt, und ich verspüre einen Hauch von Einsamkeit. »Mirta. Nett, Sie kennenzulernen.«

»Interessanter Ort für eine Hochzeitsreise, Mirta.«

»Wir haben in Havanna geheiratet und sind auf dem Weg nach New York City. Wir bleiben nur ein paar Tage. Mein Mann fand, es sei ein bequemer Zwischenstopp.«

»Die Welt ist klein. Ich stamme aus New York. Wie heißt Ihr Mann denn?« Meine Mutter hat bis vor Kurzem sowohl sämtliche Junggesellen mit respektablem Vermögen als auch alle mit obszönem Reichtum und zweifelhaftem Ruf genau im Auge behalten.

»Anthony Cordero«, antwortet sie.

Ich bin schockiert. Einen absurderen Namen hätte sie

nicht nennen können. Die Bilder, die er heraufbeschwört, machen den schlechten Ruf der Stadt aus. Jedenfalls jener Stadtteile, über die Mädchen wie ich nur in der Zeitung lesen sollten. Ein Mann wie Anthony Cordero bewegt sich zwar kaum in denselben Kreisen, in denen meine Mutter einst verkehrte, aber sein Name ist den meisten New Yorkern ein Begriff. Außerdem trifft das Ganze einen wunden Punkt bei mir. »Sie machen Witze.«

Ihr Kinn hebt sich, und in ihren braunen Augen liegt ein gewisser Trotz. »Nein. Ich weiß, was die Leute sagen. Auch in Kuba kennen wir den Klatsch und Tratsch.«

»Das stört Sie nicht?«

»Ich habe mich noch nicht entschieden.«

Interessant. Sie ist also nicht bloß eine spießige, langweilige Debütantin. »Wie ist er so?«, frage ich. Die Neugierde hat gesiegt.

Ein zartes Rot legt sich über ihre Wangen. Sie ist überhaupt nicht langweilig.

»So gut also?«, necke ich.

Sie errötet stärker.

Ich grinse. »Das nehme ich als ein Ja. Ich habe ein Bild von ihm in der Zeitung gesehen. Er scheint ziemlich gut auszusehen, wenn man diesen Typ mag.«

»Und was hat Sie hierhergebracht? Islamorada ist weit weg von New York«, fragt sie. Der geschickte Themenwechsel deutet darauf hin, dass sie viel Zeit in der besseren Gesellschaft verbracht hat.

Ich lächele über ihren Versuch, meine zugegebenermaßen unhöflichen Bemerkungen zu übergehen. Ich mag sie.

»Sind Sie mit Ihrer Familie unterwegs?« Ihr Blick wandert über meinen nackten Ringfinger. »Mit Ihrem Ehemann?«

»Nein, alleine.«

Ihre Kinnlade fällt herunter. »Sie sind ganz alleine hierhergereist?«

»Warum denn nicht? Ich hatte keine Lust, um Erlaubnis zu bitten.«

Der Neid in ihren Gesichtszügen ist deutlich erkennbar. Ich lächele. Dieses Mädchen ist mir vertraut. Ich war selbst so – verwöhnt, behütet, eingeengt von den Regeln und Erwartungen der Gesellschaft. Natürlich habe ich dagegen aufbegehrt, doch ihre Anspannung kommt mir sehr bekannt vor.

»Diese Art von Freiheit muss schön sein«, bemerkt sie.

»Ja, das stimmt.«

»Aber auch ein bisschen beängstigend.«

»Da haben Sie recht«, gebe ich zu. Warum rede ich eigentlich so offen mit ihr? »Ich bin verlobt, wir werden heiraten.«

»Herzlichen Glückwunsch.«

»Dafür ist es vielleicht zu früh. Es wird nicht gerade eine Liebesheirat.«

»Sind Sie deshalb alleine gekommen?«, fragt sie. »Wollten Sie davonlaufen?«

»Vielleicht.«

»Dann wünsche ich Ihnen viel Glück.« Sie schaut über ihre Schulter nach hinten, bevor sie mich wieder ansieht. »Ich sollte eigentlich nach Hause zurückgehen. Wir wohnen ein Stück weiter die Straße hinauf. In dem großen weißen Haus mit den schwarzen Fensterläden. Wenn Ihnen langweilig ist, kommen Sie doch vorbei und besuchen uns.«

»Ich möchte mich Ihnen in Ihren Flitterwochen nicht aufdrängen. Da wäre ich das fünfte Rad am Wagen.« Ganz zu schweigen davon, dass Anthony Cordero mich wohl nicht in seinem Haus willkommen heißen würde.

»Mein Mann hat etwas zu erledigen, während wir hier sind«, erwidert Mirta. »Ich glaube nicht, dass er oft zu Hause sein wird. Etwas Gesellschaft fände ich schön. Außerdem könnten Sie sich vielleicht einsam fühlen.«

Trotz des Risikos gewinnt der Wunsch nach einer Freundin die Überhand. »Dann gerne.«

Mirta macht sich auf den Rückweg. Ihr dunkles Haar weht in der Brise, der Rock ihres Kleides wird vom Wind hochgewirbelt.

Als sie fort ist, bin ich wieder allein.

Ich schaue über das Meer. Irgendwo am Horizont braut sich ein Unwetter zusammen. Ich wate ins Wasser, hebe den Rock höher, als ich es normalerweise wagen würde, und zeige meine Waden und Knie. Eine Welle bricht direkt vor mir, die Gischt spritzt mir ins Gesicht.

Trotz der frühen Stunde sticht die Sonne bereits vom Himmel und erhitzt meine Haut. Doch mit dem Wasser um meine Beine und der Brise, die mir das Haar ums Gesicht peitscht, fühlt es sich überhaupt nicht drückend an. Am liebsten möchte ich meine Kleider ablegen und weiter ins Meer hinausgehen.

Ich sehe mich um.

Keine Menschenseele ist in Sicht. Dank der frühen Stunde und der Abgeschiedenheit dieses Strandabschnitts ist es unwahrscheinlich, dass mich jemand sehen wird. Angesichts seiner zerzausten Erscheinung wird Sam wahrscheinlich noch nicht zum Aufbruch bereit sein.

Ich treffe die Entscheidung schnell. Das Meer ist einfach zu verlockend.

Viel zu viel Zeit meines Lebens habe ich damit verbracht, mich an die Regeln zu halten, die meine Eltern für mich aufgestellt hatten. Sie erwarteten von mir, dass ich eine gute Ehe eingehen würde, dass mein Leben so sein würde, wie das meiner Mutter früher war – voller Partys, Lachen und Leichtigkeit. Ich habe den vorgegebenen Weg natürlich nicht immer genau eingehalten, weil ich nun mal ich bin. Es scheint mir außerdem, als hätte ich die typische Hartnäckigkeit der Prestons geerbt. Doch meist habe ich mich innerhalb der akzeptablen Grenzen bewegt. Ich habe lediglich ein paar Strafen aufgebrummt bekommen, musste mir unzählige verärgerte Seufzer anhören und viel Händeringen ertragen.

Dann kam der Zusammenbruch der Wirtschaft. Und alles veränderte sich.

Ich hörte auf, mir weiterhin Mühe zu geben, weil es sowieso keinen Unterschied machte. Ich wurde durch die Handlungen anderer ruiniert. Warum dann nicht gleich konsequent ausbrechen? Warum nicht nach meinen Bedingungen leben, anstatt sie mir von anderen diktieren zu lassen? Es lag doch sowieso alles außerhalb meiner Kontrolle.

Ich ziehe mir das Baumwollkleid über den Kopf und lege es vorsichtig auf dem Sand ab, außerhalb der Reichweite des Wassers. Das Kleid war vor langer Zeit recht hübsch gewesen, als meine Figur weniger kurvig und das Blumenmuster noch nicht verblasst war. Jetzt entspricht es seit mehreren Jahren nicht mehr dem, was heutzutage als modern gilt. Trotzdem ist es eines meiner besten Stücke.

Ich wate wieder ins Wasser und stoße einen kleinen Freudenschrei aus, als es meine Beine umspült.

»Elizabeth.«

Langsam drehe ich mich um und atme aus. Da steht ein völlig konsternierter Sam in einem ordentlichen Anzug. Mein Unterkleid ist wirklich nicht unanständig. Es besteht aus ramponierter weißer Baumwolle, nicht etwa aus verlockender Seide und Spitze. Doch das Zucken von Sams Kinn spricht eine andere Sprache.

»Was … was machen Sie da?«, stottert er.

»Schwimmen«, erwidere ich und lache. »Ich habe Spaß. Sollten Sie auch mal versuchen. Es könnte Ihr Leben verändern.« Mein Lächeln verstärkt sich im Angesicht des Verlangens in seinem Blick.

Jetzt ist er wohl nicht mehr so gleichgültig.

Sam steckt die Hände in die Taschen und stapft auf das Wasser zu. Sein Blick schweift über die Landschaft, als suche er sie nach möglichen Bedrohungen ab. Er bleibt einige Meter von mir entfernt stehen. Die Wellen schwappen über die Spitze seiner vernünftigen, langweiligen schwarzen Lederschuhe. »Ich dachte, wir wollten die Lager besuchen und nicht herumplanschen«, grummelt er.

»Vorhin war ich mehr als bereit. Sie waren derjenige, der geschlafen hat. Wollen Sie nicht auch hereinkommen?«, necke ich und spritze Wasser um mich herum.

Er tritt von einem Fuß auf den anderen und fixiert mich mit einem Ausdruck, von dem ich annehme, dass er Strenge ausdrücken soll. »Ich dachte, wir hätten gestern Abend eine Art Waffenstillstand geschlossen. Schluss mit dem Flirten.«

»Ach, Sie Süßer, flirten ist wie atmen. Sie sollten es nicht persönlich nehmen.«

Ein grüblerischer Ausdruck legt sich über sein Gesicht. »Sie sind nicht so, wie ich erwartet habe.«

»Was haben Sie denn erwartet?«

»Was weiß ich. Ich dachte, ihr Gesellschaftsmädchen wärt zurückhaltender.«

»Dort haben sie mich rausgeworfen, schon vergessen?«

»Ich wage nicht zu raten, warum.«

Ich seufze. »Gut, ich werde Sie erlösen. Ich kann Ihre Verlegenheit ja bis hierher spüren.« Ich gehe zum Ufer und warte darauf, dass er sich wie ein Gentleman verhält und sich umdreht.

Er tut es nicht.

Stattdessen lässt er seinen Blick über meinen Körper schweifen. Der feuchte Stoff des Unterkleides klebt an meinen Beinen, und es gibt auch ein paar nasse Stellen am Oberkörper. Dem Meer entflohen, kommt mir die Idee mit dem Schwimmen dumm vor. Ein Hauch von Salz klebt überall an meinen Kleidern.

Ich bleibe stehen. Sam bückt sich, hebt mein Kleid auf und übergibt es mir wortlos. Einen kurzen Moment lang berührt sich unsere Haut, seine Hand zuckt. Dann erlange ich die Kontrolle über die Situation.

Doch die ist gleich wieder dahin, als seine Mundwinkel sich heben und ein süffisantes Lächeln sein Gesicht ziert.

»Sie werden den ganzen Tag über in nassen Kleidern stecken und sich elend fühlen.«

»Bei der Hitze? Ich bin in zehn Minuten trocken.«

Ich ziehe mir das Kleid über den Kopf, die raue Baumwolle verursacht mir eine Gänsehaut. Als mein Kleid wieder richtig sitzt, die Knöpfe vorne geschlossen sind, begegne ich seinem Blick noch einmal.

»Sind Sie bereit?«

Sam beugt sich vor. Seine Lippen streifen mein Ohr. »Sie haben einen Knopf ausgelassen.«

Ich schaue nach unten. Tatsächlich, direkt über meinem Dekolleté entdecke ich eine klaffende Lücke. Ich schließe den Knopf, und als ich aufschaue, hat Sam mir den Rücken zugewandt und entfernt sich. Ich habe keine andere Wahl, als ihm zu folgen.

Wir gehen zum Parkplatz der Pension, zu seinem Auto. Sam öffnet mir die Tür, und ich rutsche auf den Beifahrersitz. Als er neben mir sitzt und den Schlüssel ins Zündschloss steckt, kann ich mich nicht länger beherrschen.

»Ich werde bald heiraten«, platzt es aus mir heraus. Ich habe keine Ahnung, warum ich das gesagt habe. Irgendwie kommt es mir jedenfalls so vor, als müsse es gesagt werden.

Sam antwortet nicht.

»Lassen Sie mich raten, Sie haben Mitleid mit dem Mann, der mich ertragen muss?«

Er dreht den Schlüssel in der Zündung, der Motor erwacht zum Leben. »Das habe ich nicht gesagt. Und das denke ich auch nicht.«

»Was denken Sie dann?«

»Dass er ein verdammter Glückspilz ist«, sagt er und schockiert mich damit. Seine Lippen verziehen sich. »Und ich hoffe, er ist bereit, ein paar Scherereien in Kauf zu nehmen. Nein, mehr als nur ein paar«, verbessert er sich.

»Sie denken, ich mache Scherereien?«

»Das wissen Sie genau. Und wenn ich nicht ganz danebenliege, gefällt Ihnen das sogar.«

Vielleicht hat er recht.

»Sie müssen ihn sehr lieben, dass Sie sich an ihn binden werden«, sinniert Sam. »So hätte ich Sie nicht eingeschätzt. Sie scheinen mir nämlich sehr freiheitsliebend zu sein.«

Jetzt bin ich an der Reihe zu schweigen. Seine Worte sind treffender, als ich es mir eingestehen will. Trotzdem fühlt es sich sehr einsam an, ganz allein zu sein. Damit habe ich nicht gerechnet. Vielleicht suche ich ja den einen Menschen, mit dem ich frei sein kann.

11

Helen

Am nächsten Morgen erwache ich, bevor die Sonne aufgegangen ist, und mache Tom sein Frühstück. Er wird heute hinausfahren. Es scheint zwar kaum der richtige Tag zu sein, um sich auf dem Meer aufzuhalten. Ein Sturm droht. Aber nach dem Streit von gestern Abend provoziere ich ihn lieber nicht. Die blauen Flecken an meinem Handgelenk erinnern mich schmerzhaft an die Folgen seiner Wut.

Nachdem Tom gegangen ist, bringe ich das Häuschen in Ordnung, schrubbe den verschütteten Bourbon vom Boden, rücke Möbelstücke wieder gerade. Ich bin müder als sonst, als ich die zwei Meilen zu *Ruby's Café* gehe. Anhaltender Nieselregen und ein grauer Himmel begleiten mich auf dem Weg.

Trotz des Wetters und der frühen Stunde ist den ganzen Morgen über etwas los im Restaurant. Immer, wenn sich die Tür öffnet und ein Mann hereinkommt, werde ich nervös.

Hat Tom sich doch entschlossen, mich zu kontrollieren?

»Ich dachte, das Wetter würde die Gäste abschrecken«, sagt Ruby, als ich mein Tablett abstelle. »Sie kommen aber trotzdem. Das wird ein arbeitsreiches Wochenende. Muss dieses Spezialangebot der Eisenbahn für den Labor Day sein.«

»Ja, bestimmt«, murmele ich und widerstehe dem Drang, die Haare aus dem Nacken zu heben und mir Luft zuzufächeln. Weil mich das Baby drückt und es so heiß ist, fühle ich mich zunehmend schlechter. Ich habe heute eine langärmelige Bluse und einen langen Rock angezogen, um die blauen Flecken zu verbergen. Aber im Moment würde ich mich lieber den neugierigen Blicken stellen, als weiter unter der Hitze zu leiden.

»Du siehst ja schrecklich aus«, kommentiert Ruby.

»Ich habe schlecht geschlafen.« Es hat keinen Sinn, es zu leugnen. Meine Haut ist blasser als üblich, und ich habe dunkle Ringe unter den Augen.

In Rubys Stimme höre ich Mitgefühl. »Es ist hart gegen Ende. Ich erinnere mich gut daran und beneide dich wirklich nicht darum.«

Die Tür öffnet sich, und ich fahre herum. Ein Paar kommt herein, ein Lächeln in den Gesichtern, die Wangen von zu viel Sonne gerötet, die Augen vom Schlafmangel trüb. Touristen.

»Du scheinst nervös zu sein. Erwartest du jemanden?«, fragt Ruby.

»Ich …«

Die Tür öffnet sich wieder. Dieses Mal muss ich mich nicht umdrehen, um zu wissen, wer da hereinkommt. Rubys neugieriges Lächeln sagt mir alles. »Der Key Lime Pie ist heute wohl heiß begehrt«, sagt sie mit einem Augenzwinkern.

Mein Mund ist plötzlich ganz trocken, mir versagt die Stimme. Ich atme tief durch und mache mich auf den Weg.

* * *

Auf dem Weg zu Johns Tisch werde ich zweimal aufgehalten. Einmal mit der Bitte nach mehr Kaffee, das zweite Mal, weil eine der Essensbestellungen fertig ist. Mein Handgelenk schmerzt beim Abliefern des schweren Tabletts mit dem Essen. Auf meiner Stirn stehen Schweißperlen.

John trägt ein sauberes weißes Hemd und eine dunkle Hose. So habe ich ihn noch nie gesehen. Er wirkt, als würde er in einer Kirchenbank sitzen und sich eine Sonntagspredigt anhören.

Es muss einsam sein, so ganz alleine im Lager. Er scheint älter zu sein als ich, aber jung genug, um eines Tages eine Familie zu gründen. Hat er eine Geliebte in der Gegend? Hat er seinen Schatz in der Heimat zurückgelassen?

John blickt vom Tisch auf, als ich vor ihm stehe. Sein Blick schweift über mich, beginnt bei meinem Gesicht, mustert mich von oben bis unten, wandert zurück zu dem schweren Tablett in meiner Hand.

»Geht es Ihnen gut?«, fragt er leise.

»Ja«, lüge ich.

Im Moment sind mehr Touristen als Einheimische im Restaurant. Aber ich kann nicht riskieren, dass jemand Tom gegenüber erwähnt, dass ich mit einem fremden Mann gesprochen habe. Nicht nach gestern Abend.

»Und Ihnen?«, frage ich.

»Ich habe mich selbst verarztet.«

»Gut. Da bin ich froh. Darf ich Ihnen etwas bringen?« Ich starte den halbherzigen Versuch eines Lächelns. »Ein Stück Key Lime Pie vielleicht?«

»Ich bin nicht wegen des Kuchens hergekommen. Ich wollte Sie sehen und mich davon überzeugen, dass es Ihnen gut geht nach dieser Geschichte. Ich habe mir Sorgen gemacht.«

»Es ist alles bestens.«

»War er da, als Sie gestern nach Hause gekommen sind?«

Ich sehe mich im Restaurant um. Bobby vom Köderstand sitzt an einem der Ecktische. Er und Tom trinken gelegentlich nach der Arbeit ein Bier zusammen. Zwei Tische weiter genießt einer von Toms Fischereikunden eine Mahlzeit mit seiner Frau. In der Nähe des Eingangs speist Toms bester Freund mit einem anderen Freund.

»Ich kann jetzt nicht sprechen.« Ich beuge mich mit neutralem Gesichtsausdruck zu ihm hin, als würde ich nur die Bestellung eines Kunden entgegennehmen. »Sonst wird Tom wütend.«

»Dann treffen wir uns hinter dem Haus.«

»Ich arbeite«, zische ich.

»Haben Sie nicht bald Pause?«

»Ich …«

»Sie haben mich überzeugt. Ich nehme ein Stück Key Lime Pie. Vielen Dank«, sagt John laut genug, damit uns die Leute an den anderen Tischen hören. Er senkt die Stimme. »In zehn Minuten.«

Ich antworte nicht, gehe nach hinten und gebe beim Koch die Bestellung für ein Stück Kuchen auf.

»Er scheint gesprächiger zu sein als sonst«, sagt Ruby und stellt sich neben mich.

»Hm.«

»Machst du bald Pause? Du scheinst sie nötig zu haben.«

Mein Blick fällt auf John, der alleine an seinem Tisch sitzt, den Rücken mir zugewandt. Schön blöd, wenn ich mich mit ihm treffen würde. Ich bin dankbar für seine Hilfe gestern Abend, aber ich brauche niemanden, der mich aus meinem Leben rettet.

»Helen. Du siehst wirklich nicht gut aus.«

»Ich bin müde, das Baby …«

»Ich habe gehört, dass Tom letzte Nacht wieder gesoffen hat. Max hat gesehen, wie er richtig mitgenommen aus der Duval Street kam. Hat er dir Ärger gemacht?«

»Vor dem Restaurant gab es gestern Abend einen Zwischenfall. Zwei Männer haben versucht, mich auszurauben.« Ich deute mit dem Kopf zu dem Tisch, an dem John sitzt. »Er hat mir geholfen und mich nach Hause gebracht, um sicherzugehen, dass mir nichts geschieht. Das hat Tom nicht gefallen.«

»Was ist passiert?«

Ich erzähle ihr von den Männern, davon, was sich zugetragen hat.

»Von nun an schließt du abends nicht mehr alleine ab. Und wenn die hier auftauchen, sagst du es mir sofort.« Ihre Miene verfinstert sich. »Tom hat dich verletzt, oder?«

»Er … es ist nicht so schlimm, alles schon da gewesen. Ich kann damit umgehen.«

»Er taugt nichts.«

»Manchmal schon«, sage ich, angetrieben von dem irrationalen Bedürfnis, meinen Mann zu verteidigen. Immerhin habe ich ein Ehegelübde abgelegt, oder etwa nicht? In guten und schlechten Zeiten, in Gesundheit und Krankheit. Was ist dein Wort wert, wenn du deine Versprechen nicht hältst? Aber es gibt auch Versprechen, die Tom gemacht und gebrochen hat.

Sind das etwa keine »schlechten Zeiten«? Der Mann, den ich geheiratet habe, ist nicht der Mann, mit dem ich heute verheiratet bin. Es kommt mir beinahe vor, als wäre eine Krankheit in ihm, die die guten Anteile einfach aufzehrt, derentwegen ich mich vor so langer Zeit in ihn verliebt habe. Irgendwann ist nichts mehr übrig von den Gefühlen, die ich früher für ihn empfunden habe, nur Angst und Bedauern.

»Er hat bereits als Junge nichts getaugt, selbst damals hatte er etwas Böses in sich«, erwidert Ruby. »Du hast es nicht gesehen, warst blind vor Liebe. Er war ein wilder Kerl und machte mit allen, was er wollte.«

»Die letzte Zeit war nicht leicht. Seine Fischzüge bringen nicht mehr dasselbe ein wie früher. Er steht unter großem Druck.«

»Andere Menschen stehen auch unter großem Druck. Und andere Männer schlagen ihre Frauen nicht.«

»Ich weiß. Wenn das Baby da ist …« Dann wird sich alles ändern. Es muss. Wir werden eine Familie sein. Tom wird weniger trinken. Alles wird besser werden. Ich werde aufhören, mir den Tod meines Mannes auszumalen.

»Wenn das Baby da ist, wird sich gar nichts ändern«, antwortet Ruby sanft. »Möchtest du, dass dein Kind aufwächst und mitbekommt, wie der Vater die Mutter verletzt? Möchtest du deine Tage damit verbringen, dir Sorgen darüber zu machen, dass er eines Tages das Kind schlagen wird?«

»Ich würde niemals zulassen, dass jemand mein Kind verletzt.«

»Helen. Egal, wie sehr du dich bemühst, solange du bei ihm bleibst, bist du in Gefahr. Es ist schlimmer geworden, oder?«

»Ja. Aber wie soll ich ihn verlassen? Er wird mich umbringen, wenn er mich findet. Gestern Abend hat er gedroht, mir das Baby wegzunehmen.«

»Ach, Liebes. Du könntest zur Polizei gehen.«

»Was sollen die denn machen? Diese Männer unterscheiden sich nicht großartig von Tom. Weißt du, wie viele Nächte er im Gefängnis verbracht hat, um einen Rausch auszuschlafen? Jeden Morgen ist er mit einem Lächeln und einem freundlichen Winken entlassen worden. Manchmal geht er mit dem Sheriff angeln und zeigt ihm die besten Stellen, um Speerfische zu fangen.«

»Kennst du jemanden, bei dem du unterkommen könntest?«

»Tom würde mich finden.«

Es gibt nicht viele Orte, an denen ich mich verstecken könnte. Fast alle meine Freunde aus Kindertagen sind nach Norden gezogen, als alles den Bach herunterging. Als der Tourismus versiegte, sich die Fischereiindustrie veränderte und man nur noch durch Alkohol- oder Waffenschmuggel Geld verdienen konnte.

»Niemand kann dir vorschreiben, was du tun sollst, Helen.

Das musst du selbst entscheiden. Aber er redet dir ein, dass du mit dem Rücken zur Wand stehst, dass du nirgendwo hinkannst, außer ihm keine Optionen hast. Das ist nicht wahr. Du hast Freunde, Leute, die dir helfen würden. Vor allem aber bist du schlauer und stärker, als du denkst. Niemand könnte dein Leben leben, wenn er nicht mutig wäre. Bevor ich Max kennenlernte, hatte ich andere Männer. Einige waren nett, andere weniger. Die schlechten vermitteln dir, dass du nichts wert bist. Sie machen dich klein, damit sie sich mächtig fühlen. Sie leben von einer Lüge. In der Sekunde, in der du aufhörst, an die Lüge zu glauben, nimmst du ihnen ihre Macht.«

»Ich bekomme ein Baby. Toms Baby. Wenn ich gehe, wird er uns verfolgen. Ich habe gesehen, wozu er fähig ist, wenn er wütend ist. Ich möchte lieber nicht darüber nachdenken, was er dann tun würde. Und selbst wenn ich gehen könnte, wenn ich irgendwohin fliehen könnte, wie sollte ich uns durchbringen?«

»Du machst das doch schon jetzt ziemlich gut. Wie viel von dem Geld, das du bei mir verdienst, versäuft Tom? Liebes, ich habe nie behauptet, dass es einfach wäre. Aber nichts im Leben war oder ist einfach. Du bist stark, und es wird Zeit, dass du daran glaubst.«

Dieses Baby in meinem Inneren ist wie eine tickende Uhr. Ich hatte mir eingeredet, dass ich diese Ehe verdient habe, dass man das Eheversprechen nicht brechen darf. Aber es geht nicht mehr nur um mich. Ich will etwas Besseres für mein Kind. Ich will etwas Besseres für mich selbst.

»Du und das Baby, ihr könnt immer bei mir und Max unterkommen.«

Es ist nett von ihr, mir das anzubieten, aber ich darf ihnen meine Probleme nicht ins Haus tragen. In vielerlei Hinsicht ist Key West tatsächlich ein Dorf.

»Was ist mit deiner Tante?«, fragt sie. »Die Schwester deiner Mutter?«

»Wir schreiben uns ab und zu, aber ich habe sie zuletzt gesehen, als ich klein war. Ich kann sie nicht mit meinen Sorgen belästigen.«

»Natürlich kannst du. Du siehst jetzt erst mal zu, dass ihr in Sicherheit seid. Der Rest wird sich ergeben.«

Meine Mutter ist vor sieben Jahren gestorben. Ich vermisse sie am meisten in den Momenten, in denen ich Rat und Trost brauche. Vielleicht hätte sie mir ja gesagt, dass mein Platz bei Tom ist, dass jedem Mann die Hände ausrutschen, wenn er zu viel getrunken hat. Aber was auch immer sie mir geraten hätte, am schlimmsten finde ich, dass sie nicht mehr da ist. Sie war keine sanfte Frau, meine Mama, sonst wäre sie nicht mit meinem Vater ausgekommen. Doch sie liebte mich. Ich wünsche mir mehr als alles andere, dass sie noch da wäre, um mich durch diese Lebensphase zu begleiten.

Aber sie ist nicht mehr da.

Da sind nur ich und das Baby.

Und wenn es doch eine andere Möglichkeit gäbe? Einen Platz für uns beide? Wo ich frei sein könnte? Ich habe Angst, aber vor allem bin ich müde. So müde.

»Ich mache Pause, Ruby.«

Wir sehen uns an. Sie beugt sich vor, schlingt die Arme um mich und umarmt mich. Das hat sie noch nie gemacht.

»Tu es für das Baby. Tu es für dich.«

* * *

Frische Luft umfängt mich, als ich die Hintertür des Restaurants öffne. Das tut gut. Die Gerüche aus der Küche sind schwer zu ertragen. Ich lehne mich gegen die Außenwand.

Das Geräusch von Schritten, die um die Ecke kommen, schreckt mich auf. Bei Tageslicht wirkt der Hinterhof des Restaurants zwar nicht so bedrohlich wie gestern Abend, aber ich habe meine Lektion gelernt und bleibe wachsam.

Ich atme auf, als John in Sicht kommt.

Er bleibt ein paar Meter von mir entfernt stehen. Am Vormittag ist sein Hinken weniger ausgeprägt. Erst gestern Abend ist es mir überhaupt zum ersten Mal aufgefallen.

»Sie haben Schmerzen«, sagt er und betrachtet mich eingehend.

»Es ist das Baby. Gerade drückt es unangenehm.«

»Ich habe mir Sorgen gemacht. Ich hätte Sie nicht alleine ins Haus gehen lassen sollen. Ich hätte Sie begleiten sollen, um sicherzugehen, dass Ihnen nichts passiert.«

»Das ist das Letzte, was Sie hätten tun sollen. Glauben Sie mir. Es hätte die Sache nur noch schlimmer gemacht.«

»Es ist nicht nur das Baby, das Sie quält. Hat er Ihnen wehgetan?« Er sagt die Worte mit einer Mischung aus Wut und Unglauben. Für ihn ist offensichtlich kaum zu verstehen, wie so etwas möglich ist.

Mir schwirrt der Kopf, seit ich mit Ruby geredet habe. Es ist das Fortgehen, das mir am meisten Angst macht. Ich kann nicht in Key West bleiben. Aber Fortgehen ist eine schwierige Angelegenheit, wenn man kein Auto und nicht viel Geld hat. Allem, was man kennt, den Rücken zu kehren scheint unmöglich, wenn es um Leben und Tod geht.

Ich war ein Mädchen, als wir heirateten, fast noch ein Kind. Tom war meine ganze Welt. Das zeigte sich bald in allem. Er schrieb mir vor, was ich essen, anziehen und mit wem ich befreundet sein sollte. So schwer es auch ist, sich ein Leben ohne ihn vorzustellen … bei ihm bleiben kann ich auch nicht.

In der Ferne hallt das Geräusch eines Hammers, der wiederholt auf einen Nagel schlägt. Es klingt fast wie Gewehrfeuer. Ich fahre herum. Sie vernageln Häuser und Geschäfte, um sich auf den Hurrikan vorzubereiten. Wenn er kommt, werden sie sich für ihre Weitsicht beglückwünschen. Wenn er uns verschont, werden sie murren, wenn sie die Bretter wieder abreißen. Es ist schon komisch, dass das Paradies des einen Menschen das Gefängnis eines anderen sein kann.

Ich kann keinen weiteren Tag in meinem Gefängnis bleiben. »Ich werde ihn verlassen.« Die Worte kommen mir über die Lippen, bevor mein Kopf ihr Ausmaß begreift. Sobald sie in der Welt sind, erfüllt mich das Gefühl, das Richtige getan zu haben. Trotz meiner Angst.

»Wo werden Sie hingehen?«, fragt John.

»Meine Tante lebt im Norden, in Islamorada. Ich habe sie seit Jahren nicht mehr gesehen, aber wir schreiben uns regelmäßig.« Briefe, die ich vor Tom versteckt habe, da er

Tante Alice und ihre Unabhängigkeit nie gutgeheißen hat. »Sie weiß vielleicht, wo ich bleiben könnte.«

Nach Islamorada zu kommen ist der schwierige Teil. Bis zur Fähranlegestelle ist es ungefähr eine Autostunde, und dann ist da noch die Fähre …

»Ein Freund, mit dem ich aufgewachsen bin, lebt zeitweise auf den Keys«, sagt John. »Ich kann mir sein Auto ausleihen, wenn er es nicht braucht. Noch heute früh wollte ich zurückfahren, mit dem Auto bis No Name Key und mit der Fähre zurück zum Lager. Es wäre kein Problem für mich, Sie zu Ihrer Tante zu bringen.« Er blickt auf eine überraschend elegante Uhr. »Die Fähre legt gegen acht ab. Wenn wir uns beeilen, schaffen wir es vielleicht noch.«

So verlasse ich meinen Mann.

* * *

Wir rasen über die Autobahn, als wäre der Teufel hinter uns her. Vielleicht ist er es ja. Ich bin mit nichts als den Kleidern am Leib auf und davon, dazu eine Handvoll Trinkgeld und meinen ausstehenden Lohn, den Ruby ein wenig aufgebessert hat. Kurz hatte ich überlegt, nach Hause zu gehen und eine Tasche zu packen. Doch dazu war nicht genügend Zeit, und das Risiko, Tom zu begegnen, war mir zu hoch. Die Fähre ist ohnehin unzuverlässig. Da ist es besser, sofort zu verschwinden, solange ich Hilfe habe und eine echte Chance auf eine erfolgreiche Flucht besteht.

Ich betrachte John hinter dem Steuer des Plymouth und frage mich, ob er seine Entscheidung, mir zu helfen, bereits bereut. Befürchtet er, dass Tom uns verfolgen wird? Wie würde das Gesetz einen Mann behandeln, der sich in die Angelegenheiten eines Mannes und seiner Frau einmischt und ihr dabei hilft, ihm sein Kind wegzunehmen? In dieser Gegend regeln die Leute vieles auf eigene Faust. Ein Außenseiter wie John müsste einen hohen Preis bezahlen.

»Es tut mir leid«, sage ich.

»Was denn?«

»Ich bereite Ihnen ständig Probleme.«

»Das macht nichts. Sie haben mich gestern Abend gerettet. Jeder braucht irgendwann Hilfe. Das ist wirklich keine Schande.«

Er sagt das recht sachlich, aber so einfach ist es nicht, oder? Die Welt hat Erwartungen an dich. Daran, wie du deine Lasten mit Demut tragen sollst, und an die Rolle, die du spielst. Sobald du diese Erwartungen nicht erfüllst, ist es für die anderen einfacher, dich beiseitezuschieben, als ihre Sicht auf die Welt zu ändern.

Wir definieren uns durch das, was wir für andere tun, durch unsere Beziehungen, durch das, was wir zu bieten haben. Eine verheiratete Frau hat ein Maß an Sicherheit, über das eine alleinstehende nicht verfügt. Ein hübsches Mädchen hat bessere Chancen als ein unscheinbares. Ein Soldat, der triumphierend aus dem Krieg zurückkommt, ist ein Held, während einer, den die Erfahrung gebrochen hat, vergessen wird.

Die Straße wird schlechter, je weiter wir uns von Key West entfernen. Auch die Landschaft verändert sich und wirkt ziemlich trist. Seit Jahren war ich nicht mehr so weit im Norden. Das ist eine ganz andere Welt hier. Obwohl die Landfläche eigentlich klein ist, scheint es so, als könne man tagelang fahren, ohne einer anderen Menschenseele zu begegnen.

»Ich danke Ihnen jedenfalls, dass Sie mir geholfen haben«, erwidere ich. »Es ist wirklich seltsam, dass das Schicksal ausgerechnet uns beide zusammengebracht hat. Von allen meinen Kunden waren Sie der Einzige, der mir ein Rätsel geblieben ist. Die meisten Leute, die sich an unsere Tische setzen, erzählen mehr über ihr Leben, als man wissen möchte. Bei Ihnen war das anders.«

»Früher war ich nicht so schweigsam. Aber es ist schwer, mit den Leuten zu sprechen, wenn man die Kunst verlernt hat, über Belangloses zu reden. Die Leute fragen, wie es einem geht, möchten aber nicht wissen, ob man Probleme hat. Sie wollen eine Antwort, die es ihnen ermöglicht, ihren Tag zu beginnen, ohne sich schuldig zu fühlen.«

So habe ich das noch nie betrachtet, aber er hat recht. Im Laufe meines Tages begrüße ich meine Mitmenschen und stelle ihnen beiläufige Fragen, aber das passiert rein aus Gewohnheit. Weil es von mir erwartet wird. Eine Routine, mit der sich alle wohlfühlen. Die Antworten sind ebenso vorgegeben wie die Fragen. Ein Drehbuch, das wir alle beherrschen.

»Es schien einfacher zu sein, als mich für jemanden auszugeben, der ich nicht war. Einfacher, als den anderen das Herz auszuschütten«, fügt John hinzu.

»Jeder braucht irgendwann Hilfe«, sage ich und wiederhole seine Worte von vorhin. »Das ist wirklich keine Schande.«

»Hat Ihnen nie jemand geholfen, von ihm wegzukommen?«

»So einfach ist die Sache nicht.« Ich drehe den schmalen

Hochzeitsring aus Blech um meinen Finger, noch nicht bereit, ihn abzunehmen. Trotz des physischen Aktes des Verlassens scheint es, als wäre ich an Tom gebunden.

»Haben Sie jemals darüber nachgedacht, woanders zu leben?«, fragt John.

»Ja, oft, als ich jünger war. Das war eines der Dinge, die mich zuerst zu Tom hingezogen haben. Wir sind mit seinem Boot hinausgefahren und haben darüber gesprochen fortzusegeln, auf die Bahamas zu ziehen oder nach Kuba zu reisen. Wir wollten die Welt sehen.«

»Was ist dazwischengekommen?«

»Das Leben, nehme ich an. Gefällt Ihnen die Arbeit an der Autobahn?«, frage ich und wechsle das Thema, weg von meinen zerplatzten Träumen.

»Ja. Es ist eine harte Arbeit, aber am Ende des Tages, wenn man den Kopf auf das Kissen bettet, bleibt nicht viel Platz für Grübeleien.«

»Es muss schwierig sein, in den Krieg zu ziehen.«

»In den Krieg zu ziehen war der einfache Teil – man wird darauf vorbereitet. Wieder nach Hause zu kommen war viel schwieriger. Bevor man geht, hat man Vorstellungen und den Kopf voller Ideen, wie es sein wird, was man erreichen kann. Da ist der Wunsch, sich für etwas zu opfern, das größer ist als man selbst. Und was auch immer man erwartet hat, der Krieg ist etwas ganz anderes. Aber zumindest hat man eine Mission, einen Fokus. Man ist von Menschen umgeben, die aus ganz verschiedenen Gesellschaftsschichten stammen. Alle sind durch etwas verbunden, das niemand sonst verstehen wird. Und auf einmal ist alles vorbei.«

Ich nehme seine Hand. Er zuckt zusammen. Ich kann nicht sagen, wer sich dadurch mehr erschreckt hat – ich oder er.

Dann atmet er aus, sein ganzer Körper zittert vor Anstrengung, und einen Moment lang ist er still.

Ich kann mich nicht erinnern, wann ich das letzte Mal einen Mann berührt habe, der nicht Tom war. Aber der Schmerz in John ist mir unverkennbar vertraut. Instinktiv verspüre ich den Wunsch, ihm Trost zu spenden. Was wünschen wir uns mehr, als dass jemand uns so sieht, wie wir sind, unseren Schmerz anerkennt und uns einen Moment der Erleichterung schenkt?

Flüchtig drücke ich seine Hand. Wie lange ist es her, dass ich einen Freund gefunden habe?

»Macht Ihnen Ihr Handgelenk Kummer?«, fragt er.

»Woher wissen Sie das?«

»Sie haben es im Restaurant geschont, als Sie das Tablett trugen. Und die älteren Blutergüsse lassen darauf schließen, dass er rau mit Ihnen umgesprungen ist.«

»Früher hat er sich nicht so benommen.«

»Er sollte sich niemals so benehmen.«

Einen Moment lang greife ich diesen Gedanken auf. Ich stelle mir vor, in einer Welt solch tröstlicher Gewissheiten zu leben. Aber schon entgleitet er mir wieder, davongetragen vom Wind, der durch das offene Autofenster weht.

* * *

Gerade noch rechtzeitig erreichen wir die Anlegestelle der Fähre. John parkt das Auto davor und geht um das Heck des Fahrzeugs herum, um mir die Beifahrertür zu öffnen. Ich zucke zusammen, als ich versuche aufzustehen. Der schiere Umfang meines Bauches zwingt mich zurück in den Sitz.

»Alles in Ordnung?«, fragt John.

»Gleich geht es besser.«

Ich atme tief ein und stoße mich vom Autositz ab. John nimmt meinen Ellbogen und hält mich fest, während ich mich aufrichte. Seine Finger meiden glücklicherweise die blauen Flecken auf meinem Arm.

»Wollt ihr auf die Fähre?«, ruft jemand.

»Ja«, antwortet John.

»Gerade noch rechtzeitig. Der Sturm kommt. Das ist die letzte Überfahrt. Beeilt euch.«

Ich bewege mich so schnell, wie es das Baby erlaubt. John legt seine Hand auf meinen Rücken, führt mich und stützt mich.

Nachdem das Auto verladen worden ist, besteigen wir die Fähre. Mein Magen rebelliert. Das Wasser wirkt überraschend unruhig.

Wir warten, während der Rest der Passagiere zügig einsteigt. Die Fähre füllt sich mit Männern, die an der Autobahn arbeiten. Einige grüßen John mit einem Kopfnicken. Ob sie ihn als Freund oder Bekannten ansehen oder einfach die Tatsache anerkennen, dass er einer von ihnen ist, kann ich schwer sagen.

John steht dicht neben mir, sein Blick schweift über jeden Neuankömmling. Erst beim vierten oder fünften Passagier wird mir klar, dass ich mich genauso verhalte und in den Gesichtern der Männer nach Tom suche. Nicht dass unsere Überfahrt mit der Fähre meinen Mann aufhalten würde. Wenn er herausfindet, wohin ich geflüchtet bin, wäre es ihm ein Leichtes, mich mit seinem Boot nach Matecumbe zu verfolgen.

Ein paar Meter von mir entfernt stapft ein großer Mann an Bord, den Kopf gebeugt, die Schultern breit. Seine Gestalt ist unverkennbar. Sofort werde ich von Panik gepackt, verstecke mich hinter John, drücke meinen Körper gegen die Reling und bete, dass er mich nicht sieht.

Wie hat Tom mich so schnell gefunden?

Der Mann hebt den Kopf, und mein Herz bleibt einen Moment lang stehen. Mir stockt der Atem.

»Helen?«, fragt John mit gerunzelter Stirn.

Ich greife nach der Reling und schaue über das Wasser. Einen schrecklichen Augenblick lang überlege ich, ob ich über Bord springen und mein Schicksal dem Meer anvertrauen soll. Der Mann dreht sich um, bevor ich zu Ende gedacht habe, und in seinen Gesichtszügen blitzt etwas auf – ein Ausdruck, mit dem ich bestens vertraut bin. Dann verschwindet er wieder. Mir wird klar, dass das überhaupt nicht Tom ist. Nur ein Fremder mit einer ähnlichen Gestalt. Eine Welle der Erleichterung durchflutet mich, sodass ich fast weinen muss.

Immer mehr Männer besteigen die Fähre, manche groß, manche klein. Keiner von ihnen ist Tom. Wir legen ab, bewegen uns vom Anleger weg. Das Wasser klatscht an den Rumpf des Bootes.

Plötzlich wird mir alles zu viel. Ich beuge mich über die Reling und muss mich übergeben. Als ich fertig bin, erscheint ein quadratisches Stück Stoff in meinem Blickfeld. Ich nehme es wortlos entgegen, überrascht von dem feinen Tuch mit dem sorgfältig in die Ecke gestickten Monogramm. Hat sein Schatz das für ihn gemacht? Seine Verlobte?

Ich bringe mich diskret in Ordnung, bevor ich John ansehe. »Vielen Dank.« Ich hoffe, meine Wangen sind nicht zu rot geworden. Meine Verlegenheit ist in der Tat groß.

»Das ist doch selbstverständlich. Leiden Sie schon während der ganzen Schwangerschaft unter dieser Übelkeit?«

»Nur am Anfang, dann ging sie weg. In letzter Zeit ist sie allerdings massiv zurückgekommen. Das Meer macht es nicht besser.« Ich greife nach der Reling, als das Schiff wieder heftig schwankt.

»Angeblich hilft es, sich auf einen festen Punkt zu konzentrieren«, schlägt John vor.

»Wogegen?«

»Gegen die Seekrankheit.«

»Und wenn es keinen festen Punkt gibt?«

Das Unwetter hat in den letzten Stunden erheblich an Fahrt gewonnen. Der Wind heult, die Wellen schlagen gegen die Fähre, die Wellenkämme türmen sich auf.

»Dann stellen Sie Ihre Füße fest auf den Boden und hoffen das Beste.« Eine Welle wirft das Schiff hin und her.

»Halten Sie sich an der Reling fest. Ich habe Sie«, schreit John.

Plötzlich gibt es einen Ruck, und ich mache einen Satz nach vorne. John springt vor, um mich aufzufangen. Die Geschwindigkeit des Schiffes verlangsamt sich, bis es beinahe kriecht. Ich klammere mich fester an die Reling. In meinem Bauch liegt die Angst schwer wie eine Bleikugel.

»Warum fahren wir so langsam?«, frage ich John.

Was, wenn Tom uns gefolgt ist?

»Ich schaue mal, ob ich herausfinden kann, was los ist. Kann ich Sie kurz alleine lassen?«

Ich nicke.

Um mich herum haben die Leute auch bemerkt, dass es nur noch schleppend vorwärtsgeht. Ein Murmeln hebt an, ungeduldige Rufe steigen aus der Menge auf.

Um uns herum nur offenes Wasser, und ich suche nach der *Helen*. Hat Tom etwa die Fähre angehalten? Alles, was ich sehe, sind jedoch die wilden Wellen, die aussehen, als könnten sie uns verschlingen.

Was habe ich nur getan?

Ich höre Schritte hinter mir, dann Johns Stimme: »Eine der Schiffsschrauben ist kaputt. Das macht uns langsamer. Mit nur einer Schraube wird die Reise ein paar Stunden länger dauern als geplant.«

Ich beuge mich über die Reling und gebe auch noch den Rest meines Frühstücks von mir.

12

Elizabeth

Es ist später Vormittag, bis wir endlich unterwegs sind. Während wir zum ersten Veteranenlager fahren, herrscht Stille im Auto, und plötzlich kann ich sie nicht mehr ertragen. Ich muss meinen Kopf dringend mit etwas anderem als meiner Sorge beschäftigen.

Angestrengt starre ich aus dem Fenster. »Was für ein seltsamer kleiner Ort. Man könnte sich mitten auf die Straße stellen, beide Arme ausstrecken und würde dann mit beiden Händen beinahe das Wasser berühren.«

Sam kichert. »Irgendwie kann ich mir Sie sehr gut so vorstellen. Aber dann würden Sie wahrscheinlich einen Unfall verursachen.«

»Wissen Sie, ich bin keine Unruhestifterin. Ich habe andere Qualitäten. Außerdem ist es wohl kaum meine Schuld, wenn Männern beim Anblick eines hübschen Mädchens der Verstand aussetzt.«

»Ich dachte, wir hätten bereits entschieden, dass Sie mehr als hübsch sind. Und Sie haben recht. Männer machen wirklich absurde Dinge, wenn Frauen im Spiel sind.«

»Vielleicht machen Männer sowieso völlig absurde Dinge

und benutzen Frauen nur als bequeme Entschuldigung für ihre Dummheit. Sprechen Sie aus Erfahrung?«

Er grinst. »Vielleicht.«

»Ich kann mir keine Frau vorstellen, von der Sie sich den Kopf verdrehen lassen würden.«

Er wirft mir einen neugierigen Blick zu. »Was soll das heißen?«

»Ich halte Sie nicht gerade für einen Romantiker.«

»Während, lassen Sie mich raten, Sie sich wöchentlich verlieben.«

»Nur dienstags. Montags bin ich viel zu beschäftigt, und mich an einem Wochenende zu verlieben ist mir zu unromantisch.«

»Und mittwochs?«

»Ach, am Mittwoch langweile ich mich normalerweise schon und schnappe mir den Nächsten. Das ist ein sehr heikles Gleichgewicht.«

»Natürlich. In wen haben Sie sich zuletzt verliebt? In Ihren Verlobten?«

Sein Tonfall ist zahm, aber da schwingt etwas Interessantes mit, das sich unter den Schichten seiner Unbekümmertheit versteckt.

Ich mache eine Pause, als müsste ich einen Mann aus den Heerscharen herauspicken, dabei ist die Antwort so einfach, dass sie mir das Herz abschnürt. Dann schüttele ich den Kopf. »Nein, nicht in ihn. In Billy.«

Ich spüre nur einen winzigen Schmerz, als ich seinen Namen ausspreche. Es ist lange her.

»Billy?«

»William Randolph Worthington III.«

Er schnaubt. »Billy.«

»Ja, Samuel. Billy für seine Freunde.«

»Und natürlich waren Sie sehr gute Freunde.«

»Das waren wir tatsächlich. Ganz gute jedenfalls.«

»Und Sie haben ihn geliebt?«

»Jeder liebte Billy.«

»Aber einen Tag später langweilte er Sie?«

Ich schenke ihm ein angestrengtes Lächeln. »So ähnlich.«

»Was ist wirklich passiert?«

»Warum wollen Sie das wissen?«

»Vielleicht möchte ich mir die Zeit vertreiben.«

»Welche Zeit? Diese Insel ist so klein, dass wir in einer Minute da sind.«

»Dann unterhalten Sie mich diese eine Minute lang.«

»Habe ich Ihnen jemals gesagt, wie sehr ich es hasse, herumkommandiert zu werden?«, gebe ich zurück.

»Das brauchen Sie nicht. Ihre ganze Art schreit es förmlich heraus.«

»Trotzdem versuchen Sie es.«

»Weil es Ihnen gefällt, wenn man Sie herausfordert. Ich wette, Billy hat Sie nicht herausgefordert.«

Nein, das hat er nicht, aber das ist im Augenblick nebensächlich. »Billy war sehr nett. Billys Mutter weniger.«

»Sie hat Ihre Verbindung nicht gutgeheißen.«

»Wohl nicht.«

»Warum?«

»Müssen Sie das wirklich fragen?«

»Dabei sind Sie doch eigentlich ganz nett.«

»So ein überschwängliches Lob«, schnaube ich.

»Warum mochte Mrs. Worthington II Sie nicht?«

»Sie dachte wahrscheinlich, ich würde ihren Sohn verderben. Ein Skandal kann abfärben.«

»Ich dachte, Skandale wären regelmäßige Ereignisse in Ihren Kreisen.«

»Nicht diese Art von Skandal. Die Leute wollen über einen tratschen, wenn man so weit oben ist, dass sie einen beneiden. Doch wenn man stürzt, möchten sie einen am liebsten vergessen.«

»Sie hatten Angst«, sagt Sam. »Angst, das Unglück Ihrer Familie wäre ansteckend.«

»Vielleicht. Wenn alles andere fehlschlägt, kann man immerhin noch als warnendes Beispiel dienen.« Ich zucke mit den Schultern. »Es ist wirklich lächerlich. Die Depression hat Familien wie die Worthingtons weitgehend verschont. Das Schicksal kann launisch sein. Man weiß nie, wen es bestraft. Eine Familie wird verschont, die nächste total vernichtet.«

»Wenn er Sie geliebt hätte, hätte Billy zu Ihnen gestanden.«

Ich lache. »Macht das Wissen es etwa einfacher?«

»Hätten Sie Billy geliebt, hätten Sie niemals zugelassen, dass er Sie verlässt.«

»Wie hätte ich das anstellen sollen? Wenn ein Mann zum Gehen entschlossen ist, bezweifle ich sehr, dass eine Frau ihn aufhalten kann.«

»Dann unterschätzen Sie sich. Ich glaube nicht, dass ein Mann Sie verlassen kann, ohne es zu bereuen.«

Ich öffne meinen Mund …

So ein widersprüchlicher Mann.

»Außerdem sind Sie auf der Suche nach einem Mann den ganzen Weg hergekommen. Sie sind keine Frau, die sich leicht abschrecken lässt. Also, wenn Billy die große Liebe war und Sie ihn haben ziehen lassen, was hat Sie hierhergebracht? Der Verlobte? Ist er weggelaufen, bevor Sie vor den Altar treten konnten?«

»Ich versuche, meinen Bruder zu finden. Eigentlich meinen Halbbruder. Seine Mutter war die erste Frau meines Vaters. Sie starb an Krebs. Mein Vater heiratete meine Mutter bereits skandalöse acht Monate später. Wir haben vor einigen Jahren den Kontakt verloren«, füge ich hinzu. »Der Krieg … Mein Bruder war nicht mehr derselbe, als er aus dem Krieg zurückkam. Er hat uns ein paarmal geschrieben, dann ist er untergetaucht.«

»Sie mussten ein kleines Mädchen gewesen sein, als er ging.«

»Ja, das stimmt. Ich erinnere mich aber gut daran, wie er damals war. Zumindest habe ich Erinnerungsfetzen. Er war mein Held, hatte das tollste Lachen, brachte mir immer etwas mit und schenkte mir heimlich Süßigkeiten, die meine Mutter mir verboten hatte.«

»Was hat er drüben gemacht?«, fragt Sam.

»Er war Arzt und meldete sich freiwillig zum Sanitätskorps.«

»Er muss viele Tote gesehen haben.«

Fast vierzig Millionen Menschen starben im Verlauf des Weltkriegs. Ich habe mich oft gefragt, wie viele meinen Bruder in ihren letzten Stunden gesehen haben. »Ja, bestimmt. Er hat nie mit jemandem darüber gesprochen. Als der Krieg vorbei war, warteten wir sehnlichst auf seine Rückkehr, doch er kam nicht. Lange Zeit später erhielten wir einen Brief aus London, der uns informierte, dass er am Leben war. Ein paar Jahre vergingen, bevor mein Bruder dann endlich zu Hause auftauchte. Ich habe ihn kaum wiedererkannt. Er blieb nur einen oder zwei Tage. Im Laufe der folgenden Jahre erschien er ab und zu unerwartet und verschwand kurze Zeit später wieder. Schließlich kam er gar nicht mehr.«

»Wissen Sie, wo er während dieser Zeit lebte?«

»Nein.«

»Und dann bekamen Sie einen Brief von ihm mit einem Poststempel aus Key West.«

»Ja.«

»Da dachten Sie, es wäre klug, in einen Zug zu steigen und ihn nach Hause zu holen?«

»Es herrschten besondere Umstände.«

»Die da waren?«

»Das waren genug Geheimnisse«, antworte ich stattdessen.

»Warum ist es so wichtig, dass Sie Ihren Bruder finden?«

»Er ist alles, was ich noch habe.«

»Sie haben sonst niemanden mehr?«

»Meiner Mutter geht es nicht gut«, sage ich in einem Tonfall, der deutlich machen soll, dass ich nichts weiter preisgeben will.

»Wann haben Sie zuletzt von Ihrem Bruder gehört?«, fragt Sam.

»Vor einem Monat.«

Ich erzähle ihm nicht, dass der Brief am selben Nachmittag ankam, an dem Frank mir einen Heiratsantrag machte. Oder wie ich mich fühlte, als ich den Brief öffnete und die vertraute Handschrift meines Bruders sah. Dass es mir vorkam, als wäre das die Antwort auf meine Gebete. Als spürte mein großer Bruder meine Not und käme mir zu Hilfe, wie schon so oft.

Ich sage ihm nicht, dass mein Bruder der Einzige ist, der diese Ehe verhindern kann, der ich so verzweifelt entkommen will.

»Das Lager liegt direkt vor uns«, sagt Sam.

* * *

Auf den ersten Blick ist das Lager auf Windley Key, Lager eins, ein seelenloser, farbloser Ort. Sämtliche Bauten stehen mit fast militärischer Präzision in Reih und Glied. Bei genauerer Betrachtung ist es sogar ein seelenloser, farbloser Ort, der zum Himmel stinkt.

»Ich habe gehört, dass es hier übel aussieht«, gibt Sam zu. »Aber damit habe ich nicht gerechnet.«

Ich sage nichts, während er das Auto parkt. Mein Blick gleitet über das Lager, und das Herz wird mir schwer. Ein paar Reihen Zelte stehen in der Landschaft. Die bescheidenen Hütten mit Segeltuchdächern daneben tragen wenig zur Verbesserung der Bedingungen bei.

Männer laufen herum, die Hemden schmutzig und schweißgetränkt, der billige Stoff klebt an ihren Körpern.

Ein leises Summen erfüllt die Luft. Ein Mann schlägt sich mit der flachen Hand auf den Arm und tötet eine Mücke.

Was für Krankheiten brüten wohl an einem Ort wie diesem, an dem Ungeziefer herumkriecht und Männer in engen und unansehnlichen Behausungen zusammengepfercht sind?

Eines haben die Männer gemeinsam – sie wirken müde und erschöpft. Es sieht aus, als müsste nicht mehr viel passieren, damit sie alles verlieren.

Ich warte, während Sam den Motor abstellt, zur Beifahrerseite kommt und mir die Tür öffnet. Der Absatz meiner Sandale versinkt im Boden, als ich aus dem Auto steige. Sam stützt mich, ich spüre seine Handfläche warm auf der Haut. Erleichtert lehne ich mich an Sam und atme tief ein. Die Luft im Lager riecht schwer und widerlich.

Neugierige Blicke treffen uns. Sam tritt näher an mich heran, legt mir seine Hand auf den Rücken und lässt sie dort verharren. Ich suche nach dem Gesicht meines Bruders, nach einem Schimmer des Wiedererkennens in den Gesichtern der Männer, aber keiner erwidert meinen Blick.

»Wie viele Männer arbeiten hier?«, frage ich leise.

»Einige Hundert.«

Diese Insel ist so klein, dass jeder jeden kennt, auch wenn zwischen den Veteranen und den Einheimischen Spannungen bestehen. Es sind Jahre vergangen, seit mein Bruder und ich uns das letzte Mal gesehen haben. Das hoffnungslos veraltete Bild, das ich bei mir habe, zeigt das Gesicht des Jungen, der er war, bevor er in den Krieg zog.

»Bleiben Sie in meiner Nähe«, sagt Sam. »Ich versuche, jemanden aufzutreiben, der uns weiterhelfen kann.«

Ich berühre seinen Arm und lehne meinen Körper gegen seinen. Sam reagiert überrascht. Einen unangenehmen Moment lang denke ich, dass er einen Schritt zurücktreten wird, aber das tut er nicht.

Das Lager ist viel schlimmer, als ich es mir vorgestellt habe. Überall lungern betrunkene Männer herum. Ihre verstohlenen Blicke und das gegenseitige Anrempeln machen deutlich, dass sie nicht an Frauen gewöhnt sind. Den Gestank kann ich nicht ganz zuordnen – und möchte es eigentlich auch nicht. Es ist eine Mischung aus Fisch, Meer, Schweiß und Fäulnis. Dazu das widerlich Süßliche, das so häufig mit Krankheiten einhergeht. Verstohlen halte ich mir die Nase zu. Wie haben sich wohl die Gesichtszüge meines Bruders im Laufe der Zeit verändert?

»Das war keine gute Idee«, erklärt Sam nervös.

Wir gehen ein paar Minuten durch das Lager, bis Sam den Mann findet, der anscheinend das Sagen hat. Unterwegs zeige ich das alte Foto einigen Männern, aber keiner erkennt ihn oder ist nüchtern genug, um Auskunft zu geben.

»Wir suchen diesen Mann«, sagt Sam und hält dem Verantwortlichen das Foto unter die Nase.

Er widmet dem Bild kaum eine Sekunde. »Ein Sturm ist im Anzug. Das ist kein guter Zeitpunkt für einen Besuch. Ich muss mich um die Männer kümmern.«

»Ich bin auf der Suche nach meinem Bruder«, werfe ich ein.

»Sehen Sie ihn hier? Es gibt noch andere Lager. Vielleicht ist er dort. Außerdem sind viele Männer über das Ferienwochenende weggefahren. Betrinken sich unten in Key West oder in Miami. Manche Männer, die mal hier waren, sind nie mehr im Lager aufgetaucht.«

»Mein Bruder ist nicht so.«

Der Blick, den der Mann mir zuwirft, ist fast mitleidig. »Sie sind alle so, Süße.«

»Sie waren einmal Helden«, erwidere ich. »Ihnen etwas Respekt zu erweisen wäre das Mindeste, was Sie tun könnten.«

»Sicher. Dasselbe werden sie Ihnen auch sagen, wenn sie genug getrunken haben. Das alles ist lange her. Die Männer, die in den Krieg gezogen sind, das sind nicht mehr dieselben, die heute hier arbeiten.«

»Wie könnten sie auch?«, gebe ich sarkastisch zurück und mache eine ausladende Geste mit dem Arm. Dabei treffe ich fast den armen Sam. »Wer würde in einer solchen Umgebung schon aufblühen?«

»Jetzt hören Sie mir mal zu. Wir betreiben hier ein prima Lager.«

»Eine sauberes, ordentliches«, höhne ich.

»Sie finden es nicht sauber? Oder ordentlich? Wir machen das Beste aus dem, was wir haben. Hier gibt es Stürme und Mücken, Männer mit allen möglichen Problemen. Im Moment habe ich alle Hände voll zu tun. Ich sollte nicht die Gouvernante für erwachsene Männer spielen müssen, aber praktisch bin ich dazu gezwungen. Ihr Bruder ist nicht hier. Wenn mich nicht alles täuscht, bedeutet die Tatsache, dass Sie nach ihm suchen, dass er nicht gefunden werden will.« Er lässt mich und Sam mitten im Lager stehen, ohne sich zu verabschieden.

»Sollen wir mit anderen Arbeitern sprechen?«, frage ich Sam.

»Das Lager ist so klein, dass wir mitbekommen hätten, wenn ihn jemand kennen würde.«

»Es ist ein altes Foto. Vielleicht sieht er heute anders aus.«

»Auf jeden Fall hat ihn keiner erkannt.«

»Dieser Mann sagte, dass viele Bewohner über das Wochenende nicht da sind.« Hätte ich etwa in Key West bleiben sollen? Es schien mir wahrscheinlicher, ihn hier zu treffen, aber im Moment ist er weit weg.

Er könnte tot sein.

Ich versuche, den Gedanken abzuschütteln. Doch mit den Bedingungen im Lager vor Augen kann ich nicht von der Hand weisen, dass das eine realistische Annahme ist. Das Leben hier ist hart. Ich bin mir nicht sicher, ob er damit zurechtkommen würde.

»Wir können an einem anderen Tag wiederkommen«, schlägt Sam vor, das Mitgefühl in seiner Stimme unverkennbar.

»Sie halten das für ein Himmelfahrtskommando, oder?«

»Ja, vielleicht. Ich fand diesen Kerl nicht besonders sympathisch, aber er hat Sie nicht angelogen. Leute kommen her und verschwinden wieder. Egal, ob freiwillig oder nicht. Ich sage nicht, dass Ihr Bruder einer dieser Menschen ist, aber Sie müssen auf diese Möglichkeit vorbereitet sein.«

»Woher wissen Sie überhaupt so viel über das Leben hier?«

»Das meiste weiß ich durch die Arbeit.«

»Was meinen Sie damit? Hat es mit dem Mann zu tun, den Sie jagen?«

»Ich habe in der Pension meine Antennen ausgefahren. Er wird auftauchen. Das tun sie immer. Konzentrieren wir uns lieber auf Ihren Bruder.«

Wir fahren nach Matecumbe Key zum Lager fünf. Es ist kleiner als Lager eins, aber genauso schmutzig. Es schwärmen die gleichen Mücken herum, der gleiche undefinierbare Gestank liegt in der Luft.

Wut steigt in mir auf. »Wie kann man Menschen so behandeln? Nicht einmal mit Tieren würden wir so umspringen.«

»So etwas passiert, wenn man ein Problem hat, mit dem man sich nicht befassen möchte. Man schafft die Veteranen weg aus Washington und damit aus dem Blickfeld und den Gedanken der Menschen. Alles in der Hoffnung, dass die Störenfriede keine Probleme mehr verursachen.«

Als die Bonusarmee durch Washington, D.C., marschierte, war ich zu jung, um mich mit diesen Dingen zu befassen. Zu beschäftigt mit meinem eigenen Drama und meinem eigenen Leben, um Menschen wahrzunehmen, die so weit von meiner Realität entfernt lebten. Es war schließlich nicht mein Problem.

Obwohl mein Bruder im Krieg gekämpft hatte, fiel es mir leicht, ihn von alldem zu trennen. Angesichts dessen, was aus vielen Soldaten geworden ist, frage ich mich nun, wie viele Menschen den gleichen Fehler gemacht haben wie ich. Wie viele haben den Veteranen den Rücken zugekehrt, als der Krieg aus ihrem Blickfeld rückte und die eigenen Probleme wichtiger wurden?

Wir gehen schweigend durch das Lager. Wieder ist die allgemeine Aufmerksamkeit auf uns gerichtet, hauptsächlich auf mich. Doch auch Sam bekommt seinen Anteil an neugierigen Blicken ab. Ich habe den Eindruck, dass viele der Männer jeden mit Misstrauen betrachten, der mit der Regierung in Verbindung steht. Nicht dass ich es ihnen angesichts ihrer Erfahrungen verdenken könnte. Und Sam in seinem dunklen Anzug und mit dem Hut sieht aus wie der Inbegriff eines Regierungsmannes.

Wir treffen einen anderen Kerl, ähnlich dem Leiter, mit dem wir in Lager eins gesprochen haben. Auch er ist ungeduldig und schroff, in Gedanken mit dem kommenden Sturm beschäftigt. Meinen Bruder erkennt er auf dem Foto nicht. Auch die anderen zehn, zwölf Männer, die wir fragen, zucken nur mit den Schultern. Mit jeder weiteren Abfuhr schwindet meine Hoffnung etwas mehr. Tränen drohen mir in die Augen zu treten, meine Stimme zittert. Da legt Sam seinen Arm um meine Taille und übernimmt die Führung.

Daran, wie er seine Fragen an die Männer richtet, erkenne ich, dass er tatsächlich ein ziemlich guter Ermittler ist. Er strahlt nicht direkt etwas Beruhigendes aus, aber er wird wie selbstverständlich respektiert, ohne sich großartig darum zu bemühen. Die Männer, die ich kenne, stellen ihren Reichtum zur Schau, als würde die Welt dadurch ihnen gehören. Sam ist einfach nur direkt, weder hochtrabend noch gekünstelt. Ich sehe ihm zu, fasziniert von seiner Art.

Die Macht, die sein Beruf ihm verleiht, bewundere ich. Ebenso wie die Fähigkeiten, Respekt einzufordern und Antworten auf Fragen zu bekommen. Er strahlt ein ruhiges Selbstvertrauen aus, um das ich ihn nur beneiden kann.

Es ist später Nachmittag, als wir im Lager fünf fertig sind. Plötzlich scheint der Sturm, von dem alle gesprochen haben, tatsächlich aufzuziehen. Der Himmel verdunkelt sich, ein Regentropfen fällt auf mein Kleid. Dann noch einer. Und noch einer.

»Kommen Sie.« Sam nimmt meine Hand und zieht mich aus dem Lager hinaus, fort von den Männern mit den zerstörten Träumen in den Augen.

Das Wasser stürzt wie aus Kübeln vom Himmel, und wir rennen auf Sams Auto zu, das ein Stück weit weg geparkt ist.

13

Es regnet nicht lange, aber mir kommt es vor wie eine Ewigkeit. Nach dem Elend in den Lagern muss ich mir dringend die Beine vertreten und frische Luft schnappen. Neben mir im Auto scheint auch Sam unruhig zu sein und tippt mit den Fingern eine stille Melodie auf seinen Oberschenkel. Er hält eine Zigarette in der Hand. Ich schüttele den Kopf, als er mir auch eine anbietet. Lieber schaue ich aus dem Fenster.

Wir warten vor dem *Sunrise Inn*, bis der Regen endlich aufhört. Dann machen wir uns zu dem kleinen Strand auf, den ich heute Vormittag erkundet habe. Ich gehe zum Ufer, weg von Sam. Das Wasser bedeckt meine Füße, und ich bemühe mich, ruhig zu atmen, die schwüle, klebrige Hitze des Lagers aus meinem Körper zu vertreiben.

Selbst wenn ich ihn finden sollte, ist die Wahrheit nicht mehr zu leugnen. Der Bruder, den ich einmal kannte und liebte, ist für immer verloren. Niemand wird kommen, um mich aus meinem Unglück zu retten.

Sam bleibt zurück, heftet den Blick auf mich und zieht von Zeit zu Zeit an seiner Zigarette. Seine Aufmerksamkeit macht mich zunehmend nervöser. Was sieht er, wenn er mich so anstarrt? Was haben all diese Männer in mir gesehen?

Ein verwöhntes Mädchen ohne Sinn für die reale Welt?

Ich habe mich noch nie unsicherer gefühlt als in diesem Moment. Alles, was mich geprägt hat, wurde mir genommen – Familie, Freundschaften, Wohlstand, Zukunftspläne.

Ich war so begierig darauf gewesen, New York zu verlassen, den neugierigen Augen und dem Getuschel dort zu entkommen, dass mir nie in den Sinn gekommen wäre, dass ich es einmal vermissen würde.

Zumindest kann man sich im Trubel der Stadt verlieren. Ich habe mich nie unsichtbarer gefühlt als in einer Menschenmenge. Hier draußen, umgeben von dieser schlichten Schönheit, allein mit Sam, fühle ich mich nackt.

Jetzt, da der Regen aufgehört hat, ist es ist ziemlich friedlich. Die Wolken schimmern kupferrot. Trotz aller Sorgen wegen des möglicherweise heraufziehenden Sturms könnte das Wetter nicht ruhiger oder schöner sein.

»Haben Sie jemals Wolken in dieser Farbe gesehen?«, frage ich. »Es ist beinahe hübsch hier.«

Sam zuckt mit den Schultern. »Sie sehen Strände, ich sehe Schmuggler in den Mangroven.«

»Ich glaube nicht, dass ich schon mal einen Menschen kennengelernt habe, der so nüchtern war wie Sie.«

»Von Ihnen könnte ich glatt das Gegenteil behaupten«, kontert er.

»Das Leben ist schwer genug«, erwidere ich. »Mit einem Lächeln geht alles leichter.«

»Es ist aber nicht nur das Lächeln, oder?«, sagt er. »Sie reizen gerne Ihre Grenzen aus, das gefällt Ihnen anscheinend.«

Ich lache, denn so wie er es sagt, klingt es ziemlich außergewöhnlich. Aber in Wirklichkeit ist es ziemlich banal, eine

Frau zu sein – sogar eine verwegene. Das habe ich schnell gelernt, nachdem meine Familie in Ungnade gefallen war. Heldentaten sind für Männer reserviert. Sie riskieren tatsächlich viel. Die Frauen müssen sich hinterher um sie kümmern und alles wieder in Ordnung bringen.

»Und wie nennt man es, wenn man den ganzen Tag Kriminelle jagt? Geht man da etwa kein Risiko ein? Ich bin nicht die Einzige, die es genießt, ihre Grenzen auszureizen.«

Er neigt den Kopf, als würde er die Wahrheit hinter meiner Aussage anerkennen. »Nein, wahrscheinlich nicht. Aber wenn man es ganz genau nimmt, neige ich eher dazu, Probleme zu lösen, als sie zu verursachen.«

»Das klingt schrecklich langweilig.«

»Nun, Sie würden überrascht sein.« Er tritt näher, als wolle er mir ein Geheimnis verraten. »Es beginnt mit einer Zielperson. Jemand, dessen kriminelles Verhalten die Grenzen des Rechts in einer Gesellschaft überschreitet. Entweder aus Schamlosigkeit oder aus Rücksichtslosigkeit oder aus genereller Bösartigkeit.«

»Generelle Bösartigkeit klingt überhaupt nicht langweilig«, necke ich, klimpere mit den Wimpern und genieße den Moment, diesen köstlichen Moment, in dem ich meine Probleme einen Herzschlag lang vergessen kann.

Er mustert mich prüfend. »Ich kann nicht beurteilen, ob Sie flirten, weil Sie zu schlau für die Welt sind, in der Sie feststecken, und Sie sich deswegen verdammt langweilen. Oder weil Sie eine neckische Ader haben, die Sie unbedingt ausleben müssen.«

»Vielleicht ist es ja beides. Sie wären auch frustriert, hätte man Ihnen die Hände gebunden. Das Sagen auf dieser Welt haben die Männer. Ehrlich gesagt bin ich nicht gerade beeindruckt davon, was sie daraus gemacht haben.«

Er schweigt einen Moment lang. »Was ist mit Ihrem Vater passiert?« Sein Tonfall ist sanfter als alles, was ich bisher von ihm gehört habe.

Ich atme tief ein und lasse die Worte atemlos aus mir herauspurzeln, als könnte ich sie so am besten auf Distanz halten. »Er hat sich nach dem Börsencrash im Jahr 1929 umgebracht. Ihm gehörte eine Investmentfirma an der Wall Street. Die Firma hatte nicht alles auf einmal verloren, sondern ging nach und nach in die Knie. Nach ein paar Wochen war die Lage so aussichtslos, dass er sich in seinem Arbeitszimmer zu Hause eine Waffe in den Mund steckte und den Abzug drückte.« Die vertraute Enge macht sich in meiner Brust breit. »Ich habe ihn gefunden.«

»Das tut mir leid.«

»Mein Bruder George brachte sich ein paar Monate danach um.«

Ein Fluch entschlüpft Sams Lippen.

»Wir hatten ohnehin Schulden und nach dem Crash noch mehr«, füge ich hinzu. »Keiner von uns wusste davon. Mein Vater tat bis zum Schluss so, als sei alles in Ordnung.« Ich kann den Zorn nicht ganz aus meiner Stimme tilgen. Vielleicht finden andere Menschen in Zeiten wie diesen Trost in Gott, aber ich fühle eigentlich bloß Wut, auch wenn ich sie unter einem Lächeln verstecke. »Einige Leute sagen, die Depression sei die Strafe für unsere Sünden«, fahre ich fort.

Sams Stimme klingt fast unerträglich sanft. »Meiner Erfahrung nach sagen viele Leute viele dumme Dinge. Aus lauter Angst und Panik suchen sie nach Sündenböcken.«

»Das stimmt.«

»Sie vermissen Ihre Familie sicherlich sehr.«

»Ja. Das ist seltsam. Wir standen uns nicht besonders nahe. Meine Eltern waren beide beschäftigt mit ihrer Arbeit, und ich war noch klein. Trotzdem ist es anders, seit sie nicht mehr da sind. Meine Mutter … es geht ihr nicht gut. Die Nerven, heißt es. Das geht schon ziemlich lange so. Seit dem Tod meines Vaters und meines Bruders.«

»Sie kümmern sich um sie?«

»Ja. Ich habe sie bei unserer Haushälterin untergebracht, bevor ich losfuhr. Die Frau ist schon ewig bei unserer Familie und blieb sogar, als das Geld knapp wurde. Heutzutage haben wir nicht mehr viele Möglichkeiten. Eine Zeit lang verkauften wir, was wir konnten, um uns über Wasser zu halten. Danach wurden wir in der weiteren Verwandtschaft herumgereicht. Aber keiner möchte in diesen Zeiten zusätzliche Mäuler stopfen, schon gar nicht, wenn sie mit einem solchen Stigma behaftet sind. Irgendwann hatten wir keine Optionen mehr. Die Last der Schulden meines Vaters hat uns den Rest gegeben. Also habe ich getan, was getan werden musste.«

»Der Verlobte?«, fragt Sam.

»Ja.«

»Und inzwischen bereuen Sie das?«

»Es muss eine bessere Lösung geben. Ich würde New York ja verlassen, aber meine Mutter will nicht fort. Keine von uns wäre in der Lage, genug für unseren Lebensunterhalt zu verdienen, selbst wenn es Arbeit gäbe. Ihre Behandlungen sind sehr teuer.«

»Was für Behandlungen?«

»Ach, alle möglichen. Bäder und so etwas. Sie bekommt auch etwas, das sie aus ihrem Zustand herausreißen soll. Sie zittert dann immer am ganzen Körper. Das ist schrecklich anzusehen, aber die Ärzte behaupten, dass ihr das helfen wird. Nichts davon scheint tatsächlich zu wirken, aber alles ist besser als die Alternative … sie in eine Anstalt zu bringen.«

Ich sah mir eine Anstalt an, die ihr Arzt empfohlen hatte. Die Bedingungen dort waren so schrecklich, dass ich mir an Ort und Stelle schwor, sie niemals in eine solche Einrichtung zu stecken.

Sam antwortet nicht, sondern schaut über das Meer. »Wie war das Wasser heute früh?«

Ich schlucke die aufsteigenden Tränen hinunter. »Erstaunlich warm.«

»Hätten Sie noch immer Lust, schwimmen zu gehen?«, fragt Sam.

»Jetzt sofort? Mit Ihnen?«

Er nickt.

Mein Herz schlägt heftig. »Ich hätte nicht gedacht, dass Männer wie Sie solche Dinge tun. Sie wirken so ernst.«

»Mit hübschen Mädchen schwimmen gehen? Natürlich machen wir so etwas.«

Ich habe eigentlich keine Zeit für Leichtsinn, für Emotionen, Begierden, Komplikationen. Doch ich kann nicht widerstehen. Meine Hände zittern, während ich die Knöpfe an der

Vorderseite meines Kleides öffne, es von meinen Schultern gleiten und in den Sand fallen lasse. Ich warte nicht darauf, dass Sam es mir nachtut, sondern drehe mich um und gehe zum Wasser. Ich wate in den Ozean hinein, das Wasser bedeckt erst meinen Bauchnabel und dann meine Brüste. Der Meeresspiegel sinkt und steigt mit jedem Schritt. Ich warte auf den Moment, in dem ich meinen Fuß senke und auf nichts als Wasser treffe.

Wenn Sam wüsste, mit wem ich verlobt bin, würde er wahrscheinlich Reißaus nehmen. Frank Morgan ist nicht der Typ, der einem die andere Wange hinhält, wenn seine Verlobte eine Affäre mit einem fremden Mann anfängt. Ein bisschen Flirten, diskret gehandhabt, mag toleriert werden. Jedoch einen anderen Mann zu küssen (oder gar mehr), ist eine todernste Sache.

Ich bin gekauft und bezahlt worden. Mein Körper gehört mir nicht mehr. Franks Frau zu werden war der eine Teil des Handels, den ich eingegangen bin, die finanzielle Unterstützung für mich und meine Mutter der andere.

Plötzlich kocht die Wut in meinem Inneren über, erfüllt meine Lunge und strömt aus mir heraus. Gleich werde ich die Arme hochwerfen, den Kopf zum Himmel heben und losbrüllen. Das mache ich natürlich nicht. Manche Dinge sind einfach unvorstellbar. Doch der Drang dazu ist stark, genauso stark wie der Ärger über meinen Vater, meine Brüder, meine Mutter. Über Billy Worthington, der mich genug »geliebt« hat, um mich ins Bett zu kriegen, und mich dann wegwarf wie Müll, als meine Familie ihr Vermögen verlor. Wie der Ärger über all die Ereignisse, die dazu führten, dass ich mich in dieser Lage wiederfinde. Über die Leute, die mich in eine Lage gebracht haben, in der ich nicht sein will.

Ich möchte mich nicht in ein von mir gemachtes Ehebett legen. Ich möchte mich dort herauskämpfen. Und in genau diesem Augenblick möchte ich einfach nur den Geruch der Lager, den Geruch von Verzweiflung und Verlust abwaschen, die Niederlage wegspülen. Ich will tun, was ich will, und nicht das, was andere von mir erwarten.

Als ich über die Schulter schaue, ist Sam bereits im Wasser. Sein Oberkörper steckt in einem weißen Unterhemd, und die Wellen bedecken von den Hüften abwärts den Rest seines Körpers. Er ist kräftiger gebaut, als ich dachte, seine Brust breit und muskulös.

»Das war wohl doch keine so gute Idee«, grummelt er.

Ich lache laut heraus. »Sie sollten Ihr Gesicht sehen.«

»Es ist kälter, als ich dachte.«

»Ach was. Das ist doch wie Badewasser.«

»Da sind Fische«, klagt er. »Sie berühren meine Waden.«

Ich lache wieder. »Muss ich Sie daran erinnern, dass es Ihre Idee war?«

»Meine Dummheit, wohl eher.«

Ich nähere mich ihm. »Das haben Sie gebraucht«, sage ich und wage einen Blick hinter die Fassade des Missmuts, hinter der er sich verbirgt.

»Ja, das stimmt«, räumt er ein. »Diese Lager … darauf war ich nicht vorbereitet. Ein paar von den Männern hätten meine Kriegskameraden sein können. Ich weiß, was sie gesehen haben. Das kann einen Menschen verändern. Was bewahrt mich davor, einer von ihnen zu sein, in einem gottverlassenen Zelt zu schlafen und meine Probleme im Alkohol zu ertränken?«

»Ihre Arbeit hilft Ihnen. Gibt Ihnen einen Daseinszweck.« Ich weiß nicht, woher ich das weiß, nur, dass ich es weiß.

»Das ist wahr. Pech für diese Leute, dass die Depression ausgerechnet jetzt zugeschlagen hat. Diese Männer wurden nach dem Krieg von einer weiteren Tragödie getroffen. Wie viele solcher Nackenschläge kann ein Mensch verkraften?«

»Keine Ahnung.«

»Ich hatte das Gefühl, dort keine Luft zu kriegen«, gesteht Sam. »Ich möchte helfen, aber wo soll man überhaupt anfangen, wenn alles im Argen liegt?«

»Ich weiß. Die Lager waren wohl ein Versuch der Regierung, den Veteranen zu helfen. Damit ist sie jedenfalls kläglich gescheitert.«

»Wollte sie wirklich helfen? Oder befreite sie sich nicht eher von einem Problem? Vielleicht will man nicht, dass das Land sieht, wie schlecht es den Menschen geht. Wie die behandelt werden, die zuvor als Helden besungen wurden. Es wäre bestimmt einfacher gewesen, ihnen den verdammten Bonus zu zahlen. Ich …«

Ich spüre den Drang, ihn zu beruhigen, was mich insgeheim überrascht. Rasch lege ich die Arme um seine Schultern. Keine Umarmung, nur zur Stütze. »Es tut mir leid.« Ich bin mir nicht sicher, warum ich mich entschuldige oder wofür. Ich weiß nur, dass ich dazu erzogen wurde, jemanden zu trösten, wenn er verletzt oder durcheinander ist. Meine Sprache und mein Körper sind die Werkzeuge, die mir gegeben wurden, um die Trauer des anderen zu lindern.

Sam schluckt, sein Adamsapfel hüpft. Als er spricht, klingt seine Stimme rauer als gewöhnlich. »Ich hätte das Thema nicht ansprechen sollen. Sie müssen sich Sorgen um Ihren Bruder machen.«

Ein Anfall von Scham überkommt mich, denn in diesem Moment ist mein Bruder nicht das Wichtigste für mich. Ich lehne mich an Sam. Mein Bedürfnis zu beruhigen, hat sich in das Bedürfnis verwandelt, beruhigt zu werden. Ich schiebe meine Hände tiefer hinunter, sein Herz schlägt unter meiner Handfläche.

Bis zu diesem Zeitpunkt ist meine Beziehung zu Frank platonisch. Vielleicht hält er mich für unschuldig und will mich nicht drängen. Viel wahrscheinlicher ist angesichts seines Rufs aber, dass er erfahrene Frauen für solche Zwecke hat und mich nicht braucht, um seine Triebe zu befriedigen. Ich bin wie eine Puppe, die in einem Regal ausgestellt wird. Nie benutzt, selten berührt, nur teuer und hübsch – und vor allem ein Statussymbol.

Aber in dem Moment, in dem ich Sam berühre, bricht sich das Verlangen, das ich unterdrückt habe, in mir Bahn. Die Begierde raubt mir fast den Atem.

Sam holt tief Luft, sein Blick ist verschleiert. Er streicht mein Haar über meine Schulter zurück und fährt mit den Fingern über mein Kinn. Ein Zittern liegt in der Berührung. »Elizabeth.«

Mein Name klingt wie das Schönste, was ich je gehört habe. Ein Triumphgefühl steigt in mir auf. Ich lege den Kopf an Sams Brust und genieße die sanfte Liebkosung seiner Fingerspitzen an meiner Wange.

So lange habe ich andere gestützt. Wann hat mich zuletzt jemand so berührt? Als wäre ich etwas Zerbrechliches, das in Ehren gehalten oder beschützt werden muss. Billy hat es bestimmt nie getan. Solange ich mit ihm zusammen war, fiel mir die Führungsrolle zu. Ich war Delila, er Samson.

Nun hat Sam übernommen, mit der Gewissheit eines Mannes, der bekommt, was er will. Ein Schauer überläuft mich bei dem Gedanken, dass ich diesmal die Beute bin, nicht die Jägerin.

Sam beugt sich zu mir herab, näher, immer näher, sein Mund ist nur Zentimeter von meinem entfernt, sein Atem strömt gegen mein Kinn. Er zieht mich zu sich heran, meine Haut brennt, unsere Lippen sind kurz davor, sich zu treffen.

Da ertönt über uns ein lautes Brummen.

Ich zucke in seinen Armen zusammen. »Was ist das?«

Sofort macht Sam einen Schritt nach hinten, löst unsere Umarmung. Ich sehe einen Mann vor mir, der früher Soldat war und jetzt Bundesagent ist.

Sein Körper spannt sich an. »Ein Flugzeug.«

Einen Augenblick später kommt das kleine Objekt in Sicht, tanzt zwischen den Wolken, zieht etwas Flatterndes hinter sich her.

Beide starren wir in den Himmel, während das Flugzeug an uns vorbeigleitet. Nach einer Weile können wir die auf das Banner gedruckten Wörter entziffern: *Hurrikan-Warnung*.

»Wahrscheinlich ein Flugzeug der Küstenwache«, sagt Sam.

»Muss ich mir Sorgen machen?«

Er schweigt einen Augenblick zu lange, die Stille lastet

zwischen uns. Das entwertet den Moment von vorhin ein wenig. »Keine Ahnung.«

Ich sehe, wie sehr er unter der Unsicherheit leidet, in dieser Sekunde keine Antwort zu haben. Es steht der gleiche Ausdruck in seinem Gesicht wie einige Minuten zuvor, als er mich fast geküsst hätte. Etwas, das nach Reue aussieht.

Mich fröstelt plötzlich. Das Wasser fühlt sich nicht mehr angenehm an. Alles ist verkehrt.

Mit einem Schlag, unter der Einwirkung der beiden bedrohlichen Wörter, die über uns hinweghuschen, ist dieser kurze Strandabschnitt nicht mehr das Paradies.

14

Helen

Es ist fast vier Uhr nachmittags, als die Fähre endlich auf Matecumbe Key ankommt. Wegen der kaputten Schiffsschraube hat die Fahrt drei Stunden länger gedauert. Die See war unruhig, das Wetter schlecht, die Reise endlos, mein Magen aufgewühlt.

Ist Tom bei diesem Wetter zum Fischen rausgefahren? Oder sitzt er in unserem Häuschen in Key West und merkt gerade, dass ich nicht nach Hause komme? Oder ist er auf dem Weg, um mich zu holen?

Die Fähranlegestelle gehört zu einem kleinen Hafen, in dem Fischerboote liegen. Ein Schauer läuft mir über den Rücken, als mein Blick über die heruntergekommenen Nussschalen schweift. Ich stehe neben John und warte darauf, von Bord zu gehen und die Boote abzusuchen. Ist die *Helen* darunter?

Vor dem Anleger stehen viele Autos. Passagiere wollen an Bord der Fähre.

»Werden sie auslaufen können?«, frage ich John.

»Angesichts des kaputten Propellers und des Wetters eher nicht.«

»Glauben Sie tatsächlich, der Sturm wird uns treffen?« Ich denke dauernd an Toms Vorhersage, dass uns nichts passieren würde. Tom hat zwar viele Fehler, kennt das Meer aber wie seine Westentasche.

»Ich weiß es nicht. Aber für uns alle hoffe ich, dass man umsichtig handelt. Innerhalb der letzten Monate kamen unendlich viele neue Männer in die Lager. Die meisten von denen haben keine Ahnung, wie es hier unten zugeht. Sie haben noch nie einen Hurrikan erlebt. Verdammt, in den Lagern gibt es ja schon Überschwemmungen, wenn es bloß heftig regnet.«

»Was machen sie mit euch, wenn der Hurrikan hierherkommt?«

»Angeblich soll uns ein Zug nach Norden bringen.« Sein Tonfall macht klar, was er davon hält.

»Sie glauben nicht, dass das funktioniert?«

»Es wird eine Katastrophe geben. Schon an einem normalen Tag ist in den Lagern nicht einmal der Anschein von Ordnung aufrechtzuerhalten. In einer Krise wird es unmöglich sein. Aber wenn man die Leute nicht alle von den Keys evakuieren kann, wohin dann mit ihnen? Hier gibt es keine Hügel. Nur das Wasser.« Er zögert. »Wenn es schlimm wird, fahren Sie nach Norden, versprechen Sie mir das. Fahren Sie nach Miami oder noch weiter hoch. In Ihrem Zustand dürfen Sie nicht das Risiko eingehen, in einen Sturm zu geraten. Wenigstens sind Sie hier näher am Festland als in Key West.«

»Das mache ich«, antworte ich. »Hoffentlich wird der Hurrikan an uns vorüberziehen.« Ich verstehe seine Besorgnis, und das Baby ändert die Lage sicherlich noch einmal. Aber es ist schwer, einem Auswärtigen zu erklären, wie es hier so läuft. Man entwickelt einen gesunden Respekt vor Mutter Natur. Schließlich lebt man größtenteils friedlich zusammen, und sie lenkt die eigenen Geschicke öfter, als man zugeben möchte. Doch das Leben geht seinen Gang, ob das Wetter nun gut oder schlecht ist. Wenn man versucht zu überleben, kann man nicht einfach weggehen, weil es gerade schwierig wird. Man verschanzt sich und macht das Beste daraus.

Ich bin tatsächlich gegangen. Noch immer bin ich mir nicht sicher, was ich davon halten soll. Es kommt mir so vor, als wäre eine andere ins Auto und auf die Fähre gestiegen und vor ihrem Ehemann geflüchtet, das Baby im Schlepptau. Was werde ich meinem Kind sagen, wenn es fragt, warum ich das getan habe? Was hätte ich meinem Kind geantwortet, wenn ich geblieben wäre?

Ich beschreibe John den Weg zu der Pension meiner Tante. Während wir die Autobahn hinunterfahren, lindert der Fahrtwind durchs offene Autofenster die Übelkeit ein wenig. Von Bewegung ist mir vorher nie schlecht geworden – eine weitere Begleiterscheinung der Schwangerschaft.

Die Fähranlegestelle befindet sich am südwestlichen Ende der Insel, neben dem Lager, in dem John lebt. Wir fahren nach Norden. Die Autobahn und die Eisenbahnlinie führen über die gesamte Länge von Lower und Upper Matecumbe Key.

Seit meiner Kindheit bin ich nicht mehr hier gewesen. Ich habe herrliche Erinnerungen daran, wie ich mit meiner Tante im Wasser gespielt, Fische gefangen, Eidechsen gejagt und Burgen im Sand gebaut habe.

»Es ist nicht ganz das, was ich erwartet hatte, als man mir

sagte, dass in den Florida Keys Arbeit zu bekommen sei«, bemerkt John.

»Was hatten Sie denn erwartet?«, frage ich.

»Ein Inselparadies, nehme ich an. Einen Ort, an dem man sich verlieren kann. Nichts so Trostloses, so Ursprüngliches, so Krasses. Hier gibt es keine falschen Versprechungen. Hinter der Schönheit lauert auf diesen Inseln immer etwas Tödliches – das Wetter, das Wasser. Ich kann mich nicht entscheiden, ob mir das gefällt oder nicht.«

»Ich verstehe, was Sie meinen. In meiner Kindheit fühlte es sich an wie das Paradies, weil es viel Freiraum und weniger Menschen gab als in Key West. Man konnte einen ganzen Tag verbringen, ohne einer Menschenseele zu begegnen.«

»Wenn man es so beschreibt, klingt es tatsächlich wie das Paradies«, sagt er.

»Fühlen Sie sich denn niemals einsam?«

»Ja und nein. Ich hatte Freunde, gute Freunde, bevor ich in den Krieg zog. Und sogar dort gab es Männer, die ich als Brüder betrachtete, Männer, für die ich mein Leben geopfert hätte. Ich vermisse das wohl. Auch hier unten sind ein paar gute Männer. Aber ich habe es Ihnen schon einmal gesagt – ich bin nicht in der Lage, jemandem tatsächlich ein Freund zu sein.«

»So ein Blödsinn. Was ist das hier, wenn nicht der Beweis dafür, dass Sie ein guter Freund sind? Sie haben einer Fremden geholfen, während viele weggeschaut hätten … weggeschaut haben.«

»Sie sind keine Fremde. Ich habe Sie monatelang bei Ruby gesehen.«

»Wir haben kein Wort miteinander gewechselt, abgesehen von Ihren Bestellungen.«

»Das vielleicht nicht, aber Sie haben mich angelächelt. Und die anderen auch. Das war nett. Sie haben meinen Tag ein bisschen freundlicher gemacht, auch wenn Sie das nie bemerkt haben. Ich bin sicher, dass ich nicht der Einzige bin, der das so empfunden hat.«

Tom hat immer gesagt, ich würde zu viel mit meinen Gästen reden, sei zu freundlich, zu wenig distanziert. Tatsächlich gefällt es mir, mit den Menschen zu sprechen und etwas über ihr Leben zu erfahren. Man kann richtige Abenteuer erleben, wenn man anderen Leuten einfach nur zuhört.

»Ich bin gerne Kellnerin«, gebe ich zu. »Es ist harte Arbeit, und ab und zu hat man auch unhöfliche Gäste, aber ich bin gerne mit Menschen zusammen. Ich finde das interessant. Man kommt leicht ins Gespräch. Dieses Wochenende habe ich ein Mädchen kennengelernt und ihr von der Pension erzählt. Sie war mit der Eisenbahn gekommen und hatte vor, die Lager zu besuchen. Ich frage mich, ob sie es tatsächlich geschafft hat.«

»Die Lager sind kein Ort für ein junges Mädchen.«

»Das habe ich ihr gesagt, aber sie schien ziemlich entschlossen zu sein. Hoffentlich konnte Tante Alice ihr helfen.«

»Ist Ihre Tante die Schwester Ihrer Mutter oder Ihres Vaters?«

»Meiner Mutter. Meine Mutter und Alice haben sich nicht sehr gut verstanden«, gestehe ich und fühle mich schuldig, weil ich so offen über meine Familie spreche. Mir ist fast so, als säße meine Mutter mit uns im Auto. »Alice hat immer getan, was sie wollte. Mama glaubte, dass das Wichtigste im Leben einer Frau Gott und das Zweitwichtigste ihr Ehemann ist. Sie liebten sich natürlich als Schwestern, hätten aber unterschiedlicher nicht sein können. Alice betrieb das *Sunrise Inn* gemeinsam mit ihrem Ehemann. Als der früh starb, führte sie es alleine weiter. Während der Prohibition gingen Gerüchte über Alice. In dieser Gegend gibt es viele Schmuggler. Ich nehme an, Alice hat ihnen bei Bedarf Unterschlupf geboten und sie nicht angezeigt.«

»Ich vermute, Ihre Mutter hat das nicht gutgeheißen.«

»Kaum. Alice ist es egal, ob jemand gutheißt, was sie tut, was Mama nur noch mehr störte. Alice hat eben diese besondere Art. Sie lebt ihr Leben, wie es ihr passt. Ich bewundere das.«

»Haben Sie nie daran gedacht, sich ihr anzuvertrauen?«

»Die Sache ist kompliziert«, erwidere ich. In Wahrheit stand ich hunderttausend Mal kurz davor, zu Alice zu flüchten. Und jedes Mal fand ich einen Grund, es doch nicht zu tun. Aber jetzt ist da das Baby.

John fährt langsamer und zeigt nach vorne. »Dort ist es.«

Das *Sunrise Inn* befindet sich auf der Südseite von Islamorada, hinter der Kreuzung der Autobahn mit der Eisenbahnlinie von Mr. Flagler. Die Pension ist nichts Besonderes, und in ihren Briefen hat meine Tante oft erwähnt, dass viele Gäste das größere *Matecumbe Hotel* bevorzugen. Ich habe nur sehr vage Erinnerungen an das Haus. Meine Eindrücke von unseren Besuchen bestehen hauptsächlich aus Geräuschen, Mustern und dem Gefühl von Sand unter meinen Zehen.

Es ist ein ziemlich hübsches Gebäude in einem strahlenden Weiß, das auf einen neuen Anstrich hinweist, und mit fröhlichen blauen Fensterläden, die einige Nuancen dunkler sind als die Farbe des Ozeans. Die Pension ist zwei Stockwerke hoch und verfügt über eine einladende Veranda. Die Stühle darauf sind so angeordnet, dass die Gäste sich gemütlich miteinander unterhalten können. Im Augenblick sitzt niemand draußen, nur zwei Autos parken davor.

Das Baby ist wach und tritt mich in den Bauch. John parkt den Plymouth und hilft mir vom Beifahrersitz herunter.

Vor dem Eingang der Pension bleibe ich stehen und spüre einen nagenden Zweifel in meinem Inneren. »Ich habe sie seit meinem achtzehnten Lebensjahr nicht mehr gesehen, seit der Beerdigung meiner Mutter. Und jetzt komme ich in diesem Zustand an, ohne Vorwarnung. Was wird sie von mir denken?«

»Als Sie von Ihrer Zeit hier erzählten, klang es mir so, als hätte sie Sie sehr gerne. Sie wird nur das Beste für Sie wollen.«

Ich starre ihn einen Moment lang an, überwältigt von meinen Gefühlen. »Sie wissen, was es heißt, ein guter Freund zu sein. Lassen Sie sich niemals etwas anderes einreden. Danke für alles, was Sie für mich getan haben. Für uns. Ich werde es Ihnen niemals vergessen.«

Seine Wangen färben sich rötlich. »Das war doch selbstverständlich.«

»Das war gar nicht selbstverständlich.« Ich lächle ihn unsicher an und steige die Eingangstreppe hinauf. John folgt mir.

Das Innere der Pension wirkt nicht so neu wie das Äußere, aber es ist ordentlich und sauber. Der Aufenthaltsraum dient offensichtlich auch als Empfangsbereich. Dort steht ein Mann hinter einem Tresen bei der Treppe. Ich kenne ihn nicht von meinen früheren Besuchen, aber er grüßt höflich, als ich auf ihn zugehe.

»Brauchen Sie ein Zimmer für das Wochenende?«, fragt er.

»Eigentlich suche ich meine Tante. Alice Jones.«

»Sie sind Alice' Nichte? Das ist ja unglaublich. Sie müssen Helen sein. Sie hat mir alles über Sie erzählt. Ich heiße Matthew.«

»Nett, Sie kennenzulernen. Ist sie da? Wir haben uns nicht angekündigt.«

»Ja, sie ist da. Und sie wird sich sehr freuen, Sie zu sehen. Alice!«, ruft er die Treppe hinauf.

Kurz darauf kommt eine zierliche Frau die Treppe herunter. Das blonde Haar reicht ihr bis zum Kinn, ihr Kleid ist so blau wie die Fensterläden. Sie hält ein Bündel Bettwäsche in der Hand und richtet den Blick nach unten, um einen verirrten Bändel wieder einzufangen. Ihre freie Hand gleitet über das Geländer.

»Du brauchst nicht so zu schreien, Matthew. Ich bin zwar alt, aber nicht taub.« Alice blickt auf, als ihr Fuß die unterste Stufe berührt, und bleibt stehen. Ihre Augen weiten sich bei meinem Anblick. Trotz der Jahre, die vergangen sind, habe ich mich äußerlich so wenig verändert, dass sie mich sofort erkennt. Aus einem meiner letzten Briefe weiß sie zwar, dass ich schwanger bin, aber der schiere Umfang meines Bauches und die Tatsache, dass ich dem Geburtstermin so nahe bin, sind sicher eine Art Schock für sie. Ganz zu schweigen von John, der neben mir steht.

Auf ihrem Gesicht erscheint ein herzliches Lächeln. »Wir haben einiges nachzuholen.« Sie breitet die Arme aus, und ich lasse mich von ihnen umschließen.

Ich bin zu Hause.

* * *

Unter Alice' wachsamen Augen verabschieden John und ich uns voneinander mit dem Versprechen, dass er morgen nach mir sehen wird. Er verlässt uns, sein langer Körper schlendert zum Ausgang, das Hinken in seinem Bein ist am Ende des Tages stärker ausgeprägt. Alice bringt mich in ihre private Wohnung im Erdgeschoss.

»Dann hast du Tom also verlassen«, bemerkt sie ganz sachlich.

Ich bin so überrascht von ihrer Direktheit, dass ich trotz der schlimmen Situation beinahe lachen muss. »Ja.«

»Es wurde auch Zeit, würde ich sagen.«

Ich zeige auf meinen Bauch. »Vielleicht war es nicht unbedingt der beste Zeitpunkt, da das Baby bald kommt.«

»Ich sage es dir nur ungern, aber es gibt keinen richtigen Zeitpunkt im Leben. Die Dinge passieren, wenn sie passieren müssen. Der Rest ergibt sich irgendwie.« Ihre Augen verengen sich. »Hat er dich geschlagen?«

Ich nicke, die vertraute Scham steigt in mir auf.

»Dieser Bastard. Wann ist es denn so weit?«

»In ein paar Wochen.«

»Hast du Angst?«

»Schreckliche.«

»Natürlich. Es ist ja auch beängstigend, was Frauenkörper aushalten müssen. Du brauchst eine Unterkunft.«

Ich blinzele. Mein verwirrtes, müdes Gehirn hat Schwierigkeiten, mit ihren schnellen Themenwechseln Schritt zu halten. »Ja, stimmt.«

»Du hast kein Gepäck dabei.« Ihr Gesichtsausdruck wird weicher. »Hat er nicht erlaubt, dass du etwas mitnimmst?«

Meine Augen füllen sich mit Tränen bei der Freundlichkeit in ihrer Stimme, bei der Sorge, dem Mitgefühl. »Ich bin nicht noch einmal nach Hause gegangen. Er war zum Fischen rausgefahren, und die Fähre ging bald. Ich hatte Angst zurückzugehen. Angst vor dem, was er mir antun würde.«

»Also weiß er gar nicht, dass du weg bist?«

»Keine Ahnung. Er wird es wahrscheinlich herausfinden, wenn ich heute Abend nicht von meiner Schicht zurückkomme. Wenn er es nicht längst gemerkt hat. Das heißt, wenn er heute überhaupt nach Hause kommt. Manchmal, wenn er rausfährt, ist er tage- oder wochenlang weg. Ich weiß nie, wann er zurück sein wird.«

»Hat er dich mit anderen Frauen betrogen?«

»Wahrscheinlich. Es kann gut sein, aber letztendlich war es mir egal.«

»Also willst du dich scheiden lassen?«

»Ja, ich denke schon. Um ehrlich zu sein, habe ich nicht so weit vorausgedacht.«

»Hat er dich in diesem Zustand geschlagen? In der Schwangerschaft?«

»Ja.«

»Hast du Schmerzen? Irgendwelche Blutungen?«

»Nein. Das Baby bewegt sich. Es scheint wohlauf zu sein. Ich hatte die Gelegenheit zu verschwinden und habe sie ergriffen. Inzwischen kommt es mir dumm vor. Wenn er mich hierherverfolgt, dann …«

»Ich sage dir, was wir machen«, sagt Alice. »Bei mir kannst du nicht bleiben. Wenn Tom merkt, dass du weg bist, wird er dich holen kommen. Wie lange wird es dauern, bis er hier nach dir sucht?«

»Daran habe ich auch schon gedacht. Ich … ich kann sonst nirgendwo hin. Er würde mich überall finden. Ich habe meine Trinkgelder, und Ruby hat mir einen Vorschuss auf meinen Lohn gegeben und noch was dazu. Doch das wird kaum ausreichen, um einen neuen Anfang zu machen.« Ich atme tief durch und versuche, die Panik zurückzudrängen, die in mir aufsteigt. »Ich kann arbeiten, wenn es in der Stadt ein Restaurant gibt, das Hilfe braucht. Ich bin eine gute Kellnerin. Ich könnte auch bei dir mit anpacken. Putzen, den Gästen helfen, ich arbeite gerne mit Menschen. Ich könnte …«

»Darüber brauchst du dir im Moment keine Sorgen zu machen. Das Wichtigste ist, dich und das Baby in Sicherheit zu bringen. Ich habe einen Freund, der ein paar Angelhütten besitzt. Da wärst du in der Nähe, falls etwas passieren sollte, aber Tom wird dich dort nicht finden. Die Leute hier kümmern sich umeinander. Sie werden helfen, auf dich aufzupassen. Niemand wird Tom etwas verraten.«

* * *

Ich kann mich kaum wach halten, als wir das *Sunrise Inn* verlassen und zu der Angelhütte von Alice' Freund fahren. Sie plaudert ununterbrochen und erzählt von der Gegend, doch in meinem müden Zustand kann ich ihr kaum folgen.

Die Fischerhütte ist perfekt – ein sauberes Zimmer mit einem Bett, das mit weißer Bettwäsche bezogen ist. Alice hat einen Korb mit Essen aus der Küche der Pension für mich gepackt, außerdem einige ihrer Nachthemden und ein paar andere wichtige Dinge in eine Tasche gesteckt, damit ich fürs Erste versorgt bin.

»Du musst erschöpft sein«, sagt Alice, als ich mich auf die Bettkante sinken lasse. »Soll ich dir was zu essen machen?«

Ich gähne. »Ich gehe lieber schlafen, wenn du nichts dagegen hast.«

»Natürlich. Morgen früh bin ich wieder da, um nach dir zu sehen.«

»Weißt du etwas Neues über den Sturm?«, frage ich. Mein Gespräch mit John fällt mir wieder ein. Ich versuche, mich daran zu erinnern, was er gesagt hat, aber die Worte gleiten durch meine Hirnwindungen wie feine Sandkörnchen. Momentan geht zu viel in meinem Inneren durcheinander … das Baby, die Angst vor Tom, die unsichere Zukunft.

»Er wird an uns vorüberziehen«, antwortet Alice. Sie beugt sich zu mir herab und gibt mir einen Kuss auf die Stirn. Diese Geste erinnert mich so sehr an meine Mutter, dass ich auf einmal einen Kloß im Hals spüre. »Mach dir keine Sorgen. Du bist in Sicherheit.«

Das ist das Letzte, was ich vor dem Einschlafen höre.

15

Mirta

Am Ende soll es nichts werden mit unserem Rendezvous auf dem Boot. Ein Nachmittagsgewitter zieht auf, als ich vom Strand zum Haus zurückkehre. Dicke Regentropfen fallen auf meinen Kopf. Ich renne die restlichen Hundert Meter, arbeite mich mit Armen und Beinen voran, bis mir auf dem unebenen Terrain die Waden brennen.

Eine Erinnerung blitzt auf. Ich laufe als Kind mit meinem Bruder in der Nähe von unserem Strandhaus in Varadero um die Wette, unsere Cousine Magdalena folgt uns. Obwohl er mich ständig besiegte, habe ich nie aufgehört, ihn herauszufordern. Bis meine Mutter eines Tages erklärte, dieses Verhalten gezieme sich nicht für ein Mädchen in meinem Alter, und unsere Strandrennen für immer aufhörten.

Im Näherkommen sehe ich durch den Regen, dass Anthony auf der Veranda des Hauses steht.

Meine Wangen brennen. Mein aufgelöstes Aussehen verhindert, dass wir uns auf Augenhöhe gegenüberstehen. Trotz seiner Herkunft besitzt er eine gewisse Kultiviertheit, eine Art Weltläufigkeit, die ich wahrscheinlich nie an den Tag legen könnte. Mit meinen durchnässten Haaren, den auf meiner Haut klebenden Locken und dem ruinierten Make-up, das über mein Gesicht läuft, fühle ich mich alles andere als elegant.

Anthony bewegt sich nicht, bis ich die Treppe hinaufgestiegen bin und ein paar Meter vor ihm stehen bleibe. Das Dach der umlaufenden Veranda bietet einen gewissen Schutz gegen die Elemente. Wortlos reicht er mir ein weißes Handtuch, das neben ihm über dem Geländer hängt.

Er schaut nicht weg, während ich mich abtrockne. Seine dunklen Augen folgen meinen Bewegungen, den Linien und Kurven meines Körpers. Das Ganze fühlt sich sehr intim an. Ich bin fasziniert von den Widersprüchen des Mannes, den ich geheiratet habe. Gestern Abend hat er mich beinahe zum Vollzug der Ehe verführt und mich dann in Ruhe gelassen. Heute macht sein unerschrockener Blick mich schaudern, genau wie der Regen auf meiner Haut.

»Du solltest hineingehen und dich umziehen. Zieh die nassen Kleider aus, bevor du dich erkältest.« Seine Stimme kratzt über mich hinweg, sein Kiefer wirkt angespannt. Das Blitzen in seinen dunklen Augen scheint abwechselnd Verlangen und Wut zu signalisieren.

Ich mache instinktiv ein paar Schritte zurück, bis ich an das Geländer der Veranda stoße. »Du bist verärgert.«

»Ich habe Leute auf die Suche nach dir geschickt«, sagt er.

»Ich bin spazieren gegangen und habe dabei die Zeit vergessen.«

»Ich habe mir Sorgen gemacht.«

»Mir ist gar nicht in den Sinn gekommen, dass du dir

Sorgen machen könntest.« Ich lächele unsicher. »Ich bin noch nicht daran gewöhnt, eine Ehefrau zu sein.«

Anthony holt tief Luft und fährt sich mit der Hand durch die Haare. An den Schläfen sieht man einen leichten Hauch von Grau. »Nein, tut mir leid. Natürlich darfst du kommen und gehen, wie du möchtest. Ich habe mir Sorgen gemacht. Mit meinen Erfahrungen sieht man wohl überall Bedrohungen. Ich weiß nicht, was ich täte, wenn dir etwas zustoßen würde.« Am Ende flüstert er beinahe.

Jetzt bin ich wirklich überrascht.

»Ich fühle mich eigentlich ziemlich sicher«, scherze ich in dem Versuch, die Stimmung aufzuhellen, die Intensität seines Blickes zu mildern und meine aufflackernde Unsicherheit zu bezähmen. »Um uns herum ist niemand, der mir etwas antun kann. Wir sind praktisch allein.«

»In meiner Branche ist es schwer, die eigene Sicherheit als selbstverständlich zu betrachten.« Er zögert. »Ich bin ein schwieriger Mensch.«

Anthony wickelt sich eine meiner Haarsträhnen um den Finger und zieht mich sanft zu sich heran. In meiner Brust bebt es. Sein Mund ist nur Zentimeter von meinem entfernt.

»Ich bin ein schwieriger Mensch«, wiederholt er. »Aber ich gebe mir Mühe. Auch ich bin es nicht gewohnt, ein Ehemann zu sein. Oder mir Sorgen um eine Frau zu machen. Hab Geduld mit mir. Bitte«, fügt er hinzu.

»Ja.« Unsicher hebe ich die Hand und fahre mit den Fingerspitzen über sein Kinn.

Ein Stöhnen entschlüpft Anthony, und er packt den feuchten Stoff meines Kleides. Er drückt sein Gesicht gegen meine

Hand, mein Rücken reibt über das Geländer. Schließlich schmiegt er seinen Körper in meine Rundungen.

»Mirta.«

Mein Name klingt fremd aus seinem Mund, fast so, als wäre ich eine andere geworden. Er beugt sich vor, und ich warte voller Spannung auf einen Kuss. Dann spüre ich seine Stirn an meiner.

»Ich habe dich vermisst«, flüstert er.

Das Gefühl in seinen Worten erschüttert mich.

»Ich habe mir Sorgen um dich gemacht«, wiederholt er so eindringlich, dass ich mich unwillkürlich frage, ob sein Leben tatsächlich so gefährlich ist, wie er behauptet.

Ich dachte, ich hätte meine Ängste in Kuba gelassen. Soll ich ihn fragen, ob *ich* mir Sorgen machen muss? Aber wir bewegen uns auf unbekanntem Terrain. Die aufkeimende Intimität zwischen uns ist noch zu frisch. Ich möchte dieses fragile Band nicht mit Fragen zerstören, die auf später verschoben werden können. Meine Hand bewegt sich nach oben und legt sich um seinen Hals, während meine Finger durch seine Haare fahren. Das Verlangen in seinem Blick macht mich mutig. Die Muskeln in seinem Nacken fühlen sich an wie feste Knoten. »Die Besprechungen sind wohl nicht gut gelaufen?«, vermute ich anhand seiner Stimmung.

»Nein. Zu Hause in New York gibt es Probleme. Ich habe zu viel Zeit in Havanna verbracht, war zu lange weg. Meine Feinde dachten, sie könnten mein Gebiet übernehmen.«

»Das klingt schrecklich.«

»Es ist eine andere Art von Krieg als die, die du kennst. Oder vielleicht auch nicht, und wir reden uns das bloß ein.

Vielleicht ist jeder Krieg letztlich gleich – ein Kampf um Macht und um Ressourcen. Auf der Straße geht es um Territorium. Um Respekt. Ich schütze das, was mir gehört. Die Leute, die für mich arbeiten. Die Familien, die in meiner Nachbarschaft leben.«

Das klingt nur allzu vertraut. »Wo ist mein Platz in der Hierarchie?«

»Du bist das Wichtigste, das ich beschützen muss. Du und unsere zukünftigen Kinder. Mein Geschäft wird dich nicht tangieren. Das verspreche ich dir.«

»Mach mir keine Versprechen, die du nicht halten kannst.«

Damals in Kuba hatte mein Vater uns Dinge versprochen. Dass es klug sei, Machado zu unterstützen, dass er uns dadurch beschützen würde. Männer tun oft so, als gehörte die Welt ihnen, aber das stimmt nicht immer. Manchmal lauert etwas völlig Unerwartetes hinter der nächsten Ecke. Man kann sich weder darauf vorbereiten noch sich mit Gewalt aus der Situation befreien.

»Du bist nicht einverstanden mit dem, was ich tue, oder?«, fragt Anthony.

»Ist es wirklich von Belang, ob ich einverstanden bin?«

»Ja, auch wenn du mir das vielleicht nicht abnimmst.«

»Dann bin ich das wohl nicht.«

Er lässt mich los und tritt einen Schritt zurück, sieht mir fest in die Augen. »Du hast die Gerüchte über mich gehört. Trotzdem hast du mich geheiratet.«

»Ja, das habe ich getan. Und ja, die Gerüchte waren kaum zu überhören. Sind sie alle wahr?«

»Nun, ziemlich viele davon.«

Also ist er eine Art Verbrecher. Das stört mich nicht so sehr, wie es sollte. Ich habe in Havanna genügend prominente Bürger gekannt, die sich die Hände schmutzig gemacht haben, um voranzukommen. Ich kann nicht sagen, dass ich mich über die Präsenz der amerikanischen Mafia in Kuba freue, aber meine Meinung zählt nicht. Sie haben ihren Anspruch auf die Insel geltend gemacht, daher erscheint es mir vernünftig, Bündnisse einzugehen.

»Ich habe Angst«, gebe ich zu. »Nachdem mein Vater bei der Regierung in Ungnade gefallen war, schwebten wir in ständiger Gefahr. Ich habe erlebt, wie die Menschen, die ich liebte, darunter litten. Auch ich hatte dauernd Angst, wegen des Sterbens um mich herum. Das ist ein Grund dafür, warum ich Kuba verlassen, warum ich meiner Familie die Chance auf ein besseres Leben geben wollte.«

»Du hast mich wegen meiner Freundschaft zu Batista geheiratet.«

»Nicht nur deswegen. Ja, angesichts dessen, was auf dem Spiel stand, musste ich tun, was für meine Familie am besten war. Und du? Hast du meinem Vater Geld gegeben, um mich heiraten zu dürfen?«

»Warum fragst du mich das?«

»Ich bin nicht dumm. Es ist mir nicht entgangen, dass die Geldsorgen meines Vaters plötzlich nachließen, nachdem ich deinen Antrag angenommen hatte. Auf einmal war Geld für meine Aussteuer und neue Kleider da, nachdem wir zwei Jahre lang dieselben getragen hatten. Als er mir deinen Antrag unterbreitete, sagte er mir, dass diese Sache für unsere Familie sehr wichtig sei. Ich vermutete sofort, dass es um Geld ging.«

»Du hast ihn nicht danach gefragt?«

»Das stand mir nicht zu.«

Vielleicht steht es mir genauso wenig zu, mit Anthony darüber zu sprechen. Wenn er jedoch die »echte« Ehe will, die er zuvor beschrieben hat, dann möchte ich, dass unsere Ehe eine Partnerschaft wird. Ich habe erlebt, wie meine Mutter unter den Problemen unserer Familie litt, doch mein Vater ließ sie außen vor. Vielleicht glaubte er, er würde sie auf diese Weise schützen. Im Endeffekt änderte sich dadurch nichts. Wir verloren alles. Wenn Anthony mich nicht als gleichwertig ansieht, habe ich keine Macht, irgendetwas zu bewegen.

»Es ist Geld geflossen«, gesteht er.

»Viel?«

»Ist das wichtig?«

»Vielleicht möchte ich wissen, was ich dir wert bin.«

»Alles.«

So wie er das sagt, mit der Überzeugung, die in seiner Stimme liegt, glaube ich ihm beinahe.

»Du hast dich geopfert, um deine Familie zu retten. Ich möchte nicht, dass du dich in dieser Ehe opferst.«

»Ich wollte heiraten. Eine Familie gründen.« Auch wenn ich mir vorgestellt hatte, bei der Wahl meines Ehepartners etwas mehr Mitspracherecht zu bekommen.

»Du wolltest fliehen«, sagt er.

»Vielleicht habe ich genau das getan.« Die ganze Zeit sah ich mich zu dieser Ehe gedrängt. Doch ehrlich gesagt wollte ich immer das, wofür Anthony steht – die Möglichkeit einer Familie, eines eigenen Zuhauses, der Sicherheit. Auch wenn seine Lebensweise mir zu denken gibt.

»Meine Geschäfte werden dich nicht tangieren. Ich verspreche es dir. Du bist das Kostbarste, was ich habe.«

Wie kann er das sagen, nachdem wir uns erst so kurz kennen? Ich traue seinen Worten nicht ganz, aber sie erfüllen mich trotz aller Bedenken mit Befriedigung.

Dieses Mal bin ich diejenige, die sich bewegt, die die Distanz zwischen uns überwindet. Ich lege die Arme erneut um seinen Hals, ziehe seinen Kopf zu mir hinunter, küsse ihn so, wie er es mir gestern Abend beigebracht hat. Als wir uns berühren, atme ich den scharfen Atem ein, der seinen Lippen entweicht. »Ich könnte mich glatt daran gewöhnen, verheiratet zu sein«, flüstere ich.

Er lacht leise. »Freut mich, das zu hören. Ich habe mich schon daran gewöhnt.«

Ein sanftes Erröten breitet sich über meine Wangen aus, und ein Schaudern überläuft mich. Gänsehaut überzieht meinen Körper.

Anthony lässt mich seufzend los. »Zieh dir die nassen Kleider aus. Ich muss mit Gus sprechen. Er weiß bestimmt, wie sich der Sturm gerade entwickelt.«

Mit einem weiteren Kuss verlasse ich ihn, gehe nach oben, ziehe mich aus und steige in das Bad, das ein Dienstmädchen für mich vorbereitet hat.

Draußen schlägt der Regen gegen die Fenster.

Ich gleite tief ins Wasser, starre an die Decke und fahre mit dem Waschlappen über meinen Körper.

Es klopft an der Tür. »Darf ich hereinkommen?«, ruft Anthony.

»Ja.«

Die Tür öffnet sich, und er betritt den kleinen Raum.

Ich bin nervös, weil Anthony mich nackt sieht.

Er setzt sich auf den Stuhl neben dem Waschtisch, einen Meter entfernt vom Rand der Badewanne. »Ich habe mit Gus gesprochen. Die Leute machen sich Sorgen wegen des Sturms, er könnte übel werden. Wir bringen die Verandamöbel hinein und vernageln die Fenster. Hoffentlich werden wir rechtzeitig fertig.«

»Glaubt Gus, dass wir in Gefahr sind?«

»Keine Ahnung. Ich dachte, du hättest mehr Erfahrung mit diesen Stürmen als ich. Die Einheimischen scheinen besorgt zu sein, deshalb nehme ich die Sache ernst.« Er verzieht das Gesicht. »Na, das sind vielleicht Flitterwochen. Wenn wir wieder in New York sind und sich die Dinge beruhigt haben, fahre ich mit dir nach Europa. Warst du schon mal in Paris?«

»Nein.« In Kuba hatten wir Bekannte, die jede Saison dorthin fuhren und die neueste europäische Mode kauften. Als ich endlich alt genug dafür war, ließ unser Vermögen dann derlei Frivolitäten nicht mehr zu.

»Ich möchte dich glücklich machen«, sagt er. Die Sorge in seinen Augen drückt aus, dass das nicht immer so einfach ist, wie er es sich wünscht. »Ich möchte dir das Leben geben, das du verdienst.« Anthony beugt sich über den Rand der Badewanne und küsst mich auf die Stirn. Der Kuss transportiert wenig Leidenschaft, und ich spüre, dass er von den Wetter-Neuigkeiten abgelenkt ist. »Ich werde mich an die Sturmvorbereitungen machen und überwachen, dass alles ordentlich erledigt wird. Die Haushälterin wird dir unten das

Abendessen servieren, sobald du so weit bist. Warte nicht auf mich. Ich werde eine Weile beschäftigt sein.«

Nachdem er gegangen ist, beende ich das Bad und ziehe eines der wenigen Stücke an, die ich aus meinem alten Leben in Havanna mitgebracht habe. Ein blassrosa Kleid, das meine Mutter und ich vor Jahren zusammen bei *El Encanto* gekauft haben. Der Stoff ist weich vom vielen Waschen, und in der Nähe des Saums entdecke ich einen losen Faden, den ich mit einer zierlichen Stickschere aus meinem Nähzeug abschneide. Das Kleid riecht nach Zuhause.

Ich rufe kurz meine Familie an und rede ein paar Worte mit meinem Bruder, bevor er das Telefon an unseren Vater weiterreicht. Sie sind sich unsicher, ob der Sturm Havanna treffen wird, und bereiten sich auf den möglichen Ernstfall vor. Tränen steigen mir in die Augen, als wir uns verabschieden. Der Klang der Stimme meines Vaters erinnert mich so sehr an zu Hause und an alles, was mir fehlt.

Ich esse alleine in dem riesigen Speisezimmer. Mein Blick wandert zu dem leeren Platz, auf dem Anthony heute Morgen gesessen hat. Von draußen höre ich den Regen und die Rufe der Männer, die die Möbel hereinschleppen.

Die Haushälterin hat das Essen zubereitet und in die Küche gestellt. Ich hole mir dort einen weiteren Teller voll und nehme ihn mit auf die Veranda. Dort stelle ich ihn auf einen Tisch, den sie noch nicht hineingeräumt haben. Der Regen fällt inzwischen schräg, ein Teil davon trifft den Verandaboden, aber das Dach bietet genügend Schutz, um den Teller vor den Tropfen zu schützen.

Ich habe gelernt, wie unvorhersehbar Stürme sind. Sie

können mit einem Brüllen hereinbrechen und dann zu nichts verblassen oder sich langsam anschleichen und einen ahnungslos erwischen. Wenn das Wetter heute Abend einen Hinweis bietet, so ist es in der Tat der bedrohliche Vorbote eines bösen Hurrikans.

Vor dem Haus suche ich nach Anthony. Dort sind einige der Männer gerade dabei, die Fenster zu vernageln. Er ist nirgends zu sehen.

Bis ich das ganze Essen auf die Veranda gebracht habe, muss ich ein paarmal laufen. Die Haushälterin hatte wahrscheinlich die gleiche Idee wie ich, denn sie hat genug gekocht, um ein Regiment sattzubekommen.

Mein Blick fällt auf den Mann, den ich heute Morgen auf dem Weg zum Strand getroffen habe. Er steht abseits der Menge, die sich auf den Sturm vorbereitet. Eine Zigarette hängt zwischen seinen Lippen. »Haben Sie Hunger? Es gibt Essen auf der Veranda«, rufe ich ihm zu. Er reagiert mit dem angedeuteten Lüften seines Hutes und einem kurzen Nicken, bevor er sich vom Haus entfernt und verschwindet.

Einen Moment später taucht Anthony auf. Die Kleidung klebt ihm an der Haut, der Regen hat sein Haar nach hinten gedrückt, die Ärmel seines Hemdes sind hochgekrempelt. Sein normalerweise elegantes Aussehen hat sich in eine rauere Version seiner selbst verwandelt. Schweiß und Regen stehen auf seiner Stirn, Schmutz klebt auf seinem Gesicht und an seiner Kleidung. Er scheint kaum der Millionär zu sein, der er angeblich sein soll. Eher einer der Männer, mit denen er gerade freundlich scherzt, bevor sein Blick zur Veranda und zu mir wandert. Mit zwei schnellen Schritten springt er die Treppe hinauf.

Die Männer stehen unten, als würden sie auf seinen Befehl warten. »Du hättest nicht auf mich zu warten brauchen«, sagt Anthony. »Hast du schon gegessen?«

»Ja. Ich habe dich beim Abendessen vermisst und wusste nicht, wie lange du draußen sein würdest. Aber ich dachte, ihr hättet alle Hunger. Mein Vater und mein Bruder haben immer mitgeholfen, wenn ein Sturm kam, und …«

Meine Worte werden abgeschnitten, als er seinen Mund auf meinen legt. Im Vergleich zu den anderen Küssen, die er mir gegeben hat, ist dieser ziemlich keusch, aber die Geste zeigt unverkennbar seinen Stolz. Mit der Hand an meiner Taille drückt er mich fest an sich.

Dann lässt Anthony mich so schnell wieder los, wie er mich umarmt hat. »Danke«, murmelt er.

Er winkt die Männer auf die Veranda und fordert sie auf, sich etwas zu essen zu holen. Sie haben ein wissendes Glitzern in den Augen, als sie sich von dem Essen bedienen, das ich hinausgetragen habe. Ich denke nicht daran, mich für diesen Kuss zu schämen.

* * *

Später am Abend bin ich schon fast eingeschlafen, als Anthony ins Bett kommt, das Haar nass vom Bad, den Geruch von Seife auf der Haut.

Im Dunkeln taste ich nach ihm und bin erleichtert, als seine Arme mich umschlingen. »Wie ist es gelaufen?«, frage ich.

»Wir haben die meisten Fenster im Erdgeschoss vernagelt und die Verandamöbel hereingeholt. Natürlich war wahrscheinlich alles umsonst. Gerade als wir fertig waren, veröffentlichte das Wetteramt die neuesten Informationen zum Sturm. Er wird ziemlich sicher an uns vorbeiziehen und höchstwahrscheinlich Tampa treffen.«

»Tut mir leid wegen all der Arbeit.«

»Es hat sich allein für den Blick in deinen Augen gelohnt. Dafür, wie du mich angesehen hast. Ich werde nie das Bild vergessen, wie du in diesem Kleid auf der Veranda stehst und darauf wartest, dass ich nach Hause komme. Ich weiß nicht, wann ich mich jemals stolzer gefühlt habe.«

Meine Wangen brennen, und ich vergrabe mein Gesicht im Kissen.

Er lacht leise. »Ich nehme an, meine Frau mag es, wenn ich mir die Hände schmutzig mache.«

Zugegeben, darüber habe ich noch nie nachgedacht, aber sein Anblick dort draußen hat etwas mit mir gemacht. Es ist mir zu peinlich, ihm zu antworten.

»Mach dir keine Sorgen«, flüstert er und leckt meine Ohrmuschel. »Ich habe jedes Mal das gleiche Gefühl, wenn ich dich sehe.«

Seine Worte sind alles, was ich brauche, um ihn noch einmal anzusehen, meine Arme um ihn zu schlingen und mir zeigen zu lassen, wie er sich fühlt.

Draußen prasselt der Regen.

16

Montag, 2. September 1935
Elizabeth

Als ich am nächsten Morgen aufwache, passt das dunkelgraue Wetter genau zu meiner Stimmung. Es ist Montagfrüh, Labor Day.

Gestern Abend, nach der Hurrikanwarnung, kehrten Sam und ich in die Pension zurück. Wir sprachen nicht über den Beinahe-Kuss und gingen auf unsere Zimmer. Mich beschlich das peinliche Gefühl, dass ich zu viel von mir selbst preisgegeben und mich zu verletzlich gezeigt hatte. Keine Ahnung, was in Sam vorging. Deswegen verbrachte ich den Großteil der Nacht schlaflos, ganz zu schweigen von der Sorge um meinen Bruder und die Bedingungen in den Lagern.

Ich ziehe mich schnell an, lasse Sams Zimmer links liegen und gehe die Treppe hinunter. Die Lobby der Pension ist leer, die Rezeption verlassen. Es hat den ganzen Morgen geregnet, aber gerade ist es trocken. Ich brauche dringend eine Auszeit, also gehe ich in Richtung des winzigen Strandabschnitts, den ich gestern so schön fand. Nach wie vor ist er ruhig und einsam, und ich starre auf das Wasser hinaus.

Der Wind peitscht um mich herum und weht den Sand in

dichten Wirbeln auf. Die Wellen wogen zu heftig, um sich erneut ins Wasser zu wagen. Ehrlich gesagt, war der Wunsch auch weitaus befriedigender als die Wirklichkeit gewesen.

Ich begnüge mich also damit, die Wellen zu beobachten, die sich an den Riffen auftürmen und entlang des schmalen Küstenabschnitts brechen. Etwas Beruhigendes liegt in dieser gewaltsamen Freisetzung von Energie. In der Ferne entdecke ich ein Boot, das von den Wellen gebeutelt wird, als wäre es ein Kinderspielzeug.

Was könnte jemanden dazu bringen, sich bei diesem Wetter aufs Meer hinauszuwagen?

»Was machen Sie hier draußen?«, schreit eine Stimme hinter mir.

Ich drehe mich um und sehe, wie Sam durch eine Lücke in den Mangroven kommt. Sein Gesichtsausdruck ist fast so düster wie der Himmel über uns.

»Nicht gerade ein idealer Tag, um sich zu sonnen, oder?«, rufe ich ihm entgegen.

»Nein, wirklich nicht. Was hat Sie geritten, an den Strand zu gehen?«

Ich ignoriere seine Frage. »Ist das der Hurrikan?«

»Das glaube ich nicht. Zumindest noch nicht. Ich habe mit einem meiner Freunde beim Wetterdienst in Jacksonville gesprochen. Sie überwachen die Lage und glauben, der Sturm kommt erst in ein paar Tagen, falls er uns überhaupt erwischt. Die Prognose ändert sich ständig. Er bewegt sich langsam.«

»Erst in ein paar Tagen?« Ich schaue hinauf in den bedrohlichen Himmel. »Gestern im Lager schienen alle besorgt zu sein, dass er bald losschlagen würde.«

»So etwas ist schwer vorherzusagen. Jeder tut, was er kann. Aber da dieser Sturm noch weit weg ist, haben wir Zeit.«

»Wird man die Lager räumen?«, frage ich.

»Ich weiß es nicht. Vielleicht wenn es schlimm genug wird. Es ist zu früh, um das zu beurteilen.«

»Ich dachte, wir würden heute ein weiteres Lager besuchen. Wir haben noch das unten bei der Fähre vor uns, Lager drei. Es sei denn, Sie müssen Ihre Arbeit erledigen. Haben Sie Hinweise auf den Mann, den Sie suchen? Ich kann jederzeit alleine in die Lager gehen. Oder ich könnte Ihnen helfen. Mit Ihrer Zielperson flirten, zum Beispiel. Männer öffnen sich oft eher einer Frau. Das könnte funktionieren.«

Es ist besser, etwas zu tun, mich nützlich zu machen, als alleine herumzusitzen und wegen der Situation mit meinem Bruder zu verzweifeln.

»Das kommt absolut nicht infrage. Und ich habe genügend Hinweise, vielen Dank. Der Mann ist hier und geht nirgendwohin. Ich habe Ihnen gesagt, ich würde Ihnen helfen, und das mache ich auch. Trotzdem ist es keine gute Idee, im Augenblick nach Ihrem Bruder zu suchen. Nicht bei diesem Wetter. So nahe, wie die Lager am Wasser liegen, könnten sie leicht überschwemmt werden. Deshalb sollten wir kein Risiko eingehen. Wir würden mitten ins Chaos geraten. Warten wir lieber, bis es aufgeklart hat, dann machen wir uns auf.«

»Sie sagten doch, der Sturm sei Tage von uns entfernt.«

»Ehrlich gesagt, im Moment weiß ich nicht, was ich glauben soll. Sie haben recht – dem Himmel nach zu urteilen, scheint es bald so weit zu sein. Vielleicht ist das hier unten ja normal. Nur ein hässlicher Sommersturm. Wer zum Teufel weiß das schon? Es lohnt sich jedoch nicht, unsere Sicherheit aufs Spiel zu setzen. Deshalb ist es klüger, in der Pension zu bleiben und gemeinsam mit den anderen Gästen abzuwarten.«

»Und was ist mit meinem Bruder?«

»Ich weiß, dass Sie sich Sorgen machen, aber er ist wahrscheinlich sicherer als wir, wenn der Sturm zuschlägt. Wenn eine Gefahr für die Veteranen besteht, wird man sie vermutlich mit dem Zug evakuieren. Es wäre dumm, die Sicherheit dieser Männer zu riskieren, nach allem, was sie durchgemacht haben. Wenn wir es heute nicht dorthin schaffen, rufe ich morgen in Jacksonville an, wenn alle nach dem langen Wochenende wieder arbeiten. Vielleicht kennt einer meiner Kontaktpersonen jemanden in den Lagern, der uns helfen kann.«

»Ich bin nicht gut darin, auf Hilfe zu warten. Das ist ja kein Urlaub für mich. Ich bin gekommen, um meinen Bruder nach Hause zu holen. Wenn ich zu lange weg bin, werden die Leute es bemerken.«

»Ihre Mutter?«

»Nein, nicht meine Mutter.«

Sams Blick fällt auf meinen nackten Ringfinger. Den Ring habe ich sicher in meiner Geldbörse verstaut. Dann sieht er mir wieder ins Gesicht.

»Sie haben Angst, dass er Ihnen folgt?«

Was soll ich sagen? Dass ich mit einem Verbrecher verlobt bin, der in den Herzen der Menschen Angst schürt?

»Nun, das könnte passieren. Ich habe ihm nicht genau gesagt, dass ich hierherfahre.«

»Vielleicht macht er sich ja Sorgen um Sie.«

Ich schnaube verächtlich. »Wohl kaum.«

»Also, was wird hier gespielt? Sie haben sich bereit erklärt, einen Mann zu heiraten, für den Sie keinerlei Zuneigung hegen? Warum?«

»Das geht Sie nichts an.«

»Ich bin hier, um Ihnen zu helfen. Er ist offensichtlich nicht da. Vielleicht geht es mich also doch etwas an. Ich kann zwischen den Zeilen lesen. Sie wollen einen Mann heiraten, an dem Sie nicht interessiert sind, und hoffen, Ihr Bruder kann Sie davor bewahren?«

»Es ist ein wenig komplizierter«, gebe ich patzig zurück, obwohl das in Wahrheit tatsächlich mein Plan gewesen ist.

»Dann reden Sie jetzt ehrlich mit mir. Was wollen Sie tun, wenn Sie Ihren Bruder nicht finden? Zurück nach New York fahren und diesen Kerl heiraten?«

»Wer hat behauptet, dass ich nicht an ihm interessiert bin?«

»Sie. Jedes Mal, wenn wir uns unterhalten haben.«

»Weil ich mit Ihnen flirte? Ich habe Ihnen gesagt, dass Sie das nicht ernst nehmen sollen.«

»Na schön. Ich werde es nicht ernst nehmen. Elizabeth, Sie müssen sich aber der Tatsache stellen, dass Sie Ihren Bruder möglicherweise nicht finden. Er ist vielleicht nicht einmal mehr am Leben. Was machen Sie dann?«

»Warum sagen Sie ständig, dass mein Bruder nicht mehr da sein könnte?«

»Weil Sie nicht verstehen, wie es hier unten zugeht. Sie tun immer so, als wäre Ihr Bruder derselbe Mensch, an den

Sie sich aus Ihrer Kindheit erinnern. Keiner dieser Männer ist noch derselbe.«

»Keiner von uns ist noch derselbe Mensch«, schreie ich. »Glauben Sie vielleicht, ich bin dasselbe Mädchen, das ich vor dem Börsencrash war? Bevor wir alles verloren haben? Glauben Sie etwa, ich habe mich nicht verändert? Ich bin alles, was von meiner Familie übrig geblieben ist. Mein Vater ist nicht mehr da, einer meiner Brüder ist nicht mehr da, und meine Mutter ist für mich so gut wie verloren. Vielleicht bin ich ursprünglich hierhergekommen, weil ich wollte, dass mein Bruder alles in Ordnung bringt. Doch im Augenblick ist mir das Wichtigste, dass er sich in Sicherheit befindet. Vielleicht kommt er nicht mit mir nach New York zurück, und nein, ich weiß nicht, was ich dann tun werde. Aber ich habe diese Lager gesehen, und ich liebe ihn. Ich muss mich davon überzeugen, dass er lebt.«

»Ich kann Ihnen nichts versprechen, aber ich werde in Jacksonville anrufen und mich erkundigen. Vielleicht weiß mein Freund vom Wetteramt etwas über die Pläne für die Lager.«

* * *

Zurück in der Pension warte ich im Aufenthaltsraum, während Sam zur Rezeption geht, um mit Jacksonville zu telefonieren.

Draußen ist das Wetter bedrohlicher geworden. Der Regen fällt wie ein dichter Vorhang. Ein heftiger Wind bläst. Von Minute zu Minute scheint sich der Himmel mehr zu verdunkeln.

»Müssen wir uns wegen des Sturms Sorgen machen?«, frage ich die Frau an der Rezeption.

»Ich weiß es nicht. Die Wetterleute sagen, dass er uns verschonen wird, aber es gefällt mir nicht, wie die Wellen aussehen. An Ihrer Stelle wäre ich lieber vorsichtig. Hoffentlich geht es schnell vorbei. Sie sollten alle drinnen bleiben und sich von den Fenstern fernhalten. Dieses Haus hat schon ein paar Stürme überstanden und wird auch diesem trotzen.« Ihre Worte werden von einem Donnerschlag begleitet, einem Knall irgendwo in der Ferne.

Sam kehrt von seinem Anruf zurück.

»Es wird wirklich schlimm da draußen«, sage ich. »Was haben Sie in Erfahrung bringen können?«

»Mein Freund kann uns nicht helfen. In den Lagern herrscht Chaos. Die Leute vor Ort sind so besorgt, dass sie einen Evakuierungszug angefordert haben, um die Veteranen herauszuholen. Die Version des Wetteramtes stimmt nicht mit der Einschätzung der Einheimischen überein, die aufgrund ihrer Erfahrungen urteilen. Haben Sie nicht bemerkt, dass die Leute langsam nervös werden?«

»Doch.«

»Wir müssen darauf vorbereitet sein, dass wir die Auswirkungen des Sturms früher als vorausgesagt zu spüren bekommen.«

»Sollen wir abhauen?«, frage ich Sam. »Ich habe mit der Frau an der Rezeption gesprochen. Sie meint, wir seien hier sicher.«

»Sie haben die Lager mit eigenen Augen gesehen«, antwortet Sam. »Die Hälfte der Zelte würde einen starken Wind nicht überstehen. Die andere Hälfte wirkt so, als könnte sie in kürzester Zeit unter Wasser stehen. Ich würde diese Männer auch evakuieren, wenn ich der Verantwortliche wäre. Die Pension scheint ziemlich stabil gebaut zu sein. Sie steht so nahe am Wasser, dass sie dem Wetter eigentlich standhalten müsste. Und der Hurrikan könnte immer noch an uns vorbeiziehen. Vielleicht ist das jetzt schon das Schlimmste, was passiert. Es ist viel schwieriger, Hunderte von Männern zu verlegen, als es für uns wäre, bei Bedarf Schutz zu suchen.«

»Wissen Sie, wohin man sie bringt?«, frage ich.

»Mein Freund tippte auf Miami, war sich aber nicht sicher.«

»Wenn sie nach Miami gebracht werden, sollten wir uns vielleicht auf den Weg dorthin machen.«

»Sie werden höchstens einen oder zwei Tage weg sein. Wir warten lieber, bis sie zurückkommen. Außerdem wissen Sie nicht einmal, ob Ihr Bruder überhaupt evakuiert wird. Er könnte das Wochenende ja auch in Key West verbringen. Ich weiß, dass Sie ihn finden wollen, und werde alles in meiner Macht Stehende tun, um Ihnen dabei zu helfen. Sie haben mein Wort. Aber Sie dürfen nicht Ihr Leben riskieren. Wir müssen vernünftig sein. Bei diesem Wetter fahre ich nicht gerne, außerdem werden die Straßen bald überflutet sein. Wir kennen die Gegend nicht gut. Also warten wir lieber ab, als irgendwo da draußen ohne vernünftigen Schutz festzusitzen.«

Ich starre aus dem Fenster, Wind und Regen trüben mein Sichtfeld. Der Wunsch, meinem Bruder zu folgen, ist schwer abzuschütteln. Das Wissen, dass ihn wahrscheinlich jemand rettet, erleichtert mir jedoch die eine Sache, die mir schon immer schwergefallen ist.

Das Warten.

17

Mirta

Als ich am nächsten Morgen aufwache, ist Anthony bereits aufgestanden. Eine rote Rose liegt neben mir auf seinem Kissen. Ich hätte Anthony nie für so romantisch gehalten.

Vorsichtig streiche ich über die weichen Blütenblätter, ein Lächeln auf meinem Gesicht. Die letzte Nacht war wunderschön. Obwohl unsere Ehe noch nicht vollständig vollzogen ist, gebe ich zu, dass ich die Intimitäten zwischen uns bisher eher anregend als beängstigend fand.

Ich stehe auf. Langsam entwickele ich ein neues Bewusstsein für meinen Körper. Meine Mutter erklärte mir, dass das Ehebett Macht bedeuten und mein Mann mich freundlicher behandeln würde, wenn ich ihm gefiele. Dass er mich nicht betrügen würde, wenn ich ihn zufriedenstellte. Sie hat es nie als etwas anderes als ein Mittel zum Zweck beschrieben, hat nie angedeutet, dass es mir gefallen, dass mein Mann mir gar Vergnügen bereiten könnte.

Ich wähle eines der hübscheren Kleider aus meiner Aussteuer, ein frivoles Stück mit Spitze, für unsere aktuelle Umgebung völlig ungeeignet. Doch ich bin mir sicher, dass Anthony es lieben wird.

Ich schaue aus dem Fenster. Das Wetter ist wenig einladend. Gestern Abend war es ruhig und friedlich. Heute heult der Wind ums Haus, die Palmen biegen sich in der starken Brise. Mir wird bange ums Herz, denn diese Stimmung ist mir nur allzu vertraut. Es sieht so aus, als würde uns der Hurrikan treffen. Plötzlich sind alle Gedanken an hübsche Kleider weit weg.

Ich eile nach unten und suche Anthony. Es ist schwer einzuschätzen, wie schlimm ein Sturm werden kann, wenn man noch keinen erlebt hat. Es ist wie bei einer Revolution. Von außen erscheint sie einem beängstigend, aber nur diejenigen, die sie mitgemacht haben, verstehen ihre wahren Schrecken vollständig.

Anthony steht am Fuß der Treppe und spricht leise, aber eindringlich mit Gus. Ich bin zu weit weg, um alles mitzubekommen, was sie sagen. Anthony wendet mir den Rücken zu, aber ich höre genug von ihrer Unterhaltung.

»… das Barometer fällt …«

»… es wird hässlich werden …«

Gus schaut über Anthonys Schulter, und sein Blick fällt auf mich. Er tippt sich an den Hut, bevor er mit einem grimmigen Gesichtsausdruck aus der Haustür huscht.

Anthony dreht sich um, und seine ernste Miene sagt mir alles, was ich wissen muss.

»Der Sturm hat den Kurs geändert?«, rate ich.

»Die Einheimischen machen sich Sorgen, weil das Barometer fällt. Ich weiß nicht genau, was das bedeutet«, gibt er zu. »Gus scheint besorgt zu sein, dass der Sturm uns treffen wird.«

»Sollen wir weg von hier?«

»Ich habe ihn gefragt, aber er sagte, es gibt keinen Ort, der sicher wäre. Der Sturm kommt. Bald.« Anthony verzieht das Gesicht. »Wir sind gestern Abend nicht mit allen Vorbereitungen fertig geworden. Es hieß ja, der Sturm würde uns verschonen. Es war schon spät, und alle waren müde. Ich habe mich in falscher Sicherheit gewiegt. Es tut mir leid.«

»Da ist nichts, wofür du dich entschuldigen müsstest. Stürme sind oft unvorhersehbar. Er könnte uns immer noch verschonen. Selbst wenn nicht, wird es vielleicht gar nicht so schlimm. Oft bringen diese Stürme Unruhe und Ärger im Vorfeld, lösen sich dann aber in nichts auf.« Ich atme tief durch. »Wir haben genug Lebensmittel und Vorräte. Das Beste für uns wird sein, abzuwarten und zu sehen, was passiert.«

»Ich werde bei den letzten Vorbereitungen helfen, die wir treffen können, bevor das Wetter richtig schlecht wird. Die Angestellten habe ich gehen lassen, damit sie zu Hause bei ihren Familien sein können. Es sind nur ein paar Männer da, die für uns die Fenster vernageln. Gus hilft ihnen, und dann machen sie sich auch auf den Weg.«

»Sei vorsichtig.«

Anthony schmiegt sich an mich und drückt seine Lippen auf meine. Diese Bewegung ist mir bereits vertraut geworden.

»Werde ich sein.«

* * *

Draußen beginnt ein Spektakel von erstaunlicher Intensität. Drinnen im Haus knarren und stöhnen die Wände, es klopft und klirrt. Mir läuft es kalt den Rücken hinunter.

In Havanna kannte ich das Haus genau, war dort aufgewachsen. Mir war völlig klar, dass seine starken Mauern uns beschützen würden. Aber dieses Haus ist mir völlig unbekannt, und mit jedem Augenblick wächst mein Unbehagen.

Nachdem eine Stunde ohne Neuigkeiten von Anthony vergangen ist, betrete ich die Veranda. Ich zucke zusammen, weil der Wind den Sand vom Strand hochwirbelt und mir in die Augen schleudert. Die Fliegengittertür schlägt wütend gegen ihren Rahmen. Der Sturm ist noch nicht einmal angekommen, und schon ist der Wind so stark. Ich …

»Geh rein«, ruft Anthony, kommt um die Hausecke gerannt und klammert sich mit weißen Knöcheln am Geländer fest.

Mein Mann ist nun wirklich nicht zart gebaut, aber in diesem Moment scheint es beinahe, dass nur sein Griff um das Geländer ihn daran hindert, einfach wegzufliegen. Schnell steigt er die Treppe zur Veranda hinauf, obwohl der Wind ihn wegdrücken will. Panik steht in seinen Augen, sein Körper ist angespannt wie eine Bogensehne.

Ich trete nach hinten, schaffe es aber nicht bis ins Haus, bevor er an der Haustür angekommen ist, schwer atmend vor Anstrengung. Hinter ihm fliegt etwas vorbei, das wie ein Stück Dach aussieht. Die Bäume wiegen und biegen sich im Wind, als wollten sie jeden Moment entzweibrechen.

Anthony legt einen Arm um meine Taille und zieht mich hinein. Drinnen lässt er mich los, wirft seinen Körper gegen die Tür und dreht den Schlüssel mit Gewalt im Schloss herum. Er wendet sich mir zu. »Der Sturm wird uns voll treffen.«

In Anthonys Gesicht liegt eine Verletzlichkeit, die ich in unserer kurzen Ehezeit noch nicht gesehen habe.

Er betrachtet mein Gesicht und sieht besorgt drein. »Du blutest ja.«

»Das war der Sand«, erwidere ich nach einem Augenblick des Überlegens und starre auf meine Hände. Tatsächlich, er hat recht! Unheimliche rote Tropfen bedecken meine Haut.

»Du hättest nicht nach draußen gehen sollen.«

»Ich habe mir Sorgen um dich gemacht.«

»Wir konnten nur ein paar Fenster vernageln. Der Wind weht so stark, dass wir nichts weiter ausrichten konnten. Draußen ist es nicht mehr sicher. Die Leute werden herumgeblasen, als würden sie überhaupt nichts wiegen.«

Nicht nur die Leute. Entsetzt sehe ich durch das Fenster, wie sich das Dach eines der Nebengebäude wie Papier ablöst, kurz im Wind flattert und nach unten segelt. Dieser Sturm wird uns nicht verschonen, und er wird schlimm werden.

Wir gehen in die Küche, und Anthony reinigt meine Verletzungen mit Wasser und Seife. Meine wunde Haut brennt. Nachdem ich ein provisorisches Erste-Hilfe-Set in der Küche gefunden habe, behandle ich Anthonys Schnitte im Gesicht und an den Armen mit Jod. Draußen wird der Sturm stärker und das Poltern der herumfliegenden Trümmer immer lauter.

»Wie lange wird der Sturm dauern?«, fragt er mich.

»Ich weiß es nicht. Manchmal bewegen sie sich schnell,

manchmal sind sie langsamer. Dieser Sturm muss uns nahe sein, da er so mächtig ist.«

»Was tun wir jetzt?«

In diesem Augenblick bin ich zum ersten Mal die Erfahrene, die um Rat gebeten wird.

»Warten.«

18

Elizabeth

Innerhalb weniger Stunden hat sich aus der bedrohlichen Wetterlage ein gefährlicher Hurrikan entwickelt. Um uns tobt eine Kakofonie von Geräuschen – Seufzen und Stöhnen, Ächzen und Dröhnen, Kreischen und Knarren von Metall und Holz. Es ist, als würde das Gebäude sagen: »Genug.« Der Sturm rast auf uns zu wie ein Güterzug. Seine Kraft ist einfach zu groß, als dass diese alten Mauern ihn überstehen könnten.

Die Gäste unten, ein älteres Ehepaar und eine vierköpfige Familie, streiten sich mit Matthew, dem Mann an der Rezeption, ob wir bleiben oder fliehen sollen.

Sam verlässt mich und mischt sich in die Diskussion ein. Seine ruhige Stimme ist Balsam im Vergleich zu den panischen der anderen. Die Kinder weinen, ihre Eltern versuchen tapfer, sie zu trösten. Der Lärm und die Angst schwellen in einem Crescendo an.

Ich ziehe mich in den kleinen Aufenthaltsraum neben dem Empfangsbereich zurück, brauche dringend einen Augenblick der Ruhe. Es gibt einen bestimmten Ton, den Menschen nur in den schlimmsten Momenten anschlagen und mit dem ich nur allzu vertraut bin. Eine besondere Frequenz des schrillen Jammerns, das unverkennbare Echo des Schreckens.

Wo ist mein Bruder? Sitzt er in einem dieser provisorischen Zelte oder einer Hütte mit Segeltuchdach und versucht, den Sturm zu überstehen? Oder ist er ganz woanders und in Sicherheit? Ich muss bereits ohne den größten Teil meiner Familie auskommen und kann den Gedanken nicht ertragen, auch ihn zu verlieren.

Eine große Kirchgängerin war ich nie, außer zu Weihnachten und zu Ostern. Das waren die Zeiten, in denen meine Mutter darauf bestand, dass ich mitkomme, damit man uns zusammen auf der Kirchenbank sah. Jetzt aber besinne ich mich auf Gebete, die ich längst vergessen geglaubt hatte. Doch die Worte stecken in meiner Kehle fest, inmitten all der Angst.

Sam betritt den Raum, seine Schritte krachen fest auf die Dielenbretter und lassen den Boden vibrieren. Da wird mir klar, dass es überhaupt nicht Sam ist. Etwas ganz anderes versetzt das Haus in Schwingungen.

Der Boden bebt unter uns.

»Was ist das?«

»Der Wind und das Wasser«, erwidert Sam grimmig. »Das Meer ist eine Gefahr für das Haus. Wir müssen raus. Sie schicken einen Rettungszug zum Bahnhof nach Islamorada, um die Veteranen zu holen. Wir müssen es auf diesen Zug schaffen.«

Wenn mein Bruder tatsächlich in einem der Lager ist, bringt man ihn in Sicherheit. Wenn er am Bahnhof in Islamorada sein wird, sehe ich ihn vielleicht dort.

»Eine Evakuierung könnte unsere einzige Hoffnung sein«, fügt Sam hinzu.

»Wie weit ist es bis zum Bahnhof?«

»Nicht weit. Das ist vielleicht unsere beste Möglichkeit.«

»Haben sich die anderen auch dafür entschieden?«

»Nein. Niemand sonst will gehen. Sie haben Angst, dass es draußen zu gefährlich ist und wir es nicht zum Bahnhof schaffen.«

»Und Sie wollen da rausgehen? Vielleicht haben die anderen ja recht mit ihrer Vorsicht.«

»Wir haben keine andere Option«, protestiert Sam. »Die Pension ist nicht stabil genug, um diesem Wetter standzuhalten. Ich glaube nicht, dass das Schlimmste schon überstanden ist. Wir befinden uns nicht hoch genug über dem Meer. In der gesamten Umgebung gibt es auch keine Erhebung im Gelände. Der Zug ist also die einzige Möglichkeit. Wir müssen versuchen, schneller als der Sturm zu sein. Das Wasser flutet bereits die Straße.«

Einerseits war es gestern bereits schwierig, bei dem starken Regen von den Lagern zurückzufahren. Das heute ist aber ein ganz anderes Kaliber. Andererseits war ich nie ein Mensch, der einfach nur herumsaß und der Katastrophe ihren Lauf ließ. Wenn es eine Chance gibt, dass wir das überleben, werde ich sie ergreifen.

»Ich bin dabei. Wir nehmen den Zug.«

»Gut. Ich gehe zur Rezeption und schaue, ob ich die anderen doch überzeugen kann. Packen Sie schnell ein bisschen Kleidung für uns beide ein, falls wir einige Tage wegbleiben.«

Sam verlässt mich, und ich renne beinahe die Treppe hinauf. Weitere Trümmer treffen das Haus mit lautem Krachen. Ich beschleunige mein Tempo, gehe zuerst in mein Zimmer, reiße den Schrank auf, werfe ein paar Kleider und Unterwäsche in meine kleine Tasche und füge ein paar Toilettenartikel hinzu. Ich nehme das alte Foto meines Bruders, den Brief, den er mir aus Key West geschrieben hat, und lege sie ganz nach oben.

Ein heftiger Donnerschlag lässt mich herumfahren.

Die Stimmen, die sich unten streiten, vermischen sich mit dem Dröhnen des Sturms. Ich gehe nach nebenan, in Sams Zimmer.

Im Gegensatz zu mir hat sich Sam nie die Mühe gemacht, alles auszupacken. Ein Teil seiner Kleidung steckt immer noch in seinem schwarzen Koffer, der Rest hängt anscheinend willkürlich im Schrank, der fast ein Zwilling meines eigenen ist. Es fühlt sich seltsam intim an, seine Sachen durchzugehen. Ich ziehe ein paar Hemden und Hosen heraus. Mit brennenden Wangen nehme ich etwas Unterwäsche und lege sie auf das Bett. Zuerst muss ich in seinem Koffer Platz für das Nötigste schaffen. In meiner Eile fallen einige Papiere aus dem Koffer. Ich sammele sie ein. Mein Herz pocht, der Sturm atmet mir heiß in den Nacken. Schnell stopfe ich sie zurück in den Koffer.

»Sind Sie fertig?«, schreit Sam vom Fuß der Treppe.

»Gleich«, rufe ich hinunter.

Ich bücke mich nach dem letzten Blatt Papier.

Es ist ein Foto, und es ist mir vertraut. Mein Gesicht, lächelnd, am Abend meiner offiziellen Einführung in die Gesellschaft. Ein Abzug davon befand sich gerahmt auf dem Kaminsims meiner Eltern in unserer alten Wohnung mit Blick auf den Central Park.

Wie ist Sam da drangekommen?

Ich lege das Bild auf den Stapel Papier, den ich zuvor durcheinandergebracht hatte, nehme ein anderes Blatt. Hitze steigt in mir auf, als ich überfliege, was dort steht.

»Elizabeth.«

Ich wirbele herum, als ich Sams Stimme höre.

Er steht im Türrahmen seines Zimmers und schaut auf die Papiere in meiner Hand. »Ich kann das erklären …«

»Wer sind Sie, und warum folgen Sie mir?«

19

Helen

Ich schlafe unruhig. In meinen Träumen sehe ich dieselben merkwürdigen Bilder und Visionen, die mich die meiste Zeit meiner Schwangerschaft über begleitet haben. Dieses Mal jedoch gibt es eine bedeutende Variation. Jetzt bin ich diejenige auf dem Boot. Das Meer tost um mich herum, Wasser schießt über mich hinweg. Das Bild ist so realistisch, dass ich schwören könnte, die Gischt an meinen Beinen zu spüren. Mein Körper schaukelt und schwankt wie am Tag zuvor auf der Fähre.

Als ich aufwache, bin ich desorientiert, höre in der Ferne ein Knallen. Ich rolle mich auf die Seite, dorthin, wo Tom normalerweise liegen würde, und erwarte, seinen Körper neben mir zu sehen. Stattdessen ist da nur leerer Raum. Sofort wird mir klar, dass ich in Islamorada bin, in der Hütte, die meine Tante Alice für mich organisiert hat. Tom befindet sich hoffentlich weit weg.

Ich stehe vom Bett auf, ganz überrascht, dass mein Nachthemd feucht ist. Ich spüre einen Schmerz in Rücken und Bauch, mein Körper ist von einer dünnen Schweißschicht überzogen. Meine Muskeln tun weh, meine Arme und Beine sind angespannt. Ich muss mich an der Matratze festhalten, um mich zu orientieren.

Da ist eine feuchte Stelle auf der Matratze, und für einen Augenblick setzt mein Herzschlag aus. Ist das etwa Blut? So viele meiner früheren Schwangerschaften endeten so – mit einem Blutfleck auf dem Laken, der mir zu verstehen gab, dass es nicht sein sollte mit einem Baby.

Diesmal sehe ich kein Blut, nur eine klare Flüssigkeit. Es scheint, als … als wäre meine Fruchtblase geplatzt. Das ist zu früh. Darauf bin ich noch nicht vorbereitet.

Auf einmal schlägt der Schmerz zu, der dumpfe Schmerz, der mich seit Tagen plagt und zu etwas weit Schlimmerem geworden ist. Ich zucke zusammen, packe die Matratze mit einer Hand, lege die andere an meinen Bauch und beuge mich vor, um die Pein zu lindern.

Ich ergebe mich der Wehe. Meine Beine geben einfach nach, und ich falle zu Boden. Der Schmerz scheint endlos zu sein, aber irgendwann verschwindet er doch. Die Qual lässt nach, bis sie sich in das bloße Unwohlsein verwandelt, das ich in den letzten Tagen ständig gespürt habe.

Wann kommt Alice endlich?

Da ist wieder das Knallen zu hören, lauter als gerade. Ich taumele ans Fenster und starre hinaus, um nachzusehen, wo dieses Geräusch herkommt. Ein Holzbrett saust an mir vorbei. Ich knalle die Fensterläden zu.

Eine weitere Kontraktion beginnt. Ich beiße die Zähne zusammen und wünschte, ich hätte etwas zum Draufbeißen, wünschte … Ich schreie. Das Baby kommt … und jetzt geht es wahrscheinlich schnell.

Eine weitere Kontraktion. Noch ein Schrei.

Plötzlich klopft es an der Vorderseite der Hütte, und die Tür fliegt auf. Ein Mann stürmt ins Zimmer.

Ich glaube fast, ich bilde mir das ein, so wie ich da auf dem Boden liege.

»Ich habe einen Schrei gehört«, sagt John und eilt zu mir herüber. »Sind Sie gestürzt?«

Habe ich mir den Kopf angeschlagen? Ich blinzele, aber John ist immer noch da, nur Zentimeter von mir entfernt, Besorgnis im Blick.

»Nein. Ich glaube, die Wehen haben angefangen.« Der Schmerz ist zu groß, um Raum für Verlegenheit zu lassen. »Ich bin aufgewacht, und meine Fruchtblase war geplatzt.« Ich atme tief durch und versuche, die Panik zurückzudrängen. »Das ist zu früh. Der Termin ist erst in ein paar Wochen.«

»Babys kommen leider, wenn sie bereit sind. In welchem Abstand kommen die Wehen?«

Ich zucke zusammen. »Kurz hintereinander. Was machen Sie denn hier? Wie haben Sie mich gefunden?«

»Ich habe in der Pension Ihrer Tante vorbeigeschaut, weil ich mich nach Ihnen erkundigen wollte. Sie hat mich gebeten, nach Ihnen zu sehen. Sie kommt so schnell wie möglich, aber erst muss sie dafür sorgen, dass die Gäste in Sicherheit sind. Der Sturm kommt. Sie vernageln die Fenster.«

Der Schmerz lässt leicht nach, als die Wehe abflaut.

»Ich habe vorhin Geräusche gehört und Trümmer am Haus vorbeifliegen sehen. Ist der Wind wirklich so stark?«, frage ich.

»Der Wind hat erheblich zugenommen, seit ich die Pension verlassen habe. Es regnet auch stärker. Die meisten Straßen werden bald unterspült sein.«

»Alle glaubten, der Hurrikan würde uns verschonen.«

»Ich habe keine Ahnung von Sturmvorhersagen, aber irgendeiner hat das ziemlich vermasselt«, antwortet er grimmig.

Ich kann mich nur auf eine Krise konzentrieren. Stürme habe ich schon viele erlebt, daher ist die Geburt im Moment die furchterregendere Sache. Was, wenn es Komplikationen gibt? Was, wenn etwas mit dem Baby nicht stimmt? Es gibt keinen Arzt, den ich anrufen könnte. Keine Hebamme, die mir zu Hilfe kommen könnte. Keine Freundinnen oder Familienmitglieder, die mir zur Seite stehen könnten. Ich hatte zwar immer vor, das Baby zu Hause zur Welt zu bringen. Doch nicht mitten in einem Hurrikan in einer ungewohnten Umgebung.

»Ich habe Ihrer Tante gesagt, dass ich Sie zurück zum *Sunrise Inn* bringen würde, aber die Verhältnisse sind zu schlecht da draußen. Wenn das Baby bald kommt, können wir nicht riskieren, im Hurrikan auf der Straße zu stranden. Es ist besser, wenn wir hier Schutz suchen, bis der Sturm vorüber ist.« John sieht sich in der Hütte um. »Ich hole heißes Wasser und ein paar Handtücher. Dann beziehe ich das Bett neu, und Sie legen sich wieder hin.«

Da schlagen die Wehen wieder zu, stärker als zuletzt, der Schmerz ergreift Besitz von mir. John kniet neben mir und streicht mir über den Rücken. Sein Tonfall ist beruhigend. Seine Worte kann ich bei dem Lärm im Hintergrund kaum verstehen.

Er begleitet mich durch diese Kontraktion und durch die nächste, verlässt mich in den Pausen dazwischen, um wichtige Dinge zu holen und die verschmutzten Laken vom Bett abzuziehen. Seine Bewegungen sind schnell und sicher. Er bewegt sich mit einer überraschenden Ruhe, beinahe selbstbewusst. Vielleicht bereitet der Krieg einen ja auf alles Mögliche vor.

Seit Johns Ankunft ist das Wetter noch schlechter geworden. Die Fensterläden der Hütte sind fest geschlossen. Ständig treffen irgendwelche Gegenstände das Haus.

Jedes Mal zuckt John zusammen.

»Alles in Ordnung?«, frage ich. Er nickt, den Mund zusammengepresst, das Gesicht blass.

John hilft mir, mich auf das Bett zu legen, das er inzwischen mit einem sauberen Laken aus dem Schrank bezogen hat.

»Haben Sie viel Erfahrung mit der Geburt von Babys?«, scherze ich, um ihn von dem anwachsenden Sturm abzulenken. Die Abstände zwischen den Wehen werden immer kürzer.

»Viel? Nein, ich bin gleich nach dem Medizinstudium in den Krieg gezogen.«

Ich blinzele. »Sie sind Arzt?«

»Ich war Arzt.«

Diese Antwort habe ich nun wirklich nicht erwartet.

»Das überrascht Sie?«, fragt er.

»Ja, schon. Warum haben Sie das nie erwähnt?«

»Weil ich Arzt *war*. Vor und während des Krieges. Ich bin schon lange keiner mehr. Als ich aus Frankreich nach

Hause kam, versuchte ich, meine Praxis weiterzuführen, aber es ging nicht. Das Blut, die Erinnerungen. Ich erstarrte im Operationssaal, meine Hände zitterten …« Er schluckt. »Ich konnte das nicht mehr machen.«

»Haben Sie deshalb im *Sunrise Inn* vorbeigeschaut?«, frage ich. »Weil Sie dachten, ich bräuchte vielleicht Hilfe mit dem Baby?«

»Ich habe mir Sorgen um Sie gemacht. Im Lager wurde über den Hurrikan geredet. Man wird einen Sonderzug nach Islamorada schicken, um die Männer zu evakuieren.«

»Sie hätten mit ihnen gehen und in diesen Zug steigen sollen.«

»Ich bin genau dort, wo ich sein soll. Was macht der Schmerz?«

»Nicht so schlimm«, lüge ich.

»Ich bleibe bei Ihnen. Sie und das Baby werden alles gut überstehen.«

Ich habe zu viel Angst, um die Furcht in meinem Inneren anzusprechen. Wenn man einen Verlust erlebt hat, kann man unmöglich diese kleine Stimme im Kopf ignorieren, die einem sagt, dass es wieder passieren kann. Ich bin mir nicht sicher, ob ich mich entspannen kann, bevor ich das Baby im Arm halte, und selbst dann …

Ich nehme Johns Hand und drücke sie, als die Wehen wieder einsetzen. Ich kann nicht mehr sprechen vor lauter Schmerz. Um mich ist Nebel, ich spüre John neben mir, der mich festhält. Seine Finger zittern jedes Mal, wenn es draußen vor der Hütte lauter wird.

Mein Körper ist nicht mehr mein eigener. Jede Verlegenheit, die ich einem Fremden – einem Mann! – gegenüber empfinden könnte, ist wie ausgelöscht. Mit jeder Kontraktion, jedem Augenblick werde ich von dem Menschen, der ich war, zu einem neuen Menschen, den ich kaum wiedererkenne.

Die Geburt spielt sich rasend schnell ab. Das Baby kommt, ob ich bereit bin oder nicht. Draußen heult der Wind, das Haus bebt, und meine Umgebung verschwindet einfach.

John ist irgendwo zwischen meinen Beinen. Seine Stimme klingt beruhigend, eindringlich, und dann verschwindet auch er. Ich bin alleine und presse, presse …

Ein Baby schreit.

20

Elizabeth

Wir stehen uns in Sams Zimmer in der Pension gegenüber. Auf dem Boden sind Papiere verstreut, Fotos von mir auf den Straßen von New York, alte Bilder aus Zeitungsausschnitten und Porträts, die einst in Rahmen im Haus meiner Eltern gesteckt haben.

»Sie haben mich die ganze Zeit über angelogen«, werfe ich ihm vor.

»Nein … ich … nicht alles war gelogen.«

»Na schön. Dann fangen Sie ganz von vorne an. Wer sind Sie tatsächlich?«

»Mein Name ist Sam Watson. Genau wie ich Ihnen gesagt habe. Ich arbeite für die Regierung. Nichts davon war gelogen. Das Abzeichen ist echt. Ich fange Leute, Kriminelle. Manchmal dringe ich in ihre Organisation ein, arbeite undercover, mache mich für sie unverzichtbar. Das ist der einfachste Weg, ihnen nahezukommen, ihr Vertrauen zu gewinnen.«

Ich habe mir die ganze Zeit über Sorgen gemacht, dass Frank jemanden nach mir ausschicken würde. Dass er es bereits getan hat, davon hatte ich keine Ahnung.

»Sie haben ihm angeboten, seine Verlobte aufzuspüren.«

»Ja.«

»Also geht das alles auf Frank zurück.«

»Ja.«

»Was hat er Ihnen aufgetragen, als er Sie eingestellt hat? Was sollten Sie tun? Mir nach Key West folgen?«

»Er hat mir erzählt, dass seine zukünftige Braut weggelaufen sei. Sie sei jung, verwöhnt, ungestüm. Möglicherweise in Begleitung eines anderen Mannes. Er sagte, er mache sich Sorgen um Sie, und bat mich, Sie aufzuspüren. Er wusste, dass Sie auf dem Weg zu den Keys und an einem Dienstag abgereist waren. Er hatte von Anfang an jemanden auf Sie angesetzt. Es ist eine schwierige Zeit für Frank. In New York gibt es Probleme, und er brauchte seine loyalsten Männer um sich herum. Also hat er mich hinter Ihnen hergeschickt. Er wusste, dass ich ursprünglich aus Florida stamme und mit der Gegend vertraut bin. Es ging nur darum, Sie im Zug zu finden.«

»Es war also kein Zufall, dass wir uns gegenübersaßen.«

»Nein, war es nicht.«

»Als ich mit Ihnen geflirtet habe …« Meine Augen verengen sich. »Wenn Sie sich mir nähern sollten, warum haben Sie mich im Zug dann zurückgewiesen?«

»Weil ich Sie beobachtet habe. Ich sah, wie Sie um Männer und Aufmerksamkeit warben. Ich wusste, dass Sie sich langweilen würden, wenn ich es Ihnen zu einfach machte. Da wäre ich einer unter vielen Bewunderern gewesen, und Sie hätten das Interesse an mir schnell wieder verloren. Ich musste eine Herausforderung für Sie sein.« Er sieht mich entschuldigend an. »Das bringt mein Job mit sich. Ich lese die Leute.«

»Sie erkennen ihre Schwächen«, erwidere ich. »Haben Sie überhaupt im Krieg gekämpft? Oder war das eine weitere Lüge, die Sie mir aufgetischt haben? Eine andere Möglichkeit, mir nahezukommen, meine Gefühle und meine Sorge um meinen Bruder auszunutzen?«

»Ich habe Sie nicht angelogen. Das schwöre ich. Alles, was ich Ihnen gesagt habe, ist wahr.«

»Nein, ist es nicht. Mich nach Matecumbe zu fahren war keine Sache der Ritterlichkeit, sondern der Pflicht.« Die Freundschaft, die zwischen uns entstanden ist, war nicht echt, ebenso der Beinahe-Kuss am Strand. Alles eine Lüge.

»Elizabeth.« Sam tritt einen Schritt vor.

»Halt. Bleiben Sie, wo Sie sind. Lügen Sie mich nicht an. Zumindest die Wahrheit schulden Sie mir. Was hat Frank Ihnen aufgetragen? Was sollten Sie mit mir machen?«

»Er wollte, dass ich Ihnen folge. Um sicherzustellen, dass Sie nicht in Schwierigkeiten geraten.«

»Das glaube ich Ihnen nicht. Frank ist nicht so uneigennützig.«

»Er wollte, dass ich Sie nach Hause zurückbringe.«

»Und wenn ich nicht nach Hause will?«

»Glauben Sie wirklich, ich würde Sie dazu zwingen? Halten Sie mich für einen Mann, der hart mit einer Frau umspringt?«

»Ich weiß nicht, was für ein Mann Sie sind. Obwohl ich glaubte, es zu wissen.« Törichterweise sah ich ihn als eine Art Retter in der Not an. Ein Mann, bei dem sich eine Frau sicher fühlen kann. Es ist dieser Verrat, der am meisten wehtut.

»Ich wollte Sie nie verletzen, Elizabeth.«

»Das sagen sie alle, nachdem sie dich verletzt haben.«

»Wir müssen los«, fleht er. »Der Sturm wird schlimmer.«

»Erst wenn Sie mir antworten. Ich gehe nirgendwo mit Ihnen hin, bevor ich nicht die Wahrheit kenne.«

»Alles, was ich Ihnen gesagt habe, ist wahr.«

»Alles außer der Antwort darauf, warum Sie mir überhaupt geholfen haben.«

»Ich habe Ihnen geholfen, weil es richtig war. Weil Sie meine Hilfe gebraucht haben.«

»Frank kann nicht wollen, dass ich meinen Bruder finde. Er weiß ja, dass ich ihn in diesem Fall nicht heiraten würde.«

»Ich habe mitgemacht, weil ich sichergehen wollte, dass Sie keine Schwierigkeiten bekommen«, erklärt Sam.

»Um sicherzugehen, dass ich Frank keine Schwierigkeiten bereite«, korrigiere ich.

»Er sagte, Sie würden seine Frau werden.«

»Das gibt ihm also das Recht, meinen Gefängniswärter zu spielen? Mich auszuspionieren?«

»Ich habe meinen Job erledigt. Habe mich unentbehrlich gemacht, um in seinen inneren Zirkel aufgenommen zu werden. Und was ist mit Ihnen? Wie sind Sie an jemanden wie Frank Morgan geraten?«

»Ich habe getan, was ich tun musste. Warum haben Sie mir das nicht gleich erzählt? Dass er der Mann ist, gegen den Sie ermitteln?«

»Weil ich nicht wusste, ob ich Ihnen vertrauen kann. Wir

tragen Beweismaterial zusammen. Das ist, gelinde gesagt, schwierig. Die Menschen, die er in seinem inneren Kreis versammelt hat, sind loyal. Ich musste wissen, ob Sie es auch sind. Ich wusste nicht, warum Sie Frank heiraten. Ob es eine Liebesheirat ist oder …«

»Haben Sie geglaubt, es wäre eine?«

»In meinem Job versuche ich, nicht zu viel zu spekulieren. Ich arbeite am liebsten mit Fakten. Verschaffe mir Eindrücke aus erster Hand. Ich wollte Sie mit eigenen Augen sehen. Mir ein Bild von Ihren Motiven machen, was die Hochzeit betrifft.«

»Habe ich den Test bestanden? Als wir uns gestern am Strand beinahe geküsst hätten – war das Beweis genug für Sie?«

Sein Gesichtsausdruck ist gequält. »Ich möchte Ihnen helfen.«

»Also vertrauen Sie mir jetzt«, sage ich und lache zynisch.

»Ja. Und Sie müssen mir vertrauen. Der Sturm kommt nämlich. Schnell. Direkt auf uns zu. Wir müssen weg. Wenn wir diesen Zug verpassen, werden wir im Auge des Hurrikans stranden.«

Er streckt die Hand aus.

»Bitte, Elizabeth. Ihre Wut und Ihr Misstrauen mögen groß sein, aber das Wichtigste im Moment ist, aus diesem Sturm herauszukommen. Danach beantworte ich alle Fragen, die Sie mir stellen. Das verspreche ich Ihnen.«

* * *

Draußen vor der Pension sind die Zustände noch schlimmer als befürchtet. Wir fahren langsam, weil das Wasser die Fahrbahn flutet.

Sam hält das Lenkrad fest umklammert, seine Knöchel zeichnen sich weiß ab. Die Sicht ist so schlecht, dass wir nicht einmal ein paar Meter weit sehen können. Der Rest der Straße liegt im Dunkeln. Das Auto scheint ein Spielball des Winds zu sein. Die Anstrengung, es unter Kontrolle zu halten, zeigt sich in Sams angespanntem Gesicht und Körper.

Ich habe keine Zeit, mich über ihn zu ärgern. Unser Ziel ist, zum Zug zu gelangen, damit nach Norden zu fahren und so dem Hurrikan aus dem Weg zu gehen. Keine Ahnung, wie die Wetterleute den Weg des Sturms oder die zeitliche Dimension so falsch berechnen konnten, aber im Moment spielt ihr Versehen kaum eine Rolle. Überleben ist alles.

Durch den Sturm dauert die Fahrt viel länger, als sie normalerweise wäre. Es ist spät, als wir in Islamorada ankommen. Ich fürchte schon, dass wir unsere Chance zur Flucht verpasst haben. Aber als wir uns dem Bahnhof nähern, sehen wir ein Meer aus Männern, Frauen und Kindern.

Sam parkt schnell das Auto, nimmt meine Hand und zieht mich zum Bahnhof. Der Sturm hat das Gebäude bereits beschädigt. Die Windböen werden immer stärker, einzelne Trümmer fliegen an uns vorbei. Mit meinem freien Arm schütze ich mein Gesicht vor Sand und Erde, die an uns vorbeifliegen.

»Ist der Zug schon weg?«, ruft Sam dem Mann zu, der uns am nächsten steht.

»Nein. Er ist aufgehalten worden. Wir warten auf ihn.«

Ich betrachte die Menge. Es gibt viele Einheimische, Familien, die eng beieinanderstehen, aber auch eine ganze Reihe von Männern, die aussehen wie die Bewohner der Lager.

Sam legt den Arm um mich, hält mich fest an seiner Seite und schützt mich vor den Leuten, die sich Richtung Bahngleise drängen und schieben. Dieses Chaos ist mir nur allzu vertraut. Die Verzweiflung in den Gesichtern der Menschen erinnert mich an den Börsencrash. An damals, als sich riesige Menschenmengen vor den Banken versammelten, wütend, verängstigt.

»Ich passe auf Sie auf«, murmelt Sam.

Ich klammere mich an ihn, dankbar für seine Kraft, für die Tatsache, dass er mich in diesem Wahnsinn nicht allein gelassen hat. Im Moment bin ich lieber bei ihm als allein, obwohl ich ihm nicht vertraue.

Plötzlich hört man ein Rattern, das immer lauter wird und sich vom Geräusch des Sturms unterscheidet. Der Zug taucht auf und stampft heran wie ein mächtiges Tier.

»Wir haben es geschafft«, schreie ich und lege die Arme um Sam. Ich lasse ihn los, nehme meinen Koffer an mich und gehe Richtung Zug, schließe mich der Masse der Leute an, die vorwärtsstürmt.

Doch der Zug hält nicht. Er rollt weiter die Gleise entlang. Waggon für Waggon rauscht an uns vorbei. Lager drei liegt ein Stück südlich von uns. Fährt der Zug etwa dorthin? Um die Veteranen dieses Lagers zu holen? Wird er anschließend uns einsteigen lassen? Sicher wird es bis dahin zu spät sein. Der Sturm ist zu stark, zu nah.

Neben mir schreien und weinen die Leute. Die Panik, die die Menge erfasst hat, erreicht den Höhepunkt, als der Zug in der Ferne verschwindet. Unsere letzte Hoffnung auf Rettung ist verpufft.

Wir sind verloren.

Das Bahnhofsgebäude hat durch den Sturm bereits erhebliche Schäden erlitten. Auf keinen Fall ist es stabil genug, uns allen Schutz zu bieten. Wie viele Menschen werden sterben?

Hunderte.

»Er hält!«, ruft jemand.

Tatsächlich, ein Stück weiter vorne ist der Zug zum Stehen gekommen.

Um uns herum rennen die Menschen los. In der Menge entdecke ich Babys in den Armen ihrer Mütter und Paare, die sich aneinanderklammern. Wir stürmen im Pulk vorwärts, um zum Zug zu gelangen. Die Verzweiflung vertreibt das lähmende Gefühl der Panik. Eine Frau streift mich, ein kleines Mädchen klammert sich an ihren Rock. Der Gesichtsausdruck der Frau ist grimmig, die Schreie des kleinen Mädchens sind im Lärm der Menge kaum hörbar.

Auf meiner anderen Seite betet ein Mann und wiederholt ständig dieselben Worte. Die rosa Farbe seiner Lippen bildet einen starken Kontrast zu seinem kalkweißen Gesicht. Kinder werden in den Zug gehoben. Ältere Menschen bekommen Unterstützung. Alle versuchen, irgendwo Halt zu finden. Sam packt meine Taille und hebt mich an die Brüstung einer Plattform. Von oben packen mich Arme und ziehen mich hoch. Ich stehe am Geländer, starre nach unten und sehe zu, wie Sam mit fremder Hilfe hinaufklettert. Er schlingt die Arme um mich, und ich lasse mich in seine Umarmung fallen. Mein Misstrauen ist für einen Moment vergessen. Wir sind in Sicherheit, und das ist alles, was zählt.

»Es heißt, der Zug fährt nach Lager drei, um den Rest der Veteranen herauszuholen, und danach verschwinden wir von hier«, ruft ein Mann in unserer Nähe.

Lager drei ist das Lager, das wir nicht besucht haben. Ich hoffe, mein Bruder wartet dort auf den Zug. Ich hoffe, dass ich ihn bald sehe und er in Sicherheit gebracht wird. Bevor der Zug losfahren kann, erzittert der Eisenbahnwagen.

»Halten Sie sich fest!«, ruft Sam mir zu, als das Unmögliche passiert. Der robuste Waggon, der vor wenigen Augenblicken so imposant und groß wirkte, wirkt mit einem Mal so dünn wie eine Blechdose.

Ich weiß nicht, wie lange der Zug wackelt und bebt, aber mir kommt es vor wie eine Ewigkeit. Menschen schreien, Kinder weinen. So schnell, wie es begonnen hat, hört es auch wieder auf. Einen Moment lang ist alles ruhig.

Im Waggon herrscht Stille.

Ich löse mich aus Sams Umarmung, dränge mich zu einem der kleinen Fenster des Waggons durch und schaue durch einen Vorhang aus Wassertropfen. Zu meiner Überraschung ist der Himmel klar. Die Szenerie vor mir ändert sich so plötzlich, dass ich es beinahe verpasse. Ich blinzele, und die unnatürlich idyllische Landschaft ist verschwunden. Anstelle von Boden und Himmel sehe ich nur noch Blau.

Eine blaue Wand. Die herrlichste Mischung aus verschiedenen Blautönen. Aqua, Türkis und Himmelblau, fast wie ein wunderschöner Stein.

Endlich kann mein Hirn das Bild vor mir auflösen, und da sehe ich es … Das Wasser erhebt sich, wie von Gottes Hand, bis es alles andere verdrängt hat. Es wölbt sich in einer massiven, scheinbar endlosen Wand über uns hinweg. Sam schreit.

Da begreife ich es. Unmissverständlich.

Es ist zu früh. Ich bin noch nicht bereit. Ich will nicht sterben.

Der Wind brüllt zornig, Trümmer schweben vorbei wie im Traum. Ein scharfer Schmerz trifft mich an der Seite des Kopfes. Dann ein Ruck, und ich falle nach vorne.

Das Wasser und die Dunkelheit verschlingen mich.

21

Mirta

Die brechenden Wellen donnern auf den Strand. Wasser trommelt auf das Blechdach. Das Geräusch des Windes ist ohrenbetäubend, ein schier unendliches Kreischen.

Ich starre aus dem Fenster, versuche mich zu orientieren und ziehe den Vorhang zurück. Wo ich Sand erwartet hatte, sehe ich nur das Meer, das gegen die weiße Veranda drängt.

Mein Herz pocht. »Das Wasser steigt. Wir sollten nach oben gehen.« Ich nehme Anthonys ausgestreckte Hand und folge ihm die Treppe hinauf.

Mein Fuß bleibt an einer der Stufen hängen. Anthony hebt mich hoch und trägt mich hinauf. Er lässt mich nicht los, bis wir uns im Schlafzimmer befinden. »Wie viel ist das Wasser schon gestiegen?«, fragt er mich.

»Ungefähr drei Meter. Wir befanden uns ja von Anfang an nicht sehr hoch über dem Meeresspiegel.«

»Vielleicht war es ein Fehler, nach oben zu gehen«, sagt er. »Wohin sollen wir gehen, wenn das Wasser weiter steigt?«

»Da draußen hätten wir auch keine bessere Chance. Das Wasser ist zu mächtig. Es würde uns einfach wegspülen.«

Das Klirren von Glas irgendwo im Haus erschreckt mich.

»Da ist wahrscheinlich ein Fenster kaputtgegangen.« Anthony streicht mir über den Rücken. In seiner Stimme liegt Unsicherheit.

Unsere Umgebung ist uns plötzlich feindlich gesinnt. Mutter Natur wendet sich gegen uns. Es ist nicht nur die unmittelbare Kraft des Sturms, die man fürchten muss, sondern auch alles, was der Sturm auf seinem Weg mit sich reißt und gegen uns einsetzen kann.

»Das Badezimmer ist wahrscheinlich der sicherste Ort«, sage ich.

Unten sind die meisten Fenster wenigstens mit Brettern vernagelt. Jetzt steht nur noch das Dach zwischen uns und dem Tod, und angesichts der Geräusche von abreißenden Metallbahnen habe ich nicht viel Vertrauen in die Robustheit des Dachs. Doch das Wasser steigt.

Wir haben keine bessere Möglichkeit. Schnell rennen wir ins Badezimmer, schließen die Tür hinter uns und kauern uns in die Badewanne. Anthony schlingt die Arme fest um mich und atmet mir heiß in den Nacken.

»Ich hasse das«, murmelt er, und seine Lippen streichen über mein Ohr. »Ich hasse es, so hilflos zu sein. Wir hätten versuchen sollen zu fliehen. Ich hätte dich in Sicherheit bringen müssen.«

»Du konntest nicht wissen, dass es so schlimm werden würde. Ich habe noch nie einen solchen Sturm erlebt.«

Anthonys Griff um mich wird fester. »Wenn wir das nicht überleben …«

»Rede doch nicht so.«

»Wenn wir das nicht überleben«, setzt er neu an, »möchte

ich, dass du weißt, dass die letzten Tage mit dir einige der glücklichsten meines Lebens waren.«

Ich schlucke, verschränke meine Finger mit seinen, hebe unsere verbundenen Hände an und drücke meine Lippen auf seine Fingerknöchel.

Wir sprechen nicht, während der Sturm um uns herum tobt. Wie viele Stunden bleiben uns noch?

Dann bleibt mit einem Mal die Welt stehen.

Anthony lässt mich los, und ich folge ihm ins Schlafzimmer. Er späht durch eines der Schlafzimmerfenster auf das Meer hinaus. Zum Vernageln dieses Fensters war keine Zeit mehr gewesen.

Die Sterne stehen am schwarzen Himmel, der Wind hat sich gelegt, alles wirkt friedlich und ruhig.

»Ist es vorbei?«, fragt Anthony.

Mir fällt auf, dass wir die Rollen getauscht haben, dass ich die Erfahrene bin, von der er sich Trost erhofft.

»Nein.« Erinnerungen an meine Kindheit in Kuba blitzen auf. »Es wird bald wieder schlimmer werden. Das ist typisch für solche Stürme. Es gibt einen Moment der Ruhe, bevor es erneut losgeht, manchmal noch ärger als zu Beginn.«

Ein heftiger Fluch entschlüpft Anthonys Lippen. »Geh zurück ins Badezimmer. Ich laufe nach unten, um ein paar Vorräte zu holen, solange es ruhig ist. Wer weiß, wie lange wir hier oben festsitzen. Ich will auf das Schlimmste vorbereitet sein.« Er verzieht das Gesicht. »Mit so etwas haben wir jedenfalls nicht gerechnet.«

»Es ist nicht deine Schuld. Niemand hätte das vorhersagen können.«

»Ich habe feierlich geschworen, dich zu beschützen.« Er gibt mir eine der beiden Petroleumlaternen und nimmt die andere. »In ein paar Minuten bin ich zurück.«

Ich greife nach seinem Unterarm. »Willst du da wirklich runtergehen? Das Wasser steigt schon eine ganze Weile. Wer weiß, wie es unten aussieht? Ein paar Vorräte sind es nicht wert, dein Leben aufs Spiel zu setzen.«

»Das werden sie aber sein, wenn wir tagelang hier ausharren und warten müssen, um gerettet zu werden. Ich möchte nicht riskieren, dass Wasser und Wind alles fortreißen, wenn der Sturm wieder anfängt.«

Anthony hat natürlich recht, aber ich fürchte mich davor, dass er die Treppe hinuntergehen und niemals zurückkommen wird. »Dann gehe ich mit. Ich bin eine gute Schwimmerin. Ich bin praktisch im Meer aufgewachsen …«

»Mirta. Du musst hierbleiben.«

»Zu zweit können wir mehr tragen.«

»Und die Wahrscheinlichkeit ist höher, dass uns beiden etwas passiert. Bitte. Ich werde mich beeilen. Das verspreche ich dir.« Er gibt mir einen flüchtigen Kuss, der sich sehr nach Abschied anfühlt.

Die Tränen tun mir in den Augen weh, aber ich lasse ihn gehen. Die Nacht ist ruhig. Ich spitze die Ohren. Kommt der Wind wieder auf, schlagen Wellen gegen das Haus, ruft Anthony nach mir? Die Warterei scheint endlos zu dauern.

Schließlich bricht das Geräusch von Schritten auf dem Holzboden in die Stille ein. Mit der Laterne in der Hand springe ich vom Badezimmerboden auf und laufe los, um Anthony zu begrüßen. »Wie schlimm ist es dort unten? Hast du Vorräte dabei? Ich habe mir solche Sorgen gemacht.« Ich drehe den Türknauf und betrete das dunkle Schlafzimmer. »Anthony?«

Ich greife nach der Laterne und lasse den Lichtkegel durch den Raum wandern. Er bleibt an einem Mann in einem schmutzigen Overall über einem abgenutzten Hemd hängen. Ich erkenne ihn sofort. Deutlich erinnere ich mich, wie er rauchend auf dem Grundstück herumlungerte, als gestern alle damit beschäftigt waren, die Fenster zu vernageln. Ich hielt ihn für einen der Arbeiter.

Da ist ein Messer in seiner Hand, das Metall schimmert im Laternenlicht. In seinen Augen liegt Verzweiflung. »Wenn du schreist, schneide ich dir deine hübsche Kehle durch.«

Mein Mund wird trocken, jedes Geräusch, das ich erzeugen könnte, bleibt in einem Morast der Angst stecken. Vielleicht ist er gekommen, um Zuflucht vor dem Sturm zu suchen. Oder vielleicht auch wegen etwas ganz anderem.

»Gib mir den Ring.« Mit schweren Schritten stapft er auf mich zu. Er bleibt nur Zentimeter von mir entfernt stehen, sein Körper überragt meinen. Aus der Ferne sah er körperlich imposant aus. Neben mir stehend, das Messer in der Hand, wirkt er geradezu furchterregend.

»Was?«

»Den Ring. Gib mir den Ring an deinem Finger.«

Ich schaue auf meinen Finger, auf den riesigen Diamanten, den Anthony mir in Havanna angesteckt hat. Trotz der Vorbehalte, die ich gegen diesen Ring hatte, empfinde ich ein schmerzhaftes Gefühl des Verlustes, als ich ihn abziehe.

Der Mann nimmt mir das Schmuckstück ab, sein Messer ist nur Zentimeter von meinem Körper entfernt.

Wo bleibt Anthony?

Die Geräusche unten könnten vom Sturm stammen. Oder der Mann in unserem Schlafzimmer hat einen Komplizen. Ist Anthony verletzt? Tot?

Ein dumpfer Schlag ist vom Fenster her zu vernehmen, gefolgt von dem Geräusch zerbrechenden Glases irgendwo im Haus. Draußen tobt und heult der Wind, ein Pfeifen klingt mir in den Ohren. Der Sturm beginnt erneut.

»Gib mir den Rest deines Schmucks«, schreit der Mann. »Und das Bargeld.«

Wo bleibt Anthony?

»Gib mir den Schmuck«, wiederholt er und richtet das Messer auf mich.

Ich streite mich nicht mit ihm, sondern gehe gleich zur Kommode, zu der hübschen Holzschatulle, die ich bewundert habe, als ich den Raum zum ersten Mal erkundete. Ich hebe den Deckel an und schaufele die Gegenstände heraus, die Anthony mir geschenkt hat. Beim Anblick der Stücke spüre ich einen Stich in der Brust. Ich habe sie aus Kuba mitgebracht, darunter die Halskette, die Generationen von Perez-Frauen gehörte und die mein Vater mir an meinem Hochzeitstag überreichte. Es ist lächerlich, aber es fühlt sich an, als würde ich ein Stück meiner Familie weggeben. Ich reiche dem Mann die Juwelen, die er flugs in die Tasche steckt.

Bevor ich nach Hilfe rufen kann, stürzt er auf mich zu. Die Spitze des Messers sticht mich fast in die Rippen.

Ich keuche vor Schreck.

»Schrei nicht«, befiehlt der Mann.

Anthony betritt das Schlafzimmer.

Er erstarrt, und sein Blick wandert von mir zu dem Mann, der mir ein Messer an den Hals hält. Die Vorräte, die er von unten geholt hat, fallen zu Boden.

Das ist nicht länger mein Ehemann, nicht länger jemand, den ich kenne. Es ist, als läge eine Maske über seinem Gesicht. Die Wärme, die ich normalerweise in seinen Augen sehe, ist einem kalten und berechnenden Blick gewichen. Er wirkt ängstlich, und ausnahmsweise beruhigt mich das ganz ungemein.

»Nimm deine Hand da weg. Du willst sie doch gar nicht verletzen. Du willst Geld. Ich gebe dir so viel Geld, wie du willst.«

Anthony tritt vor, und der Mann reißt den Arm hoch. Die Klinge verfehlt seinen Bauch nur um Zentimeter. »Nicht du«, knurrt der Eindringling. »Sie soll es holen.«

»Im Nachttisch ist Bargeld. Hol es und gib es ihm. Hast du mich verstanden?«, weist mich Anthony in überraschend ruhigem Tonfall an.

Ich nicke.

»Leg die Lampe weg«, befiehlt mir der Mann, und ich stelle sie neben mich auf den Boden.

Dann gehe ich zum Nachttisch, Anthony und der Mann stehen hinter mir. Ich öffne die Schublade, wühle mich durch den Inhalt und stoße auf einen Stapel druckfrischer Geldscheine. Kühles Metall berührt meine Haut.

»Sie hat das Geld«, sagt Anthony hinter mir. Seine ruhige Stimme bildet einen scharfen Kontrast zu der Panik, die in meiner Brust aufsteigt. »Es ist so viel, dass du dir damit ein schönes Leben machen kannst.«

Der Mann schweigt.

»Was willst du sonst noch?«, fragt Anthony. »Du bist doch nicht zufällig auf dieses Haus gestoßen.«

»Nein«, sage ich. »Er hat hier herumgelungert.« Ich hätte Anthony Bescheid sagen, ihn warnen sollen. Ich hätte fragen können, warum der Mann vor dem Haus stand, aber nie arbeitete.

»Ich bin nicht nur wegen Geld hier«, sagt der Eindringling.

»Das habe ich mir gedacht. Wer hat dich geschickt? Carlo? Michael? Frank?«, fragt Anthony.

Wie viele Feinde hat er? Wie viele Feinde haben wir?

»Mr. Morgan lässt grüßen«, antwortet der Mann.

»Ich hätte wissen müssen, dass Frank dahintersteckt. Es ist genau sein Stil, seine Handlanger auf eine unschuldige Frau zu hetzen.«

Ein lauter Knall erschüttert das Haus, gefolgt von einem schrillen Aufheulen des Windes. Dann ein Schrei, der die Nacht durchdringt. Anthony stürzt sich auf unseren Angreifer. Beide fallen zu Boden, ineinander verwickelt wälzen sie sich über den Schlafzimmerteppich.

Die Entscheidung fällt mir leicht. Was auch immer in Anthonys Vergangenheit gewesen sein mag, in diesem Kampf ist er unterlegen. Der andere Mann ist viel zu groß, als dass mein Gatte eine Chance im Nahkampf hätte. Das Messer schimmert im Licht der Petroleumlampe.

Ich hebe Anthonys Revolver, den ich aus der Nachttischschublade genommen habe, und richte ihn auf die beiden.

Die Männer verschwimmen vor meinen Augen, während sie um das Messer kämpfen. Alles geht zu schnell, um einen sauberen Treffer zu landen. Unser Angreifer ist aufgrund seiner Größe ein relativ leichtes Ziel, aber die Dunkelheit macht das Zielen schwierig. Die Lampe gibt gerade genug Licht, um die Gesichtszüge der beiden zu erkennen, bevor sie wieder von mir wegrollen. Der Lärm des Sturms vermischt sich mit den anschwellenden Lauten des Kampfes.

»Mach schon, Mirta«, schreit Anthony gequält aus dem Gefecht heraus. Meine Finger zittern, als ich den Abzug drücke.

Ein Schrei, und dann …

Alles, was bleibt, ist der Wind, der draußen brüllt, und der Sturm, der durch die Nacht wogt.

22

Helen

Ich lehne mich gegen das Kissen und schaue auf das Baby, das in meinen Armen schläft. Ihr winziger Körper ist in eine Decke gewickelt, die wir zwischen der Bettwäsche im Schrank gefunden haben. Meine Tochter. Ihre Lippen sind gespitzt, die Augen geschlossen, die Wangen rosa. In diesem Moment weiß ich, dass ich alles tun würde, um sie zu beschützen. Dass alle Entscheidungen, die ich in meinem Leben getroffen habe, mich zu diesem Augenblick geführt haben.

Zu ihr.

Zu meiner Tochter.

Lucy.

Ich wusste nicht, dass es möglich ist, jemanden so sehr zu lieben, dieses Gefühl der Vollständigkeit zu empfinden. Sie hat meine Nase. Vielleicht auch meinen Mund. Ich sehe wenig von Tom in ihr, vielleicht möchte ich es auch nicht sehen. Egal, nach wem sie kommt, sie ist ganz und gar perfekt.

Es ist spät, und der Sturm hat sich innerhalb der letzten Stunde erheblich verschlimmert. Besorgnis liegt in Johns Gesichtsausdruck, mit jedem Augenblick wird er stiller. Während der Entbindung und Lucys erster Lebensmomente war er so sehr darauf bedacht, dass es ihr und mir gut ging. Da schien er den Sturm nicht zu bemerken. Aber jetzt, da Lucy und ich außer Gefahr sind und die Geräusche draußen lauter werden, geht er angespannt auf und ab.

»Die Geräusche erinnern Sie an den Krieg, nicht wahr?«

»Ja.«

»Hilft irgendetwas dagegen?«

»Leider nicht viel.«

»Vorhin schien es Sie nicht so sehr zu stören. Als das Baby kam. Vielleicht hat die Ablenkung geholfen.«

»Könnte sein. Ich war in Sorge. Wie gesagt, es ist lange her, dass ich als Arzt gearbeitet habe, und dies sind kaum ideale Bedingungen. Sie haben es aber gut gemacht. Sie beide haben es gut gemacht.«

»Ich hatte große Angst«, gebe ich zu. »Doch Sie haben mich beruhigt. Es schien, als hätten Sie alles unter Kontrolle. Ich danke Ihnen, dass Sie da waren. Für alles, was Sie für uns getan haben.«

»Ich wäre nirgendwo anders hingegangen und bin froh, dass Sie nicht allein waren. So ein Wetter habe ich noch nie erlebt.«

»Ich auch nicht. Alle haben geglaubt, der Sturm würde uns verschonen.«

Ist Tom draußen auf dem Wasser in diesem Chaos? Trifft der Sturm am Ende auch Key West? Vielleicht weiß er nicht einmal, dass ich fortgegangen bin. Vielleicht ist der Hurrikan die perfekte Gelegenheit, um zu verschwinden und von vorne anzufangen. Ich kann nicht in dieses Leben zurückkehren.

»Ich hoffe, Tante Alice ist im *Sunrise Inn* geblieben und nicht hinausgegangen.«

»Ich bin sicher, es geht ihr gut. Sie hat bestimmt gemerkt, dass man nicht fahren kann. Die Straßen werden wahrscheinlich für einige Zeit nicht passierbar sein.« Er schluckt, als in der Ferne ein weiterer Knall ertönt. »Wie lange dauern solche Stürme normalerweise?«

»Stunden. Es hängt davon ab, wie groß der Sturm ist, wie schnell er sich bewegt, welche Teile des Hurrikans wir abbekommen.«

John verzieht das Gesicht. »Sobald es aufgeklart hat, sollten wir versuchen, Sie in ein Krankenhaus zu bringen. Nur um sicherzugehen, dass alles in Ordnung ist. Ich habe die Vorräte in der Küche überprüft, während Sie geschlafen haben. Sie werden nicht lange reichen.«

Ein weiterer lauter Knall ertönt. Irgendetwas ist an die Seite der Hütte geprallt. Ich packe John. Seine Hand zittert in meiner, und ich drücke sie, um ihn zu beruhigen.

Lucy rührt sich, ihr Gesichtsausdruck ist schläfrig. Ich lege sie auf meinen anderen Arm. Ihre Lippen spitzen sich, und ihre Augen schließen sich wieder.

»Sie ist wunderschön«, flüstert John.

»Ja, das ist sie. Was sollen wir tun?«, frage ich ihn.

»Wir können nichts tun. Nur hoffen.«

Ich halte mich an John fest, die Erschöpfung übermannt mich, meine Augenlider flattern.

* * *

Als ich aufwache, höre ich einen weiteren lauten Knall, das Krachen von Metall, ein schreckliches Rissgeräusch, ein scharfes Knacken.

Das Baby weint.

Neben mir auf dem Bett bebt Johns Körper, er hat die Arme um mich geschlungen.

»Was ist los?« Ich blinzele und versuche, mich zu orientieren. »Wie lange habe ich geschlafen?«

»Nicht lang. Höchstens eine Stunde«, antwortet John düster. »Das Wasser steigt. Rasch.«

»Ist es schon in der Nähe des Hauses?«

»Ja.«

Das Bett ist der höchste Punkt in der Hütte, und in der Umgebung gibt es kein höher gelegenes Gebäude. Wenn das Meer die Hütte erreicht …

Dann ertönt ein weiteres Rissgeräusch. Es klingt, als würde die Oberseite einer Metalldose in einer kraftvollen Bewegung abgezogen, nur viel, viel lauter.

Ich schaue hinauf zur Decke. »Ist das …?«

»Ein Teil des Daches ist weggeflogen«, bestätigt er.

In einer Ecke der Hütte, in der Nähe der Haustür, fällt Regen durch ein Loch im Dach. Die Dielen sind nass, und es dauert einen Moment, bis mir klar wird, dass es nicht der Regen ist, der diese Pfütze verursacht hat – das Wasser dringt vom Boden her in die Hütte ein.

Das Meer ist da. Wir können nirgends hingehen.

Ich bin so erschöpft von der Entbindung, dass ich mir vorkomme wie im Traum. Ich befinde mich im Boot und schaukele hin und her, schwanke von einer Seite zur anderen.

Lucy weint wieder, das Geräusch durchdringt den Traumnebel. Ich ziehe das Nachthemd, das Alice mir geliehen hat, am Kragen herunter und lasse das Baby trinken. Wir haben ein paar Versuche gebraucht, bis wir den Dreh heraushatten, aber inzwischen findet ihr Mund sofort meine Brust.

Ich starre auf das Bündel in meinen Armen, eine weitere Welle der Müdigkeit überkommt mich. Vielleicht ist die Erschöpfung ein Segen, eine Möglichkeit, die Realität auszublenden. Wir schwanken immer noch. Es fühlt sich beinahe an, als würde sich die Hütte bewegen und wie ein Boot auf dem Meer dahintreiben. Das Bett schaukelt und rutscht hin und her.

Ich versuche mich zu bewegen. Aber mein Körper ist zu schwach, und ich sacke auf das Bett zurück. Wasser spritzt auf mein Bein und benetzt den Saum meines Nachthemdes. Das Meer steigt, nähert sich stetig dem Bett.

»Ist das Haus …« Ich kann den Satz nicht beenden, kann nicht akzeptieren, was ich vor mir sehe.

»Es schwimmt«, antwortet John finster.

Ich schlucke. »Es schwimmt?«

»Der Sturm hat das Haus weggetragen, es von den Stelzen gerissen.«

»Wir werden sterben, nicht wahr?«

Er antwortet mir nicht.

Ist es das gewesen? All die Jahre, die ich damit verbracht habe, auf ein Kind zu hoffen, die Monate mit dem Baby in mir, die ersten Tritte, das zarte Flattern – es war so überwältigend. Mein Körper veränderte sich, das Kind in meinem Inneren wurde ein Teil von mir, bis wir untrennbar miteinander verbunden waren. Die Qualen der Entbindung, der dumpfe Schmerz in meinem Rücken, der bald unerträglich wurde, die Emotionen, die mir den Atem raubten. All die Hoffnungen und Träume, die ich für dieses Baby gehegt habe. Die Geschichten, die ich mir ausgedacht hatte, die Abenteuer, die wir zusammen erleben würden. Den Alltag müsste ich nie mehr allein bestreiten, sondern mit einem hellhaarigen Kind neben mir, das unsere Tage mit Fröhlichkeit und Lachen füllen würde. Dieser erste Anblick meines Kindes, der Moment, als ich zum ersten Mal in die Augen meiner Tochter sah, die gerade ihr Näschen rümpfte und in meiner Armbeuge lag, als gehörte sie ganz selbstverständlich dorthin.

Wir dürfen nicht sterben.

Ich halte Lucy so fest ich kann, Johns Arm ist um uns beide geschlungen, während die Hütte im Meer treibt und der Sturm das Gebäude herumpeitscht.

Wie sollen wir diese Nacht überleben?

23

Mirta

Meine Glieder sind steif gefroren. ich spüre einen Schmerz in der Brust, meine Atemzüge kommen in abgehackten Schüben. Das Auge des Hurrikans ist an uns vorbeigezogen, der Wind ist wieder da, das Wasser bedrängt das Haus. Wie befürchtet, ist es schlimmer als zuvor. Es kommt mir vor, als würde die Welt untergehen, als würde sie im Innersten auseinandergerissen. Außerdem ist da noch die Leiche, die ein paar Meter von mir entfernt liegt.

Wir haben den Körper des Eindringlings mit einem Bettlaken umwickelt. Kurz haben wir darüber nachgedacht, ihn nach draußen zu werfen, damit der Sturm die Leiche wegtragen kann, aber die Wetterlage war zu gefährlich, zu unvorhersehbar, um es zu riskieren. Ein roter Fleck breitet sich auf dem weißen Stoff aus und wird größer, bis ich die Augen irgendwann nicht mehr abwenden kann, weder von dem Fleck noch von der Leiche.

Was habe ich getan?

»Mirta.« Anthony schüttelt mich, einmal, zweimal. »Mirta.«

Mein Blick wandert von dem Toten weg und hinüber zu meinem Mann. Jede Handlung ist eine enorme Anstrengung, meine Beine sind schwer, als würden sie durch Sand stapfen, meine Arme träge, als müssten sie durchs Meer paddeln.

»Du stehst unter Schock«, murmelt Anthony und reibt meine nackten Arme.

Auf dem Ärmel meines Kleides ist ein roter Spritzer zu sehen, dort, wo das Blut des Mannes … Es schüttelt mich.

»Du bist in Sicherheit«, flüstert Anthony mir ins Ohr. »Es wird alles gut.«

Ich weise ihn zurück, ein Funke Wut bricht durch die Kälte. »Ich habe einen Mann getötet. Wie soll da alles gut werden?«

»Er hätte dich getötet, wenn du nicht ihn getötet hättest.«

»Ich habe ihn getötet«, wiederhole ich und kann es kaum glauben.

»Du hast getan, was du tun musstest.« Er nimmt meine Hand. »Ich werde dich dafür nicht verurteilen.«

Nein, das würde er nicht, oder doch? Auf was habe ich mich da nur eingelassen? Trotz allem, was meine Mutter mir eingeschärft hat, kann ich dem Drang, meine Meinung zu sagen, nicht mehr widerstehen. Was bringt es, sich zu verstellen, wenn wir sowieso sterben werden?

»Er war wegen deines Jobs hinter uns her. Wegen deiner Feinde. Vielleicht wollte er Vergeltung dafür, dass du eine Waffe auf einen Mann und seine Familie gerichtet hast?«

»Ich habe noch nie eine Familie ins Visier genommen. Du kannst über mich denken, was du möchtest, aber es gibt einen gewissen Ehrenkodex unter den Männern meiner Kreise, Linien, die man nicht überschreitet. Frank Morgan hat keine Ehre. Einen solchen Mann auf mich anzusetzen, während ich meine Flitterwochen verbringe, ihn auf meine Frau zu hetzen …«

»Warum hast du mich nicht gewarnt? Du hast mir erzählt, dass du ein unangenehmes Geschäftstreffen hattest, aber ich hatte keine Ahnung, was das bedeutet. Dass jemand vielleicht versuchen würde, mich zu töten. Wenn ich es gewusst hätte, hätte ich dir Bescheid gesagt, als ich den Mann zum ersten Mal vor dem Haus herumhängen sah. Ich nahm an, dass er einer deiner Arbeiter war, und wollte keine Probleme verursachen. Ich wollte, dass sie mich mögen.«

»Du hast recht. Es ist ganz und gar meine Schuld. Ich habe mich mit Vertretern von Frank getroffen, um einen Waffenstillstand auszuhandeln. Es lief nicht so gut, wie ich es mir erhofft hatte. Allerdings hätte ich nicht erwartet, dass er so brutal gegen mich vorgehen würde.«

»Hat der Mann sich die ganze Zeit hier versteckt?«, frage ich.

»Vielleicht hatte er nicht vor, so früh zuzuschlagen. Aber das Haus war wahrscheinlich zu gut als Unterschlupf, und er wollte nicht darauf verzichten. Er war genauso gefangen wie wir.«

»Glaubst du, er ist alleine gekommen?«

»Keine Ahnung, aber zumindest sind wir jetzt vorbereitet«, antwortet Anthony mit der Waffe in seiner freien Hand.

Wir können nur warten und nirgendwo hingehen. Unser Schicksal hängt davon ab, ob wir den Sturm überstehen oder nicht. So bleiben wir zusammen in der Ecke sitzen und hoffen, dass die unbekannten Menschen, die dieses Haus vor langer Zeit bauten, ihre Arbeit gut gemacht haben.

Minuten vergehen, eine Stunde, die Zeit fließt zäh dahin.

Ich bin beinahe eingeschlafen, als Anthony mich anstupst. »Es klingt, als wäre es vorbei.«

Er hat recht. Die Lage hat sich merklich beruhigt. Ich ergreife seine Hand. Anthony nimmt die Waffe, ich die Laterne, und wir gehen hinaus aus dem Schlafzimmer, vorbei an dem Toten, in den Flur. Ich leuchte an der Treppe entlang nach unten. Wasser steht im Erdgeschoss. Es ist nicht so viel, wie ich befürchtet hatte, sicherlich kein Hindernis, aber genug, um ernsthaften Schaden anzurichten.

Anthony verzieht das Gesicht. »Das war's wohl mit unseren Vorräten.«

»Vielleicht ist noch etwas zu retten.«

Nach der enormen Lautstärke des Sturms ist die Stille jetzt geradezu unheimlich.

»Hörst du das Geräusch?«, fragt Anthony.

Ich muss mich anstrengen, um etwas zu hören, der Klang ist fern, aber vernehmbar – ein leises Rauschen. Mein Herz pocht.

Er geht die Treppe hinunter, und im Erdgeschoss taucht sein Fuß ins Wasser. Es reicht ihm bis zu den Knien. »Das klingt, als käme es von der Veranda.«

»Bitte geh da nicht raus«, sage ich und schließe zu ihm auf. »Der Sturm ist vielleicht noch nicht vorbei. Es könnte gefährlich sein.«

»Ich gehe nicht hinaus. Ich will nur nachsehen, ob da draußen jemand ist.«

Ich greife nach Anthonys Arm, um ihn aufzuhalten. Sein Körper ist angespannt, der Ausdruck auf seinem Gesicht vermutlich der, den seine Feinde in ihren letzten Augenblicken sehen. Das ist der Mann, über den man in Havanna tuschelt. Der rücksichtslose Verbrecher, der sein Vermögen mithilfe von Gewalt und List erworben hat. Es ist sowohl beängstigend als auch beruhigend, diese andere Seite des Mannes zu sehen, den ich geheiratet habe.

»Ich werde vorsichtig sein«, antwortet er. »Das verspreche ich dir.«

Ich lasse ihn los, er geht zum Fenster. Ich gebe ihm die Laterne, und er richtet das Licht auf die Scheibe.

»Das Wasser ist weg«, sagt er. »Da ist Sand, wo vorher der Ozean war.«

Das habe ich schon einmal gesehen. Ich weiß genau, was als Nächstes passieren wird.

»Es wird zurückkommen.«

* * *

Der Tote liegt oben in unserem Schlafzimmer, sein Blut befleckt den Boden, und bald rauscht das Meer zurück zum Haus.

»Ich muss die Leiche loswerden«, sagt Anthony.

»Aber wie?«

Er sieht mich mit einem Gesichtsausdruck an, der darauf hindeutet, dass er in solchen Dingen kein Anfänger ist.

»Was, wenn jemand ihn entdeckt?«, frage ich.

»Wir müssen dafür sorgen, dass das nicht passiert. Der Sturm wird uns dabei helfen. Wenn wir schnell handeln, verschwindet die Leiche einfach. Da draußen wird Chaos herrschen.«

»Der Mann wurde erschossen.«

»Wenn niemand seine Leiche findet, spielt das keine Rolle«, erwidert er.

»Und wenn doch?«

»Ich bezweifle, dass man sich besonders eingehend um eine weitere Leiche kümmern wird. Gerade bei einem Mann wie diesem. Selbst wenn sie seinen Tod untersuchen, ihn verbindet nichts mit uns.«

»Wird uns das überallhin verfolgen?«, frage ich. »Feinde in jedem Winkel? Wenn wir wirklich Partner in dieser Ehe sein wollen, solltest du mir vertrauen. Ich möchte keine Geheimnisse zwischen uns. Mit welchen Bedrohungen muss ich rechnen?«

»Eigentlich sollte es gar keine geben.«

»Aber dieser Frank Morgan … wir haben jemanden getötet, der für ihn gearbeitet hat. Wird er sich nicht rächen?«

»Er wird es nie erfahren. Der Sturm gibt uns die perfekte Deckung. Außerdem war dieser Mann kaum ein wertvolles Mitglied von Franks Organisation. Wahrscheinlich ein Einheimischer, den er billig angeheuert hat und der entbehrlich war. Deshalb müssen wir schnell handeln. Ich möchte ihn lieber gleich loswerden, als zu warten, bis es morgen hell wird. Dann besteht die Chance, dass ihn jemand findet«, sagt Anthony. »Ihn zu begraben würde zu lange dauern, selbst wenn wir Werkzeug finden könnten, was in diesem Durcheinander wohl schwierig wäre. Zudem besteht die Gefahr, dass ein Tier ihn später ausgräbt.«

Er klingt nur allzu vertraut mit den Feinheiten des Versteckens einer Leiche.

»Die See ist launisch, und wir haben kein Boot, um den Toten hinauszurudern. Aber der Sturm hat wahrscheinlich die Gezeiten durcheinandergebracht«, fährt Anthony fort. »Wer weiß, wohin es ihn treiben wird? Und selbst wenn er wieder hier landen sollte, wird man wahrscheinlich annehmen, er sei durch den Hurrikan angetrieben worden. Wenn die Sonne aufgeht, wird nichts mehr so aussehen wie zuvor. Wenn wir nur ein Messer oder eine Säge hätten …«

Mein Magen rebelliert bei dem Bild, das seine Worte heraufbeschwören.

Anthonys Blick wandert zum Petroleum hinüber. »Wir könnten das Petroleum benutzen, aber das Letzte, was wir brauchen, ist ein Feuer, das unser Obdach zerstört. Der Wind ist völlig unberechenbar heute Abend.«

»Das Meer wird genügen müssen«, sage ich entschlossen.

Ich weiß nicht, was diese Ehe und dieser Ort mit mir gemacht haben, aber ich verhalte mich so, als wäre es das Natürlichste auf der Welt, eine Leiche zu entsorgen.

* * *

Es dauert länger, als ich erwartet hatte, bis Anthony den Toten die Treppe hinuntergezogen, ihn zur Haustür hinaus und zum Strand bugsiert hat. Wir haben keine Ahnung, wann das Wasser zurück zum Strand fließt. Dies ist unsere letzte, unsere beste Chance, ihn zu beseitigen.

»Was für ein verdammt schwerer Dreckskerl«, grunzt Anthony und lehnt sich gegen das kaputte Geländer der Veranda.

Das Äußere des Hauses ist völlig zerstört, das halbe Dach abgerissen. Die Fenster sind kaputt, einzelne Fensterläden fehlen. Davor liegen riesige entwurzelte Bäume. Es ist zu dunkel, um das ganze Ausmaß des Schadens zu erkennen. Das, was im Schein der Laterne und des Mondes erkennbar wird, wirkt bedrohlich. Der Regen peitscht über den Boden, der Wind ist stark, obwohl der Sturm bereits an uns vorbeigezogen ist.

»Bleib auf der Veranda«, ruft Anthony mir zu. »Hier draußen ist es stürmischer, als man glaubt. Halt dich am Geländer fest.«

Ich greife nach dem Holz, mir wird angst und bange, als ich merke, wie wackelig es ist … Teile des Geländers sind bereits abgebrochen und komplett verschwunden. Die gesamte Konstruktion scheint kurz davorzustehen, umgeweht zu werden, und wackelt mit jedem neuen Windstoß.

»Sind wir heute Nacht in diesem Haus sicher?«, frage ich Anthony.

»In Anbetracht der Umstände ist das wahrscheinlich der beste Unterschlupf. Das Auto ist weg, und bei diesem Wetter würde ich mich sowieso nicht auf den Weg machen wollen.«

Anthony schleppt den Toten zum Wasser und watet ins Meer hinein. Ich schaue von meinem Platz auf der Veranda aus zu. Er müht sich ab und flucht, dann verschwindet er in der dunklen Nacht. Mein Herz klopft, während ich auf seine sichere Rückkehr warte. Eine Ewigkeit scheint zu vergehen, bevor er wieder auftaucht.

»Es ist übel da draußen«, brummt er.

»Was hast du mit ihm gemacht?«

»Er steckt im Mangrovendickicht. Wenn die Flut kommt, wird sie ihn hoffentlich wegtragen. Wenn man bedenkt, wie stark dieser Sturm war, werden wahrscheinlich sowieso bald überall Leichen auftauchen.«

Ich zittere bei dem makabren Gedanken, bei dem Bild, das er heraufbeschwört. Anthony legt einen Arm um mich und führt mich zurück ins Haus.

Erst viel später, als wir fast schon eingeschlafen sind und Anthonys Finger mit meinen verschränkt sind, schaue ich auf meine Hand und stelle fest, dass mein Verlobungsring verschwunden ist.

24

Dienstag, 3. September 1935
Helen

Als ich aufwache, ist da Licht. Nicht das helle Sonnenlicht, an das ich gewöhnt bin, nur ein matter Schimmer, der den Tagesanbruch ankündigt. John steht in der Nähe eines Fensters, dessen Fensterläden vom Sturm weggerissen wurden, und hält Lucy im Arm.

»Ist es vorbei?«, frage ich.

»Sie sind wach.« Er kommt zu mir und übergibt mir Lucy. Ich lege sie an meine Brust, und er sieht weg.

Das halbe Dach ist fort, etwas Wasser steht noch in der Hütte, aber wir bewegen uns nicht mehr.

»Es ist vorbei, aber ich bin mir nicht ganz sicher, wo wir gelandet sind«, antwortet John. »Vielleicht auf Windley Key? Es sieht so aus, als wären wir nach Norden getrieben worden, aber die Landschaft sagt mir nichts. Alle Bäume sind weg. Alles ist weg. Da sind Löcher, in denen sich vorher irgendetwas befunden haben muss, aber ich weiß nicht, was.«

»Ich kann nicht glauben, dass ich einfach eingeschlafen und nicht mehr aufgewacht bin.«

»Ihr Körper hat mit der Entbindung und dem Sturm einen

großen Schock durchgemacht. Sie haben die Erholung dringend gebraucht. Das Schlimmste war vorbei, als Sie eingeschlafen sind. Wir sind bereits vor Stunden hier gestrandet.«

Meine Sinne sind wie vernebelt. Da ist Lucy, die ich ganz klar sehe. Doch alles andere kommt mir vor, als würde es jemand anderem passieren. Als wäre ich jemand anderes. Irgendwo da draußen ist Tom, aber in diesem Moment sind wir wirklich allein auf der Welt. Ich habe mit Sicherheit nicht alles verarbeitet, was passiert ist.

Keine Ahnung, was als Nächstes kommt. Das Baby trinkt zufrieden an meiner Brust. »Geht es ihr gut? Sie scheint gesund zu sein.«

Er lächelt. »Ich glaube, sie ist eine Kämpferin. Genau wie ihre Mutter.«

»Ich habe nichts getan – nur irgendwie den Sturm überstanden.«

»Ohne Sie hätte ich es nicht geschafft. Sie haben mir geholfen, meine fünf Sinne zusammenzuhalten. Sie sind für mich und für Lucy stark geblieben. Jetzt müssen wir hier raus. In der Küche gibt es ein paar Konserven, aber Wasser wird irgendwann ein Problem. Außerdem sollten Sie wirklich von einem Arzt untersucht werden. Dasselbe gilt für Lucy. Die Hütte scheint mir an diesem Strandabschnitt ganz gut aufgehoben«, fügt er hinzu. »Sie bewegt sich jedenfalls nicht mehr. Ich würde Lucy jedoch nicht hinausbringen, bevor wir uns ein Bild gemacht haben. Eigentlich möchte ich euch beide nicht verlassen, aber es ist am besten, wenn ihr bleibt. Legen Sie sich ins Bett und ruhen Sie sich aus. Ich werde sehen, ob ich in der Nähe Hilfe bekommen kann.«

John beugt sich über mich, und seine Lippen huschen flüchtig über meine Stirn. »Ich komme bald zurück. Das verspreche ich Ihnen.«

25

Mirta

Wir quetschen uns nebeneinander auf das Sofa im Wohnzimmer, unsere Körper sind miteinander verflochten, Anthonys lange Beine hängen über den Rand. Bequem kann man das nicht gerade nennen. Mehr als ein paar Stunden Schlaf bekommen wir sowieso nicht. Bedenkt man jedoch, wie schlimm der Sturm war, ist es ein Wunder, dass wir überhaupt die Nacht überstanden haben. Als endlich die Sonne aufgeht, sind ihre Strahlen nicht besonders kräftig.

»Ich muss rausgehen und die Lage peilen. Hilfe holen.« Anthony zögert. »Ich will dich nicht alleine lassen.«

»Ich werde mitkommen.«

»Mirta.«

»Du hast es selbst gesagt – du willst mich nicht alleine lassen. Die Folgen eines Sturms können heftig sein. Plünderer und dergleichen. Wir haben das in Havanna erlebt. Ganz zu schweigen von dieser Sache mit Frank Morgan. Du weißt nicht, wer da draußen herumläuft, und ich möchte mich nicht sorgen müssen, dass weitere Männer auf uns angesetzt sind.«

Anthony nimmt die Waffe und steckt sie sich in den Hosenbund. »Na, dann los.«

Hand in Hand verlassen wir das Haus, um Hilfe zu holen. Auf der Veranda bleiben wir wie erstarrt stehen. Die Landschaft, an die wir uns in den letzten Tagen gewöhnt hatten, hat sich völlig verändert. Die hoch aufragenden Palmen mit dicken Kokosnüssen, die die Zufahrt zum Haus säumten, sind nirgends zu entdecken. Auf der ganzen Veranda liegt Sand, die Treppe vom Haus auf den Strand ist ebenfalls dem Sturm zum Opfer gefallen. Davor ruht ein umgekippter Kühlschrank, und ich bin mir ziemlich sicher, dass er nicht aus unserem Haus stammt.

Große Teile des Dachs sind verschwunden, Fenster herausgebrochen, Wände durchlöchert. Das ganze Gebäude sieht aus, als wäre eine Bombe explodiert. Die Veranda hängt an den Stellen durch, an denen das Geländer vom Wind fortgerissen wurde. Überall liegen die unterschiedlichsten Dinge verstreut – Blätter von den Mangroven, Palmwedel, Kleidungsstücke, die ich noch nie gesehen habe.

Mein Blick schweift über den Strand und bleibt auf einem weißen Holzgegenstand mit geschwungenen Beinen haften. Rosa Bänder schmücken das Möbelstück, und mit Mühe kann ich einen Namen entziffern. *Ruth.* Eine Wiege. Bange renne ich darauf zu, lausche nach den Schreien eines Babys.

Die Wiege ist leer.

»Mirta.« Anthony schlingt von hinten die Arme um mich und hält mich fest.

Ich kann meine Augen nicht von dem Anblick dieses Namens abwenden, der so sorgfältig auf das Holz gepinselt wurde. »Glaubst du, das Baby ist in Sicherheit? Ich sehe keine Leiche, aber das nächste Haus muss mindestens eine Meile entfernt sein. Wie …?«

»Ich bin mir sicher, dem Baby geht es gut«, antwortet Anthony. Sein Tonfall steht in krassem Gegensatz zu der Gewissheit in seinen Worten. »Die Wiege ist wahrscheinlich im Sturm weggeblasen worden.«

Wir gehen los. Sosehr ich versuche, den Anblick von Ruths Wiege zu vergessen, er verfolgt mich und setzt sich in meinem Inneren fest. Wie viele Menschen hatten nicht so viel Glück wie wir? Wie viele sind in der vergangenen Nacht umgekommen? Wir bewegen uns in Richtung Hauptstraße. Je weiter wir vorankommen, desto offensichtlicher wird das Ausmaß der Zerstörung. Ich stolpere und verliere fast das Gleichgewicht. Dann öffne ich den Mund, um zu schreien, bringe aber keinen Ton heraus. Eine Leiche hängt von den Ästen eines Baumes, verstümmelt bis zur Unkenntlichkeit.

Einen Moment lang denke ich, es ist der Mann, den ich erschossen habe und der zurückgekommen ist, um mich heimzusuchen. Dann merke ich, dass es eine Frau ist. Eine lange rote Haarsträhne flattert wie ein Band im Wind. Es könnte das Mädchen aus New York sein, das ich am Strand getroffen habe. Elizabeth. Oder jede beliebige andere Frau.

Neben mir stößt Anthony einen Fluch aus.

Ich habe die Folgen vieler Stürme gesehen. Doch so etwas habe ich noch nie erlebt. »Sollen wir …?« Die Worte »ihr helfen« bleiben mir in der Kehle stecken.

»Wir können ihr nicht mehr helfen«, erwidert Anthony. Er spricht so sanft mit mir, als befürchte er, ich könne jeden Moment den Verstand verlieren.

Wir gehen weiter und finden weitere Leichen. Auf dem Boden, in den Ästen jener Bäume, die der Wut des Windes standgehalten haben. In den Trümmern der Häuser, die vom Sturm zerstört worden sind. Ein paarmal eilt Anthony hin, als könne ein Mensch gerettet werden, als müsse man ihm zu Hilfe kommen, aber schnell wird deutlich, dass es keinen Sinn hat. Wir sind vom Tod umgeben.

Aus der Ferne sehe ich zwei Gestalten auf uns zukommen und greife nach Anthonys Arm. Nervös versuchen wir, die Neuankömmlinge einzuschätzen. Zwei Männer in zerrissener Kleidung, Wunden an Gesichtern und Armen, die Mienen starr vom Schock.

Sie sind Brüder, und ihr Haus wurde im Sturm zerstört. Ihre Augen sind voller Tränen, als sie es uns erzählen. Wie schrecklich es sein muss, wenn das eigene Haus verwüstet ist, Familie und Freunde verschwunden sind.

Wir setzen unseren Weg gemeinsam mit den Männern fort, andere schließen sich uns an. Überlebende des Sturms mit entsetzten Gesichtsausdrücken, die zweifellos unsere eigenen widerspiegeln. Sie sind in Lumpen gehüllt, ihre Kleidung wurde von den Elementen weggeblasen. Ihre Schuhe sind fortgespült worden, sodass sie sich ihre nackten Füße an den Felsen aufschneiden, während sie ziellos umherwandern und nach ihren Lieben suchen.

Einige der Einheimischen bleiben ab und zu stehen, um etwas aufzuheben, das der Sturm dorthin getragen hat. Mein Herz krampft sich zusammen, als ich den Schmerz in ihren Augen sehe und die wenigen verbliebenen Besitztümer, die sie mit sich herumtragen. Wenn ich an die Verluste denke, die sie erlitten haben. Ihre Häuser sind weg. Viele Leben sind verloren. Die gesamte Insel wurde praktisch ausradiert. Diese Leute hatten schon davor kein leichtes Leben. Was sollen sie jetzt nur machen?

Tote liegen am Strand. Um uns herum weinen die Einheimischen, wenn sie ein Familienmitglied erkennen. Oft wirft eine Leiche jedoch mehr Fragen auf, als dass sie Antworten liefert.

Könnte das Nancy Thompson sein?

Vielleicht.

Nein, sie ist zu groß für Nancy.

Es ist das Miller-Mädchen, oder?

Kurze Pause. Jemand wischt sich über die Stirn.

Könnte tatsächlich das Miller-Mädchen sein.

So geht es weiter. Da sind Frauen und Männer. Kinder. Babys. Niemand sollte die Dinge sehen müssen, die wir heute sehen. Mehr als einmal drängt mich Anthony, ins Haus zurückzukehren, aber ich bleibe, wo ich bin, meine Hand fest mit seiner verschränkt.

Jeder Schritt, den wir tun, enthüllt unvorstellbare, schreckliche Tatsachen. Mr. Flaglers mächtige Eisenbahn liegt in Trümmern. Wir sehen zerstörte Streckenabschnitte, kaputte und in sich verdrehte Waggons. Einen riesigen Frachter, der auf Grund gelaufen ist und nun am Strand festhängt. Die Kraft, die dieser Sturm entwickelt hat, ist in der Tat beunruhigend. Das *Matecumbe Hotel* ist schwer beschädigt, aber noch so weit intakt, dass es ein paar Überlebenden Schutz bieten kann.

So viele Tote, dass ich sie langsam nicht mehr zählen kann.

Mit jedem Kilometer, den wir zurücklegen, stumpfe ich mehr ab, betäubt von der wahllosen Grausamkeit des Sturms. Am schlimmsten ist es am Bahnhof. In den Mangroven haben sich Leichen verheddert, der Gestank ist unerträglich. Sie liegen über den Boden verstreut wie weggeworfener Müll.

»Sie hatten keine Chance«, flüstert die Frau neben mir und bekreuzigt sich.

Das Seltsamste ist, dass es inmitten dieser Zerstörung Gegenstände gibt, die weit von ihren Besitzern weggeweht worden und dennoch perfekt erhalten geblieben sind. Ein Kleid auf dem Boden. Ein Schuh. Ein Bett. Diese Dinge widersetzen sich jeglicher Logik.

Anthony deutet auf eine Gruppe von Männern, mit denen er gesprochen hat. »Sie werden versuchen, die Menschen wegzubringen, die dringend medizinische Hilfe benötigen. Die Schwächsten müssen als Erste in Sicherheit gebracht werden. Die meisten Lebensmittel und Vorräte sind weg. Das ist schlimm für alle, die hier festsitzen. Vor allem an Trinkwasser wird es bald mangeln. Ich werde ihnen helfen. Du solltest zurück zum Haus gehen. Ruh dich ein wenig aus, es ist schon spät. Nach Einbruch der Dunkelheit solltest du dich nicht mehr draußen aufhalten. Bitte. Ich möchte mir nicht die ganze Zeit Sorgen machen müssen.« Anthony zieht die Waffe aus dem Hosenbund. »Nimm die. Behalte sie in der Hand. Du könntest auf Plünderer stoßen. Auf Menschen, die versuchen, die Situation zu ihrem Vorteil auszunutzen.«

Wir tauschen einen finsteren Blick. Es könnten weitere Feinde auftauchen.

»Ich will dich nicht alleine lassen, aber sie brauchen Männer, die helfen können, die Verletzten zu tragen, und …«

Ich drücke meine Lippen auf seine und unterbreche damit seinen Redefluss. Als der Kuss zu Ende ist, trete ich einen Schritt zurück und schaue ihm in die Augen.

»Komm wieder zu mir nach Hause.«

26

Helen

Es ist später Nachmittag, als John zur Hütte zurückkehrt. Lucy schlummert friedlich. Ich habe das Beste aus den verbliebenen Konserven gemacht, aber er hat sich nicht getäuscht – das Trinkwasser ist knapp. Wir können nicht mehr lange bleiben.

»Wie ist es da draußen?«, frage ich. Seit er gegangen ist, habe ich die meiste Zeit über durch das Fenster hindurch die unbekannte Landschaft betrachtet.

»Wir sind definitiv in der Nähe von Windley Key. Es herrscht ein einziges Chaos da draußen. Die Telefonleitungen funktionieren nicht. Gleiches gilt für die Telegrafenleitungen. Die Straßen sind blockiert, die Brücken zerstört.«

»Das Krankenhaus?«

»Das ist auch zerstört.«

Mir wird bange ums Herz.

»Alles ist kaputt«, fügt John hinzu. »Ein Boot ist aus Miami gekommen. Sie holen Verletzte und bringen sie ins Krankenhaus auf dem Festland. Sie und Lucy sollten mit ihnen fahren.«

»Und Sie?«

»Ich werde später nachkommen. Bis alle anderen die Möglichkeit haben, evakuiert zu werden, bleibe ich. Im Moment ist das Wichtigste, dass ihr beide in Sicherheit seid.«

Bei allem, was wir zusammen durchgemacht haben, war mir seine Anwesenheit ein Trost. Darum fällt es mir schwer, mich von ihm zu trennen.

John muss die Unentschlossenheit und Angst in meinen Augen gesehen haben. Er setzt sich neben mich auf das Bett und legt seinen Arm um mich. »Ich werde nachkommen, sobald ich kann. Das verspreche ich Ihnen. Sie werden in guten Händen sein.«

* * *

Eine Stunde später sind die Männer vom Boot da, genau wie John gesagt hat. Meine Beine sind noch schwach von der Entbindung, als ich mit Lucy im Arm von der Hütte zum Ufer gehe, wo das Boot wartet. John nimmt mich hoch und trägt mich den Rest des Weges. Mein abgenutztes Nachthemd ziehe ich wie eine Schleppe hinter mir her, mein Kopf ruht an seinem Hals. Der Geruch von Schweiß und Mann erfüllt meine Nase. Ich lege die Arme um ihn und klammere mich fest.

Wir gehen an einer Gruppe von Männern vorbei, die in Ufernähe stehen und ebenfalls mitgenommen aussehen. Einer von ihnen kommt mir bekannt vor. Wo um Himmels willen habe ich ihn schon mal gesehen?

John trägt mich durch das Wasser. Seine Hosen werden nass, als er so weit hineinwatet, bis wir schließlich das Boot erreichen. Keiner von uns spricht.

Der Kapitän des Bootes aus Miami ist der Einzige, der keine sichtbaren Verletzungen durch den Sturm aufweist. Seine Kleidung ist in einem weitaus besseren Zustand als die der Überlebenden.

John setzt uns sanft ab, und ich drücke Lucy an meine Brust. Die Wellen schaukeln uns heftig hin und her. Am liebsten möchte ich John festhalten, mich an die Sicherheit klammern, die ich in den letzten Tagen erfahren habe. Ich zwinge mich, ihn loszulassen.

»Ich werde nachkommen, sobald ich kann«, verspricht er mir.

Was passiert mit uns? Wohin werden wir fahren? Und was erwartet uns, wenn wir dort ankommen?

John wendet sich an den Mann auf dem Boot. Sie wechseln ein paar Worte, bevor wir davonfahren.

Ich versuche, die Tränen zurückzuhalten, die über mein Gesicht rinnen, und rede beruhigend auf Lucy ein, die offensichtlich wegen des Wellengangs verstört ist.

Erst als wir losfahren, erkenne ich den Mann am Ufer. Es ist der Mann aus *Ruby's Café*, der mit der jungen, hübschen Frau aus Kuba. Mirta. Er sieht ganz anders aus als vor ein paar Tagen, seine Kleidung ist schmutzig und zerrissen, sein Gesichtsausdruck wirkt gequält. Was ist mit seiner Frau passiert? Ich hoffe, sie ist irgendwo in Sicherheit.

Meine Augen bleiben fest auf das Ufer gerichtet, auf John, bis wir die Keys hinter uns gelassen haben und er nur noch ein Fleck am Strand ist.

Der Ozean umgibt uns, und wir sind wieder allein.

27

Mirta

Trotz meiner Erschöpfung kann ich nicht einschlafen. Ich warte auf Anthony, die Waffe fest in der Hand. Mein Herz rast bei jedem Knarren im Haus, bei jedem Geräusch von draußen.

Die Kommunikationslinien sind immer noch unterbrochen. Angesichts der Zerstörungen durch den Sturm wird das wahrscheinlich lange so bleiben. Wenn man bedenkt, dass wir vom Rest der Welt abgeschnitten sind, fühlt man sich auf dieser winzigen Insel gleichzeitig allein und beengt.

Gibt es Leute, die draußen in der Nacht herumlaufen und nach brauchbaren Dingen stöbern? Anthony hatte recht mit seiner Besorgnis. Je nachdem, wie lange es dauert, bis wir gerettet werden, wird Nahrungs- und Wassermangel zum Problem werden. Ein Geräusch durchbricht die relative Stille der Nacht. Ein Rascheln, gefolgt von Schritten auf den Dielen der Veranda.

Mit der Waffe in der Hand gehe ich vom Wohnzimmer zur Haustür. Das Herz hämmert in meiner Brust.

»Ich bin's«, ruft eine vertraute Stimme, und ich öffne die Tür. Anthony kommt die Verandatreppe hinauf.

Ich gehe ihm entgegen und treffe ihn auf halbem Weg. Er lässt sich gegen meinen Körper sinken, schlingt die Arme um meine Taille.

Wir halten uns gegenseitig fest, ohne zu sprechen. Was gibt es noch zu sagen? In den letzten vierundzwanzig Stunden haben wir ein ganzes Leben durchlebt. Ich bin erschöpft und angespannt zugleich. Im Augenblick möchte ich nur vergessen, was passiert ist.

Ich will Anthony.

Ich drücke meine Lippen auf seine, mein Körper übernimmt die Kontrolle. Die gleiche Verzweiflung spüre ich in ihm, als der Kuss sanft beginnt und mit einem Mal besitzergreifend wird. Von dem Moment an, in dem sich unsere Lippen treffen, ist klar, dass sich diese Umarmung von allen unterscheidet, die wir bisher geteilt haben. Vielleicht hat er sich bis dahin zurückgehalten, und ich bekomme gerade eine neue Seite von ihm zu sehen. Oder er ist genauso erschöpft wie ich von dem, was wir heute erleben mussten.

Wir lösen uns voneinander. Ich sehe ihn an, und plötzlich fühle ich mich, als wäre in meinem Inneren eine Tür aufgegangen worden. »Warum wolltest du mich heiraten?«, frage ich fordernd. Ich habe die Stimme meiner Mutter im Ohr, die mich für meine Direktheit kritisiert. Doch ich habe nicht die Energie, mich deswegen schlecht zu fühlen.

»Weil ich dich wollte.« Seine Worte jagen einen Schauder durch mich hindurch.

»Bekommst du immer, was du willst?«, frage ich.

»Fast immer.«

»Was genau willst du von mir?«

»Alles.«

Mein Herz pocht.

»Ich möchte, dass du mich respektierst. Ich möchte nicht, dass du bereust, mich geheiratet zu haben.« Er holt tief Luft. »Ich möchte, dass du mich liebst.«

»Ich möchte das auch«, räume ich ein und überrasche mich damit selbst. Ich meine es ernst. »Aber du kannst nicht sagen, dass du diese Dinge willst, und mir gleichzeitig so wenig von dir anbieten. Warum wolltest du mich? Was ist das Besondere an mir? Ist dir bloß zu Ohren gekommen, dass mein Vater in einer Notlage war und ich hübsch genug bin, um deine Bedürfnisse zu stillen?«

»Nein. Stell dein Licht nicht unter den Scheffel.«

»Ich habe gelernt, pragmatisch zu denken.«

»Über solche Dinge brauchst du dir keine Sorgen mehr zu machen.«

»Kann man wirklich damit aufhören, sich über solche Sachen zu sorgen?«

»Nein, wahrscheinlich nicht. Und ich kannte dich schon. In gewisser Weise zumindest.«

»An jenem Tag in der Bibliothek …?«

»An jenem Tag in der Bibliothek haben wir uns zum ersten Mal unterhalten, aber es war nicht das erste Mal, dass ich dich sah. Das war vor meinem Hotel. Du gingst gerade mit deinen Freundinnen spazieren. Du in diesem Kleid … den Anblick werde ich nie vergessen.« Er macht eine Pause, als hätte die Erinnerung einen Moment des Innehaltens verdient.

»Welche Farbe hatte das Kleid?«, frage ich. Ich möchte Teil dieser Geschichte sein, von der ich bisher nichts wusste.

»Blau.«

Ich kann mich nur noch dunkel an jenen Augenblick erinnern. Es war einer von vielen Abenden, verbracht in Unschuld und Luxus, einer in einer langen Reihe, die sich aneinanderreihten wie Perlen in einer Kette.

Anthonys Hände wandern zu meiner Taille. »Es war sehr figurbetont. Als ich dich sah, dachte ich, ich könnte dich mit den Händen umfassen.« Ich schaue auf seine Hände, die mich umschließen. »Ganz einfach so«, fügt er hinzu und schluckt.

»Der Rock war weit ausgestellt …« Seine Hände wandern tiefer, fahren über meine Hüften, hüllen mich ein und streicheln.

»Ich erinnere mich an das Kleid«, erwidere ich etwas vage.

»Ich dachte, du wärst das Schönste, was ich je gesehen habe.«

»Aber du hast mich nicht angesprochen.«

»Nein, habe ich nicht. In Anbetracht meines Rufes wäre das wohl kaum angemessen gewesen. Ich hätte nie gedacht, dass wir uns wieder über den Weg laufen würden, aber plötzlich warst du da. Du tauchtest auf, als ich es am wenigsten erwartete. Bis dahin blitzten für mich Bilder von dir überall in Havanna auf – ein Ellbogen hier, die Krümmung deines Halses dort, dein wirbelnder Rock im Vorbeigehen. Du drehtest dich in meinem Kopf wie ein Ohrwurm, den ich nicht mehr loswurde.«

»Du hast eine romantische Seite«, necke ich. Das Herz schlägt in meiner Brust, weil es tatsächlich romantisch klingt. Die Vorstellung, dass dieser Mann mich bei meinem Spaziergang durch Kuba beobachtet hat, erregt mich. Dennoch ist mir klar, dass das keine ausreichende Grundlage für eine glückliche Ehe, für eine Partnerschaft, bildet.

»Du willst Romantik, dann gebe ich dir Romantik, und zwar so viel, dass du rot wirst.«

Ich will mehr.

»Eines Tages setzte sich dein Vater mir gegenüber an den Pokertisch.« Dies ist der Teil der Geschichte, den ich bisher nicht erfahren habe. Über den getuschelt wurde, wie ich mitbekomme hatte.

Mirta Perez' Vater hat sie beim Kartenspielen verschachert.

»Wusstest du, was du wolltest, als du dich mit ihm eingelassen hast?«

»Nein. Ich glaube nicht an viel, aber irgendeine Macht hat dich mir ständig über den Weg geführt. Ich war schon immer jemand, der für das kämpft, was er will.«

»Also hast du ihm einen Deal angeboten.«

»Ich habe angeboten, dich zu heiraten, ja. Es schien die Lösung für alle Probleme zu sein. Deine Familie brauchte Hilfe, Geld und Batistas Gunst, und ich wollte, brauchte …«

Er sagt es nicht laut, aber ich kann seinen Gedanken trotzdem beenden.

Dich.

Hat mich zuvor schon einmal jemand gebraucht?

Anthonys Griff um mich wird fester. »An jenem Abend in der Bibliothek deines Vaters, als wir uns zum ersten Mal unterhielten …« Seine Augen leuchten. »Ich wollte dich unbedingt.«

Ich muss mich sehr beherrschen, um ruhig zu bleiben. In

meiner Kehle wallt ein Gefühl auf, das ich nicht benennen kann. Die Familie, die ich will, die Ehe, nach der ich mich sehne, ist in Reichweite. Wir könnten zusammen glücklich werden. Ich könnte mit ihm glücklich werden.

Jetzt bin ich diejenige, die gierig ist. Er spricht von meiner Schönheit, von meinem Körper, aber ich will alles von ihm.

Ich will sein Herz.

Anthonys Rasierwasserduft steigt mir in die Nase. Sein Körper ist an allen Stellen hart, an denen ich weich bin. Ein Hinweis darauf, dass er mit brutaler Gewalt und Muskelkraft durchs Leben gekommen ist.

Ich neige den Kopf, sein Mund findet meinen. Seine Zunge teilt meine Lippen. Ich öffne mich für ihn und lasse mich ganz auf den Kuss ein. Nichts in meinem Leben hat mich darauf vorbereitet. Auf ihn.

»Atme«, murmelt er an meinen Lippen und streichelt meine Haare.

Ich atme tief ein. Seine Fürsorge löst etwas in meinem Inneren, das bislang fest verknotet war. Ich bekomme eine leise Ahnung von meiner Zukunft. Mein Nachthemd fällt zu Boden. Der Ausdruck in seinen Augen erregt mich. In einem erstickten Atemzug haucht er meinen Namen, als ich mich ihm nähere.

Am Ende der Nacht bin ich in jeder Hinsicht seine Ehefrau.

28

Mittwoch, 4. September 1935
Elizabeth

Der Gedanke an den Tod hat mich lange Zeit sehr beschäftigt. Meine Mutter sagte, es sei unnatürlich für ein Mädchen in meiner Position, so viel über solche Dinge nachzudenken. Angesichts unserer Familiengeschichte fragte ich mich jedoch ständig, wie sich die letzten Augenblicke meines Vaters und meines Bruders wohl gestalteten, ob sie wussten, dass sie sterben würden. Ob es einen Moment gab, in dem sie bereuten und wünschten, sie könnten die Entscheidung, die sie getroffen hatten, wieder rückgängig machen. In meinen fantasievolleren Momenten stellte ich mir Wärme, helles Licht und Engel vor, die sie an ihr letztes Ziel brachten.

Als ich starb, spürte ich nur Kälte. Und Dunkelheit.

Gerade noch befand ich mich im Zug und hielt mich an Sam fest. Im nächsten Augenblick war ich weg, ein einziger Gedanke schoss mir durch den Kopf, bevor alles schwarz wurde.

Ich will nicht sterben.

Als ich aufwache, beugt sich eine Frau über mich, sie

ist strahlend weiß angezogen, ein Licht blendet mich. Ihre Stimme klingt mir in den Ohren.

»Elizabeth? Elizabeth?«

In meinem Kopf pulsiert ein dumpfer Schmerz, mein Hals kratzt und ist trocken. Mein ganzer Körper pocht, ich entdecke einen hässlichen Bluterguss an einer Hand. Noch einen an meinem Handgelenk. Ich versuche, die Arme zu heben, aber ich kann mich nicht bewegen, ich …

Panik übermannt mich.

»Elizabeth.«

Ich schlucke, blinzele und schaue über ihre Schulter an der Krankenschwester vorbei. Von dort höre ich eine vertraute Stimme.

Sam. Er nimmt meine Hand.

Die Krankenschwester spricht, aber es hört sich an, als wäre sie weit weg, als wäre ich unter Wasser. Der Zug …

»Wasser.«

»Möchten Sie etwas Wasser?«, fragt sie.

Ich schüttele den Kopf und versuche es erneut. Die Worte bilden ein einziges Durcheinander in meinem Kopf.

»Wasser. Da war Wasser.«

»Der Sturm hat uns mit sich gerissen«, sagt Sam. »Eine Flutwelle traf den Waggon. Wir wurden herumgeschleudert, als die Welle über uns zusammenschlug. Sie schlugen mit dem Kopf gegen die Wand des Waggons und waren bewusstlos.«

»Ich war unter Wasser.«

»Sie wären fast ertrunken.«

»Wo bin ich?«

»In einem Krankenhaus in Miami«, antwortet Sam. »Ein Kutter der Küstenwache brachte uns her. Sie evakuierten die Menschen von Matecumbe Key auf das Festland. Sie kamen als eine der Ersten mit, weil Sie verletzt sind.«

»Ich gebe Ihnen ein paar Minuten«, sagt die Krankenschwester. Ihre Absätze klappern über den Boden, bis sich die Tür sanft hinter ihr schließt und wir alleine sind.

»Es ging alles so schnell.« Er drückt meine Hand. »Die Flutwelle traf auf den Zug, und die Waggons füllten sich mit Wasser. Ich hielt mich fest, so gut ich konnte, und versuchte gleichzeitig, Sie festzuhalten. Überall um mich herum machten die Leute dasselbe. Von einer Sekunde auf die andere waren Sie dann weg. Die Strömung war zu stark, sie hat mich fortgerissen. Es ist ein Wunder, dass wir nicht ertrunken sind.«

»Ich kann mich an nichts erinnern.«

»Noch nie in meinem Leben hatte ich solche Angst. Der Evakuierungszug …« Sein Kinn zuckt. »Er wurde einfach von den Gleisen gefegt. Einige Passagiere konnten sich durch die Fenster retten, andere haben sich an den Gleisen und am Zug festgehalten. Aber viele wurden ins Meer gespült und ertranken.«

»All diese Leute … die Kinder.«

»Noch weiß niemand, wie viele umgekommen sind. Sie versuchen immer noch, Überlebende zu finden und Leichen zu bergen. Es sieht übel aus da draußen und wird lange dauern, bis man alles wieder einigermaßen aufgebaut hat. Es scheint, als hätte der Sturm alles mit sich gerissen. Zurückgeblieben ist nur eine Ödnis. « Er hält kurz inne. »Ich habe

Sie ein paar Hundert Meter vom Bahnhof entfernt auf dem Boden gefunden. Keine Ahnung, wie Sie dorthin gekommen sind. Als ich Sie entdeckte, befürchtete ich, Sie seien tot. Ihre Augen waren geschlossen, und ich konnte keinen Puls fühlen.«

»Die Veteranen?« *Mein Bruder.*

»Darüber weiß ich nichts. Die Lager sind weg. Vom Sturm zerstört. Nicht alle sind geflohen, aber diejenigen, die sich dafür entschieden haben …«

Der Ausdruck auf seinem Gesicht, das blanke Entsetzen, das ich dort ausmache … »Was ist mit den Gästen vom *Sunrise Inn*, die nicht mit uns weggegangen sind?«

»Die meisten Gebäude sind zerstört. Ich bin mir nicht sicher, ob überhaupt noch welche stehen. Ich weiß nicht, was mit den anderen passiert ist.«

Tränen steigen mir in die Augen und laufen mir über die Wangen.

»Sie haben eine Gehirnerschütterung«, sagt Sam. »Die Ärzte möchten Sie ein paar Tage überwachen. Sie waren übel zugerichtet. Vielleicht hatten Sie sich irgendwo verkeilt, und das hat Sie an Ort und Stelle gehalten. Das würde zumindest die blauen Flecken erklären.«

»Wie kam es zu Ihrer Verletzung?«, frage ich und deute auf sein Gesicht. In der Nähe seines Auges befindet sich eine böse Wunde.

»Umherfliegende Trümmer, denke ich. Mir fehlen klare Erinnerungen, an manches erinnere ich mich gar nicht mehr. Zumindest habe ich nur einige Schnitte und blaue Flecken abbekommen. Nichts Schlimmes.«

»Hat ein Arzt sich das angeschaut?«

»Sie haben mich kurz untersucht, als wir hierherkamen. Aber die Ärzte mussten sich um Patienten kümmern, die weitaus schlimmere Verletzungen hatten als ich. Es geht mir gut.«

»Wie lange sind wir schon in Miami?«

»Einen Tag. Einige Boote liefen sofort aus, um Verletzte herauszuholen. Es laufen weitere Rettungsaktionen, um den restlichen Überlebenden zu helfen.«

»Gibt es irgendwo eine Liste mit Namen? Ich muss meinen Bruder finden.«

»Ich werde mit ein paar Beamten sprechen. Vielleicht kann ich etwas herausbekommen. Sie kümmern sich jetzt nur darum, wieder gesund zu werden. Die Ärzte sagen, das Wichtigste sei, dass Sie sich entspannen.« Er schluckt. »Ich dachte, Sie wären tot.«

Das Gefühl in seiner Stimme überrascht mich.

»Das ist alles nicht einfach«, sage ich. »Was Sie mir in der Pension erzählt haben. Die Papiere, die ich gefunden habe … Ich weiß nicht genau, wie ich mich damit fühle.«

»Ich weiß.«

»Ich bin Ihnen dankbar für das, was Sie für mich getan haben, dafür, dass Sie mit mir hierhergekommen sind. Aber ich verdiene mehr Antworten als die, die Sie mir bisher gegeben haben.«

»Ich werde Ihnen alles sagen, was ich kann, wann immer Sie bereit dazu sind.«

Ich möchte ihm glauben, möchte glauben, dass nach allem, was wir durchgemacht haben, eine Art Loyalität zwischen uns besteht. Doch irgendetwas hält mich davon ab. Ich bin oft genug von anderen Menschen enttäuscht worden und habe gelernt, dass ich mein Vertrauen nicht ohne Weiteres verschenken darf.

Mein Blick wandert zu dem Tisch neben meinem Bett, auf dem ein riesiger Strauß roter Rosen thront. »Sie sind wunderschön. Aber es wäre nicht nötig gewesen, dass Sie mir Blumen schicken.«

»Das war ich nicht.«

Eine weiße Karte ragt aus der roten Pracht heraus. Sam pflückt sie aus dem Blumenstrauß und reicht sie mir wortlos.

Ein Schaudern läuft mir über den Rücken, als ich die mit schwarzer Tinte hingekritzelten Worte lese. Die Karte rutscht mir aus der Hand und flattert auf den Boden des Krankenzimmers.

Es tut mir sehr leid, dass du einen Unfall hattest. Frank

29

Helen

Das Rettungsboot bringt uns zum Riverside Hospital in Miami. Die Ärzte untersuchen Lucy und erklären sie und mich für gesund. Dann stecken sie uns in eins der leeren Zimmer. Ich versuche, ihre Fragen so gut wie möglich zu beantworten und die Formulare auszufüllen, die sie mir vorgelegt haben. Aber bald fallen mir die Augen zu, und der Schlafmangel holt mich ein.

Als ich aufwache, läuft eine Krankenschwester durch das Zimmer. John sitzt in der Ecke in einem Schaukelstuhl, Lucy in seinen Armen. Leise, aber überraschend musikalisch singt er dem Baby etwas vor, eine Melodie, an die ich mich aus meiner eigenen Kindheit erinnere. Bei diesem Anblick bekomme ich einen Kloß im Hals.

John schaut über ihren Kopf hinweg, und unsere Blicke treffen sich.

Ich lächele, Erleichterung erfüllt mich. »Du bist zurück.«

»Ich bin heute Morgen mit dem Boot gekommen und wollte nach dir sehen. Wie geht es dir?«

»Ich bin müde«, gebe ich zu und strecke die Arme nach dem Baby aus, das er mir reicht.

Lucy sucht nach meiner Brust, streicht mit den Lippen über meine Haut. Es ist mir nicht peinlich, diesen Moment mit ihm zu teilen, nicht nach all den intimen Augenblicken, die wir zusammen erlebt haben. Wenn man dem Tod ins Auge gesehen hat, rückt man automatisch enger zusammen.

»Ich habe deine Krankenakte gelesen«, sagt er. »Alles sieht gut aus. Dein Heilungsverlauf ist zufriedenstellend. Die Ärzte sagen, in ein oder zwei Tagen kannst du nach Hause gehen. Lucy geht es auch gut.«

Nach Hause.

Ich weiß nicht einmal mehr, wo das ist. Ich habe dem Krankenhauspersonal Tante Alice' Namen gegeben, um in Erfahrung zu bringen, ob sie eingeliefert wurde, aber bisher ist sie nicht aufgetaucht.

»Weißt du, ob der Sturm Key West getroffen hat?«, frage ich.

»Wir haben das Schlimmste abbekommen. Es heißt, Key West sei größtenteils verschont geblieben. Aber der Strom ist ausgefallen, die Kommunikationsleitungen sind unterbrochen, und viele Menschen werden vermisst. Die Verletzten werden an verschiedenen Orten behandelt. Alle, die die Keys verlassen wollten, sind evakuiert und die Nationalgarde ist zu Hilfe gerufen worden.«

»Was wohl aus Tom geworden ist? Ist er nach Süden Richtung Kuba gefahren, um dort zu fischen? Oder nach Norden? Ist er in den Sturm geraten? Lebt er überhaupt noch? Ich warte die ganze Zeit darauf, dass er durch die Tür spaziert. Aber es passiert nicht. Falls er nach uns sucht, ist das Krankenhaus der erste Ort, an dem er nachsehen würde.«

»Draußen halten Polizisten Wache. Außerdem werden dich die Krankenschwestern im Auge behalten. Er wird dich nicht noch einmal verletzen.«

»Ich werde erst aufatmen, wenn wir von hier wegkönnen.« Wenn wir verschwinden können. »Hast du etwas von meiner Tante gehört?«

»Nein, leider nicht. Ich werde mich weiter umhören. Wenn sie nicht schwer verletzt worden ist, hat man sie wahrscheinlich erst später evakuiert. Hoffentlich taucht sie bald auf.«

»Was ist mit den Männern aus den Lagern? Hat der Zug sie sicher herausgeholt?«

Ich war mit Lucy in der Hütte gewesen, abgeschnitten vom Rest der Welt. Nun muss ich ständig an die Leute auf der Durchreise denken, die bei Ruby gegessen haben. Und an alle, die diesen Abschnitt der Keys ihr Zuhause genannt haben.

John schweigt lange, sein Blick ist auf einen Punkt an der Wand hinter mir gerichtet. Dann beginnt er endlich zu sprechen: »Man hat versucht, die Männer aus den Lagern zu evakuieren. Es wurde ein Zug geschickt, um sie herauszuholen, aber es gab Probleme auf der Hinfahrt. Der Zug verspätete sich. Er erreichte nicht einmal mehr das Lager, in dem ich arbeitete. Aber das war am Ende nicht mehr von Bedeutung. Für die meisten war es zu spät, als der Zug schließlich in den anderen Lagern ankam. Die Flutwelle erwischte sie. Es heißt, die Waggons lägen überall verstreut, die Gleise seien total zerstört. Sie sind immer noch dabei, die Leichen zu bergen.«

Ich schnappe vor Schreck nach Luft. »Wie viele?«

»Hunderte. Das hört man zumindest. Es ist eine Schande. Eine verdammte Schande. Das waren gute Männer. Sie hatten Besseres verdient.« Er räuspert sich, Tränen glitzern in seinen Augen. »Die Rettungsbemühungen werden verstärkt, um die verbliebenen Verletzten zu behandeln. Und um die Leichen zu bergen. Es besteht Seuchengefahr.«

»Deine medizinische Ausbildung wird da sicher nützlich sein.«

»Ja, bestimmt. Ich möchte dich und Lucy nicht alleine lassen, solange du nicht weißt, wo dein Mann und deine Tante sind. Ich weiß, dass du Angst hast, aber du hast auch die Verhältnisse dort unten gesehen. Ich habe mit so vielen dieser Männer zusammengearbeitet und empfinde eine Verpflichtung ihnen gegenüber. Wenn Menschen gerettet und behandelt werden müssen, wird jeder Helfer gebraucht.«

»Natürlich.« Große Sorge erfüllt mich. Doch angesichts der Verluste, die die anderen erlitten haben, kann ich meine Angst kaum rechtfertigen.

»In ein oder zwei Tagen bin ich zurück.« John beugt sich vor und gibt mir einen flüchtigen Kuss auf die Stirn. Der Duft seiner Seife steigt mir in die Nase.

Ich möchte so vieles sagen, finde aber nicht die richtigen Worte. Wenn ich es versuche, entgleiten sie mir gleich wieder. Dass die Geburt so anstrengend sein würde, hätte ich nie gedacht. Ich bin erschöpft, meine Gliedmaßen sind schwer, mein Gang ist träge, mein Gehirn vernebelt. Die Krankenschwestern sagen, das sei die Reaktion meines Körpers auf die beiden Schocks, den Sturm und die Wehen. Ich frage mich langsam, ob ich jemals wieder ich selbst sein werde.

»Ich werde bald zurückkommen«, verspricht er.

30

Freitag, 6. September 1935
Mirta

Der Geruch des Todes umgibt uns, die allgegenwärtige Verwesung ist unerträglich. Was einmal ein Inselparadies war, fühlt sich jetzt an wie die Hölle.

Es herrschen Gesetzlosigkeit und ein Gefühl der Angst, das sich unter den Überlebenden breitgemacht hat. Plünderer durchkämmen die Strände und stehlen aus leer stehenden, zerstörten Häusern.

Ich erkenne mich selbst nicht mehr. Auf einmal bin ich eine wilde Kreatur, die jeglichen Sinn für Freundlichkeit und Höflichkeit verloren hat und die sich nur noch mit einer einzigen Sache befasst – dem Überleben.

»Da ist ein Boot«, ruft Anthony. Ich folge ihm aus der Haustür hinaus zu dem Ort, an dem sich vor dem Sturm unser Anleger befand. Dort wartet tatsächlich ein Boot auf uns.

Die Küstenwache. Endlich sind wir an der Reihe, in Sicherheit gebracht zu werden.

* * *

In der First Baptist Church in Homestead, Florida, ist ein Notlager für die Überlebenden des Sturms eingerichtet worden. Den ganzen Tag über kommen Menschen herein. Die Schwerverletzten werden ins Krankenhaus von Miami gebracht.

Einer von Anthonys lokalen Freunden und Geschäftspartnern schaut in der Kirche vorbei. Er bringt uns ein Auto und frische Kleidung, dazu ein paar Sachen des Grundbedarfs.

Am frühen Abend erreichen wir das *Biltmore Hotel* in Coral Gables und mieten uns eine wahrhaft luxuriöse Suite.

Anthony lässt mich alleine, weil er ein paar Anrufe tätigen und sich mit Geschäftspartnern treffen muss.

Ich ziehe mich aus, sinke in ein warmes Bad und wasche den Schmutz der letzten Tage ab. Anthony schickt das Abendessen für mich aufs Zimmer, mit der Nachricht, nicht auf ihn zu warten.

Nach dem Bad rufe ich kurz bei meiner Familie in Havanna an, um Bescheid zu sagen, dass es mir gut geht. Dann esse ich ein Steak und trinke ein Glas hervorragenden Rotwein. Ich verschlinge das dicke, saftige Stück Fleisch mit einem Appetit, den ich bei mir so nicht kenne.

Gerade, als ich die Schokoladenmousse verspeist habe, öffnet sich die Tür des Hotelzimmers, und Anthony kommt herein. Er wirkt erschöpft. Der Anzug, den er vorhin frisch angezogen hat, ist zerknittert, sein Haar zerzaust.

»Wie sind deine Treffen gelaufen?«, frage ich und stehe auf, um ihn mit einem Kuss zu begrüßen.

»Die Lage scheint unter Kontrolle zu sein. Ich habe uns Eisenbahnfahrkarten zurück nach New York besorgt. In der derzeitigen Lage ist es wohl es am besten, so schnell wie möglich nach Hause zu fahren. Wenn Frank Morgan gegen mich vorgehen will, muss ich vorbereitet sein. Hier bin ich zu verwundbar.« Er gießt sich ein Glas Wein ein. »Wir hätten es von Anfang an so machen sollen. In einem eleganten Hotel übernachten, anstatt uns in einem einfachen Haus einzuquartieren. Es tut mir leid, dass ich dir das zugemutet und dich dadurch in Gefahr gebracht habe. Doch ich wollte, dass wir uns besser kennenlernen, weit weg von allen anderen und den Geschichten aus meiner Vergangenheit.« Er lacht zynisch. »Ich wollte, dass du mich kennenlernst, ohne mich als einen Gangster zu sehen, der unter deiner Würde ist. Ich weiß, dass wir ein ungewöhnliches Paar sind. Wenn die Dinge anders stünden, hättest du jemanden heiraten können, der weitaus besser ist als ich. Aber ich wollte dich glücklich machen.«

Ich umarme ihn, lege meinen Kopf an seine Brust. In seinen Armen fühle ich mich geborgen.

»Ich sehe ständig diesen Mann vor mir, der dir ein Messer an den Hals hält«, flüstert er.

»Ich sehe seine Augen vor mir, in jenem Moment, bevor er starb«, gestehe ich.

»Du brauchst dich nicht schuldig zu fühlen.«

»Das sagst du mir dauernd, aber das macht es nicht einfacher. Werden andere Männer kommen, die uns nach dem Leben trachten? Wird so unsere Zukunft aussehen?« Ich atme tief ein. »Wird ein anderer Mann eines Tages ein Messer an den Hals unseres Kindes halten?«

»Das werde ich niemals zulassen.«

»Wie willst du das unterbinden? Du hast mir gesagt, deine Feinde wollen, was du hast. Deine Macht sei wie eine Zielscheibe auf deinem Rücken.«

»Was soll ich tun? Aus dem Geschäft aussteigen? Es gibt Leute, die es als Zeichen der Schwäche ansehen würden, gäbe ich meine weniger legalen Tätigkeiten auf. Sie würden sich davon ermutigt sehen und rücksichtslos zuschlagen, weil sie glauben, dass sie es können.«

»Dann lass dir keine Schwäche anmerken. Aber wie sollen wir unter diesen Umständen eine Familie gründen? Wie sollen wir glücklich werden, wenn wir uns ständig angstvoll umschauen und den nächsten Angriff fürchten müssen?«

»Willst du das von mir? Eine Familie? Nach dem, was du von meinem Leben gesehen hast?«

»Was sollte ich denn sonst wollen?«

»Ich weiß es nicht.« Er fährt sich mit der Hand durch die Haare. »Du könntest nach Kuba zurückkehren. Dir ein Haus in der Nähe deiner Familie kaufen. Dort wärst du sicherer. Ich würde es verstehen, wenn du dich dafür entscheidest. Diese Ehe … ich habe fälschlicherweise geglaubt, ich könne eine Frau in dieses Leben holen und einfach weitermachen. Ich hatte unrecht, es tut mir leid.«

Seine Entschuldigung ist mir nicht genug. Noch vor kurzer Zeit wäre ich dankbar gewesen. Ich hätte die Krumen, die er mir hingeworfen hat, als ermutigendes Zeichen dafür genommen, dass er ein guter Mann ist und mich respektiert.

Jetzt reicht mir das nicht mehr. Ich will alles. Eine Partnerschaft, seine Liebe und eine sichere Zukunft, in der ich mir keine Sorgen machen muss, dass ich den Launen eines Feindes zum Opfer falle.

Ich will das nicht nur, ich verlange es.

»Ich gehe nicht zurück nach Kuba. Ich bin deine Frau. Mein Platz ist an deiner Seite. Diese Versprechen, die wir uns bei unserer Hochzeit gegenseitig gemacht haben, fordere ich ein. Doch wenn wir ständig in Gefahr schweben, können wir dieses Leben nicht führen. Was wäre die Alternative? Dass wir uns dauernd irgendwo verstecken? Ich bin es leid. Ich bin es leid, mich klein zu machen, damit niemand mich oder meine Familie angreift. Wir haben das in Kuba getan, als die Entscheidungen meines Vaters in den Ruin führten, und ich werde es nicht noch einmal tun. Ich bin es leid, ständig Angst zu haben und mein Leben von den Entscheidungen anderer diktieren zu lassen. Wenn du mich willst, wenn du eine Familie mit mir haben willst, dann bringst du das in Ordnung.«

»Was soll ich tun?«

Ich sehe ihm in die Augen. »Du sollst tun, was notwendig ist.«

»Dann bleibst du also bei mir?«

Das ist die Chance für einen Neuanfang in unserer Beziehung. Trotz unseres holprigen Starts entscheide ich mich in diesem Moment für ihn, für unsere Zukunft.

»Ja.«

Er zieht eine kleine schwarze Schachtel aus seiner Jackentasche. »Beim ersten Mal habe ich das leider nicht richtig gemacht. Ich hoffe, ich kann es wettmachen.«

Anthony kniet vor mir nieder und öffnet die Schmuckschatulle. Der Diamant ist kleiner als der, den er mir in Havanna geschenkt hat und der sich nun in der Tasche eines Toten befindet. Das neue Schmuckstück hat einen runden Stein, der von kleineren Diamanten umgeben ist. Auch der schmale Reif ist mit kleinen Diamanten besetzt.

Er ist wunderschön und trifft genau meinen Geschmack.

»Der gefällt mir sehr.« Ich strecke Anthony meine Hand entgegen, und er steckt mir den Verlobungsring an den Finger, neben den schlichten Ring, den er mir während unserer Hochzeitszeremonie in Kuba gegeben hat.

Wir vereinigen uns wie im Rausch. Die Tiefe meines Verlangens erschüttert mich.

Solange ich mich erinnern kann, ist mir eingeschärft worden, ich solle nicht mehr wollen, als ich bekommen könne. Ich solle freundlich und folgsam sein und meine Wünsche den Bedürfnissen meiner Familie unterordnen. Mir wurde klargemacht, dass das Größte, was ich erreichen könne, darin bestünde, einem anderen zu gehören. Jetzt ist Schluss damit. Jetzt soll er mir gehören. Jetzt soll er arbeiten, um sich meine Zuneigung zu verdienen.

Von nun an gebe ich mich nicht mehr mit weniger zufrieden.

31

Helen

Im *Miami Herald* ist eine Liste der Toten und Vermissten erschienen. Mit klopfendem Herzen überfliege ich die Namen auf der Suche nach Tom.

Sein Name ist nicht dabei.

Durchkämmt Tom seinerseits die Listen nach meinem Namen? Oder sucht er selbst nach mir und fragt sich, ob ich eines der namenlosen Opfer bin, deren Leichen gefunden, aber noch nicht identifiziert worden sind? Die Angst vor dem Unbekannten spukt durch meine Gedanken.

Seit dem Hurrikan leben wir in der ständigen Erwartung schlimmer Nachrichten. Der Wiederaufbau wird dadurch verlangsamt, dass viele Menschen keine Antworten auf die Ereignisse des 2. September gefunden haben. Ich will mir gar nicht ausmalen, wie man sich fühlt, wenn man aus der Zeitung erfährt, dass ein geliebter Mensch gestorben ist. Wie kann man nach so einem Schicksalsschlag die Kraft zum Weiterleben finden? Wie kann man sich überhaupt wünschen, diese Kraft zu finden?

Sosehr ich hoffe, Toms Namen in der Liste der Toten und Vermissten zu sehen, so groß sind meine Sorgen, den

Namen meiner Tante Alice dort zu entdecken. Aber ihren Name finde ich ebenfalls nicht.

Während Johns Abwesenheit bekomme ich die neuesten Informationen aus der Zeitung und von den Krankenschwestern. Es heißt, die Nationalgarde hindere die Menschen daran, nach Hause zurückzukehren. Es gäbe so viele Leichen, dass der Aufenthalt vor Ort gefährlich sei. Man suche an Land und im Meer nach weiteren Opfern.

Welche Art von Schrecken sieht John, der bei den Aufräumarbeiten hilft?

Weitere Menschen sterben an ihren Verletzungen. Andere sind einfach verschwunden. Ihre Leichen wurden nicht gefunden, ihre Familien suchen verzweifelt nach ihnen.

Ich bin mir nicht sicher, was schwerer zu ertragen wäre. Die Endgültigkeit des Todes oder diese Unsicherheit, das Fehlen einer Leiche, die Unmöglichkeit, mit den Ereignissen abschließen zu können. Aber kann man überhaupt mit einer solchen Katastrophe abschließen? Es gibt viele, die das niemals schaffen werden.

Mir ist, als hätte die Hand Gottes eingegriffen und die Welt, wie wir sie kennen, neu geordnet. Ganze Familien sind verschwunden, weggefegt von Wasser und Wind, und die Überlebenden fragen sich, warum sie verschont geblieben sind.

Mit jedem Tag, der ohne Tom vergeht, werden Lucy und ich mehr zu einer Familie. Ich freunde mich mit der Idee an, sie alleine großzuziehen, träume den Traum eines Lebens ohne ihn. Manchmal fällt es mir leicht zu vergessen, dass er jemals Teil meines Lebens war. Der Anblick meiner Tochter ist so überwältigend, dass fast nichts mehr zählt aus der Zeit, bevor sie auf die Welt kam. Mein Leben ist nun in »vorher« und »nachher« eingeteilt. Ich bin aus der Erfahrung der Mutterschaft als ein neuer Mensch hervorgegangen.

Manchmal drängt er sich trotzdem in meine Gedanken. Ich denke an seinen Körper, der mich gegen die Matratze presst, an seinen heißen Atem an meinem Hals, an seine Hände … Ich erwache, mein Herz pocht, mein Körper ist schweißgebadet. Ich drehe mich zu Lucys Kinderbett um, das die Krankenschwestern freundlicherweise in mein Zimmer gestellt haben.

Es ist leer.

Ich springe von meinem Bett auf und ziehe die Decke des Babybetts zurück.

»Helen. Ich habe die Kleine. Sie ist bei mir.« John kommt aus seiner Zimmerecke auf mich zu. Lucy liegt in seinen Armen, er gibt sie mir. »Ich wollte dich nicht erschrecken. Erst heute Abend bin ich zurückgekommen, um nach dir zu sehen. Du hast geschlafen, aber Lucy war wach. Ich wollte dir noch ein wenig Ruhe gönnen.«

Ich helfe dem Baby dabei, meine Brust zu finden, mein Herz schlägt immer noch unregelmäßig. »Es geht mir gut, ich habe bloß schlecht geträumt. Als ich aufwachte und Lucy weg war, dachte ich im ersten Moment, Tom hätte sie geholt.«

John streicht mir über das Haar. »Du bist in Sicherheit.«

Werde ich jemals in Sicherheit sein? Oder muss ich mich ständig angstvoll umsehen, solange mein Mann auf dieser Welt weilt?

»Ich bin froh, dass du heil zurück bist. Wie schlimm war es?«

»Ich dachte, ich hätte im Krieg bereits das Schlimmste gesehen. Aber auf das da draußen hat mich nichts vorbereitet. Man erwartet den Tod auf dem Schlachtfeld. Doch da waren keine Soldaten, sondern Frauen und Kinder. Menschen, die in ihren Häusern gefangen waren, sobald der Sturm losbrach.«

»Geht es dir gut?«

»Ja. So schlimm es auch war, es hat mir geholfen, etwas tun zu können. Da war dieses kleine Mädchen, das sich an der Schulter verletzt hatte. Ich musste sie wieder einrenken. Die Kleine war so tapfer. Sie hatte ihren Vater und ihren Bruder verloren. Wir zogen sie unter einem Kühlschrank hervor. Es war nicht einmal ihr eigener, sondern einer, der kilometerweit fortgerissen wurde. Als wir sie fanden, schien sie tot zu sein. Dann merkte ich, dass sie noch atmete. Es waren ein paar Männer nötig, um den Kühlschrank anzuheben. Ein Wunder, dass sie überlebt hat. Sie wird durchkommen. Wir haben sie hierher ins Krankenhaus gebracht.«

»Ich bin froh, dass du ihr helfen konntest. Du bist wirklich gut darin, dich um Menschen zu kümmern.«

»Es fühlte sich auch gut an. Selbst inmitten dieses Horrors habe ich Hoffnung verspürt. Ich glaube, mir war nicht bewusst, wie sehr ich am Arztberuf hänge. Im Krieg konnte man für viele nur wenig tun. Es war schwierig, einem Mann in dem Wissen gegenüberzutreten, dass er seine Verletzungen wahrscheinlich nicht überleben würde. Trotz meiner Ausbildung und Erfahrung war ich machtlos. Ich habe vergessen, wie schön es sich anfühlt, jemandem Hoffnung zu machen.«

»Du könntest wieder als Arzt arbeiten, oder?«

»Ja, vielleicht.«

»Würdest du das gerne?«

»Ich weiß nicht. Als ich aus Frankreich nach Hause kam, verstand ich nicht, warum ich im Gegensatz zu so vielen anderen überlebt hatte. Ein Teil von mir wollte sterben, weil ich es nicht schaffte, mit ihren Stimmen im Kopf weiterzuleben und ihre letzten Momente ständig vor mir zu sehen. Aber jetzt scheint es Wichtigeres als den Tod zu geben. Vielleicht habe ich ja noch eine Aufgabe auf dieser Erde zu erledigen.«

»Du hast uns gerettet.«

»Nein. Du hast dich selbst gerettet. Du hättest alles getan, um Lucy zu beschützen. Ich war nur zufällig zur richtigen Zeit am richtigen Ort.«

»Ich werde ihn töten.« Die Worte kommen mir lauter über die Lippen, als ich es beabsichtigt hatte. Nie in meinem Leben hatte ich etwas so ernst gemeint. »Gott hilf mir, wenn er mich und Lucy aufspüren sollte. Wenn er versucht, sie zu verletzen oder mitzunehmen, werde ich ihn töten.«

John schweigt einen Augenblick lang. Ich frage mich, ob ich ihn mit meiner Ehrlichkeit verschreckt habe. Ist er vielleicht nicht in der Lage, mit der Wut in meinem Inneren umzugehen? Mit der Wut, die hell und scharf in mir lodert?

Er beugt sich vor und küsst mich auf die Stirn. »Er wird dir nie wieder wehtun.«

* * *

Als ich am nächsten Morgen aufwache, ist John fort. Die Krankenschwester sagt mir, er wolle etwas zu essen holen und werde in Kürze zurück sein.

»Ihr Heilungsverlauf ist ermutigend«, informiert sie mich. »Ihrem Baby geht es gut. Man wird Sie bald entlassen.«

Ich habe meine ganze Kraft darauf verwendet, mich zu erholen und darüber nachzusinnen, was geschehen wird, wenn Tom uns findet. Darum habe ich mir nur wenige Gedanken darüber gemacht, was als Nächstes passiert und wohin wir nach der Entlassung gehen sollen. Von Tante Alice habe ich noch immer nichts gehört. Aufgrund der von John beschriebenen Lage und der Bilder von der Zerstörung, die man in der Zeitung sieht, kann ich mir nicht vorstellen, nach Islamorada zurückzukehren. Und Key West ist auch nicht mehr mein Zuhause, vor allem, wenn Tom noch lebt.

»Da ist ein Besucher für Sie«, verkündet eine der Krankenschwestern. Ihre Augen weiten sich leicht. »Er ist heute zum ersten Mal da.«

Mein Herz pocht. »Hat er Ihnen seinen Namen gesagt?«

»Er sagte, er heiße Matthew.«

Sie kehrt mit einem Mann in Overalls und weißem Hemd zurück. Ich erkenne ihn sofort. Er arbeitete für meine Tante, an der Rezeption des *Sunrise Inn*. Der Ausdruck auf seinem Gesicht und der Hut in seiner Hand sagen mir alles, was ich wissen muss.

»Sie ist tot«, stelle ich fest.

»Ja.« Seine Stimme bricht.

Tränen steigen mir in die Augen und fließen meine Wangen hinab. »Was ist passiert?«, frage ich.

»Wir wurden hart getroffen. Die Pension war nicht stabil genug, um Wind und Wasser standzuhalten. Sie ging hinaus, um nach Ihnen zu sehen. Die Straßen waren bereits unterspült, sie musste umkehren. Wir haben den Sturm in der Pension abgewartet, hatten keinen anderen Ort, an den wir gehen konnten.« In seinen Augen stehen Tränen. »Nur zwei von uns haben es geschafft. Der Rest …«

Er wischt sich über die Augen.

»Ich habe diese Frau geliebt. Ihre Tante. Habe fast ein Jahrzehnt für sie gearbeitet, schon als Ihr Onkel noch lebte. Ich dachte immer, es wäre Zeit genug, um es ihr zu sagen. Um es ihr irgendwie beizubringen. Ich wusste, dass sie mich mochte, aber ich wusste nicht, ob sie genauso empfand wie ich …« Seine Stimme bricht. »Ich hätte sofort mit ihr getauscht.«

»Es tut mir leid.«

»Sie hat Sie geliebt«, sagt er. »Hat mir die Briefe gezeigt, die Sie geschickt haben. Sie war so stolz auf Sie.«

Ich bekomme kein Wort heraus, die nicht vergossenen Tränen verschließen mir die Kehle.

»Da ist etwas Geld«, sagt er. »Eine Lebensversicherung. Fünftausend Dollar. Sie sind die Begünstigte der Police.«

Meine Kinnlade fällt herunter. Das ist eine unvorstellbare Summe.

»Sie hat die Prämie immer brav bezahlt. Ich weiß, dass sie Ihnen das Geld zukommen lassen wollte. Sie war stolz auf Sie, aber sie machte sich auch Sorgen. Ihre Tante mochte Tom nicht. Falls ihr etwas zugestoßen wäre, hätten Sie niemanden mehr gehabt, da Ihre Eltern ja nicht mehr leben. Sie wollte, dass Sie eine Perspektive bekommen.«

»Ich kann nicht …«

»Sie hat mir erzählt, wovor Sie am Abend vor dem Sturm geflüchtet sind. Sie wollten einen Neuanfang für sich und das Baby. Die Pension war Alice' Leben. Niemand würde es Ihnen verdenken, wenn Sie das Versicherungsgeld nehmen und fortgehen würden, am allerwenigsten Ihre Tante. Aber wenn Sie bleiben und die Pension wiederaufbauen möchten, tue ich gerne alles, um Ihnen zu helfen. Ihrer Tante gehörte das Grundstück, auf dem sich das Gebäude befand, und Sie werden es erben. Die Leute dort liebten Ihre Tante. Die Pension war wichtig für die Gegend, gab den Menschen Jobs und schenkte ihnen eine Chance. Es wäre eine Schande, wenn ihr Vermächtnis durch den Sturm ausgelöscht werden würde.«

Tränen rinnen über meine Wangen.

Es ist schwer, sich eine Welt ohne Alice vorzustellen. Die Briefe, die wir hin und her geschickt haben, waren eine Konstante in meinem Leben. Da ist es ein Trost, dass sie nun bei ihrem geliebten Ehemann ist, an einem besseren Ort. Trotzdem kommt es mir unwirklich vor, dass sie nicht mehr da sein soll.

»Ich wohne bei meiner Schwester in Miami, während ich darauf warte, dass ich nach Hause zurückdarf«, fügt Matthew hinzu. »Ich schreibe Ihnen die Adresse auf, falls Sie etwas brauchen.«

»Tante Alice … gibt es Pläne für ihre Beerdigung? Ich würde gerne dabei sein, wenn sie zur Ruhe gebettet wird.«

»Sie hat ihr ganzes Leben in Islamorada verbracht und sollte dort begraben werden.« Er schluckt. »Ihr Mann wurde am Rande des Grundstücks beerdigt. Sie wollte neben ihm ruhen.«

* * *

Als ich meine Eltern verlor, empfand ich ein tiefes Gefühl der Traurigkeit, aber ich war damals frisch verheiratet. Es half mir, Tom an meiner Seite zu haben. Er benahm sich zwar nicht besonders freundlich, aber ich tröstete mich mit dem Gedanken, dass ich zu jemandem gehörte. Ich war keine Tochter mehr, sondern eine Ehefrau. Ich war nicht allein.

Jetzt ist Alice fort, und ich habe keine Angehörigen mehr außer meiner Tochter. Ich habe meinen Mann verlassen und gehöre zu niemandem.

Fühlte sich Alice auch so, nachdem ihr Mann gestorben war? Ihre Briefe an mich waren voller Geschichten über das Leben, das sie sich in Islamorada aufgebaut hatte. Ich bewunderte sie für den Weg, den sie eingeschlagen hatte, anstatt die Erwartungen anderer zu erfüllen. Manchmal kann ich nicht verstehen, wie diese Welt funktioniert, warum gute Menschen wie Alice gehen müssen, während andere trotz ihrer bösen Taten weiterleben dürfen.

Die unterschiedlichen Gefühle der letzten Tage durchfluten mich. Sobald ich angefangen habe zu weinen, kann ich nicht mehr aufhören. Es ist, als wäre ein Schalter in mir umgelegt worden.

»Was ist passiert?« Ich schaue auf, als John mein Krankenzimmer betritt. Er blickt besorgt drein. »Deine Tante?«

Ich nicke.

Er setzt sich neben mich auf das Bett, schlingt seine Arme um mich und hält mich fest, während ich weine. Meine Tränen benetzen sein Hemd.

Ich sehe auf und blicke ihm in die Augen, bemühe mich, ruhig zu atmen.

»Der Mann, der an der Rezeption der Pension arbeitete, kam vorbei, um mir zu berichten, was passiert ist«, sage ich. »Es gab nur zwei Überlebende. Alle anderen kamen ums Leben. Sie wollen meine Tante dort begraben.«

John hält mich, während ich weiterweine. Das Schluchzen schüttelt mich durch, bis ich endlich einschlafe.

Als ich mitten in der Nacht nach einem weiteren Albtraum erwache, ausgetrocknet vor lauter Weinen, schläft John neben mir im Krankenhausbett. Er hängt halb über der Bettkante, seine Füße baumeln über den Rand.

In der Dunkelheit betrachte ich ihn. Er hat mir erzählt, dass ihn laute Geräusche seit dem Krieg verstören. Ich frage mich, ob er wie ich von Albträumen geplagt wird, ob ihn die Schrecken des Krieges im Schlaf verfolgen. Dann lege ich meinen Kopf an seine Schulter und lausche dem Geräusch seines Atems. Als ich wieder einschlafe, sind die Albträume verschwunden.

Am nächsten Tag erscheint eine neue Liste mit den Namen der Vermissten und Toten in der Zeitung. Dort entdecke ich eine bemerkenswerte Ergänzung in der Liste der Vermissten.

Thomas Berner

32

Elizabeth

In der Dunkelheit schrecke ich hoch. Der Anblick von Sam, der leise schnarchend auf einem Stuhl neben meinem Krankenhausbett schläft, kann mein rasendes Herz kaum beruhigen.

Im Dunkeln, im Schlaf, bin ich wieder im Waggon, in einem mit Wasser gefüllten Sarg. Ich erlebe diese Momente von Neuem, muss die Hoffnung erneut aufgeben. Doch nun sind es die Bilder jener Menschen, die qualvoll gestorben sind, die mich verfolgen. Für mich ist die Dunkelheit sofort gekommen, aber was ist mit den anderen? Diejenigen, die es fast geschafft hätten, die beinahe entkommen konnten und dann scheiterten. Diejenigen, die in Verzweiflung verfielen, als sie erkannten, dass ihr Tod unausweichlich war. Die mitansehen mussten, wie ihre Lieben vor ihnen starben.

Warum müssen manche Menschen derartig leiden und andere bleiben verschont?

Die Geschichten, die man von den Keys hört, sind wirklich schrecklich. Man findet Tote und Schwerverletzte weit weg von dort, wo der Sturm gewütet hat. Sie wurden einfach fortgeblasen. Einige sind sofort an ihren Blessuren gestorben.

Manche haben die unmittelbaren Folgen des Sturms überstanden, nur um elend dahinzusiechen und schließlich ihren Verletzungen zu erliegen.

Ich bin mir nicht sicher, ob ich jemals wieder eine Nacht durchschlafen werde. Von meinem Bruder habe ich keine Nachricht. Inzwischen sind die Regierungsbüros wieder geöffnet. Sam hat die Auskunft erhalten, dass mein Bruder tatsächlich in den Lagern arbeitete – in dem bei der Fähranlegestelle, wohin wir es nicht mehr schafften.

Was danach geschah, weiß niemand. Viele Lagerbewohner werden vermisst, ihr Schicksal ist ungeklärt. Sind sie tot?

Meine körperlichen Verletzungen heilen. Die Beule an meinem Kopf wird kleiner. Der Schmerz lässt nach. Die marmorierten Blutergüsse nehmen eine hässliche Farbe an. Die Krankenschwestern versichern mir, dies sei ein Zeichen dafür, dass es »aufwärts« gehe. Ich wünschte, ich könnte dasselbe über meine anderen Probleme sagen. Ich wünschte, es wäre einfacher, die schrecklichen Dinge aus meinem Kopf zu verbannen.

Ich nehme Sams Hand, sein Arm ruht in der Nähe meines zugedeckten Beins. Ich rolle mich auf die Seite und verschränke unsere Finger ineinander.

Die Blumen sind verschwunden, weggetragen von einer der Krankenschwestern, die ich darum bat. Wenn ich nur die Erinnerung an Franks Worte mit derselben Leichtigkeit löschen könnte.

Es gibt so vieles, über das Sam und ich sprechen müssen. Seine Lügengeschichten habe ich noch nicht vollständig entwirrt, aber im Moment spielt das keine Rolle. Die

Dinge, über die ich mich zuvor gesorgt habe, verblassen im Vergleich zu den Tragödien, die die Menschen mitgemacht haben. Im Moment ist nur wichtig, dass ich am Leben und in Sicherheit bin. Ich schließe die Augen und schlafe wieder ein, Sams Hand in meiner.

* * *

Am Freitag sind die Ärzte bereit, mich zu entlassen, und Sam hilft mir, ein Zimmer in einem Hotel in Miami zu bekommen. Er hat dort geschlafen, wenn er gerade nicht an meinem Krankenbett wachte. Ich sitze im Wartebereich des Krankenhauses, während Sam einen dienstlichen Anruf erledigt.

Eine Frau setzt sich neben mich. Sie hat ein Baby auf dem Arm. »Sie ist wunderschön«, sage ich.

Sie strahlt. »Danke. Sie heißt Lucy.«

»Das ist ein hübscher Name.«

Da ist irgendetwas an dieser Frau … »Wir sind uns schon mal begegnet, oder?«, frage ich. Dann dämmert es mir. »Als Sie schwanger waren. In Key West, in *Ruby's Café*. Sie sind Helen. Sie haben mir den Kuchen spendiert.«

Ihre Augen weiten sich. »Ja, das stimmt. Elizabeth, nicht wahr? Sie haben nach Ihrem Freund gesucht. Haben Sie ihn gefunden?«

»Es war nicht mein Freund, sondern mein Bruder. Und nein, leider nicht. Wir haben herausgefunden, dass er in einem der Lager arbeitete, aber niemand weiß, was mit ihm passiert ist. So viele der Männer werden vermisst.«

»Sind Sie in den Sturm geraten?«, fragt Helen.

»Ja. Wir haben versucht, mit dem Evakuierungszug aus Islamorada zu entkommen. Die Sturmflut hat ihn einfach von den Gleisen gefegt.«

Helen schaut entsetzt drein. »Das muss furchtbar gewesen sein.«

»Ja. Ich habe mir den Kopf angeschlagen und musste zur Beobachtung hierbleiben. Heute darf ich endlich gehen. Für den Rest meines Lebens habe ich genug von Krankenhäusern.« Dann fällt mir ein, warum sie mir das *Sunrise Inn* empfohlen hat und was Sam mir über die Menschen erzählt hat, die dort zurückgeblieben sind. »Ich habe das von Ihrer Tante gehört. Es tut mir leid.«

Ihre Augen füllen sich mit Tränen. »Danke.«

»Ich bin ihr nur kurz begegnet, als ich in der Pension war, aber sie schien mir eine wundervolle Frau zu sein. Es war ein einladender Ort.«

»Ja, sie war wirklich wundervoll.«

»Sind Sie vor dem Sturm geflohen? Sind Sie deshalb hier gelandet?«, frage ich.

»Ja. Ich habe Key West kurz vor Ausbruch des Sturms verlassen. Das war wohl kein guter Zeitpunkt.«

Ich zeige auf das Baby in ihren Armen. »Wurde sie vor dem Sturm geboren?«

»Währenddessen.«

Meine Kinnlade fällt herunter. Nach allem, was wir erlebt haben, kann ich mir nicht vorstellen, wie man unter solchen Bedingungen ein Kind gebären kann. »Wie haben Sie das überlebt?«

»Ich bin mir nicht ganz sicher«, antwortet Helen. »Wir

hatten Glück.« Sie lächelt. »Und eine Art Schutzengel. Was werden Sie jetzt machen?«, fragt sie mich.

»Das weiß ich noch nicht genau. Ich würde gerne in Erfahrung bringen, was mit meinem Bruder passiert ist. Ich bin hierhergekommen in der Hoffnung, dass er mir helfen kann. Heute möchte ich eher herausfinden, ob es ihm gut geht.«

»Ich habe einen Freund, der in einem der Lager arbeitete«, antwortet Helen. »Vielleicht kennt er Ihren Bruder oder kann Ihnen zumindest sagen, wo Sie suchen müssen. Ich frage ihn gerne.« Ihr Gesichtsausdruck verändert sich, ein Lächeln erhellt ihr Gesicht, als sie an mir vorbei und über meine Schulter schaut. »Da kommt er.«

Ich drehe mich um und sehe einen großen Mann in abgenutzter Kleidung auf uns zukommen. Seine Augen sind auf Helen und ihr Kind gerichtet.

Ich greife nach der Armlehne des Stuhls.

»Die Krankenschwestern haben mir gesagt, dass du gerade frische Luft schnappst«, sagt er zu ihr. »Wie geht es dir?«

Es ist die Stimme, die ich zuerst erkenne, deren Klang über Zeit und Entfernung und Krieg unverändert geblieben ist. Er klingt wie unser Vater.

»John.«

Er wendet sich von Helen ab und sieht mich an. Dann blinzelt er. »Sie erinnern mich an jemanden …« Seine Gesichtszüge entgleisen. »Elizabeth?«

Ich breche in Tränen aus.

* * *

Vor ein paar Tagen hätte ich ihn vielleicht umarmt. Inzwischen verstehe ich etwas besser, was er durchgemacht hat. Ich bin vorsichtiger und bereit, ihm Zeit zu geben.

Helen entschuldigt sich und kehrt mit dem Baby in ihr Krankenzimmer zurück, damit wir uns austauschen können.

»Du lebst«, sage ich. »Ich habe befürchtet, du wärst tot.«

»Was machst du hier? Warum bist du nicht in New York?«, fragt er.

Ich atme tief durch, um mich zu beruhigen. »Ich bin hergekommen, um dich zu suchen. Da ich nicht genau wusste, wo du warst, versuchte ich es in Key West. Dein letzter Brief wurde dort abgestempelt. Ich ging in dieses Café, *Ruby's*, und die Kellnerin, deine Freundin Helen, erzählte mir, dass die Veteranen weiter nördlich lebten. Also reiste ich weiter nach Islamorada. Dann kam der Sturm. Wir haben versucht, von dort wegzukommen, aber es war zu spät. Wir waren im Evakuierungszug, als der Hurrikan zuschlug.«

Der blanke Schrecken steht in seinen Augen geschrieben. »Gott sei Dank, du lebst«, sagt John und umarmt mich. »Ich kann nicht glauben, dass du da bist.« Er tritt einen Schritt zurück und mustert mich von oben bis unten. »Es ist so lange her, dass ich dich zuletzt gesehen habe. Damals warst du ein Mädchen.«

»Jetzt nicht mehr.«

»Nein. Jetzt nicht mehr.« Er runzelt die Stirn. »Bist du alleine hergekommen? Aus New York?«

»Mit Mr. Flaglers Eisenbahn.«

»Irgendwie überrascht mich das nicht. Du warst immer die Mutigste von uns.«

»Mutig würde ich das nicht nennen. Verzweifelt schon eher. Außerdem gibt es keinen mehr außer uns. Du bist verschwunden, ohne deine Adresse zu hinterlassen.«

Ein Ausdruck, der sehr nach Scham aussieht, huscht über sein Gesicht. »Ich habe nicht damit gerechnet, dass du mich brauchst. Du hast recht, ich hätte mit euch in Kontakt bleiben sollen.«

»Warum hast du das nicht getan?«

Seine Miene wirkt gequält. »Ich weiß es nicht. Ich wünschte, ich könnte dir eine bessere Erklärung geben. Ich wünschte, ich könnte es mir selbst erklären. In New York hatte ich das Gefühl zu ertrinken, zu ersticken. Darum musste ich weg. Ich musste irgendwohin, wo die Leute mich nicht kannten und nicht erwarteten, dass ich dieselbe Person war wie vor dem Krieg. Ich redete mir ein, dass ihr ohne mich besser dran wärt.«

»So war es aber nicht. So ist es nicht. Es steht schlecht um uns. Meiner Mutter geht es gesundheitlich nicht gut. Mit George und unserem Vater haben wir auch das Geld verloren.«

Ein Fluch entschlüpft Johns Lippen. »Das tut mir leid, Elizabeth. Damit hatte ich nicht gerechnet. Zumindest nicht in diesem Ausmaß. Ich dachte mir, dass euer Vermögen durch den Börsencrash gelitten hat. Dass ihr das ganze Geld verlieren würdet, hätte ich nie für möglich gehalten.«

»Du wusstest, dass sie nicht mehr lebten. Du wusstest, dass wir auf uns gestellt waren.«

»Ich dachte, sie hätten Vorkehrungen getroffen, damit ihr versorgt seid.«

»Haben sie nicht. Wir waren nicht versorgt.« Ich lache zynisch. »Das Geschäft lief schlecht. Vater hat versucht zu retten, was zu retten war, aber er hat sich viel Geld von Leuten geliehen, denen man lieber kein Geld schulden sollte.«

»Von wem?«, fragt John.

»Du kennst ihn nicht. Und du möchtest ihn auch nicht kennenlernen.«

»Droht dir dieser Mann? Versucht er, das Geld einzutreiben?«

»Das kann man so ausdrücken. Wir konnten die Schulden partout nicht zurückzahlen, also ließ er sich auf einen anderen Deal ein. Ich heirate ihn.«

»Du machst Witze.«

»Leider nicht.« Ich ziehe den auffälligen Diamanten aus meiner Handtasche.

Er zuckt zusammen. »Das ist vielleicht ein Ring.« Dann seufzt er. »Ich will nicht, dass du jemanden heiraten musst, den du nicht liebst. Wie konnte unser Vater nur so rücksichtslos handeln?«

»Er war wahrscheinlich verzweifelt. Es ist teuer, so zu leben, wie wir es gewohnt waren. Er wollte uns wahrscheinlich nicht enttäuschen.«

»Und bei dem Versuch hat er dich fast an einen Gangster verkauft.«

»Ich dachte, das wäre die Lösung – sozusagen zwei Fliegen mit einer Klappe. Wir wären die Schulden losgeworden und hätten genug Geld bekommen, um zu überleben.« Es schüttelt mich. »Ich kann ihn aber nicht heiraten.«

»Nein, auf keinen Fall. Was wirst du jetzt tun?«

»Keine Ahnung.« Sosehr ich mich auch anstrenge, ich kann keinen Ausweg aus diesem Chaos erkennen. »Denkst du noch an sie?«, frage ich. »An Vater und George?«

»Manchmal.«

»Ich auch.« Ich atme tief ein. »Da war dieser Augenblick, als die Welle den Zug traf, als ich wusste, dass ich sterben würde. Da begriff ich schlagartig, dass ich das nicht wollte. Glaubst du, dass es für sie auch so war, als sie sich umgebracht haben?«

»Ich weiß nicht. Lieber Gott, das hoffe ich nicht.«

»Ich war lange wütend auf sie, weil sie uns im Chaos zurückließen. Auch auf dich war ich lange wütend«, gestehe ich. »Ich war sauer, weil du gegangen bist, weil du nicht stärker warst.« Scham steigt in mir auf. »Ich hatte ja keine Vorstellung, wie es für dich gewesen sein muss.«

»Das weiß niemand, bis er es selbst erlebt.«

»Ich habe Albträume«, flüstere ich. »Die Schreie. Das Weinen. Die Leichen. Die Dunkelheit. Es war so kalt, und ich spürte, wie mein Körper fortgerissen wurde …«

»Die Albträume werden bleiben. Ich wünschte, ich könnte dir etwas anderes sagen, aber sie werden zu einem Teil von dir werden.«

Ich atme tief ein und stelle die Frage, wegen der ich hergekommen bin. Obwohl ich die Antwort bereits kenne, obwohl ich insgeheim weiß, dass John nicht die Lösung ist, nach der ich suche.

»Wirst du jemals wieder nach Hause zurückkehren?«, frage ich.

Ich verstehe inzwischen, dass der Junge, der in den Krieg

gezogen ist, durch den Mann ersetzt worden ist, der heute vor mir sitzt. Ein Mann, den ich nicht mehr kenne, aber gerne kennenlernen möchte.

»Ich weiß nicht«, antwortet John.

* * *

Wir verbringen den Rest des Tages zusammen, und ich stelle ihn Sam vor. Nachdem wir uns stundenlang im Wartebereich des Krankenhauses unterhalten haben, ist es an der Zeit zu gehen. Ich gebe John den Namen und die Adresse des Hotels, in dem Sam uns zwei Zimmer gebucht hat.

»Bist du sicher, dass du nicht bei mir wohnen willst?«, fragt er.

»Das ist nett von dir, aber es wird schon gehen. Ich will das Krankenhaus verlassen, in einem richtigen Bett schlafen, meine eigene Kleidung tragen und mich wieder fühlen wie ein normaler Mensch.«

»Ich habe ein bisschen Geld«, bietet er an. »Es ist nicht viel, aber ich habe den Großteil meines Lohns gespart.«

Ich hole den Diamantring, den Frank mir geschenkt hat, aus der Tasche. »Mach dir keine Sorgen. Wenn ich in Schwierigkeiten gerate, habe ich immer noch den Ring.« Bisher hatte ich zu große Angst davor, ihn zu verpfänden, aber nun könnte er der Beginn eines ganz neuen Lebens sein.

»Dieser Mann«, John nickt in Richtung des Eingangs, durch den Sam hinausgegangen ist, um das Auto zu holen. »Er scheint ein guter Kerl zu sein.«

»Das hoffe ich. Ich bin mir zwar nicht sicher, ob ich überhaupt in der Lage dazu bin, den Charakter eines Menschen einzuschätzen, aber wenn man zusammen so etwas durchgemacht hat …«

»Dann hat man die besten und die schlechtesten Seiten eines Menschen gesehen und kann beurteilen, wie ein Mensch wirklich ist«, ergänzt John meinen Satz.

Ich nicke. »Was ist mit dir?«, frage ich.

»Was soll mit mir sein?«

»Die Frau. Helen. Mit dem Baby. Ist das meine Nichte?«

»Nein.«

Das kommt etwas überraschend. »Wer ist der Vater?«

Er antwortet mir nicht.

»Was wirst du machen?«, will ich von ihm wissen.

»Wie meinst du das?«

»Mit der Frau? Dem Kind? Sie sind dir wichtig, das sehe ich.«

»Keine Ahnung. Ich habe keine besondere Verbindung zu ihnen, wollte ihr nur helfen, als es ihr schlecht ging.«

»Sie hat von dir als ihrem Freund gesprochen. Und sie sah dich an, als wärst du vielleicht mehr als das.«

Ein Ausdruck von Schmerz, vermischt mit Hoffnung, huscht über sein Gesicht. »Sie ist verheiratet.«

»Sie ist aber nicht bei ihm, oder? Liebt sie ihn?«

»Ich weiß es nicht. Das kann ich sie doch nicht fragen.«

»Leben sie getrennt?«, frage ich.

Einerseits kann ich mir nicht vorstellen, dass mein großer Bruder, der Kriegsheld, einem anderen die Frau stehlen würde. Andererseits weiß ich nicht, woran ich mich in diesen Tagen überhaupt orientieren kann.

»Sie hat ihn verlassen«, antwortet John.

»Also ist sie doch nicht richtig verheiratet.«

»Nein. Er steht auf der Liste der Vermissten. Aber die Verhältnisse sind so chaotisch, dass das alles bedeuten kann. Er könnte vermisst sein, er könnte tot sein, er könnte auf dem Weg nach Miami sein.«

»Dann hast du eine Chance. Versuchen wir ein Problem nach dem anderen anzugehen. Er ist nicht da. Aber du. Wenn sie bei ihm hätte bleiben wollen, hätte sie das gemacht. Aber sie hat sich dafür entschieden, ihn zu verlassen und ihren eigenen Weg zu gehen. Du solltest deinen Hut in den Ring werfen.«

Er hebt einen Mundwinkel. »Du hast dich nicht verändert, oder?«

»Doch. Ich bin kein Mädchen mehr. Und es ist an der Zeit, dass ich meine eigenen Probleme löse.«

33

Sam und ich checken unter falschem Namen als Geschwister aus Connecticut in dem Hotel in Miami ein. Es ist angesichts unseres kärglichen Gepäcks und unserer Verletzungen nicht die plausibelste Identität. Doch wir sehen aus wie das, was wir sind – Menschen, die eine Naturkatastrophe durchgemacht haben, von den Ereignissen gezeichnet. Hoffentlich wird das ausreichen, um Franks Leute wenigstens kurzfristig von unserer Spur abzubringen, sollten sie hinter uns her sein.

Sicherlich ist Frank zu beschäftigt, um selbst zu kommen, zu desinteressiert an unserer Beziehung, um mehr als nur ein paar Gehilfen zu schicken. Vielleicht ist er ja zufrieden damit, dass Sam bei mir ist, und die Blumen waren bloß eine Geste.

Die Unsicherheit ist das Schlimmste.

Wir gehen schweigend zu unseren Zimmern. Es gibt so viel Ungelöstes zwischen mir und Sam, über so vieles konnten wir bisher nicht sprechen. Wenn Frank mich angreifen ließe, würde Sam mich beschützen? Kann ich ihm vertrauen?

Wir bleiben stehen.

»Da sind wir«, sagt Sam und öffnet die Tür zu meinem Zimmer. »Soll ich es für Sie überprüfen?«

»Bitte.«

Er zieht eine Waffe aus dem Hosenbund.

Ich folge ihm in den Raum und schließe die Tür hinter uns. Dann lehne ich mich gegen die Wand.

Sam stellt unsere Taschen auf den Boden und macht das Licht an. Mit militärischer Präzision und gezückter Waffe durchkämmt er den Raum, sein Körper ist angespannt. Nachdem er Badezimmer und Schrank überprüft hat, senkt er die Waffe. »Sie sollten hier sicher sein. Ich bin nebenan, falls Sie mich brauchen.«

»Sie befürchten, dass Frank mir auf den Fersen ist, oder?«

»Ich weiß nicht. Die Blumen …«

»Sie haben mir Angst gemacht«, gebe ich zu, auch wenn es mich schmerzt. Ich war immer stolz auf meine Überlebensfähigkeit, auf meine Stärke. Deshalb bin ich wütend auf Frank Morgan, weil er mir ein Stück davon genommen hat.

»Ich weiß. Wir haben nicht genug in der Hand, um ihn zu verhaften«, sagt Sam. »Frank ist kein dummer Mann. Er hat Jahre damit verbracht, die richtigen Verbindungen innerhalb der Regierung zu pflegen. Es gehen Gerüchte, dass er Kontakte zum FBI hat, was mich nicht überraschen würde. Andere Agenten haben versucht, Verfahren gegen ihn einzuleiten, und sich dafür nichts als Ärger und den Tod eingehandelt.«

»Glauben Sie, er hat herausgefunden, dass Sie für die Regierung arbeiten? Dass Sie beim FBI sind?«

»Keine Ahnung. Ich wurde extra für diesen Auftrag ausgewählt, weil ich in New Yorker Kreisen nicht bekannt war. Den größten Teil meiner Laufbahn habe ich in Florida verbracht, eine Zeit lang war ich in Kuba. Aber Frank scheint mir kein besonders vertrauensseliger Mensch zu sein. Daher wäre ich nicht überrascht, wenn er Erkundigungen angestellt hätte.«

»Es muss doch etwas geben, um mich aus dieser Geschichte herauszubekommen. Irgendetwas, das er getan hat, ist sicher schlimm genug, um ihn hinter Gitter bringen.«

»Er ist sehr vorsichtig in Bezug auf die Menschen, mit denen er sich umgibt, erkauft sich ihre Loyalität durch eine Kombination aus Angst und Bestechung. Von seinen Leuten aus den hinteren Reihen kann man nichts erwarten. Sie haben keine Beweise, keine echte Verbindung zu ihm.«

»Ich bin einer der Menschen, die ihm am nächsten stehen. Wer verfügt über mehr persönliche Informationen als eine Ehefrau?«

»Sie heiraten Frank Morgan nicht.«

»Weil er ein Verbrecher ist?«, frage ich mit klopfendem Herzen.

Zeig mir, dass ich nicht alleine bin. Sag mir, dass du mich willst, dass das nicht nur ein Job für dich war. Dass du mich schon wolltest, als wir uns das erste Mal im Zug begegneten.

Ein Muskel zuckt an seinem Kinn. »Nein, nicht nur, weil er ein Verbrecher ist.«

»Warum dann?«

»Sie wissen, warum.«

»Sie haben es nie ausgesprochen«, antworte ich. »Woher sollte ich es dann wissen?«

»Weil du mir gehörst.«

Es war nicht mehr als ein Flüstern, aber in diesem stillen

Hotelzimmer, in dem nur mein Herz laut hämmert, könnte es genauso gut ein Schrei sein.

»Ich möchte heute Nacht nicht alleine sein«, sage ich und mache einen unsicheren Schritt auf ihn zu. Als ich nah genug bin, bleibe ich stehen, lege meine Arme um seinen Hals und ziehe seinen Kopf zu mir hinunter. Jetzt sind meine Lippen nur noch Millimeter von seinen entfernt.

»Vertraust du mir?«, fragt er.

Das tue ich. »Soweit ich jedem anderen Menschen vertraue. Wirst du mich küssen? Richtig?«

Sam antwortet, indem er mit seinen Lippen über meine streicht, die Arme um meine Taille legt und mich fest an seinen muskulösen Körper drückt. Er küsst mich mit einer Sanftheit, die völlig unerwartet kommt. Als ob sich unsere Körper behutsam erforschen müssten.

»Das ist nicht mein erstes Mal«, sage ich mit den Lippen an seinem Mund. Ich glaube einerseits, ihn zu diesem Zeitpunkt gut genug zu kennen, um mir keine Sorgen mehr über seine Reaktion machen zu müssen. Er wird mich nicht verurteilen. Andererseits sind Männer so seltsam in diesen Dingen, dass ich nicht genau weiß, was er entgegnen wird.

»Meins auch nicht«, antwortet er mit einem ironischen Grinsen und fährt mit den Händen über meinen Rücken, bis er oben an meinem Kleid ankommt. »Das macht alles komplizierter«, warnt er und macht den ersten Knopf auf.

»Davor habe ich keine Angst«, murmele ich und küsse seinen Hals.

»Darin unterscheiden wir uns.« Er öffnet einen weiteren Knopf. Und noch einen.

Mein Kleid fällt zu Boden.

Damals, an den gestohlenen Nachmittagen, die ich nackt mit Billy auf der Couch verbrachte, während seine Eltern ausgegangen waren, verblüffte mich eins wirklich. Wie konnte es sein, dass man jemandem kannte – die Sommersprossen auf seinem Rücken, das Geräusch seiner Seufzer, das Beben seines Körpers an deinem –, und trotzdem vieles ein Rätsel blieb? Ich glaubte damals, die körperliche Intimität sei der Schlüssel, der mir den Zutritt zu dem verschlossenen Zimmer verschaffen würde, in dem die interessanten Dinge aufbewahrt wurden. Die Wirklichkeit stellte sich dann als uninteressant und langweilig heraus, mit einer durchgesessenen Couch und einer wenig berauschenden Aussicht auf die Straße.

Ich bin nicht bereit, jeden Teil von mir mit Sam zu teilen. In diesem Moment bin ich dankbar für die Trennung zwischen Sex und Intimität. Für die Möglichkeit auszuwählen, was ich einem anderen schenke. Für die Freiheit, die darin liegt.

Wir fallen zusammen aufs Bett, unsere Hände sind überall. Die restlichen Kleidungsstücke gleiten auf den Boden, unsere Gliedmaßen verwickeln sich ineinander. Mein Lachen erfüllt die Luft.

»Du bist atemberaubend«, flüstert Sam.

Ich lächle und setze mich auf ihn. »Ich bin glücklich«, sage ich und küsse ihn.

Es ist anders als damals mit Billy. Vielleicht hat so ein älterer Mann Vorteile. Ein Mann, der die Welt gesehen hat und sich selbst kennt. Oder vielleicht liegt es daran, dass ich mich verändert habe.

Trotz dieser wahnsinnigen Geschichte mit Frank bestimme ich zum ersten Mal in meinem Leben selbst über meine Zukunft. Zum ersten Mal seit langer Zeit fühle ich mich stark.

* * *

»Ich wollte noch mal auf das zurückkommen, was ich vorhin gesagt habe – über die Nähe zu Frank.« Ich schaue zur Decke hinauf, mein Kopf ruht in Sams Armbeuge. »Was, wenn wir das zu unserem Vorteil nutzen könnten? Ich könnte Informationen für dich sammeln. Ich könnte …«

»Kommt gar nicht infrage. Ich meinte das ernst vorhin und erlaube nicht, dass du dich Frank Morgan näherst, um mir dabei zu helfen, ihn hinter Gitter zu bringen. Das ist zu gefährlich. Er ist zu gefährlich.«

Ich stütze mich auf meinen Ellbogen und betrachte Sam, der auf dem Rücken liegt. »Du erlaubst es mir nicht?«

»Du weißt, wie ich das meine.«

»Nein, eigentlich nicht. Frank Morgan ist mein Problem. Mein Vater hat sich Geld von ihm geliehen. Ein Mann wie er wird nicht einfach das Feld räumen. Es liegt in meiner Verantwortung sicherzustellen, dass er keine Bedrohung für meine Familie darstellt.«

»Das ist kein Spiel. Er ist kein Collegejunge, den du mit einem tiefen Ausschnitt und etwas Erröten in den Griff bekommst. Er ist ein Monster. Wer sich ihm in den Weg stellt, der wird ausgeschaltet. Wenn er jemandem droht, stellt er dessen Familie nach. Dessen Kindern. Vielleicht kennst du diese Seite von ihm noch nicht, aber das ist bloß eine Frage der Zeit. Wenn du ihm in die Quere kommst, seine Geschäfte störst, wenn du eine Bedrohung darstellst, dann wird er dich töten.«

»Und was wird er wohl mit dir machen? Wenn er so mächtig ist, wie du sagst, wird ihn nichts davon abhalten, auf einen Bundesagenten loszugehen. Vor allem, wenn dieser Bundesagent ihn hintergangen hat und mit seiner Verlobten im Bett gelandet ist.«

»Ich sagte ja, das verkompliziert alles.«

»Bereust du es?«, frage ich.

»Ganz und gar nicht.«

34

Sonntag, 8.September 1935
Helen

Zwei Tage lang denke ich über Matthews Vorschlag nach, das *Sunrise Inn* wieder aufzubauen, wende den Gedanken in meinem Kopf hin und her. Meine Tränen sind inzwischen getrocknet.

Die ganze Gegend wird wahrscheinlich eine Weile unbewohnbar sein. Selbst mit dem Versicherungsgeld und Matthews Hilfe wäre die Aufgabe gigantisch, das Haus wiederaufzubauen. Ich habe Tante Alice früher bei der Leitung der Pension oft über die Schulter geschaut, wenn ich sie in den Sommerferien besuchte. Sie hatte die Gabe, alles leicht aussehen zu lassen. Tatsächlich bin ich jedoch davon überzeugt, dass es alles andere als leicht war.

Ich verstehe nichts davon, ein Geschäft zu führen, weiß nicht, wie man Gäste anlockt. Vernünftiger wäre es wohl, das Versicherungsgeld für einen Neuanfang anderswo zu verwenden. Wenn Tom noch lebt, wird er sich irgendwann auf den Weg nach Islamorada machen, um nach uns zu suchen.

Doch trotz meiner Vorbehalte schweifen meine Gedanken

ständig ab. Ich male mir aus, was ich tun würde, wenn es meine Pension wäre. In welcher Farbe würde ich die Fensterläden streichen? Worüber würde ich mit Lucy reden, wenn wir zusammen auf der Veranda sitzen und auf das Meer hinausblicken? Ich würde ihr alles über ihre Großtante Alice erzählen. Lucy hat gewissermaßen ein Anrecht auf die Pension. Und vielleicht sitzen ja nicht nur wir beide auf dieser breiten Veranda. Wenn ich ganz ehrlich bin, sehe ich John dort neben uns sitzen, sosehr mich dieses Bild auch erschreckt.

Doch das sind Träume. Unmöglich umzusetzen.

Es gibt Momente, in denen ich einen Hauch von Gefühl in seinen Augen und Zuneigung in seiner Stimme entdecke. Bin ich vielleicht nicht die Einzige, die sich vorstellen kann, dass wir mehr als nur Freunde sein könnten? Aber ich bin die Frau eines anderen. Außerdem gibt es so viele Dinge, über die John und ich nie gesprochen haben. So viele Dinge, denen ich mich noch nicht stellen möchte.

Heute, an einem Sonntag, werden Lucy und ich endlich aus dem Krankenhaus entlassen. Wir begleiten John zu einer Gedenkveranstaltung für die Veteranen, die im Sturm umgekommen sind. Seine Schwester Elizabeth und ihr Freund Sam begleiten uns.

Je näher wir dem Park kommen, in dem die Zeremonie abgehalten werden soll, desto stiller wird John. Ich nehme seine Hand, verschränke meine Finger mit seinen und versuche, ihm etwas von meiner Kraft weiterzugeben. Es erscheint mir so unfair, dass wir heute um die Überlebenden des Krieges trauern müssen. Um Männer, die zurück nach Hause kamen und ihre verbleibenden Tage als Helden hätten genießen sollen. Stattdessen gerieten sie von einer Tragödie in die nächste.

Wie viel kann ein Mensch aushalten, bevor er zerbricht?

Wir schweigen, während wir uns der Menge nähern, die sich vor dem Bayfront Park versammelt hat. Viele Veteranen stehen nebeneinander in einer langen Reihe. John macht jedoch keine Anstalten, sich ihnen anzuschließen. Stattdessen umklammert er meine Hand, als hätte er Angst, ich könne ihn loslassen. Es wirkt, als wolle er nicht zu ihnen gehören.

Sam und Elizabeth stehen hinter uns, um John nicht zu bedrängen. Ich blicke kurz zu ihnen und sehe, dass sie ihre Finger ineinander verschränkt haben.

Militärflugzeuge fliegen über uns hinweg und lassen Hunderte Rosen vom Himmel regnen. Reden und Gebete wechseln sich ab, das Ganze ist schrecklich förmlich. Mit jeder Minute nimmt Johns Anspannung zu. Er nestelt an seiner Kleidung herum, wippt von einem Fuß auf den anderen. Sein Körper scheint vor Energie fast zu bersten. Es kommt mir so vor, als würde er davonstürzen, wenn er könnte.

Dann ist es endlich vorbei. John dreht sich wortlos um und geht schnell zum Ausgang des Parks, vorbei an seiner Schwester und an Sam. Ich folge ihm, Lucy auf dem Arm.

An der Straße bleibt John stehen. Sein Gesichtsausdruck ist angespannt. »Ich hätte dich nicht darum bitten sollen, mich heute zu begleiten. Ich dachte, ich könnte damit umgehen, und es wäre richtig so. Aber dieses Spektakel …« Ein Fluch kommt über seine Lippen. »Man hätte sie früher evakuieren sollen. Warum hat man das nicht getan? Man hat ihnen keine Chance gelassen. Was bringt es, sie im Tod zu ehren, wenn man sie zu Lebzeiten ignoriert hat? Du hättest sehen sollen, in welchem Zustand sich diese Lager befanden, unter welchen Bedingungen wir lebten. Das alles ist nichts als eine Farce.« Sein Gesicht ist schmerzverzerrt, und er spielt am Kragen seines Hemdes herum. »Ich bekam vorhin keine Luft mehr. Dauernd standen mir die Gesichter dieser Männer vor Augen. Ich malte mir ihre letzten Momente aus. Man hatte ihnen Hoffnung gemacht, und sie glaubten, dass Hilfe kommen würde, nur um erneut enttäuscht zu werden.«

Ich schiebe Lucy auf einen Arm und lege den anderen um John. Sein Körper versteift sich für einen Moment und entspannt sich dann in meiner Umarmung. Wir bleiben lange so stehen. Die Brise streicht über uns hinweg. Trauernde gehen an uns vorbei. Erst als Lucy unruhig wird, löse ich mich von ihm.

John macht einen tiefen Atemzug, dann noch einen. Auf seinen Wangen liegt ein rosa Schimmer und in seinem Blick ein Funkeln. Ich erkenne starke Gefühle in seinen Augen. Sind es dieselben, die ich in meinem Inneren spüre? Verwirrung, Angst, Begehren?

Es ist zu früh. Ich bin eine verheiratete Frau. Ich habe Lucy. Die ganze Welt ist aus den Fugen geraten, aber vor allem bin ich schon einmal von einem Mann enttäuscht worden. Wie könnte ich eine weitere Enttäuschung überleben?

Ich trete einen Schritt zurück und wiege Lucy an meiner Brust.

John verzieht das Gesicht. »Ich hätte nicht …«

»Nein, ich bin diejenige, die …« Ich atme tief ein.

Es ist lächerlich, sich vor diesem Mann zu schämen, wenn man bedenkt, auf welch intimer Ebene wir während der letzten Woche miteinander zu tun hatten. Trotzdem ist es mir peinlich. Vielleicht glaubt er ja, ich suche einen neuen Mann, der sich um mich kümmert, nachdem ich Tom verlassen habe? Wer will sich schon die Frau eines anderen Mannes aufhalsen? Oder das Kind eines anderen Mannes?

Ich schlucke. »Wie geht es jetzt weiter für dich?«

»Keine Ahnung. Es heißt, dass man die Veteranen, die in den Lagern auf den Keys zurückgelassen wurden, nach Miami schicken wird. Sie sollen dem Civilian Conservation Corps, dem Arbeitsdienst, beitreten.«

Mein Mund wird trocken. Ich spüre ein Kribbeln im unteren Rücken, Hitze wallt in mir hoch. Mir war natürlich klar, dass er nur vorübergehend bei mir bleiben würde.

»Wirst du mit ihnen gehen?«

»Ich hatte nicht … Nein, ich möchte nicht zum Arbeitsdienst. Ich bin fertig mit der Regierung. Mit dem Militär. Nach allem, was passiert ist, kann ich dort nicht arbeiten.« Er schweigt für einen Moment. »Wo wirst du hingehen?«

Ich ringe mir ein unsicheres Lächeln ab. »Ich habe ein bisschen Geld von Tante Alice' Versicherung bekommen. Matthew, der Mann von der Pension, erzählte mir davon. Außerdem habe ich das Grundstück geerbt, auf dem die Pension stand. Matthew möchte, dass ich das Geschäft wiederaufbaue. Die Pension war ihr Leben. Das wäre sicher eine gute Möglichkeit, um Tante Alice' Gedenken zu bewahren. Leider verstehe ich nichts davon, wie man eine Pension führt. Es wäre wahrscheinlich klüger, das Geld zu nehmen und irgendwo anders einen Neuanfang zu machen.«

»Jetzt stellst du dein Licht unter den Scheffel. Du bist eine gute Gastgeberin, bei dir fühlen sich die Menschen wie zu Hause. Du hattest diese Art schon bei Ruby. Du kannst einfach wunderbar mit Menschen umgehen.«

Ich erröte. »Danke.«

»Hast du Angst, dass dein Mann dich findet?«, fragt er. »Ist das der Grund, weshalb du zögerst?«

»Er gilt noch als vermisst«, erwidere ich. »Ich habe mit Ruby gesprochen. Seit dem Labor-Day-Wochenende hat ihn niemand mehr in Key West gesehen. Vielleicht ist er irgendwo in Sicherheit, vielleicht ist er tot. Ich kann nur hoffen, dass er nie mehr auftaucht. Wenn du nicht in die Lager gehst, wohin dann?«, frage ich John.

»Nach Hause. Nach New York.«

»Deine Familie braucht dich.«

»Ich bin zu lange fort gewesen. Die Begegnung mit Elizabeth hat mich daran erinnert. Mein Vater und mein Bruder haben nach ihrem Tod ein Chaos hinterlassen. Es ist nicht fair, dass sie diese Last alleine schultern muss.«

»Willst du dich dort niederlassen?«

»Ich weiß es noch nicht«, antwortet er.

Ich atme zitternd ein, spüre Tränen in meiner Kehle aufsteigen. »Dann heißt es jetzt wohl, Abschied zu nehmen.«

Er nickt. Sein Mund wirkt verkniffen, sein Blick ist auf einen Punkt über meiner Schulter gerichtet. »Wirst du heute Nacht in einem Hotel schlafen?«

»Ja. Morgen werde ich Matthew bei seiner Schwester in

Miami besuchen, um mit ihm über den Wiederaufbau zu sprechen.«

»Brauchst du noch irgendetwas?«

»Nein, du hast genug für uns getan. Es ist an der Zeit, dass Lucy und ich auf uns selbst aufpassen. Wirst du klarkommen?«

»Ja«, antwortet er. »Danke. Die vergangene Woche war wirklich …« Seine Stimme erstirbt.

Ich kann nicht weinen. Schnell strecke ich ihm meine Hand entgegen. »Ich werde dir niemals genug für alles danken können, was du für uns getan hast. Für die Freundlichkeit, die du uns entgegengebracht hast.«

Er ergreift meine Hand nicht, sondern beugt sich vor und gibt mir einen scheuen Kuss auf die Wange. Ich bleibe ganz still stehen. Als er wieder redet, gerät mein Inneres aus den Fugen.

»Du hast mich einmal gefragt, was ich so täte, wenn ich in Key West bin. Ich kam in Ruby's Café. Ich kam, um dich zu sehen.« Und dann das letzte Geständnis. »Dabei mag ich Key Lime Pie nicht einmal.«

Er beugt sich hinunter, küsst Lucy auf den Scheitel und streichelt ihr über das blonde Haar. Als er mich wieder ansieht, stehen Tränen in seinen Augen.

Instinktiv will ich ihn festhalten, aber ich kann mir nicht trauen. Da steht zu viel zwischen uns, mein Leben ist zu kompliziert. Aber vor allem habe ich Angst.

Und dann ist er fort.

35

Montag, 9. September 1935
Elizabeth

Am nächsten Morgen erwache ich in einem leeren Bett, neben mir auf dem Nachttisch liegen zwei Bahnfahrkarten, Sam ist nirgends zu sehen. Unser Zug fährt in wenigen Stunden, unser karges Gepäck befindet sich in dem Koffer neben der Tür. Die Vorstellung, so lange auf engem Raum zu sein, ist wenig erbaulich. Ebenso wie die Aussicht, diese Stunden nach allem, was wir durchgemacht haben, in einem Eisenbahnwaggon verbringen zu müssen. Aber es ist Zeit, den Tatsachen ins Auge zu sehen und nach Hause zu fahren.

Kaum habe ich mich angezogen, kommt Sam herein.

»Frank Morgan ist tot«, verkündet er.

Meine Kinnlade klappt herunter. »Wovon sprichst du?«

Sam reicht mir eine zusammengefaltete Zeitung.

Gangster Frank Morgan vor eigenem Haus niedergeschossen.

»Wie bitte? Wann ist das passiert?«

»Gestern Abend. Kein Mensch hat den Schützen genau gesehen, und wenn doch, redet keiner. Ich habe das FBI angerufen, um Einzelheiten in Erfahrung zu bringen. Sie wissen noch nicht viel.«

»Aber er ist tot. Tatsächlich tot?«

»Ja, tatsächlich.«

Mit klopfendem Herzen sinke ich auf die Bettkante.

»Er kann dir nie wieder etwas antun«, sagt Sam.

Ich muss keinen Mann heiraten, den ich nicht liebe. »Was ist mit dem Geld, das mein Vater ihm schuldete?«, frage ich. »Ist das zusammen mit Frank gestorben? Oder wird derjenige, der seine Organisation übernimmt, uns weiter verfolgen?«

»Wer auch immer Franks Stellung übernimmt, hat bestimmt einige Zeit lang alle Hände voll zu tun. In New Yorks kriminellen Kreisen tobt derzeit ein Machtkampf. Das war nur der erste Schlag.«

»Glaubst du, das war der Grund für seinen Tod?«

»Es ist die wahrscheinlichste Erklärung. Es gab Gerüchte, dass Anthony Cordero wieder auf den New Yorker Markt zurückdrängt. Wenn ich raten müsste, würde ich sagen, das ist sein Werk gewesen.«

Meine Augen verengen sich. »Anthony Cordero?«

»Ja, er war einer von Franks schlimmsten Feinden.«

»Ich weiß, wer er ist. Er befindet sich nicht in New York, sondern hier. In den Flitterwochen. Ich habe seine frischgebackene Ehefrau kennengelernt.«

»Die, die er in Havanna geheiratet hat?«

»Ja.«

»Wie hast du sie kennengelernt? Was für ein Mensch ist sie?«, fragt Sam. »Wir konnten nicht viel über sie in Erfahrung bringen.«

»Wir haben uns in Islamorada am Strand getroffen. Ich

mochte sie auf Anhieb. Sie erinnerte mich irgendwie an mich selbst, bevor alles den Bach hinunterging. Sie hat mich in ihr Ferienhaus eingeladen, aber wegen des Sturms konnte ich die Einladung nicht wahrnehmen.«

»Du bist zu Anthony Cordero nach Hause eingeladen worden?«

»Ja.« Ich zucke mit den Schultern. »Nun, die Leute mögen mich wohl.«

»Ich hätte viel Geld dafür bezahlt, um den Ausdruck auf seinem Gesicht zu sehen, wenn Frank Morgans Verlobte durch seine Haustür spaziert.«

»Glaubst du, er weiß, wer ich bin?«

»Ich bin mir sicher, er wusste immer ganz genau, was Frank Morgan gerade vorhatte und welche seiner Schwächen er ausnutzen könnte.«

»Was bedeutet das für uns?«, frage ich. »Frank ist weg. Am Anfang war ich … ja, was eigentlich? Eine Chance für dich, ihm nahezukommen? Die brauchst du nicht mehr. Trennen sich unsere Wege nun?«

»Ist es das, was du willst?«, fragt Sam. »Dass wir uns trennen?«

Ich bin mir nicht ganz sicher, was ich will. So schrecklich es klingen mag, Frank Morgans Tod scheint wie ein Geschenk zu sein. Es ist mir überraschend zugefallen und bringt die Lösung für ein Problem, das ich noch nicht gelöst hatte.

»Ich weiß nicht«, erwidere ich. »So weit habe ich nicht vorausgedacht, um ehrlich zu sein. Ich war gerade dabei, mir zu überlegen, wie ich aus dieser Geschichte mit Frank herauskomme. Es scheint, als hätte Anthony Cordero das für mich erledigt.«

»Was willst du also? Jetzt kannst du nach New York zurückkehren und brauchst dir keine Sorgen mehr wegen der Schulden deines Vaters zu machen. Oder darüber, einen Mann heiraten zu müssen, den du nicht liebst. Was willst du vom Leben?«

»Ich hätte gerne die Möglichkeit, das herauszufinden. Ich möchte einen Job, der mir Spaß macht und der es mir ermöglicht, meinen Lebensunterhalt zu verdienen und meine Mutter zu unterstützen. Mit etwas, in dem ich gut bin. Ich hätte gerne Freunde. Echte Freunde, nicht solche, die so tun, als wären sie für mich da, weil es opportun ist. Interessante Freunde. Und ich will dich.«

Er schluckt. »Mich?«

»Ja. Dich.«

* * *

Auf der Reise von Miami nach New York sitzen wir nebeneinander im Zug. Meine Hand liegt in der von Sam, mein Kopf ruht auf seiner Schulter. Wir haben uns keine Versprechungen gemacht, das hat unserem Verhältnis gutgetan. Zwischen uns herrscht das unausgesprochene Einverständnis, dass ich vorerst nicht daran interessiert bin, mich an einen Mann zu binden.

Während der Reise genehmige ich mir den einen oder anderen Drink, denn das Schaukeln des Waggons beschwört die Erinnerung an jenen Abend herauf. Sam wirkt angespannt, lehnt den Alkohol dankend ab. Er beobachtet lieber die anderen Insassen des Waggons.

Sam wird zu seiner Arbeit beim FBI zurückkehren und gegen das organisierte Verbrechen in New York City kämpfen. Wohingegen ich hoffe, mir mit meiner neuen Freiheit ein eigenes Leben in der Stadt aufzubauen. Trotz der harten Zeiten und der schweren Verluste kann man viel Kraft daraus ziehen, überlebt und Erfahrungen gemacht zu haben.

»Ich habe eine Idee«, sage ich. »Diese Ermittlungen, die du anstellst …«

»Nein. Kommt überhaupt nicht infrage.«

»Du lässt mich ja nicht einmal ausreden«, gebe ich zurück.

»Was auch immer du sagen wolltest, ist eine schlechte Idee. Eine schreckliche.«

»Das kannst du doch nicht wissen, solange du mir keine Chance gibst.«

»Also gut. Was für ein brillanter Plan soll das sein?«

»Diese Verbrecher, die du jagst – nun, sie unterscheiden sich bestimmt nicht allzu sehr von anderen Männern. Ich wette, sie würden sich einer Frau eher öffnen. Männer prahlen doch gerne mit ihren Eroberungen und solchen Dingen.«

»Ich werde dich nicht als Köder einsetzen. Du bist keine Bundesagentin.«

»Ich bin keine Bundesagentin. Zumindest noch nicht.«

»Kriminelle zu jagen ist bestimmt nicht der perfekte Job für dich.«

Sicherlich gibt es weibliche Detectives und private Ermittlerinnen. Warum sollte ich nicht eine von ihnen werden? Der

Verlobungsring, den ich in Miami verpfändet habe, wird mir finanziell dabei helfen, reicht aber wohl kaum aus.

Ich lächele. Es hat keinen Sinn, mit ihm zu streiten. Irgendwann wird er kapieren, dass es einfacher ist, mir zuzustimmen, als zu protestieren. Ich bin nämlich sehr hartnäckig. Immerhin habe ich es alleine bis hierher geschafft.

»Hand aufs Herz – wenn du nicht für Frank im Zug nach mir gesucht hättest, wäre ich dir aufgefallen?«, frage ich und lenke das Gespräch in eine andere Richtung. »Hättest du mich angesprochen?«

»Ganz ehrlich? Ich habe dich sofort bemerkt, als ich in den Zug eingestiegen bin. Ich hätte mich überall in dem Waggon niederlassen können, habe mich aber dir gegenüber hingesetzt, weil du die schönste Frau warst, die ich je gesehen hatte. Und die interessanteste. Ich dachte, es wäre gut, wenn ich in der Nähe bleibe, falls dieser arme Junge nicht mit deinen heftigen Flirtversuchen fertigwird und Herzprobleme bekommt.«

»Ich wollte deine Aufmerksamkeit erregen«, gestehe ich. »Du hast nur in deine Akten gestarrt, als wären sie das Wichtigste auf der Welt.«

»Ich habe in meine Akten gestarrt, weil mir nur wenige Minuten später klar wurde, wer du bist. Trotzdem fand ich dich faszinierend.«

»Und wusstest, dass ich Scherereien machen werde.«

Er lächelt. »Es hat sich herausgestellt, dass ich nichts gegen ein paar Scherereien habe. Ich mag sie sogar ganz gerne«, setzt er hinzu.

»Die Reise nach New York ist lang.«

»Das stimmt. Wirst du einige deiner berüchtigten Flirttechniken an mir ausprobieren?«

Ich lache. »Du bist ein zu williges Opfer. Schließlich habe ich dir bereits den Kopf verdreht.«

»Du bist ziemlich selbstbewusst, nicht wahr?«

»Absolut.« Ich beuge mich vor und gebe ihm einen zarten Kuss.

»Ich glaube, ich bin gerade dabei, mich in dich zu verlieben, Elizabeth Preston«, murmelt er, die Lippen an meinem Mund. Seine Worte elektrisieren mich geradezu.

Das Lustige ist, ich habe eben das Gleiche über ihn gedacht. Zum ersten Mal seit langer Zeit steht mir eine glänzende Zukunft bevor.

36

Mirta

Mich überläuft es eiskalt, als ich die Titelseite der Sonntagsausgabe der *Miami Beach Daily Tribune* überfliege.

Die Schlagzeile schreit die geschätzte Zahl von eintausend Todesopfern heraus, und die Fotos sind noch schlimmer als die Schlagzeile. Angesichts der Bilder von den Auswirkungen des Hurrikans grenzt unser Überleben an ein Wunder. Es fühlt sich an, als wäre das alles jemand anderem zugestoßen, und irgendwie stimmt das auch.

Wir sitzen sicher und geborgen in einem vornehmen Waggon der Florida East Coast Railway und sind auf dem Weg nach Hause, zu Anthonys Apartment in New York. Die Häuser der Einheimischen sind völlig zerstört worden. Die Insel, die sie als Heimat bezeichneten, ist wahrscheinlich für lange Zeit unbewohnbar.

»Interessante Lektüre?«

Ich schaue auf und sehe einen Mann im Anzug vor mir stehen. Seiner Kleidung fehlt die Raffinesse von Anthonys Garderobe. Der Anzug ist eher zweckmäßig als extravagant, die Schneiderarbeit nicht ganz so exquisit. Nach dem Angriff während des Hurrikans bin ich vorsichtiger geworden und blicke mich nach Anthony um, der losgegangen ist, um mir einen Drink zu holen.

»Ich selbst bevorzuge die New Yorker Zeitungen«, fügt der Mann hinzu. Sein Tonfall ist freundlich, aber in seinen Augen liegt ein wissendes Leuchten. Er beobachtet mich konzentriert. Dann schiebt er mir eine Zeitung zu, die er so gefaltet hat, dass mir ein Artikel auf der Titelseite ins Auge springt.

Gangster Frank Morgan vor seinem Haus niedergeschossen.

Ein Bild des berüchtigten Mr. Morgan starrt mich an. Er lächelt nicht und wirkt wesentlich älter als Anthony. Seine Augen sind dunkel und kalt. Ich erkenne den Namen natürlich sofort. So etwas bleibt haften, wenn man Opfer eines Mordversuchs geworden ist.

Ich schaue zu dem Mann hoch und gebe ihm die Zeitung zurück. »Wer sind Sie?«

»Entschuldigen Sie. Ich hätte mich vorstellen sollen.« Er zieht eine Polizeimarke aus seiner Jackentasche. »Sam Watson, FBI.«

Ich schlucke, hebe mein Kinn ein Stück an und lege etwas Hartes in meine Stimme. Ich bin meine Mutter, ich bin meine Tanten, alle Frauen meiner Bekanntschaft, die einen Mann mit einer leichten Veränderung ihres Tonfalls in die Schranken weisen können. »Worum geht es, Mr. Watson?«

»Mr. Morgan hatte viele Feinde.«

Mit klopfendem Herzen blicke ich noch einmal auf die Überschrift. »Das hängt wahrscheinlich mit der Natur seiner Arbeit zusammen«, erwidere ich, bemüht um Neutralität in meiner Stimme.

»Ich wette, Sie haben recht. Morgan wollte sein Territorium in New York erweitern, aber jemand stand ihm im Weg. Können Sie sich vorstellen, wer dieser Jemand war, Mrs. Cordero?«

»Belästigen Sie meine Frau, Agent?«

Anthony steht hinter Sam Watson, seine dunklen Augen blitzen vor Wut. In seiner Betonung der Worte »meine Frau« liegt etwas Bedrohliches.

»Das tut er nicht«, sage ich und stehe auf. Ich stelle mich neben meinen Mann und hake mich bei ihm unter. Anthony scheint zwar nicht unbedingt ein Mann zu sein, der sein Temperament nicht unter Kontrolle hat. Trotzdem hat sich für mein Empfinden gerade zu viel männliche Aggression in diesem Waggon ausgebreitet.

Agent Watsons Blick wandert von mir zu Anthony und wieder zurück. »Herzlichen Glückwunsch zur Hochzeit, Mr. Cordero. Ich gebe zu, das FBI war überrascht, als wir hörten, dass Sie den Bund der Ehe eingegangen sind. Da ich nun weiß, wie hübsch sie ist, kann ich Ihnen das nicht verdenken.«

Anthony spannt den Körper an, seine Hand liegt beschützend um meine Taille. »Ist das alles, was Sie mir zu sagen haben?«

Ich muss mich sehr beherrschen, Anthony nicht in die Seite zu knuffen. Lässt man das männliche Ego einmal beiseite, scheint es ziemlich dumm, den Bundesagenten zu reizen, der einen Mord untersucht, für den man wahrscheinlich verantwortlich ist.

Agent Watson lächelt. »Nein. Ohne Morgan wird in New

York ein Vakuum entstehen. Da fragt man sich sofort, wer bereitsteht, um es auszufüllen.«

»Darüber habe ich noch gar nicht nachgedacht.«

»Darüber hinaus habe ich weitere Gerüchte gehört. Es gab Leute beim FBI, die spekulierten, dass Sie Morgan auf legitimem Weg beerben würden. Dass Sie ein Treffen mit Vertretern von Mr. Morgan geplant hätten, um den Übergang vorzubereiten. Seltsam, dass er kurz danach als Leiche endete.«

»Das Leben ist voller ungewöhnlicher Zufälle«, entgegnet Anthony. »Natürlich weiß ich nichts über ein Treffen. Ich war auf Hochzeitsreise. Nichts weiter.«

»Natürlich«, antwortet Agent Watson. Sein Tonfall ist ebenso ruhig wie der von Anthony. »Man kann nie wissen, wozu geldgierige und rücksichtslose Männer imstande sind. Aber darüber wissen Sie bestimmt nichts, oder? Sie haben ja jetzt Familie. Ich wette, Sie würden alles tun, um Ihre schöne Frau zu beschützen.«

»Das stimmt.«

Irgendetwas spielt sich zwischen ihnen ab. In den Gesprächspausen scheint sich ein stummer Wortwechsel zu entspinnen.

Dann nickt Agent Watson. »Viel Glück Ihnen beiden.« Er schnappt sich die Zeitung, faltet sie zusammen und verlässt uns.

»Es tut mir leid«, flüstert Anthony mir ins Ohr. »Er hätte dich nicht ansprechen dürfen.«

»Schon in Ordnung. Er hat mich überrascht, sonst ist nichts passiert.« Ich kehre auf meinen Platz zurück. Anthony setzt sich neben mich und dreht sich zu mir um.

»Wirst du mich jetzt fragen, ob ich dafür verantwortlich bin?«, fragt er leise.

»Nein, werde ich nicht.«

Ich habe genug über den Mann gelernt, den ich geheiratet habe, um mir die Antwort auf diese Frage selbst zusammenreimen zu können. Was auch immer geschehen wird, auch über mich habe ich inzwischen genug gelernt. Deswegen weiß ich, dass keine Antwort so wichtig ist wie der eigentliche Grund für sein Handeln.

»Du bist verärgert«, sagt Anthony.

»Nein. Ich wünschte, wir müssten uns nicht um solche Dinge kümmern und sie wären nicht Teil unseres Lebens. Aber ich verstehe, warum du getan hast, was du tun musstest. Auch ich weiß, wie man die Menschen schützt, die man liebt. Schließlich habe ich in Islamorada dasselbe getan. Das bereue ich nicht.«

Es ist das erste Mal, dass das Wort »Liebe« in unserer Beziehung auftaucht. Doch in diesem Zusammenhang ergibt sich eine andere Frage, auf die ich die Antwort zu kennen glaube.

Anthony ergreift meine Hand, der Diamant glitzert in der Nachmittagssonne, die durch die Fenster des Waggons hereinfällt. »Ich meinte es ernst, als ich bei unserer Hochzeit versprach, dich zu beschützen. Dieser Abschnitt meines Lebens ist vorbei. Hinter uns ist keiner mehr her und wenn doch, werde ich mich darum kümmern.«

Was für einen Mann ich geheiratet habe?

Jetzt weiß ich es.

Ich beuge mich vor, um ihn zu küssen. Meine Lippen öffnen sich. Er atmet erregt ein. Als sich unsere Lippen berühren, durchströmt mich ein Kitzel. Seine Arme bewegen sich zu meiner Taille, seine Handflächen liegen an meinem Rücken und ziehen mich näher heran.

Der Ruck des anfahrenden Zuges trennt uns plötzlich. Er legt noch einmal den Arm um mich und hält mich fest, während wir Richtung Norden nach New York City fahren. Nach Hause.

Ich schlafe mehrere Stunden lang, mit dem Kopf an Anthonys Schulter. Als ich die Augen wieder öffne, ruht sein Blick auf mir. Sein Gesichtsausdruck ist weicher als jeder, den ich zuvor an ihm gesehen habe.

Vielleicht sind wir jetzt, da Frank Morgan aus der Gleichung entfernt worden ist, in Sicherheit. Vielleicht ist diese Sicherheit bloß eine Illusion, und um die nächste Ecke herum lauert eine neue Bedrohung. Wer weiß das schon? Wenn ich in diesem Leben etwas gelernt habe, dann, dass man sich nicht auf das Unerwartete vorbereiten kann. Es schleicht sich an einen heran und stellt die Welt auf den Kopf.

Mein Mann ist glücklich. Meine Familie in Kuba ist in Sicherheit. Die Revolution ist vorbei. Der Sturm hat sie verschont. Wir sind am Leben. Ich bin dabei, mich zu verlieben. In diesem Augenblick gibt es tatsächlich viele Dinge, für die ich dankbar sein muss.

Am selben Abend begeben wir uns in den Speisewagen. Anthony bestellt eine Flasche Champagner, und wir lassen uns ein Gourmet-Menü schmecken. Das Gespräch der anderen Passagiere dreht sich um den Hurrikan. Wie muss es wohl gewesen sein, eine solche Tortur zu überleben?

Agent Watson sitzt allein an einem Tisch, einen Drink vor sich, den Blick auf den Eingang des Speisewagens gerichtet. Sein Körper ist angespannt, als würde er jeden Moment eine potenzielle Bedrohung erwarten.

Da entsteht eine leichte Unruhe im Waggon. Ich drehe den Kopf, um nachzusehen, was die Aufmerksamkeit aller Passagiere auf sich gezogen hat.

Eine Frau betritt den Speisewagen. Ihr rotes Haar glänzt, ihre Schönheit ist atemberaubend. Ich erkenne sie sofort wieder. Es ist die Frau vom Strand in Islamorada.

Elizabeth.

Mit einem Lächeln auf den Lippen geht sie zu Agent Watsons Tisch. Es steht außer Frage, dass sie sich der Aufmerksamkeit bewusst ist, die sie erregt hat, und dass sie sie genießt.

Anthony beobachtet, wie sie sich Agent Watson gegenübersetzt. Er lacht leise.

»Was ist?«

»Ich glaube nicht, dass wir uns Sorgen um Agent Watson machen müssen«, erwidert er.

Im Moment wirkt der Mann tatsächlich nicht sehr bedrohlich. Seine Gefühle für die Rothaarige sind ihm deutlich an den Augen abzulesen.

»Ich habe sie kurz vor dem Hurrikan getroffen. Sie hat mir erzählt, sie sei alleine aus New York gekommen.«

»Sie war Frank Morgans Verlobte«, sagt Anthony.

Ich starre ihn an.

Er zuckt mit den Schultern. »Ich habe es mir zur Aufgabe gemacht, alles über meine Feinde zu wissen. Sie stammt aus der guten Gesellschaft, und ihr Vater hatte einen unglücklichen Deal mit Morgan abgeschlossen. Ich habe keine Ahnung, wie sie es geschafft hat, sich mit einem Bundesagenten einzulassen. Geht man nach dem Ausdruck auf Watsons Gesicht, würde ich wetten, dass er nicht besonders verstört ist, was Morgans Tod betrifft.«

Nein, er scheint überhaupt nicht verärgert. Er sieht aus wie ein verliebter Mann, und Elizabeth wirkt nicht wie eine trauernde Witwe. Sie strahlt geradezu.

Unsere Blicke treffen sich quer durch den Waggon hinweg, und als sie mich erkannt hat, nickt sie mir freundlich zu.

Sie lächelt.

Der Zug rattert weiter voran und bringt uns nach Norden, weg aus Florida, nach Hause.

37

April 1936
Helen

Sobald der Wind sich gelegt, das Wasser sich zurückgezogen und der Sand sich seinen angestammten Platz wiedererobert hat, müssen wir uns mit den Folgen des Sturms auseinandersetzen. Palmen liegen auf dem Boden, Hausdächer wurden weggerissen, bei Villen und Hütten gleichermaßen. Von Mr. Flaglers magischer Eisenbahnlinie sind nur noch in sich verdrehte Metallstränge übrig.

Überall sieht man Scheiterhaufen mit Stapeln von Leichen. Anfangs war die Rede davon, sie ordnungsgemäß zu beerdigen, aber diese Pläne wurden aus Gründen der Zweckmäßigkeit und des Seuchenschutzes schnell aufgegeben.

Tante Alice' Leiche verbrannte auf einem dieser Holzhaufen. Den Wunsch, sie auf jenem Land zu begraben, das sie liebte, konnten wir ihr nicht erfüllen. Stattdessen errichteten wir eine kleine Gedenkstätte zwischen der Pension und dem Meer. Dort kann ich Blumen ablegen und Tante Alice erzählen, was ich ihr früher in meinen Briefen geschrieben hätte.

Ich hoffe, sie wäre stolz auf das neue *Sunrise Inn* gewesen.

Es sieht dem Original sehr ähnlich. Dort gibt es ein Zimmer für Lucy und mich mit Blick auf das Wasser. Früh am Morgen sitze ich gerne auf der Veranda und trinke meinen Kaffee.

Überall um uns herum bauen die Menschen ihre Häuser wieder auf und versuchen, sich von den Folgen des Hurrikans zu erholen. Konkrete Dinge wie die Bauten sind am einfachsten zu ersetzen, der Rest ist viel schwieriger.

Mehr als zweihundertfünfzig Veteranen, also mehr als die Hälfte von ihnen, sind umgekommen. Die Arbeitslager wurden völlig ausgelöscht. Wir wissen inzwischen, dass auf den Keys mindestens vierhundert Menschen gestorben sind. Viele Menschen werden noch vermisst. Ihre Familien können nicht trauern und werden wahrscheinlich keine endgültigen Antworten bekommen.

Es wird vermutlich nie mehr so sein wie zuvor. Wir werden vermutlich nie mehr so sein wie zuvor.

Die Natur hat die Eisenbahn zerstört, an der Menschen jahrzehntelang gebaut haben. Sie hat uns die Lebensader genommen, die mehr Touristen bringen und die Lebensqualität der Einheimischen verbessern sollte. Die Natur hat zerstört, wofür viele Menschen Opfer gebracht haben.

Ironischerweise haben diese vorher vergessenen Männer den größten Anteil daran gehabt, die allgemeine Aufmerksamkeit auf unsere Notlage zu lenken. Diese ausgemusterten Helden, die hierhergeschickt wurden, damit Washington sich nicht mit ihnen befassen musste. Ihr Tod hat dazu geführt, dass nach Verantwortlichen gesucht wird.

Die einen zeigen auf das Wetteramt, wegen seiner unzureichenden Warnungen und Fehler. Andere geben den Lagerleitungen die Schuld. Wieder andere sind wütend auf die Regierung, die ihre Leute erneut im Stich gelassen hat. Daneben gibt es die, die Gott zürnen, als wäre es seine Hand gewesen, die Sand und Meer aufgewühlt und unsere Welt auf den Kopf gestellt hat.

Es gab Untersuchungen und Anhörungen im Kongress. Männer wurden entlassen. Für manche Menschen war dies eine Art Gerechtigkeit. Doch da ist noch viel Wut, und sie wird weiter anwachsen. Da ist noch viel Trauer, und sie wird ebenfalls zunehmen.

Es heißt, es sei der stärkste Sturm gewesen, der bis dahin die Vereinigten Staaten getroffen hat. Für diejenigen, die ihn überstanden haben, ist diese Behauptung unbestreitbar richtig. Doch während die Leute über Windgeschwindigkeiten und Hurrikan-Kategorien diskutieren, erinnere ich mich an die auf dem Boden verstreuten Leichen. Ich sehe die Trümmer der Leben, die sich so viele aufzubauen versuchten. Am Ende war es höhere Gewalt. Nicht die Fehler, von denen die Zeitungen schreiben, nicht das menschliche Versagen, das die Verluste an Menschenleben steigerte, trugen die Schuld an allem. Die Folgen waren unausweichlich. Es gibt nichts, was wir hätten tun können, um uns vor dem Sturm zu retten, der unser Land heimsuchte.

Wir sind wie ein leeres Blatt. Der Sturm ist über uns hereingebrochen und hat alles Dagewesene ausgelöscht.

Die Pension kann noch keine Gäste aufnehmen. Lucy und ich teilen uns das Anwesen mit Matthew. Er wohnt in einem Hausmeisterhäuschen, das ein Stück vom Hauptgebäude entfernt liegt. Das *Sunrise Inn* ist nichts Besonderes, und es gibt noch viel zu tun. Aber wir fühlen uns wohl, und vor allem gehört es uns.

Abends sitzen Lucy und ich auf der Veranda und schauen auf das Wasser hinaus. Ich erzähle ihr Geschichten von meinem Tag, die sie mit einem Krähen kommentiert. Immer wieder staune ich über die Veränderungen, die ich an ihr feststelle, über die rasante Geschwindigkeit, mit der sie wächst. Sie ist ein kräftiges, gesundes Kind. Es gibt Momente, in denen ich mich in ihren Augen, ihrem Mund, ihrer Nase wiedererkenne, aber eigentlich weist sie sehr individuelle Gesichtszüge auf.

Zum ersten Mal seit langer Zeit kann ich mein Leben als friedlich bezeichnen.

In den Monaten, die seit dem Sturm vergangen sind, haben meine Albträume nachgelassen. Die Angst, dass Tom uns irgendwie aufspüren könnte, wich einem leisen Gefühl der Unruhe in meinem Hinterkopf. Während ich meine Tage damit verbringe, in Islamorada ein neues Leben für uns aufzubauen, begleitet mich der Schrecken aber weiterhin. Ich werde wohl niemals vergessen, was ich mit Tom durchgemacht habe. Doch ich arbeite jeden Tag an mir, werde stärker und schaffe uns eine neue Zukunft.

Toms Name steht noch bei den Vermissten.

Oft frage ich mich, ob er auf der Suche nach mir nach Islamorada gefahren und in den Weg des Hurrikans geraten ist oder ob es einfach ein Fischzug zur Unzeit war. Er war ja überzeugt gewesen, dass der Sturm an uns vorbeiziehen würde. Oder lebt er noch, vielleicht irgendwo in Kuba, und ertränkt sein Dasein im Alkohol?

Eines Abends, als ich nach dem Essen gerade mit dem Abräumen der Teller fertig bin, klopft es an der Tür. Ich nehme Lucy auf den Arm, schiebe sie ein Stück nach oben und gehe zur Haustür. Dann öffne ich.

Ein Mann in grauem Anzug steht auf der Veranda, den Hut in der Hand, einen goldenen Ehering am Ringfinger. Und hinter ihm … Meine Knie geben ein wenig nach, und ich greife nach dem Türrahmen, um mich mit der freien Hand abzustützen.

»John.«

Er tritt vor und stellt sich neben den Mann in Grau. John trägt ebenfalls einen Anzug. Seine Haut ist blasser, als ich in Erinnerung habe. Sein Körper weniger durchtrainiert als früher, als er noch an der Autobahn gearbeitet hat. Er sieht aus wie ein anderer, sein Aussehen passt besser zur Stadt als zu dem Leben auf den Inseln.

Ich fahre mir mit der Hand durch die Haare und stelle zu spät fest, dass sich am Saum meines Kleides ein Farbfleck befindet. Der Stoff ist nicht besonders fein, das Blumenmuster verblasst.

»Helen.«

Er haucht meinen Namen geradezu, und die Gefühle in seinen Augen … Das ist der Mann, an den ich mich erinnere.

»Geht es dir gut?«, fragt er.

»Ja.«

Er sieht mir prüfend in die Augen, und ich erröte unter seinem Blick.

»Ich war nicht auf Gäste vorbereitet. Wir haben den ganzen Tag über gestrichen und wollen bald die Pension eröffnen.«

»Du bist wunderschön«, erwidert er. »Genau, wie ich dich in Erinnerung hatte.«

Der Mann im grauen Anzug neben John hustet, ein Lächeln im Gesicht. Es ist Sam, den ich bei der Gedenkveranstaltung kennengelernt hatte.

Johns Blick wandert von mir zu Lucy.

»Sie ist so groß geworden«, sagt er verwundert.

»Das stimmt.« Ich muss mich anstrengen, um das Zittern aus meiner Stimme zu tilgen und ihm in die Augen zu sehen. »Möchtest du sie auf den Arm nehmen?«

Er schluckt. »Ja, gerne.«

Ich weiche einen Schritt zurück, lasse John und den anderen Mann eintreten.

Lucy windet sich, als ich sie in Johns Arme lege, der Kloß in meiner Kehle wächst beim Anblick der beiden.

»Ma'am.«

Ich wende mich Sam zu.

»Könnten wir uns vielleicht kurz zusammensetzen?«, bittet er. Er hält mir ein offiziell aussehendes Abzeichen hin, das ihn als Bundesagenten ausweist. »Da John mein Schwager ist und mich gerne begleiten wollte, habe ich es ihm erlaubt, aber ich bin dienstlich gekommen.«

»Natürlich.«

»Es wird alles gut, Helen«, murmelt John. Lucys kleine Faust hält seinen Finger fest im Griff.

Etwas zieht sich um mein Herz zusammen.

Ich schließe die Haustür und führe sie in den Aufenthaltsraum, in dem wir eines Tages unsere Gäste begrüßen werden. Bis jetzt stehen nur zwei Sofas im Zimmer, und ich lasse mich auf einem nieder. John setzt sich neben mich, Lucy auf dem Arm.

»Du hast gute Arbeit geleistet. Es sieht toll aus«, sagt John.

Ich lächele. »Danke. Matthew war mir eine große Hilfe. Wir haben ein paar Einheimische angeheuert, die Arbeit brauchten. Alle versuchen, nach dem Sturm ihr Leben wiederaufzubauen.«

Sam nimmt die gegenüberliegende Couch, sein Blick bleibt auf mich gerichtet.

»Möchten Sie dieses Gespräch lieber unter vier Augen führen?«, fragt Sam überraschend sanft.

»Nein, natürlich nicht. John darf gerne bleiben.«

»Ich dachte, es wäre hilfreich, ihn dabeizuhaben. Es tut mir leid, dass ich Ihnen das sagen muss, aber wir haben Ihren Ehemann gefunden. Tom.«

In meinen Ohren rauscht es, mein Herz pocht.

»Es sieht so aus, als hätte es einen Streit gegeben«, fügt Sam hinzu. »Wir wissen nicht, wann es passiert ist oder wer daran beteiligt war. Er wurde erschossen. Wir haben das in seiner Tasche gefunden.« Sam holt einen Ring hervor und hält ihn mir hin.

Der Diamant funkelt im Licht des späten Nachmittags. Die schiere Größe des Steins ist beeindruckend, er ist Teil eines grazilen Rings.

Wer in dieser Gegend könnte sich so ein Schmuckstück leisten? Wo ist Tom der Besitzerin dieses Diamanten über den Weg gelaufen? Es muss eine Touristin gewesen sein, oder? Ich blinzele ratlos.

Irgendwie kommt mir der Ring bekannt vor. Oder vielleicht habe ich schon einmal einen ähnlichen gesehen?

»Erkennen Sie ihn wieder?«, fragt Sam. Seine Augen verengen sich.

Ja.

Diese junge Frau in den Flitterwochen. Mirta. Die nicht wusste, wie ihr Mann gerne seinen Kaffee trinkt. Vor einer halben Ewigkeit, damals bei Ruby.

Wieso hatte Tom ihren Verlobungsring bei sich? Und warum wurde er erschossen?

»Er könnte ihn gestohlen haben«, sagt Sam. »Verzeihen Sie, aber das ist die wahrscheinlichste Annahme. Hatte Ihr Mann Geldsorgen? Hat er sich mit krummen Typen eingelassen?«

Ich kann bloß nicken, denn wer macht sich in Zeiten wie diesen keine Sorgen um Geld? Wer ist nicht verzweifelt?

Dann straffe ich meine Schultern und gebe Sam den Diamanten zurück. Ich weiß genug über die Natur meines Mannes, um zu hoffen, dass es Mirta gut geht, wo immer sie auch ist.

»Nein«, lüge ich. »Ich kenne den Ring nicht.«

Lucy strampelt in Johns Armen, ein leiser Seufzer entschlüpft ihr. Er reicht sie wortlos an mich weiter, als wäre es das Natürlichste auf der Welt.

»Es tut mir leid, dass ich Sie damit belästigen muss, Ma'am. Ich habe noch ein paar Fragen, und dann bin ich fort«, sagt Sam. »Ich werde ehrlich mit Ihnen reden. Ich arbeite in einer Sondereinheit gegen das organisierte Verbrechen. Während der Prohibition war das Schmuggeln von

Rum in dieser Gegend ein wirklich großes Ding, und manche Fischer haben sich mit üblen Typen eingelassen. Einige von ihnen haben diese Verbindungen nicht abgebrochen, als die Prohibition endete. War Ihr Mann vielleicht an so etwas beteiligt?«

»Das weiß ich nicht. Er hat nie mit mir darüber gesprochen.«

»Gibt es jemanden, der einen Groll gegen Ihren Ehemann gehegt haben könnte?«, will Sam von mir wissen. »Wer könnte einen Grund gehabt haben, ihn zu erschießen?«

Ich blicke ihn an und sehe nicht mehr den Agenten in seinem schicken Anzug vor mir, sondern die junge Frau im Café in ihrem eleganten Kleid, Angst und Hoffnungslosigkeit in den Augen, und dann diesen Feuerblitz.

»Keine Ahnung.«

Der Agent holt tief Luft und macht sich bereit, einen unsichtbaren Schlag auszuteilen. Das Gebet geht mir immer wieder durch den Kopf, der Traum von dem kleinen Boot, das im Wasser schaukelt, von meinem Mann, der über die Seite stürzt. Und dann …

»Ihr Mann ist tot.«

* * *

Nachdem Sam gegangen ist, nachdem ich Lucy gefüttert und für ein Nickerchen hingelegt habe, stehe ich auf der Veranda des *Sunrise Inn* und starre auf die blaue Weite des Meeres hinaus, das vor Monaten solche Zerstörungen angerichtet hat. Heute ist der Ozean ruhig, und die Sonne glitzert auf dem Wasser, so weit das Auge reicht.

In diesem Moment ist alles wunderschön.

Ich erinnere mich an den Jungen, den ich geheiratet habe und der das Meer liebte. Den Jungen, in den ich mich verliebte, als ich selbst fast noch ein Kind war. Vielleicht ist Tom nie ein guter Mann gewesen, und ich erkannte es einfach nicht. Vielleicht gab er sein Bestes, und das Leben versetzte ihm ständig neue Schläge, bis er zu jemandem wurde, der nicht wiederzuerkennen war. Vielleicht liegt die Wahrheit auch irgendwo dazwischen. Ich weiß es nicht. Wo immer er jetzt ist, ich hoffe, er ist an einem besseren Ort.

Ich bin's jedenfalls.

Hinter mir höre ich Schritte, und dann liegt Johns Hand um meine Taille und bleibt dort ruhen. In dieser Geste scheint eine Frage enthalten zu sein.

John ist bei mir geblieben, nachdem Sam wieder abgefahren ist, um zu seiner neuen Frau und ihren Flitterwochen in Key West zurückzukehren.

Ich atme tief ein und nehme meinen ganzen Mut zusammen. »Wie war's in New York?«, frage ich.

»Wie immer. Zu groß, zu laut, zu hektisch. Es war allerdings gut, dass ich hingefahren bin. Elizabeth ist jetzt verheiratet. Sie und Sam sind glücklich miteinander. Ihre Mutter ist bei einer Krankenschwester untergebracht. Alles ist so, wie es sein sollte.«

»Und du?«

»Ich habe dich vermisst«, sagt er.

Seine Antwort verschlägt mir den Atem.

»Ich habe Lucy vermisst. Ich habe auch diese Gegend vermisst, kaum zu glauben. Als Sam mir sagte, dass er herfahren würde, weil sie deinen Ehemann gefunden hätten, bestand ich darauf, ihn zu begleiten. Du hast ein Leben für dich und für Lucy aufgebaut«, fährt er fort. »Und ich würde verstehen, falls du Zeit brauchst. Aber wenn du dir jemals ein gemeinsames Leben mit mir vorstellen könntest, wäre ich selig. Ich möchte den Rest meiner Tage damit verbringen, dich glücklich zu machen und für dich und Lucy eine Zukunft zu schaffen. Ich hätte so gerne eine Familie. Ich wünsche mir euch beide als meine Familie.«

Ich begebe mich zunächst zögernd in seine ausgestreckten Arme, stelle mich auf die Zehenspitzen und drücke ihm einen Kuss auf die Lippen. John erstarrt kurz und wird wieder lebendig. Seine Arme gleiten sanft um meine Taille, und er erwidert den Kuss.

Es ist seltsam, wie schnell sich das Leben verändern kann. Eben erfüllt noch Verzweiflung deine Tage, und plötzlich erscheint inmitten des unvorstellbar Schrecklichen ein Schimmer von etwas Schönem, fast so wie ein Keimling, der sich durch die harte Erde drückt.

Um uns herum ist so vieles kaputt. Vielleicht können wir nur versuchen, uns gegenseitig wieder heil zu machen, diese kostbaren Momente zu bewahren in einer Welt, in der es so viel Trauriges und Verlust gibt.

Der Traum, den ich in einem engen Häuschen, in einer mich erstickenden Ehe hatte, verschwindet langsam. Ein anderer tritt an seine Stelle. Ich bin erfüllt von einem Gefühl, das ich schon lange nicht mehr empfunden habe und das ich fast nicht wiedererkenne. Ich kann den süßen Geschmack beinahe auf der Zunge spüren.

Hoffnung.

Ein kleines Haus in einer ruhigen Gegend. Das Lachen eines Kindes. Ein Arm, der sich nachts um meine Taille legt. Eine Hand, die meine hält. Eine Zukunft, von der ich vor Jahren geträumt und die ich eigentlich verloren geglaubt hatte.

Manche Menschen würden vielleicht sagen, meine Träume sind zu klein. Vielleicht träumen sie eher von Eisenbahnen, die über das Meer fahren, von großartigen, wundervollen Dingen. Andere wollen Reichtümer und Juwelen und eine Chance, die Welt zu bereisen.

Für mich ist das genug. Ich habe in dieser elenden Welt ein Eckchen vom Paradies gefunden.

Nachbemerkung der Autorin

Im Spätsommer 2017 war ich fast fertig mit der Endfassung von *Wir träumten von Kuba* und begann, mein nächstes Projekt zu erarbeiten. Es war Hurrikansaison. Als Einwohnerin von Florida war ich nur allzu vertraut mit den Gefühlen der Unsicherheit und Angst, die die Natur in den Menschen heraufbeschwören kann.

Inmitten der Berichterstattung stieß ich auf eine Geschichte über einen Hurrikan, den ich bislang nicht kannte – den Hurrikan vom Labor Day 1935, einen der stärksten und tödlichsten Stürme, die die Vereinigten Staaten jemals heimgesucht haben. Es war jedoch nicht der Hurrikan selbst, den ich so bemerkenswert fand. Es war die Geschichte der Veteranen des Ersten Weltkriegs, die man an der Autobahn arbeiten ließ und die ihr Leben auf tragische Weise verloren. Je tiefer ich in diese Geschichte vordrang, desto stärker packte sie mich. Bald malte ich mir aus, welche Frauenfiguren ein mögliches Buch bevölkern würden und wie sich ihre Leben überschneiden könnten.

Während meiner Recherchen waren die Werke *Storm of the Century* von Willie Drye, *Category 5. The 1935 Labor Day Hurricane* von Thomas Neil Knowles, *Hemingway's Hurricane. The Great Florida Keys Storm of 1935* von Phil Scott und *Last Train to Paradise* von Les Standiford von unschätzbarem Wert für mich. Ich kann sie Ihnen nur empfehlen, wenn Sie mehr über den Hurrikan vom Labor Day erfahren möchten.

Der Hurrikan von 1935, der die Florida Keys traf, ist einer der stärksten atlantischen Hurrikane der Geschichte. Die Zahl der Todesopfer ist umstritten. Die Angaben schwanken zwischen vierhundert und achthundert. Mehr als ein Drittel der Veteranen, die auf Windley und Matecumbe Keys lebten, wurden durch den Sturm getötet. Es wird allgemein angenommen, dass mehr als die Hälfte der im Hurrikan gefangenen Einwohner und Arbeiter umgekommen sind.

Die Erweiterung der Florida East Coast Railway auf die Keys wurde zerstört und nie wiederaufgebaut. 1938 wurde der neue Overseas Highway eröffnet, der teils über die Strecke der zerstörten Overseas Railroad verlief. Nach dem Zweiten Weltkrieg wurde Key West zu einem beliebten Touristenziel, und dort kann man an manchen Stellen noch immer Reste von »Flagler's Folly«, der alten Eisenbahnlinie, entdecken.

Danksagung

Die letzten Jahre waren wie ein Traum, den ich mir niemals hätte ausmalen können. Ich bin allen Buchhändlern, Bloggern, Bibliothekaren, Lesern und Rezensenten, die dieses Abenteuer mit mir begonnen haben, unglaublich dankbar. Danke, dass Ihr meine Figuren und ihre Geschichten so begeistert angenommen habt.

Ich danke Reese Witherspoon und dem großartigen Team von Hello Sunshine für die Unterstützung meiner Bücher und dafür, dass Sie meine Arbeit mit Ihrer wunderbaren Buchclubfamilie teilen.

An meine Redakteurin Kate Seaver und meinen Agenten Kevan Lyon: Ohne Sie könnte ich meine Arbeit nicht machen, und ich würde es auch nicht wollen. Vielen Dank, dass Sie sich für meine Bücher eingesetzt und diesen Traum wahr gemacht haben.

Ich bin in der glücklichen Lage, mit einer äußerst talentierten Gruppe von Menschen zusammenzuarbeiten, die mir das Schreiben erst ermöglichen. Vielen Dank an meine Presseagentin Diana Franco und meine Marketingvertreterin Fareeda Bullert für die harte Arbeit. Herzlichen Dank an das außergewöhnliche Team von Berkley: Madeline McIntosh, Allison Dobson, Ivan Held, Christine Ball, Claire

Zion, Jeanne-Marie Hudson, Craig Burke, Tawanna Sullivan, Sarah Blumenstock, Mary Geren und Stephanie Felty sowie an die Nebenrechte-Abteilung, das Berkley-Grafikteam und an alle anderen, die an meinen Büchern mitwirken. Vielen Dank an Patricia Nelson und die Marsal Lyon Literary Agency sowie an das Team von Frolic Media.

An meine Freunde und meine Familie. Vielen Dank für all Eure Liebe und Ermutigung. Ihr seid wunderbar.